CECILIA GRANT
**Ein unsittliches Angebot**

CECILIA GRANT

# Ein unsittliches Angebot

Roman

*Ins Deutsche übertragen von*
*Kirsten Middeke*

LYX
EGMONT

Die Originalausgabe erschien 2012 unter dem Titel *A Lady Awakened*
bei Bantam Books, an imprint of the Random House Publishing Group

Deutschsprachige Erstausgabe April 2013 bei LYX
verlegt durch EGMONT Verlagsgesellschaften mbH,
Gertrudenstraße 30–36, 50667 Köln


1. Auflage
Redaktion: Susanne Kregeloh
Satz: Greiner & Reichel, Köln
Printed in Germany (670421)
ISBN 978-3-8025-8871-6

www.egmont-lyx.de

Für Shirley,
das Alpha und Omega der Korrekturleser

# 1

Nicht ein einziges Mal in den zehn Monaten ihrer Ehe hatte sie sich das Ableben ihres Mannes gewünscht. Sie würde sich auch keinen Moment lang über das Ereignis freuen. Nicht einmal in diesem Augenblick. Das stünde ihr nun wirklich nicht gut an.

Martha richtete sich in ihrem Sessel auf und strich sich die schwarzen Röcke glatt. Zugegeben, hin und wieder war ihr Verhalten vielleicht mehr ihren Prinzipien denn ihren Gefühlen geschuldet. Doch auf seine Prinzipien konnte man sich verlassen. Prinzipien gaben einem Halt. Prinzipien halfen einem, sich zusammenzureißen, gerade in solchen Fällen, in denen Gefühle lediglich einen trägen Morast darstellten, in dem man zu versinken drohte.

Sie ließ von ihren Röcken ab und faltete die Hände auf dem Tisch. »Ich nehme an, das ist alles rechtlich unanfechtbar«, sagte sie in die Stille ihrer sonnendurchfluteten Stube hinein.

Mr Keene deutete im Sitzen eine Verbeugung an und gewährte ihr einen Blick auf die kahle Stelle auf seinem Hinterkopf. Noch immer vermied er es, ihr in die Augen zu sehen. Die Papiere vor ihm raschelten leise, als er die Ecken glatt strich und sie ohne besondere Absicht neu zurechtlegte. Er sollte das wirklich lassen.

Am anderen Ende des Tisches saß ihr Bruder, der sichtlich bemüht war, seine Wut zu beherrschen und das Gehörte zu verdauen. Dass er es immerhin versuchte, musste man ihm hoch anrechnen.

»Sprich dich aus, Andrew.« Sie wusste nur zu gut, was er zu sagen hatte. »Du tust dir sonst noch Gewalt an.«

»Ich hätte Russell Gewalt angetan, wenn ich gewusst hätte, was er im Schilde führt. Eintausend Pfund!« Er spuckte die Summe aus wie einen Happen verbrannter Grütze. »Eintausend Pfund – und es waren mal zehntausend! Welcher Mann spekuliert mit dem Erbe seiner Frau?«

Ein Säufer offenbar. Um nur ein Beispiel anzuführen. Sie holte tief Luft. »Es ist ja nicht so, als stünde ich ohne einen Penny da. Ich habe ja noch mein Witwenvermögen.«

»Aber das ist nur noch ein Zehntel von dem, was du in die Ehe eingebracht hast, und überdies wirst du keinen Witwensitz haben! Ich würde wirklich zu gern wissen, was er sich dabei gedacht hat.« Die letzten Worte waren vorwurfsvoll an Mr Keene gerichtet.

»*Ich* hätte diese Investition nicht befürwortet«, erwiderte der Anwalt mit näselnder Stimme und raschelte weiter mit seinen Papieren. »Aber Mr Russell hatte eine Schwäche für dergleichen. Sein Testament bezüglich der ersten Mrs Russell sah ähnlich aus: ihre Mitgift in Wertpapieren angelegt, der Rest in der Hoffnung auf einen Sohn dem nächsten männlichen Verwandten vorbehalten.« Natürlich, ein Sohn. Ob es wohl irgendwo auf der Welt einen Mann gab, der noch besessener war von der Idee, einen Erben zu zeugen, als es ihr Mann gewesen war? Den würde sie doch zu gern einmal sehen.

Oder auch nicht. Eigentlich würde sie solch einem Mann überhaupt nicht begegnen wollen. Sie löste die verschränkten Hände und fuhr mit den Fingerspitzen über das Tischtuch. Sehr hübsch, dieses Tuch. Belgisches Leinen. Und es gehörte nicht mehr ihr.

»Ich wünschte, ich hätte meine eigenen Anwälte mit deinem Ehevertrag betraut. Mit *Vertrauen* hättest du mir nicht zu kommen brauchen.« Mehr verbrannte Grütze. »Vaters Leute waren so was von nutzlos! Ich hätte mich selbst darum kümmern sollen.«

»Und wie hättest du das schaffen wollen?« Sie hatte weder die Zeit noch die Geduld für solchen Unsinn. *Ich wünschte, ich hätte dies getan, ich wollte das tun, ich hätte dieses oder jenes tun sollen.* Sackgassen, allesamt Sackgassen, die nirgendwo anders hin führten als in den Sumpf der Sentimentalität. »Du hattest alle Hände voll zu tun, Vaters Angelegenheiten in Ordnung zu bringen. Es waren schwere Zeiten für uns alle. Geschehen ist geschehen. Es gibt nichts mehr dazu zu sagen.«

Andrew hielt endlich den Mund, doch in seinen Augen – groß, feucht, dunkel wie abgestandener Kaffee – loderte es. Sie wandte diskret den Blick ab. Wie unschicklich, mit jeder beliebigen Laune hausieren zu gehen. Wie unbeherrscht. Sie mochte zwar die gleichen Augen wie er haben, doch den ihren hatte sie längst den Ausdruck einer sphinxähnlichen Gelassenheit anerzogen. So schwer war das nun wirklich nicht.

»Und wann wird sie vor die Tür gesetzt?«, fragte Andrew, als seine Geduld zu Ende war. »Wie bald wird dieser andere Mr Russell einziehen wollen? Du wirst natürlich bei mir und Lucy wohnen«, fügte er hinzu, ohne die Antwort des Anwalts abzuwarten. »Wenn wir aufs Land fahren, kannst du sogar dein altes Zimmer wiederhaben.«

Und wieder das Leben eines abhängigen Kindes führen, mit einundzwanzig. Eine Bürde für ihn und seine Frau. In ihrem Magen rumorte es: Winzige Fetzen der Rebellion jagten sinnlos umher wie altes Laub in einem Wirbelsturm.

Mr Keene neigte den Kopf und präsentierte ihr erneut die kahle Stelle. »In solchen Fällen führen wir die Angelegenheit für gewöhnlich erst fort, wenn die Witwe uns versichert, dass die Möglichkeit der Geburt eines Sohnes ausgeschlossen ist.«

Diese Möglichkeit war absolut ausgeschlossen. Ihr Körper hatte das drei Tage zuvor auf die übliche Weise kundgetan. Trotz aller noch so energischen Bemühungen ihres Mannes, mit ihr –

und vermutlich auch mit seiner vorherigen Frau –, einen Erben zu zeugen, war es nicht zu einer Schwangerschaft gekommen.

Doch sollte sie das etwa hier auf der Stelle verkünden? Trotzig schwieg sie. Wenn sie die Angelegenheit offenließ, würde sie ein paar Wochen gewinnen. Vielleicht sogar einen Monat.

Und wenn sie ihnen *wirklich* trotzen wollte … nun, man hörte so manches darüber, was verzweifelte kinderlose Witwen mitunter taten. Schaurige Geschichten, schwer zu glauben. Konnte eine Frau wirklich so verzweifelt sein? Wahrscheinlich waren es nur Ammenmärchen, dem Wunschdenken der Männer entsprungen.

Sie reckte das Kinn. »Ich werde es Sie wissen lassen, wenn es so weit ist.« Wenigstens würde sie sich um die Dienstboten kümmern können. Mr und Mrs James Russell würden ihr eigenes Gesinde mitbringen, was einen Teil der Dienerschaft von Seton Park überflüssig machen würde. Sie würde sich so viel Zeit nehmen, wie nötig war, um die Leute anderweitig unterzubringen.

Andrew rutschte unruhig auf seinem Sessel hin und her, während Mr Keene minutenlang seine Papiere zusammenpackte und höfliche Konversation betrieb. Als der Anwalt endlich verabschiedet worden war, stand Andrew vehement auf. »Herrgott, Schwesterchen, kannst du denn nie den Mund aufmachen und für dich selbst eintreten?« Er schritt ans andere Ende des Tisches. »Es ist nicht recht, wie du in dieser ganzen Sache behandelt wirst. Warum nur bin ich der Einzige, der den Mut hat, das zu sagen?«

Eine altbekannte Gelassenheit breitete sich in ihrer Brust aus. »Ich verstehe nicht, was das mit Mut zu tun haben soll.« Vorsichtig erwog sie ihre Worte und faltete die Hände wieder auf dem Tisch. »Vermutlich könnte ich von Ungerechtigkeit sprechen und mich einem Wutausbruch hingeben, doch das würde nichts an meiner derzeitigen Situation ändern, oder?«

Ihre Stimme wurde dünner und dünner, wie Teig unter einem unnachgiebigen Nudelholz.

»Jetzt nicht mehr.« Er machte eine ausladende Geste der Ungeduld. »Aber dieses ganze Unglück hätte verhindert werden können! Ich werde beim besten Willen nie verstehen, weshalb du den Kerl überhaupt geheiratet hast! Weshalb sollte ein junges Mädchen einen Witwer heiraten, der doppelt so alt ist wie sie, wo sie doch –«

»Er war neununddreißig. Nicht gerade scheintot. Und nein, du wirst es vermutlich nie verstehen.« Älteste Söhne verstanden so etwas nicht. Ein Schmarotzerdasein würde Andrew nie drohen. Er würde nie in die Verlegenheit geraten, Alternativen abwägen zu müssen, die nichts mit den Träumen eines jungen Mädchens zu tun hatten. Er schüttelte lediglich mitleidig den Kopf – provozierend – ob ihrer starrköpfigen Entscheidung.

Als ob eine Liebesheirat die einzig legitime Form der Ehe wäre. Als ob die Menschheit nicht seit Generationen von Verbindungen ganz anderer Art profitieren würde, von respektablen Eheschließungen zwischen Leuten, die nun einmal nicht in erster Linie an zügellosen Emotionen interessiert waren.

Ihre Finger hatten sich gelöst und strichen immer wieder über ein Stück Lochstickerei im Tischtuch. Dann hielt sie die Hände still und verschränkte sie wieder fest. Und schwieg.

Ihr Bruder seufzte abrupt. »Es tut mir leid, Martha.« Sie hörte die Veränderung in seiner Stimme, während sie den Blick fest auf das Tischtuch geheftet hielt.

Er kam um den Tisch herum, stellte sich hinter ihren Sessel und legte eine Hand auf ihre Schulter. Sie hob den Kopf und starrte die Tapete an, auf der Pfingstrosen in einem fröhlichen rot-weißen Muster umhermarschierten.

»Ich wollte dich nicht kränken.« Mit einem Mal war er unsicher und suchte ratlos nach einer Möglichkeit, seine verquere kleine Schwester zu trösten. »Es tut mir leid, dass dir solch ein Unglück widerfahren ist, und dass ich dir keine größere Hilfe gewesen bin. Aber ich werde dir jetzt helfen, wenn du mich lässt. Du wirst es gut haben bei mir und Lucy.«

Die Pfingstrosen auf der Tapete glänzten einen Augenblick lang silbern auf und drohten dann zu verschwimmen. Es war, als sei sie wieder sieben, und Andrew achtzehn; dieselbe Hand auf ihrer Schulter und er verlegen und ratlos. Sie hatten das schon einmal erlebt, nur dass sie damals nebeneinander auf der Steinmauer gesessen hatten, auf der er sie nach langem Suchen gefunden hatte. Damals hatten seine stockenden Worte des Trosts mit dem Himmelreich und der Seele ihrer Mutter zu tun gehabt.

*Mir tut es auch leid. Ich wünschte, ich würde wollen, was du mir anbietest. Ich weiß auch nicht, weshalb ich das nicht kann.* Sie schluckte die Worte hinunter. »Es war sehr nett von dir, zu kommen«, sagte sie. »Du bist mir eine große Hilfe gewesen. Ich weiß nicht, was ich die letzten Tage getan hätte, wenn du nicht hier gewesen wärst. Ich schreibe dir, wenn … Ich werde dir schreiben.« Kaum hatte sie den großen Zeh in die Wogen der Gefühle gesteckt, da zog sie ihn auch schon wieder heraus.

Er reiste nach London ab. Martha winkte ihm, bis die Kutsche von der Auffahrt in die Straße abbog, dann ließ sie den Arm sinken und marschierte los. Sie ließ das Haus hinter sich und ging auf die sich im Süden erhebenden Hügel zu. Die Augustsonne kannte keine Gnade für eine Frau in Trauerkleidung, und schon gar nicht für eine, die so rasch ausschritt wie Martha. Einerlei. Sie beschleunigte ihre Schritte.

Bald hatte sie den Fuß des höchsten Hügels erreicht und spürte, wie sich ihre Schritte verkürzten, als der Anstieg begann. Irgendwo in der Nähe hörte sie Schafe blöken, mal wehleidig klagend, mal verdrießlich. Und einen bellenden Hund und eine

Männerstimme, die knappe Befehle gab. Hinter einer Biegung erblickte sie sie: Einer ihrer Pächter richtete einen neuen Hund ab, indem er ihn immer wieder um eine Gruppe dreier missmutig blickender Schafe herumführte. Als Mr Farris sie erblickte und den Hut abnahm, war Martha gezwungen, stehen zu bleiben und einige Worte mit ihm zu wechseln.

Über einen Schäferhund konnte man nicht unendlich viele lobende Worte verlieren. Sie erschöpfte sie alle, während der Pächter seinen Hut zwischen den kräftigen Fingern hin und her drehte und weise nickte. »Von meiner Jane soll ich fragen, falls ich Sie sehe, ob wir wohl davon ausgehen dürfen, dass Sie hierbleiben werden«, sagte er, als die Komplimente gemacht waren.

»Ich fürchte, das ist unwahrscheinlich.« Es war mehr als unwahrscheinlich, doch die Antwort, die sie ihren Pächtern gab, musste sich mit dem decken, was sie Mr Keene gesagt hatte.

»Das wird vielen hier mächtig leidtun.« Er pfiff, und der Hund fuhr in seiner halb kauernden Stellung herum und machte kehrt. »Jane sagt, das neue Dach verdanken wir Ihnen.«

»Nun, hauptsächlich Mr Russells Großzügigkeit.« Sie senkte den Blick und fegte sich einen Krümel vom Ärmel.

»Die erste Mrs Russell hat sich nie für Neuerungen interessiert. Und er auch nicht, bevor Sie gekommen sind. Meint Jane. Sie hält es Ihnen zugute.«

»Ihre gute Meinung ehrt mich.« Sie wischte erneut über ihren Ärmel, bevor sie den Kopf hob. »Es geht ihr gut, hoffe ich? Und den Kindern?«

»Jepp, es geht allen gut.« Er machte eine Armbewegung, und der Hund machte wieder kehrt. »Ben und Adam freuen sich auf die Eröffnung der Schule.«

»Die Schule?« Freude wallte in ihr empor, wusch die Enttäuschung des Vormittags fort und ließ ihre Stimme sonderbar schrill klingen. »Sie standen nicht auf Mr Atkins Liste, als ich ihn das letzte Mal gesprochen habe. Nehmen sie jetzt doch teil?«

»Nur an drei von fünf Tagen, für den Anfang. Mein jüngstes Mädchen auch. Everetts Jungs werden mir ein wenig aushelfen, und meine ihm, und den Rest kriegen wir schon irgendwie hin.«

»Wollen Sie damit sagen, die Everett-Kinder kommen auch zur Schule?« Sie bemühte sich, ihre Stimme wieder zu dämpfen, um die Schafe nicht zu verscheuchen.

»Drei von fünf Tagen, jepp. Im Winter vielleicht mehr.«

»Es freut mich sehr, das zu hören! Sie tun Ihren Kindern einen guten Dienst, sie zur Schule zu schicken.«

»Tja, sie sind ganz helle Köpfchen.« Er zuckte die Schultern und drehte seinen Hut erneut in den Händen. »Verstand und Bildung, und ein junger Mann kann werden, was er will.«

Martha erkannte eins der vielen Argumente wieder, die Mr Atkins sich mit ihr gemeinsam zurechtgelegt hatte, und konnte sich ein Lächeln nicht verkneifen. Sie hatte in ihrer kurzen Zeit in Seton Park etwas erreicht. Sie hatte sich nützlich gemacht. Wenn die Unzufriedenheit sie zu überkommen drohte, würde sie sich die neuen Dächer in Erinnerung rufen, und die Rolle, die sie bei der Umsetzung der lang gehegten Pläne des Pfarrers für eine Schule für die Pächterkinder gespielt hatte.

Sie würde sich auch gern an die Verbesserungen erinnern, die sie an seinem Plan vorgenommen hatte. »Was ist mit Ihrer Laura, und mit Adelaide? Sie werden die Sonntagsschule besuchen, hoffe ich?«

»Wohl kaum.« Er hielt den Kopf schief und rieb sich mit dem Handrücken das Kinn. »Wir brauchen sie im Haus, vor allem wenn ihre Brüder in der Schule sind.«

»Natürlich.« Diese entmutigende Antwort hatte sie schon mehrmals gehört. »Andererseits ist es ja nur eine halbe Stunde

Unterricht die Woche. Vielleicht können Sie sie ja später doch noch entbehren.«

»Vielleicht. Laura lernt im Augenblick eher diese Arbeit hier.« Er nickte in Richtung des Hundes. »Es liegt ihr, wissen Sie. Andere herumzukommandieren.«

»Nun ja, eine Begabung dafür, andere anzuführen, sollte man beneiden.« Und kultivieren. Ein Mädchen mit dieser Veranlagung verdiente eine Erziehung. Mehr Erziehung als nur Lesen und Rechnen, womit der Unterricht für Mädchen begann und endete. Sie würde morgen mit Mr Atkins darüber sprechen. Auf diese Eltern musste stärker eingewirkt werden, und da ihre Zeit hier fast abgelaufen war, würde es an ihm sein, das zu tun.

Vor zwei Wochen noch hatte sie wie jeden Sonntag seit ihrer Hochzeit mit Mr Russell rechts in der ersten Reihe der Stephanskirche gesessen. An diesem Vormittag saß sie drei Reihen weiter hinten auf der linken Seite; eine Geste, die nur sie selbst verstand. Die erste Reihe war der Herrschaft von Seton Park vorbehalten. Sie würde dort nicht mehr sitzen.

Man sah die Dinge ganz anders aus der dritten Reihe. Man konnte zum Beispiel sehen, wo das Sonnenlicht, das durch das Spitzbogenfenster in der Ostwand einfiel, auf den gefliesten Boden traf. Man konnte die Hinterköpfe der Leute studieren. In der ersten Reihe hätte sie nie erfahren, welche ihrer Nachbarn sich hinter den Ohren wuschen und welche nicht.

In der ersten Reihe hätte sie wahrscheinlich auch nie den Fremden gesehen. Vielleicht hätte sie ihn gehört. Er hastete durch den Gang zu einem freien Platz, während der Pfarrer aus der Sakristei trat und die Kirchenbesucher verstummten. Aber sie hätte sich ganz gewiss niemals umgedreht, um einen Blick auf den großen, gut gekleideten Mann zu werfen, der auf der Bank ihr gegenüber Platz nahm.

Sie drehte sich auch jetzt nicht um. Leute, die zu spät zur Kirche kamen, verdienten keine Beachtung – was man den Nachbarn, die ihn verstohlen anstarrten, dringend und nachdrücklich nahelegen sollte. Es war völlig ausreichend, aus den Augenwinkeln zu beobachten, wie er sein Gebetbuch ergriff und hektisch darin blätterte. Als der Gottesdienst begann, verbannte Martha den Fremden aus ihren Gedanken.

Mr Atkins' Predigten waren ernst und schlicht und vielleicht ein wenig länger, als man sie sich insgeheim gewünscht hätte, doch für gewöhnlich mit einer erbaulichen Botschaft am Ende. Heute hatte er die Geschichte von Maria und Martha ausgewählt, den beiden Schwestern, die uneins darüber waren, wie sie den Heiland in ihrem Haus empfangen sollten – eine ziemlich verwirrende Stelle, die Pflichtversäumnis zu befürworteten schien. Doch Martha konnte den Kopf beugen und auf die Moral am Ende warten.

Das unterdrückte Kichern eines Kindes zog einige Minuten später ihre Aufmerksamkeit auf sich. Der kleine Junge in der Reihe vor ihr verrenkte sich den Hals nach etwas hinter sich. Sie folgte seinem Blick und sah den Fremden. Er war eingeschlafen und ein wenig nach links gesackt.

Wie konnte man den Leuten nur so ein schlechtes Vorbild sein? Sie warf zuerst dem kleinen Jungen einen bösen Blick zu, woraufhin dieser sich hastig umdrehte, und dann der schlafenden Gestalt auf der anderen Seite des Gangs.

Der Fremde schlummerte unbekümmert weiter. Der Kopf war ihm zur Seite gesunken, so dass sie nur seine welligen Haare sehen konnte, die die blasse Farbe frisch gespaltenen Buchsbaumholzes hatten. Sein Gesicht konnte sie nicht erkennen, und es blieb ihrer Vorstellungskraft überlassen, es sich vorzustellen – nicht, dass sie die Absicht gehabt hätte, das zu tun.

Seine Haltung war der Inbegriff von Trägheit. Die langen Beine hatte er wie ein Grashüpfer gefaltet, um sie in die Bank zu quetschen. Seine Hände ruhten schlaff auf dem Gesangbuch, das aufgeschlagen auf seinem Schoß lag. Garantiert war er einer von den Menschen, die nur in die Kirche gingen, um andere mit ihren Gesangskünsten zu beglücken.

Jetzt jedoch beglückte er sie mit etwas ganz anderem: einem Schnarchen, tief und verhalten wie das Summen eines verirrten Insekts, aber doch unverkennbar ein Schnarchen. Und dann noch eins, im gleichen Tonfall wie das erste.

Also wirklich. Wozu kam er überhaupt in die Kirche? Sie drehte sich wieder nach vorn. Mr und Mrs James Russell konnten sich gern mit ihm herumschlagen. Sie selbst musste sich mit bedeutsameren Dingen befassen. Wie zum Beispiel der Predigt. Oder dem Zustand ihres Gebetbuchs, das sogar im Sommer moderig roch. Alle Gebetbücher in dieser Kirche rochen so, und dieses wies zudem dunkle Schimmelflecken und von Feuchtigkeit gewellte Seiten auf, als sie es durchblätterte. Ein Jammer, dass sie nicht mehr dazu gekommen war, Mr Russell zu bitten, die Bücher auszutauschen –

Sie bekam eine Gänsehaut. Sie wurde beobachtet. Von rechts. In einer einzigen raschen Bewegung wandte sie den Kopf und blickte in dunkelblaue Augen. Augen von der Farbe des Ozeans. Der Fremde, soeben erwacht, hatte den Kopf gehoben und offenbarte sein Antlitz.

Er sah noch verschlafen aus. Dort, wo es auf seiner Schulter gelegen hatte, zeigte sein Gesicht eine Druckstelle. Eine Locke fiel ihm schräg in die Stirn. Seine Wangenknochen wirkten aristokratisch, seine Lippen voll, und er hatte Wimpern, die Martha noch sechs Bänke weiter hinten gesehen hätte.

Er blinzelte kurz und dann noch einmal. Ein unverhohlenes Lächeln breitete sich in seinem Gesicht aus, so als hätte er sie am anderen Ende eines Ballsaals erblickt und hoffte nun, mit ihr bekannt gemacht zu werden.

Nein. Schlimmer. Sie wandte sich ab; das Blut schoss ihr bereits in die Wangen. Frauen, die in seinem Bett erwachten, sahen dieses Lächeln. Schlaftrunken. Ein wenig überrascht, sie zu sehen. Gern bereit, mehr zu sehen, sobald es ihr beliebte.

Martha legte das Gebetbuch weg, verschränkte die Arme und verbarg sich so gut es ging vor seinem Blick. Die Luft, die ihren bloßen Nacken streifte, fühlte sich plötzlich an wie eine ungewollte Liebkosung. Mochte es nun August sein oder nicht, sie wünschte, sie hätte einen Schal dabei.

Ein weiterer Schauder lief ihr über den Rücken, doch sie starrte entschlossen geradeaus, selbst dann noch, als der Gottesdienst zu Ende war und die Reihen sich leerten. Sie war die Letzte, die die Kirche verließ und dem Pfarrer die Hand schüttelte, um ihm für seine erbauliche Predigt zu danken.

Mr Atkins sah genau so aus, wie ein Mann der Kirche aussehen sollte, von Nahem vielleicht sogar noch mehr als auf der Kanzel. Sein straffer Körperbau verlieh seiner schmucklosen schwarzen Soutane zusätzliche Würde, und weißes Papier und schwarze Kohle hätten völlig ausgereicht, ein getreues Abbild von ihm anzufertigen: pechrabenschwarze Augen, Haare und Brauen, deren natürliche Neigung seinen blassen, kantigen Zügen etwas Melancholisches gab.

»Ich finde, es ist ein sehr schöner Text«, erwiderte er auf ihr Kompliment hin, und ein leichter Anflug von Bosheit schlich sich in sein Lächeln. »Obwohl ich in Zukunft Mr Mirkwood zuliebe vielleicht etwas lebendigere Stellen auswählen sollte. Wenn er bei David und Goliath auch einschläft, muss es wohl an mir liegen.«

»Ist er ein Nachbar?« Über Mr Atkins' Schulter hinweg konnte sie den Fremden sehen; er hatte bereits eine gute Viertelmeile in Richtung der Straße zurückgelegt. »Ich kenne ihn weder vom Sehen noch dem Namen nach.« Er bewegte sich mit federnder Leichtigkeit, die Hände in den Rocktaschen.

»Ihnen gehört das Anwesen östlich von Seton Park, aber wir sehen sie nicht oft. Seit Sie da sind gar nicht, glaube ich, und auch jetzt ist nur der junge Mr Mirkwood herübergekommen. Aber nun reden wir schon so lange, und ich habe Sie noch gar nicht gefragt, wie es Ihnen geht.« Der Tonfall des Pfarrers veränderte sich. »Ich hatte nicht erwartet, dass Sie schon so bald wieder ausgehen würden.«

Sein Blick würde eindringlich sein, wenn sie ihm in die Augen sehen würde. Er würde sie dazu ermuntern, sich ihm anzuvertrauen, völlig unverfänglich, wie es zwischen Gemeindeglied und Pfarrer üblich war. »Ich komme schon zurecht.« Sie beschattete ihr Gesicht mit einer Hand und blickte der sich entfernenden Gestalt Mr Mirkwoods nach. »Danke der Nachfrage. Kann ich Ihnen beim Aufräumen helfen?«

»Sehr gern.« Auch jetzt bewies er Feingefühl. Er verstand Zurückhaltung und begegnete ihr mit gütigem Respekt.

Wieder in der Kirche wandte Mr Atkins sich einigen Papieren auf seinem Pult zu, während Martha die Bücher einsammelte. Mr Russell war der Meinung gewesen, es schicke sich nicht für die Herrin von Seton Park, derlei Arbeiten zu verrichten. Doch nun konnte sie sich ganz nach ihren eigenen Wünschen richten.

Als sie das Gesangbuch aufgehoben hatte, das Mr Mirkwood benutzt hatte, verschränkte sie die Arme um den Stapel. »Ich muss gestehen, dass ich Ihnen meine Hilfe mit einem Hintergedanken angeboten habe.« Entschlossen wandte sie sich der Kanzel zu. »Ich hatte gehofft, wir könnten über die Schule sprechen.«

Seine Hände hielten für ein oder zwei Sekunden inne. »Ah ja. Ich dachte es mir.« Er legte die Papiere beiseite und hob den

Kopf. »Setzen Sie sich.« Er bedeutete ihr, in der ersten Reihe Platz zu nehmen, und stieg von der Kanzel herab. Dann lehnte er sich mit verschränkten Armen an die gegenüberliegende Bank. »Ich habe gehört, Mr Keene ist gestern bei Ihnen gewesen.«

»So ist es.« Sie hielt den Stapel Gesangbücher auf dem Schoß. »Es sieht so aus, als würde der Besitz an Mr Russells Bruder James fallen. Ich werde vermutlich nur noch einige Wochen hier sein.«

»Aber es besteht die Möglichkeit, dass er Ihnen zufällt?« Er lehnte sich leicht vor.

»Das ist sehr unwahrscheinlich.« Langsam wurden die Dinge kompliziert. Das hatten Lügen so an sich. »Die Angelegenheit sollte sich innerhalb des nächsten Monats entscheiden.«

»Oh.« Als er den Sinn ihrer Worte verstand, errötete er und betrachtete eindringlich den Boden.

»Jedenfalls müssen wir von meiner Abreise ausgehen.« Weiter. Keine Zeit, sich zu genieren. »Und in Anbetracht dessen würde ich gern gewisse Vorgehensweisen empfehlen, was die Schule angeht.«

»Selbstverständlich.« Er nickte, den Blick immer noch gesenkt, so als erwarte er, sie würde gleich mit etwas sehr Ernstem herausrücken.

»Die Anmeldungen für die Mädchenklasse sind nicht so zahlreich, wie wir gehofft hatten. Aber ich habe eine Idee.« Die hatte sie überraschenderweise tatsächlich. »Wenn Sie auf die Stellen in der Heiligen Schrift hinweisen würden, die man als Argumente für die Bildung von Frauen anführen kann, müssen diese Familien zuhören, will ich doch meinen, und sie werden die Vorzüge der Idee in einem ganz neuen Licht sehen.« Mr Atkins hatte langsam den Kopf gehoben und erwiderte Marthas Blick mit zusammengezogenen Augenbrauen. Was sie veranlasste, ihre Anliegen noch dringlicher zu formulieren. »Nehmen wir Ihren Text von heute. Christus fordert die beiden Schwestern auf, ihre Frauenarbeit aufzugeben, nicht wahr, und genauso von ihm zu lernen wie die anderen Jünger. Wenn Sie bei Ihrem nächsten Besuch die Familie Farris oder die Familie Cheatham daran erinnern, dass –«

»Verzeihen Sie, Mrs Russell.« Der Pfarrer hob die Hand, und aus seiner Miene sprachen Resignation und Bedauern. »Aber Sie müssen doch einsehen, dass es mit der Schule unter diesen Umständen nicht weitergehen kann.«

»Nicht weitergehen?« Ihr klopfte das Herz bis zum Hals. »Aber warum?«

»Ob es eine Schule geben wird, hat Mr Russell zu entscheiden, wenn Sie uns tatsächlich verlassen werden, und er betrachtet es vielleicht nicht als lohnenswerte Investition.«

Wie konnte er so schnell aufgeben, wofür er so lange gekämpft hatte? »Aber wenn Sie die Schule bereits eröffnet hätten? Ich könnte mir vorstellen, dass noch einige Monate vergehen werden, bevor er einzieht. Dann akzeptiert er sie vielleicht als etwas, das bereits existiert.«

»Vielleicht aber auch nicht.« Mr Atkins' Tonfall war wie sein Blick verständnisvoll und doch völlig unnachgiebig. »Stellen Sie sich vor, was es für eine Enttäuschung wäre, wenn ich die Schule eröffnen würde, nur um sie wenige Monate später wieder schließen zu müssen. Das kann ich den Pächtern nicht antun.«

Da hatte er recht. Doch der Trotz wallte wieder in ihr auf. Sie hatte ihr Herzblut in diese Schule gesteckt. So etwas tat man nicht umsonst. »Was wäre, wenn …« Sie schaute zu Boden, als wäre dort eine Eingebung zu finden. »Was wäre, wenn ich Mr James Russell schriebe, ihm von der Schule erzählte und mir seine Unterstützung im Vorfeld zusichern ließe?«

Ein kurzer Blick in seine Richtung zeigte ihr die Veränderung in seinem Gesicht: Er war vorsichtig, das wohl, aber sie erkannte, wie gern er nach jedem Strohhalm zu greifen bereit war. »Wissen Sie denn viel über ihn?« Die Vorsicht machte ihn einsilbig. »Denken Sie, er würde zustimmen?«

»Mr Russell hat manchmal von ihm erzählt; jedenfalls genug, um daraus zu schließen, dass er ein liebenswürdiger Mann ist.« Das Letzte entsprach vielleicht sogar der Wahrheit. Warum sollte er nicht liebenswürdig sein?

»Wenn Sie es auf sich nehmen würden, zu schreiben … Wenn Sie es aus eigenem Interesse täten …« Das Ausmaß seiner Hoffnung zwang sie, sich wieder dem Stapel Gesangbücher auf ihrem Schoß zuzuwenden. »Ich gebe sehr viel auf Ihre Überzeugungskraft. Wie Sie wissen, habe ich Monate damit verbracht, zu versuchen, Mr Russell davon zu überzeugen, wie vorteilhaft es wäre, seinen Pächtern Bildung angedeihen zu lassen, aber ich glaube nicht, dass er ohne Ihre Fürbitte letztendlich zugestimmt hätte.«

Zwei Bücher rutschten von ihrem Schoß und fielen in den Gang. Sie bückte sich nach ihnen und stieß beinahe mit Mr Atkins zusammen, der plötzlich vor ihr kniete. »Verzeihung«, sagte sie unpassenderweise, denn es war zu keinem Zusammenstoß gekommen.

Er blickte auf. Ein Hauch von Mandel erreichte sie; offenbar benutze er Seife mit diesem Duft. Ein Lächeln – bescheiden, anständig, freundlich – umspielte seine Lippen. »Ich muss *Sie* um Verzeihung bitten.« Er hob die Bücher auf. »Sie haben sich umsonst bemüht – ich räume sie für gewöhnlich nicht weg.«

Sie nahm die Gesangbücher und setzte sich wieder. »Das sollten Sie aber.« Sie strich über einen losen Buchrücken. »Vor allem im Winter. Die Feuchtigkeit ist nicht gut für das Papier.«

»Da haben Sie recht.« Er stand auf und strich sich gedankenverloren über die Soutane.

»Diese hier müssen auf jeden Fall ausgetauscht werden. Vielleicht bitte ich Mr James Russell, es zu genehmigen.« Sie zwang sich zu einem Lächeln, und er lächelte zurück. In seinem Blick lag eine vertrauensvolle Dankbarkeit, die sie längst nicht mehr verdiente.

»Heute war jemand Neues in der Kirche«, sagte abends das Kammermädchen, während es ihr die Frisur löste. »Gegenüber von Ihnen – haben Sie ihn gesehen?«

»Du meinst Mr Mirkwood. Seiner Familie gehört Pencarragh, gleich östlich von hier.« Sie beugte den Kopf nach vorn, als das Mädchen die Haarnadeln herauszog. Vielleicht konnte Sheridan ihr die Dummheit auch gleich mit aus dem Kopf ziehen. Wie hatte sie nur einen Brief an Mr Russell vorschlagen können?

»Mirkwood, genau.« Im Spiegel ihres Frisiertisches sah Martha das Mädchen nicken. »Sir Theophilus, wie er heißen wird, wenn er es endlich geschafft hat, seinen Vater ins Grab zu bringen.«

»Da weißt du offensichtlich mehr als ich. Sind das die Früchte der Gerüchteküche da unten?« Eine schärfere Zurechtweisung brachte sie bei allem, was ihr durch den Kopf ging, nicht zustande.

Es musste doch eine Möglichkeit geben, die Schule zu retten, einen besseren Plan, als lediglich einen Bittbrief zu schreiben. Mr Atkins' schmeichelhaftes Zutrauen in allen Ehren, aber sie war niemand, der gut überreden konnte. Er sollte lieber dem Alkohol für Mr Russells Unvermögen danken, sich zu erinnern, was er zugesagt hatte und was nicht. Ohne diese Unzulänglichkeit hätte sie nichts erreicht.

»Sie kennen doch Sarah, die, die Soßen macht?« Sheridans Stimme flatterte durch Marthas Gedanken wie ein fröhlicher Vogel, dem man nichts übel nehmen konnte. »Ihre Schwester arbeitet auf Pencarragh, und sie sagt, Mr Mirkwood sei nur hier, weil sein Vater es so haben will.«

»Eine Art Verbannung?« Jetzt endlich besaß Sheridan ihre volle Aufmerksamkeit. Welcher einfältige Vater und welcher einfältige Sohn konnten das wunderschöne Sussex als Strafe ansehen?

»Verbannt, genau.« Eine Handvoll Haarnadeln klimperte auf das silberne Tablett zu ihrer Rechten. »Von den Verlockungen Londons fortgeschafft, an einen Ort, an dem es wenig Gelegenheit für Teufeleien gibt. Geld kriegt er auch keins mehr, hab' ich gehört, also kann er auch nicht nach Brighton, um sich zu amüsieren.«

Teufeleien. Sich amüsieren. So viel hätte sie sich denken können. »Es tut mir leid, das zu hören.« Im Spiegel sah Martha ihre Zofe an. »Aber wie dem auch sei, wir müssen die Erinnerung an die Fehltritte eines Mannes nicht auch noch dadurch am Leben erhalten, dass wir über sie reden oder ihnen überhaupt Beachtung schenken. Hoffen wir lieber darauf, dass der Aufenthalt hier in Sussex ihm zum Besten gereichen wird.« Was allerdings nicht sehr wahrscheinlich war, wenn er weiterhin den Gottesdienst verschlief.

Das Mädchen nahm einen Kamm und fuhr damit durch Marthas Haar. Dabei hielt es schuldbewusst den Blick gesenkt, doch sein Lächeln ließ annehmen, dass ihm Mr Mirkwood und dessen Übertretungen noch immer im Kopf herumspukten.

Zweifellos hätte man in zehn Monaten mehr tun können, um Sheridan ihren Hang zu Klatsch und Tratsch abzugewöhnen und ihr die Grundregeln des Anstands beizubringen. Doch Martha hatte Besseres zu tun, als dies nun zu bereuen. Vielleicht konnte sie sich diese Neigung sogar zunutze machen.

»Weißt du etwas über Mr Russells Bruder James? Sprechen die älteren Dienstboten über ihn?«

»Mr James Russell.« Ein Muskel in Sheridans Wange zuckte, ansonsten wurde ihre Miene mit einem Mal ausdruckslos. »Warum fragen Sie?«

»Er soll Seton Park erben, und ich habe vorher noch einige Angelegenheiten mit ihm zu besprechen.« Diesmal stockte der Kamm kurz in seiner Bewegung, doch Sheridans Miene verriet nichts. »Er war nicht bei der Hochzeit, und bei der Beerdigung auch nicht, also muss ich mich auf die Eindrücke anderer verlassen.« Drei, vier, fünf Sekunden verstrichen in Stille. »Du hast irgendetwas über ihn gehört, habe ich recht?«

»Die älteren Dienstboten haben über ihn gesprochen.« Das Mädchen blickte kurz auf, schlug die Augen aber sofort wieder nieder.

»Und was haben sie gesagt? Sag mir die Wahrheit.« Ein kalter Schauer lief ihr über den Rücken. Was rief in diesem Mädchen, das so bereitwillig über Mr Mirkwoods Schande geplappert hatte, plötzlich eine solche Zurückhaltung hervor?

Sheridan schürzte die Lippen. Sie legte den Kopf schief und schaute unverwandt auf ihre Hände. Schließlich sagte sie: »Sie sagen, er hat hier als junger Mann zwei Dienstmädchen ruiniert.«

»Was?« Jetzt fröstelte Martha am ganzen Körper. »Wer sagt so etwas?«

»Mrs Kearney. Sie war damals das zweite Hausmädchen. Sie sagt, sie ist nur dank ihrer vielen Pockennarben im Gesicht vor ihm sicher gewesen.« Sheridan presste die Lippen zusammen.

»Sicher davor … in ein unsittliches Verhältnis gelockt zu werden, meinst du?« Oder vor etwas noch Schlimmerem?

»Mit Locken ist da nicht viel gewesen.« Wie riesige, unheilvolle Hagelkörner fielen die Worte, stockend und stoßweise, während Sheridan ihrer Herrin das Haar kämmte. »Er ist nachts in ihre Kammer gekommen und hat gedroht, sie zu entlassen, würden sie etwas sagen. Und dann sind die beiden trotzdem entlassen worden, wegen des Zustands, in dem sie sich befanden.«

»Wurde er denn nie zur Verantwortung gezogen?« Das hauchdünne Flüstern passte genau zu der Frau, die sie im Spiegel sah, bleich wie das weiße Leinenhemd, das sie trug. Und es war eine dumme Frage. Niemand zog solche Männer zur Verantwortung. Frauen konnten lediglich beten und auf Erbarmen hoffen, und ansonsten die Folgen mit Würde tragen.

Sheridan schüttelte den Kopf. »Ich hoffe, dass er es nie auf mich abgesehen haben wird«, sagte sie nach einigen Augenblicken. »Aber für mich ist hier sowieso kein Platz mehr, wenn Sie fortgehen.« Sie legte den Kamm beiseite und begann, das Haar zu flechten. »Ich hatte gehofft, Sie würden bleiben. Das haben wir alle. Ich schätze, es wäre alles anders gekommen, wenn Sie mit einem Sohn gesegnet worden wären.«

»Ganz anders, allerdings.« Martha wandte errötend den Blick von ihrem Spiegelbild ab. »Doch wie wir seit einigen Tagen wissen, ist das völlig …« Sie hielt inne. Tief in ihrem Bauch wallte der Trotz schon wieder auf und verwirrte ihr die Worte.

Sie reckte das Kinn und erwiderte den Blick ihres Spiegelbilds; ihr Atem wurde hastig und flach. Daneben Sheridans Spiegelbild, das hübsche, frische Gesicht, dessen Augen bereits viel zu viel von der Welt gesehen hatten.

*Frauen konnten lediglich auf Erbarmen hoffen.* Das stimmte nicht. Frauen konnten mehr tun. Eine verzweifelte Frau konnte mehr tun.

*Frauen konnten lediglich die Folgen mit Würde tragen.* Nein. Eine Chance hatte sich ergeben. Eine Chance hatte sich ergeben, am Vormittag erst hatte sie ihr ins Gesicht geblickt.

Im Spiegel sah sie, wie ihre Schamesröte einem Ausdruck ruhiger Entschlossenheit wich. So vieles konnte entsetzlich schiefgehen. Es gab keine Garantie auf Erfolg. Und wie sie es durchstehen sollte, ohne jeden Anspruch auf ihre Prinzipien zu verlieren, daran mochte sie gar nicht erst denken.

Einerlei. Sie konnte diese Frauen ihrem Schicksal überlassen, oder sie konnte die Chance ergreifen, die das Schicksal ihr in den Weg gelegt hatte. »Sheridan.« Sie wandte sich um und sah ihr Kammermädchen direkt an. »Erzähl mir mehr über Mr Mirkwood. Erzähl mir alles, was du weißt.«

# 2

»Wer ist Mrs Richard Russell, und was kann sie von mir wollen?« Theo Mirkwood hielt die Karte – die erste, die ihm auf einem Tablett gebracht wurde, seit er aufs Land gekommen war – zwischen zwei schlanken Fingern und betrachtete sie kritisch von allen Seiten. Schwarze Buchstaben, auf weißes Papier gedruckt. Kein Rahmen, keine künstlerische Schrifttype, keine kleinen Schnörkel oder Blümchen – nichts, kurz gesagt, was irgendetwas über die Besitzerin verraten hätte, abgesehen von ihrem Namen. Oder besser gesagt, dem ihres Mannes.

»Sie ist Ihre direkte Nachbarin«, sagte Mr Granville, »die Herrin von Seton Park.«

Theo lehnte sich in seinem Stuhl zurück und biss von einer Scheibe Toast mit Butter ab, die Karte immer noch zwischen Zeige- und Ringfinger geklemmt. Ihm gegenüber sortierte sein Gutsverwalter – nein, seines Vaters Gutsverwalter – gewissenhaft die vielen langweilig aussehenden Dokumente, die er mitgebracht hatte. »Sie muss sie heute Morgen zu einer unchristlichen Zeit abgegeben haben«, sagte er und schnippte mit dem Daumennagel gegen eine Ecke der Karte. Vernünftiges Papier. Griffig. »Kennen Sie sie?«

»Ein wenig.« Der Mann sah kaum von seiner Arbeit auf. »Sie ist erst ein knappes Jahr hier und ist unglücklicherweise vor etwas über einer Woche verwitwet.«

Theo hielt im Kauen inne. Vielleicht war es irgendeine andere Witwe? Doch nein, Seton Park, erinnerte er sich jetzt, war der Name des Besitzes westlich von dem seines Vaters. Dort, wo die

Feldsteinkirche stand. »Eine Woche, sagen Sie?« Er schluckte. »Warum zum Teufel macht sie dann Besuche, und ausgerechnet bei unverheirateten Gentlemen?«

»Mrs Russell ist der Anstand in Person. Ich bin sicher, es muss sich um etwas Geschäftliches handeln. Und man sollte meinen, ein neuer Nachbar würde sich von ihrer Beachtung geschmeichelt fühlen und ihr einen kleinen Lapsus in der Befolgung der Trauerregeln nachsehen.«

»Ich *bin* geschmeichelt.« Was konnte er sonst sagen? Die Dauer seines Aufenthalts hier hing davon ab, was dieser Mann seinem Vater berichten würde. Er las die Karte noch einmal. »Was ist Mr Richard Russell zugestoßen?«

»Er ist vom Pferd gefallen und hat sich den Hals gebrochen. Sehr bedauerlich. Können wir langsam anfangen?«

»Ja, warum nicht?« Theo seufzte und legte die Karte neben seinen Teller. »Legen Sie los.« *Ziehen Sie mich mit Ihren endlosen Einzelheiten ruhig noch tiefer in die Einöde dieses unfreiwilligen Exils* hätte er stilvoll hinzufügen können, wäre er respektloser gewesen und weniger darauf bedacht, einen guten Eindruck zu machen.

Doch bereits nach kurzer Zeit hatte er aufgehört, den monotonen Ausführungen seines Verwalters zu folgen. Sonnenlicht erfüllte das Frühstückszimmer und verbreitete eine äußerst angenehme, schläfrige Wärme; sein Tee war warm, der gebutterte Toast war auch warm und konnte zudem mit drei verschiedenen Sorten Marmelade bestrichen werden. Er musste zwischen den Bissen nur gelegentlich nicken und die Augenbrauen hochziehen, um Aufmerksamkeit vorzugeben, während er in Gedanken zu der gestrigen Begegnung in der Kirche zurückkehrte.

Welch eine eigenartige Angelegenheit war das gewesen, mit der Witwe und allem. Zu spät zu kommen. Einzuschlafen. Sich für die Dauer eines Lächelns zu vergessen.

Wie bei so vielen Dingen, die auf den ersten Blick seine Schuld zu sein schienen, konnte er auch diesmal eigentlich gar nichts dafür. Neue Angewohnheiten brauchten ihre Zeit. Der Sonntagsgottesdienst war so höllisch früh. Er hatte mit mehr Singen und einer kürzeren Predigt gerechnet.

»… und hier sehen Sie, wie viele Einsparungen wir durch das Zumauern überflüssiger Fenster und die daraus resultierenden Steuerersparnisse erzielt haben.« Granville schob ihm ein Dokument zu.

»Äußerst beeindruckend.« Er warf einen Blick auf das Papier und schnappte sich eine neue Scheibe Toast vom Rost. Was waren denn bitte überflüssige Fenster? In seinem Londoner Quartier ließ er die Vorhänge immer weit offen. Zu dieser Jahreszeit war das Licht besonders schön, der nahende Herbst machte es samtig. An manchen Nachmittagen zog es ihn zurück ins Bett, verlockend wie eine Frau.

Er hätte diese Witwe nicht anlächeln dürfen. Wo er gerade bei Frauen und ihren Verlockungen war. Doch welcher Mann konnte es ihm verdenken? Solch eine entzückende Erscheinung war sie gewesen, so ernst und aufrecht in ihrer Trauerkleidung, aber beim Durchblättern ihres Gebetbuchs ungeduldig wie ein Kind auf der Suche nach den Bildern. Als sie sich dann zu ihm umgedreht hatte, mit Augen wie ein erschrockenes Reh, hatte sie ihm noch besser gefallen. Er stellte sich vor, wie er sie damit aufziehen könnte, dass sie sich hatte ablenken lassen, und wie er Reue zeigen würde, wenn sie ihn dafür schalt, eingeschlafen zu sein. Er stellte sich einen äußerst erquicklichen Reigen des Neckens und des Reuezeigens vor, der in gänzlich …

Granville war verstummt. Wie lange schon? Hektisch griff Theo nach dem Papier vor sich. »Ich bitte um Entschuldigung«, sagte er, »ich habe gerade versucht, diese Fenstersteuerberechnung nachzuvollziehen, und ich fürchte, ich habe das Letzte, was Sie gesagt haben, nicht mitbekommen.« Er kramte tief in seinem Gedächtnis. »Sagten Sie gerade … decken?« Aber wieso jetzt? So etwas tat man doch im Frühling, und außerdem war das nun wirklich keine angemessene Beschäftigung für einen jungen Gentleman.

»Zwei oder drei Bauernkaten, wie ich schon sagte. Es muss unbedingt noch vor dem Winter geschehen, und eine Reihe Zäune müssen auch erneuert werden.«

»Die *Dächer* neu decken, unbedingt!« Herrgott, begriffsstutziger hätte er beim besten Willen nicht klingen können. Wenn es so weiterging, würde er London nie wiedersehen.

Er legte das Fensterdokument weg, fuhr mit den Fingern über die schlichte kleine Karte und hob sie auf. »Würde es sich für mich gehören, den Besuch zu erwidern, unter diesen Umständen?« Oh, das war gut! Den Mann um seine Einschätzung bitten und gleichzeitig Besorgnis darüber äußern, was sich gehörte.

»Ich denke, es wäre nur höflich. Sie könnten sich heute Nachmittag Zeit dafür nehmen.«

»Heute Nachmittag. Selbstverständlich. Sind wir bald fertig mit diesen Papieren?« Er spürte, wie seine müden Geister zurückkehrten. Einen Anstandsbesuch würde er sicherlich zustande bringen. Er würde auf diese Witwe einen besseren Eindruck machen als in der Kirche, und auf Granville obendrein. Und je öfter er einen guten Eindruck machen konnte, desto früher würde er aus dieser Einöde nach London zurückkehren können, wo er hingehörte.

Die Witwe Russell ging in ihrer häuslichen Zurückgezogenheit offenbar so weit, ihre Gäste nicht einmal mehr im Salon zu empfangen. Theo wurde in eine rosa tapezierte Stube im Obergeschoss geführt; dort saß sie in einem Sessel, dessen Chintzpolsterung mit sich anmutig windenden Rosen auf weißem

Grund verziert war. Selbstverständlich war sie von Kopf bis Fuß in Schwarz gekleidet, und einen Augenblick lang hatte er die äußerst sonderbare Vorstellung von einer Spinne in einem Rosenstrauß. Doch für das Schwarz konnte sie schließlich nichts. In einer anderen Farbe wäre sie wahrscheinlich eine Zierde für diesen Raum gewesen, und außerdem ging es einer Witwe wohl kaum in erster Linie darum, dekorativ auszusehen.

Als sie aufstand, um ihm die Hand zu geben, sah sie ihm kurz in die Augen; dann blieb ihr Blick irgendwo in der Nähe seines Schlüsselbeins hängen, und als die Begrüßung vorbei war, wandte sie sich gänzlich ab und deutete auf einen kleinen Rosenholztisch, auf dem eine Teekanne und ein Teller mit zwei Sorten Kuchen standen. »Ich war gerade beim Tee, als Sie angekündigt wurden«, sagte sie, bevor sie sich wieder setzte und ihre Röcke zurechtlegte. »Darf ich Ihnen eine Tasse anbieten?«

»Das wäre wunderbar, vielen Dank.« Recht forsch von ihr, ihm von ihrem Imbiss anzubieten. Aber vielleicht war das auf dem Lande so. Und der Kuchen sah vorzüglich aus. Er nahm in einem zweiten Chintzsessel ihr schräg gegenüber Platz und streifte seine Handschuhe ab.

Der Hausdiener brachte ein zweites Gedeck, und sie griff nach der Teekanne. Bildete er es sich ein, oder wich sie seinem Blick aus?

Er räusperte sich. »Wie ich höre, haben Sie Ihren Mann erst vor Kurzem verloren.« Vielleicht hätte er das früher sagen sollen. »Mein herzliches Beileid.«

»Vor Kurzem, ja, und sehr plötzlich.« Sie goss ihm ein und beobachtete den Pegel in seiner Tasse. »Ich danke Ihnen für Ihre Anteilnahme. Möchten Sie Milch oder Zucker?«

»Nein danke.« Das war ja interessant. Granville hatte auch nicht gerade viel Trauer bekundet, als es um den Todesfall gegangen war. Aber nicht jeder trug das Herz auf der Zunge. Falls sie das Gegenteil von Trauer empfand, zeigte sie das zumindest auch nicht.

»Sie kommen aus London, wie ich höre.« Sie blickte auf, um ihm seinen Tee zu reichen, und sah ihm endlich direkt in die Augen.

Einen winzigen Augenblick lang war er verwirrt. Was hatte sie für Augen! Dunkel und wachsam wie die eines Waldtieres, daran erinnerte er sich aus der Kirche. Und jetzt sah sie ihn an, als ob … er wusste auch nicht, wie.

»Aus London, richtig.« Er nahm die Tasse entgegen und deutete eine Verbeugung an. Dann wurden sie unterbrochen. Ein Mädchen verkündete, der Diener werde kurz benötigt, und die beiden verließen zusammen die Stube. Theo nahm einen Schluck Tee, um sich wieder in die Gewalt zu bekommen. »Haben Sie viel Zeit in der Stadt verbracht?«, fragte er, als die Dienstboten gegangen waren.

»Nur einen halben Winter, als ich meinen Mann kennengelernt habe.« Hinter ihrer Gelassenheit verbarg sich konzentrierte Aufmerksamkeit, und dahinter … Geheimnisse. Viele, viele Geheimnisse verbargen sich hinter diesem bittersüßen Schokoladenblick. »Ich fürchte, Sussex wird Ihnen recht eintönig vorkommen, verglichen mit dem, was Sie gewöhnt sind.« Gemächlich hob sie die Tasse an die Lippen und trank, ohne den Blick von ihm abzuwenden.

Gütiger Gott! Hatte sie eine Ahnung, wie das aussah, für einen Mann? Ganz offensichtlich nicht. Wenn es *so* gemeint gewesen wäre, hätte ihre Haltung eine Einladung aussprechen müssen, und in ihrer Stimme hätten süße Andeutungen mitgeschwungen. Und überhaupt. Sie war respektabel. Und eine Witwe. Was für Geheimnisse auch immer sie haben mochte, sie waren nicht für ihn bestimmt.

»Etwas gesetzter als London, zweifellos.« Er verlagerte sein

Gewicht im Sessel und brachte etwas mehr Distanz zwischen sich und die Witwe. »Aber ich habe ausreichend Zeitvertreib.«

»Sie studieren den Verantwortungsbereich eines Baronets, wie ich höre.« Ihre Hände, so unglaublich blass gegen die schwarzen Ärmel, stellten die Tasse ab und drapierten zwei Stück Kuchen auf einem Teller. Sie hatte geschickte, zarte Finger. Ein wenig kalt allerdings – das hatte er trotz seiner Handschuhe schon bemerkt, als sie ihm die Hand gereicht hatte. Ein Mann könnte diese Hände zwischen den seinen wärmen, und dann –

Nichts *und dann*. In diese Richtung würde er seine Gedanken *nicht* abschweifen lassen. So tief war er doch hoffentlich noch nicht gesunken. »Güterverwaltung und dergleichen, richtig.« Er nahm den Teller und eine silberne Gabel entgegen. »Instandhaltung der Dächer. Optimierung der Fenster. Fenstersteuer. Ich stelle sicher, dass in dieser Hinsicht alles zum Besten steht. In jeder Hinsicht.« Er stopfte sich einen Bissen Kuchen in den Mund, hauptsächlich um sich vom Reden abzuhalten, bevor er noch aufgeblasener klingen konnte.

Sie nahm etwas Kuchen von ihrem Teller und kaute, die Lippen grimmig zusammengepresst. Ein Jammer, denn auf diese Weise verlor ihr Mund seine Fülle, und außerdem sollte selbst jemand, dessen Verlust noch in frischer Erinnerung war, ein Stück guten Kuchens genießen können. »Und? Was sagen Sie?«, fragte sie, nachdem sie geschluckt hatte.

»Ein hervorragender Kuchen, vielen Dank.« Es stimmte. Zitronenkuchen, süß und erfrischend zugleich.

»Nein«, sagte sie, und ein etwas gequälter Ausdruck huschte über ihr Gesicht. »Ihre Studien meine ich. Zu lernen, was eines Tages Ihre Pflichten sein werden. Finden Sie das reizvoll?«

»Oh, absolut. Ohne Zweifel.« Sie könnte das Granville gegenüber wiederholen, wenn sie ihn das nächste Mal sah. »Ich habe festgestellt, dass mir solche Studien sehr liegen.«

Sie aß mehr Kuchen und blieb stumm. Ihr Blick wanderte zwischen ihm und ihrem Teller hin und her, wodurch er sich vorkam wie ein weiterer Gang, und zwar einer von dubioser Herkunft. »Dann sind Sie wohl zu beneiden«, sagte sie schließlich und erlaubte sich die Andeutung eines Lächelns. »Wäre ich in Ihrer Situation, würde ich vermutlich Ränke schmieden, um mich irgendwie nach Brighton abzusetzen.«

»Nach Brighton?« Das kam … überraschend. Und ihr verzogener Mundwinkel erweckte in ihm den Wunsch, sie einmal richtig lächeln zu sehen.

»An einen etwas lebhafteren Ort.« Sie hatte den Blick auf ihre Gabel gerichtet, mit der sie minutiös ihren Kuchen zerlegte. »An einen Ort, an dem ich in Gesellschaft von … lebensfroheren Menschen wäre. Mit abwechslungsreicheren Zerstreuungen. Wäre ich dergleichen gewöhnt, würde ich das vorziehen, denke ich. Wenn ich ein junger Mann wäre.« Armes unschuldiges Ding, dem Gewimmel eines Badeorts all den weltoffenen Zauber anzudichten, der in ihrem eigenen Leben fehlen musste.

»Brighton muss ein ganz reizender Ort sein.« Er stellte den Kuchen ab und trank noch etwas Tee, um den gutmütigen Spott zu verbergen, den sein Lächeln jetzt verriet, wie ihm wohl bewusst war. »Für eine junge Dame ebenso wie für einen jungen Mann.«

Das war nicht die richtige Antwort gewesen. Ihre Miene verriet es ihm sofort. Doch weshalb sollte es in solch einem Gespräch überhaupt eine richtige Antwort geben? Hier gingen offenbar Dinge vor, die er noch nicht so ganz durchschaute.

»Wie ich höre, gibt es in Brighton ausgezeichnete Geschäfte.« Jetzt klang sie, als wolle sie ihn aus seinem Sessel schweben lassen und ohne Umschweife direkt über Brighton abwerfen.

»Das bezweifle ich nicht.« Geräuschlos stellte er seine Tasse auf der Untertasse ab. Was zum Teufel ging hier vor? Wollte sie etwa andeuten, dass er die Nachbarschaft verlassen sollte? Aber sie hatte ihn doch gerade erst kennengelernt. Konnte ein einziges Lächeln in der Kirche eine solche Missbilligung hervorrufen?

»Vergnügungen auch.« Sie nahm das Teesieb und lehnte sich vor, um seine Tasse aufzufüllen. »Man sagt, die Vergnügungen in Brighton seien gerade für junge Männer besonders reizvoll.«

Er versuchte, den Sinn ihrer Worte zu ergründen, während sie ihm eingoss, doch ehe er sich's versah, ergründete er plötzlich ihr Dekolleté. Apropos Vergnügungen, die für junge Männer besonders reizvoll waren. Sie trug kein Fichu, und er konnte gerade genug sehen, um einschätzen zu können, wie eine ihrer Brüste in seine Hand passen würde. Es wäre noch viel Hand übrig. Sie war bescheiden ausgestattet, und seine Hände waren groß. Daran war nichts auszusetzen.

Nicht, dass das von Belang gewesen wäre. »Wenn ich Ihnen von Nutzen sein könnte, indem ich die Vergnügungen Brightons erprobe und Ihre Informationen bestätige, würde ich das sehr gern tun.« Wunderbar, was ein Einblick in den Ausschnitt einer Frau für seine Stimmung tun konnte. »Es ist allerdings nicht sehr wahrscheinlich, dass ich während meines jetzigen Aufenthalts in Sussex dorthin kommen werde.«

»Da Ihnen die nötigen Mittel fehlen, meinen Sie, jetzt, wo Sie kein Einkommen mehr haben.« Sie sagte es leise, während sie das Sieb wieder auf sein Schälchen stellte.

Aha. Ein Klatschweib. Ihr früher Besuch bei ihm erschien plötzlich in einem für sie beide wenig schmeichelhaften Licht. Sie wollte also den Londoner Taugenichts begaffen und ihm ein paar neue Geschichten entlocken, um sie ihren Freundinnen weiterzuerzählen, ja? Nun, den Gefallen würde er ihr nicht tun. »Ich muss gestehen, mir ist nicht klar, inwiefern Sie das etwas angeht.« Er ließ seine Stimme kühl wie Quellwasser klingen und probierte den zweiten Kuchen. Walnuss, nur passabel. Nicht geeignet, ihn gesprächiger zu machen.

»Ich bitte um Verzeihung.« Sie saß völlig still, die Hände im Schoß. »Ich hätte das Thema Geld niemals angeschnitten, wenn es mich nicht gerade in diesem Moment selbst beträfe.«

Was für ein unsinniges Rätselraten war das? »Ich bin kein scharfsinniger Mann, Mrs Russell. Wenn Sie mir etwas zu sagen haben, sagen Sie es bitte rundheraus.« Er gab den Kuchen auf und griff zu seiner wieder aufgefüllten Teetasse.

»Rundheraus dann. Rundheraus.« Sie atmete tief durch und schenkte ihm ihre volle Aufmerksamkeit. »Ich kann Ihnen Geld verschaffen, Mr Mirkwood, im Gegenzug für etwas von Ihnen. Ich muss ein Kind empfangen.«

Nur dank heldenhafter Willenskraft und der schnellen Verwendung seiner Serviette konnte Theo verhindern, dass ein Schwall Tee aus seinem Mund auf seinen Schoß spritzte. Er keuchte und hustete und griff hastig nach der neuen Serviette, die sie ihm hinhielt, während seine Tasse unbeholfen und sehr geräuschvoll auf ihre Untertasse prallte.

»Ich bin bereit, Ihnen für Ihre Mitwirkung fünfhundert Pfund zu zahlen, des Ergebnisses ungeachtet, und weitere fünfzehnhundert, wenn sie die Geburt eines Sohnes zur Folge haben sollte.«

»Halt. Halt!« Er betupfte sich den Mund. »Verstehe ich Sie richtig?«

Sie zog die Augenbrauen zusammen. »Das kann ich beim besten Willen nicht sagen. Ich hoffe es.«

»Verstehe ich richtig, dass Sie soeben vorgeschlagen haben, mich als Hure anzuheuern?« Er hustete ein letztes Mal. »Ist das richtig?«

Wieder presste sie missbilligend die Lippen zusammen. »Zuchthengst wäre ein besserer Vergleich. Mir geht es nur um die Nachkommenschaft. Ich erwarte kein Vergnügen.«

»Ein feiner Unterschied.« Er starrte sie eindringlich an. »Sie wollen mich dafür bezahlen, Sie zu begatten.«

»Das wird wohl notwendig sein, es sei denn, Sie kennen eine andere Möglichkeit, mich schwanger werden zu lassen«, sagte sie, offensichtlich frustriert über die Langsamkeit, mit der er die Situation begriff.

Langsam oder nicht, jetzt wurde ihm alles klar. Die private Stube. Der verschwundene Diener. Ihre konzentrierte Angespanntheit. Wahrscheinlich sogar das fehlende Fichu, und der Blick in ihren Ausschnitt. Gütiger Gott. Wie hatte er das nur übersehen können?

Dann musste er lachen. Er tupfte sich mit der Serviette die Augen und stand schließlich auf, um im Raum auf und ab zu gehen. »Bitte verzeihen Sie, dass ich die Fassung verloren habe. Man wird nicht alle Tage plötzlich zu einer Figur in solch einem ausgeklügelten Melodram.« Er stellte sich hinter seinen Sessel und stützte die Ellbogen auf die Rückenlehne. »Hätten Sie mich nicht zuerst verführen sollen? Oder mir etwas in den Tee tun und mich ans Bett gefesselt aufwachen lassen?«

Sie errötete und blickte noch missbilligender drein. »Es ist ein Geschäft, und ich würde es gern dementsprechend abwickeln.«

»Ein Geschäft. So nennen Sie es, die letzten Wünsche Ihres Mannes mit einem falschen Erben zu umgehen?« Wenn sie sich einbildete, er würde selbst das nicht mitkriegen, würde er sie eines Besseren belehren.

»Ja.« Sie reckte das Kinn und hielt seinem Blick stand. »Vieles hängt davon ab, sie zu umgehen.«

Die Geheimnisse tanzten in ihren Augen wie Motten in einem Sonnenstrahl. Was war sie nicht hübsch! Und sie faszinierte ihn. So hatte sich sein Vater den Aufenthalt seines Sohns in Sussex garantiert nicht vorgestellt. »Gütiger Himmel«, murmelte er und wandte sich ab. Mit einem Finger strich er gedankenverloren über ein Rosenmotiv im Polster des Sessels. »Warum ich?«, fragte er dann. »Wahrscheinlich haben Sie gehört, dass ich alles bespringe, was sich bewegt?« Er sah sie an. Jetzt kam es auf gute Manieren auch nicht mehr an.

»Um ganz ehrlich zu sein: Ich habe gehört, dass man Sie einen Lüstling nennt.« Das Wort klang verrucht, köstlich verrucht aus ihrem sittsamen, weichen Mund. »Ich nehme an, sie pflegten in London eine Geliebte zu unterhalten. Ihnen muss klar sein, dass das Angebot hier dürftig ist, und selbst wenn Sie eine finden würden, wie könnten Sie sie ohne die nötigen Mittel unterhalten? Ich biete Ihnen den geraumen Vorteil einer Affäre ohne Kosten. Natürlich zusätzlich zu der Vergütung, die ich erwähnt habe.« Er konnte sich vorstellen, wie sie diese Worte geübt hatte. Wahrscheinlich hatte sie sie sogar vorher aufgeschrieben.

Selbstverständlich sollte er das nicht tun. Doch weshalb eigentlich nicht? Er stieß sich von der Sessellehne ab und stellte sich vor ein Gemälde an der gegenüberliegenden Wand, um sich vom Anblick ihrer Lippen loszureißen. Es war keiner dieser Räume, in dem jedes freie Fleckchen mit grandiosen Porträts verstorbener Ahnen vollgestopft war. Vielmehr gab es nur ein einziges Bild: eine Studie von einer Wiese im Sonnenlicht, die sich bis zum Horizont erstreckte. Fachkundig ausgeführt, doch wer sah sich so etwas an, wenn dasselbe Motiv durchs Fenster zu sehen war, in natura, nebst Wind und Schmetterlingen? »Ihr Plan hängt von einem Sohn ab, nehme ich an.« Er drehte sich nicht zu ihr um. »Was ist, wenn es ein Mädchen wird?«

»Dann sind Sie um fünfhundert Pfund reicher.«

»Und Sie um ebenso viel ärmer und haben ein weiteres Mäulchen zu stopfen. Das gefällt mir nicht.« Da waren sie, die handfesten Gründe dafür, ihr Angebot abzulehnen. Mit einem Kopfschütteln kam er zum Sessel zurück. »Ich habe mir bisher Mühe gegeben, nicht überall Kinder in die Welt zu setzen, damit sie nicht in widrigen Umständen aufwachsen müssen. Ich nehme an, das Testament Ihres Mannes muss Ihre Lage wahrhaft unglücklich gemacht haben, wenn Sie gewillt sind, zu solch drastischen Mitteln zu greifen, um es abzuwenden.«

»Aber es besteht keine Gefahr, dass es einer Tochter an irgendetwas mangeln würde.« Auf diesen Einwand war sie vorbereitet. »Ihr stünde ein Anteil am Erbe zu, und wir könnten bei einem meiner Geschwister unterkommen und einigermaßen bequem leben. Mein Bruder hat mir bereits ein Heim angeboten.«

»Warum wollen Sie das dann tun?« Er setzte sich wieder und griff nach dem Rest seines Tees. »Warum gehen Sie nicht gleich zu Ihrem Bruder?«

Sie faltete die Hände im Schoß und schwieg, und alles Licht verschwand hinter ihren dunklen Augen. »Weil es nicht das ist, was ich zu tun gedenke.« Die Worte waren so scharfkantig, als hätte sie sie auf einer kleinen Guillotine geschnitten. »Ich habe meine Gründe, und sie gehen über persönliche Habgier hinaus. Zu einem Fremden werde ich nicht davon sprechen, doch Sie dürfen mir glauben, dass ich sie habe.«

»Mhm. Mit Habgier hätten Sie mich eher überzeugt. Ich mag Frauen, die sich nehmen, was sie wollen.« Er sagte dies jedoch zu seiner Teetasse, und seine Stimme klang selbst in seinen eigenen Ohren unsicher. Denn irgendetwas in ihrer letzten Äußerung hatte sie überwältigend gemacht, voller Willenskraft und Entschlossenheit hinter den guten Tischmanieren. Wie eine furchteinflößende, entsetzliche Fee in einer Geschichte, die ihre dürftige Verkleidung im entscheidenden Moment fallen lässt.

Was, wenn sie im Bett auch so war? Streng und anspruchsvoll, aber weich anzufassen? Himmel. Das könnte gut werden. Das könnte interessant und sehr, sehr gut werden.

Er lehnte sich im Sessel zurück, schlug die Beine übereinander und stellte seine Tasse weg. Sie saß bewegungslos da, so als ob sie sich innerlich auf seine nächste Abfuhr vorbereitete.

Oder auf seine Zustimmung. Es konnte ja nicht schaden, es sich vorzustellen. Ein Wort von ihm, und er könnte diese cremeweiße Haut aus ihrer tristen Hülle befreien. Er könnte herausfinden, wozu diese eleganten Hände fähig waren. Er könnte sie auf sich setzen – sie würde gern auf ihm thronen, eine leidenschaftliche Fee, die strenge Befehle murmelte –, und ihr Haar würde wie ein Vorhang auf sein Gesicht fallen, und … »Welche Haarfarbe haben Sie?«, fragte er, da kein noch so dünnes Strähnchen unter ihrer Haube hervorblickte.

Zwei kleine Fältchen erschienen zwischen ihren Augenbrauen. »Ist das entscheidend?«

»Vielleicht.« Er sollte sich was schämen. So spielte man nicht mit einer Dame. Da hatte er tausend bessere Ideen. Er verlagerte sein Gewicht. Welche Gründe gab es noch mal dafür, sie abzuweisen? Na ja, wenn Granville Wind davon bekäme – wenn sein Vater Wind davon bekäme –, würde er an einen noch viel abgeschiedeneren Ort verfrachtet werden, und zwar vermutlich für den Rest seines irdischen Lebens. Aber davon mal abgesehen, welche Gründe?

Sie hob eine Hand zu den Bändern ihrer Haube und zögerte. Er bemerkte, wie sie fieberhaft nach einer Strategie suchte. Beinahe konnte er ihre Gedanken rattern hören wie die versammelten Webstühle einer nordenglischen Textilfabrik. Sie ließ die Hand wieder sinken und legte den Kopf schief, was sie kokett und trotzig zugleich wirken ließ. »Welche Haarfarbe ich habe, können Sie leicht herausfinden«, sagte sie. »Aber nicht durch Fragen.«

»Ah! So langsam verstehen wir uns.« Ein Lächeln stieg von irgendwo in seinem tiefsten Inneren auf und schlich sich in seine Worte. »Wie oft würden Sie meine Dienste in Anspruch nehmen wollen? Wenn ich zustimmen würde?« *Wenn.* Denn das würde er vielleicht nicht. Doch, Herr im Himmel, sie sah bezaubernd aus, wie sie den Kopf so schräg hielt und alles daransetzte, ihn ins Bett zu kriegen.

»Einmal täglich. Wir haben fast einen ganzen Monat.« Sie sprach schneller, mit kaum verhohlener Ungeduld. »Und ich hatte gehofft, wir könnten heute beginnen.«

»Direkt im Anschluss an diese Unterredung, vermute ich?« Warum nicht. Warum nicht, zum Teufel?

»Wenn Sie es einrichten können, ja.«

Er richtete es ein, noch während sie sprach. Er hatte den gesamten Besuch über immer wieder überlegt, wie er es einrichten könnte. »Nun, Mrs Russell« – er setzte sich aufrecht hin – »ich glaube, Sie haben soeben eine Hure engagiert.« Rasch, bevor sie seine Wortwahl korrigieren konnte, stand er auf und lehnte sich über sie, die Hände auf ihre Sessellehne gestützt. Aus dieser Entfernung war ihr Mund noch hübscher. Ob er sie noch einmal dazu bringen konnte, *Lüstling* zu sagen?

»Was tun Sie?« Sie blinzelte ihn an, die Augen von Missbilligung verdunkelt.

»Ich dachte, ich könnte damit anfangen, Sie zu küssen.«

»Das wird nicht nötig sein.« Unsicherheit überschattete plötzlich ihre Miene. »Es sei denn, Sie bestehen darauf?«

»Ganz und gar nicht.« Er richtete sich auf. Das wurde ja immer besser. »Wo ist Ihr Bett?«

»Durch diese Tür hier, und dann durch die nächste.« Sie stand auf und zwängte sich an ihm vorbei; ihr Rocksaum strich über seine Stiefelspitzen. »Ich werde jetzt gehen. Sie folgen mir in zwanzig Minuten. Da drüben auf der Anrichte steht eine Flasche Claret, falls Sie denken, das könnte hilfreich sein.«

»Hilfreich?« Was glaubte sie eigentlich, was sie für einen Schlappschwanz angeheuert hatte? »Schätzchen, wenn es mal so weit kommt, dass ich Claret brauche, um Ihre Erwartungen zu erfüllen, dürfen Sie anfangen, mein Grab zu schaufeln.«

Auf diese schlagfertige Antwort hatte sie nichts zu erwidern. Nach einem kurzen, undurchschaubaren Zögern verließ sie den Raum und schloss die Tür hinter sich. Zwanzig Minuten später folgte er ihr.

Sie musste in der Zwischenzeit nach einem Mädchen geläutet haben, denn er fand sie im Bett vor, vermutlich entkleidet, die Decke fast bis zum Kinn hochgezogen. Als er eintrat, fiel ihr Blick nur kurz auf ihn, bevor er sich auf die Wand hinter ihm richtete.

Er trat näher. Ihr Haar, von der Haube befreit und gelöst, lag in Locken und leichten Wellen auf dem Kissen ausgebreitet wie ein Fächer: honigfarbenes Haar, genau auf jener Grenze zwischen blond und brünett. Die Art von Haar, das in der Sonne glänzte, im Haus jedoch sein Geheimnis wahrte.

Diese Frau bestand nur aus Geheimnissen. Und einige davon waren wohl doch für ihn bestimmt. »Mrs Russell«, sagte er und fing ihren Blick wieder ein.

»Ja?« Falls sie einen anderen Tonfall fürs Schlafzimmer hatte, benutzte sie ihn nicht. Noch nicht.

»Nach allem, was ich von Ihnen sehen kann, vermute ich, dass Sie eine wunderschöne Frau sind.«

»Ja. Sehr gut. Vielen Dank.« Die Antwort kam stockend, so als spräche sie eine Fremdsprache.

Und vermutlich war es eine Fremdsprache für sie, die Sprache der Verführung. Die wenigsten Männer machten sich die Mühe. Er griff nach einem Zipfel der Bettdecke. »Lassen Sie sich anschauen.«

Ihre Finger verkrampften sich um die Decke. Ihre argwöhnischen Augen verengten sich. »Ist das … wird es … nützlich sein, um Sie … vorzubereiten?«

»Nützlich. Ja. Hilfreich auch.« Er lächelte voll wissender, beruhigender Zuversicht. »Darf ich? Bitte?«

Sie schloss die Augen, löste ihren Griff und ließ ihn die Decke zurückziehen.

Etwas in seinem Inneren geriet ins Stocken, als er sie entblößte. Er hatte das schon so oft erlebt, eine neue Frau nackt gesehen, dass man hätte meinen sollen, es würde ihn nicht mehr aus der Fassung bringen. Man sollte meinen, die Erregung würde mit der Zeit nachlassen. Doch, grundgütiger Gott, es verschlug ihm jedes Mal den Atem.

Frauen konnten auf so viele verschiedene Weisen schön sein. Mrs Russells Schönheit war von einer Art, die flüsterte und sie umgab wie ein Nebelschleier. So als versuchte sie, sie für sich zu behalten, und hoffte, dass ihre Kurven, so unaufdringlich und zart, einem nachlässigen Mann entgehen würden. Sie wollte einen aufmerksamen Liebhaber. Einen, der erkannte, was sie Sinnliches versprach. Einen, der es verstand, die Üppigkeit aus den untertriebenen Formen herauszukitzeln.

Nun, sie hatte sich den Richtigen ausgesucht. Von wegen sie erwartete kein Vergnügen! Hier, hier, und hier konnte er Dinge tun, um sie zu entzücken. Dort würde ihr schlanker, geschmeidiger Körper sich aufbäumen und winden …

Sein Zeigefinger landete auf ihrem Brustbein und fuhr ohne Eile zwischen ihren Rippen hinab in die Kuhle ihres Bauchnabels, und weiter hinab bis kurz vor die Stelle, an der die hellen Locken begannen. »Drehen Sie sich um«, bat er. Seine Stimme war bereits belegt.

Sie riss die Augen auf. »Ich habe nichts Außergewöhnliches gestattet!«, sagte sie mit entsetzensschriller Stimme.

»Ich möchte Sie nur ansehen. Ich verspreche Ihnen, dass wir von Angesicht zu Angesicht wie vernünftige Christenmenschen Unzucht treiben werden.« Er konnte sein Lachen nicht ganz verbergen. »Aber lassen Sie sich erst zu Ende betrachten.«

Sie runzelte die Stirn, tat ihm aber seinen Willen, und er nahm ihre Rückansicht in sich auf: die überraschende Eckigkeit ihrer Schulterblätter, die lange, graziöse Krümmung ihrer Wirbelsäule und das immerwährende Wunder dieser letzten Innenkurve an der Hüfte – die beste Stelle, um eine angezogene Frau zu berühren –, wo ihr Körper sich zu sammeln schien, bevor er wieder in seiner geschmackvollen Art breiter wurde.

»Werden Sie das jedes Mal tun müssen?« Das Kissen schluckte einen Teil ihrer Stimme.

»Sind wir etwa ungeduldig?« Er löste seine Krawatte. Kein Grund, die Dame warten zu lassen.

»Ungeduldig, ein Kind zu empfangen. Sie müssen doch jetzt so weit sein.«

*So weit sein*. Also wirklich. Wenn sie ihn mehr als eines flüchtigen Blicks gewürdigt hätte, hätte sie gesehen, wie weit er war. Aber vielleicht war ihr Mann immer im Dunkeln zu ihr gekommen, und deswegen war sie jetzt zu schüchtern, um zu gucken. In manchen ehelichen Schlafzimmern ging es so zu, ganz verstohlen und zögerlich, die Befriedigung selbst von Scham verhüllt.

Jetzt würde sie es besser kennenlernen. Mit einer Effizienz, die man nur durch viel Übung erlangte, entledigte er sich seiner Kleidung. »Sie können sich wieder umdrehen, wenn Sie möchten.«

Sie tat es, sah ihn an, und sah weg, so als habe sie versehentlich direkt in die Sonne geschaut oder einen jener Götter erblickt, den zu betrachten Sterbliche nicht ertragen konnten. Apollo oder so. Merkur. Jedenfalls den breitschultrigsten, der am großzügigsten ausgestattet war.

Er kniete sich aufs Bett und betrachtete sie von oben bis unten, so wie er es mit einer kostspieligen Mahlzeit getan hätte. Seine erste Witwe. – Sussex war also doch voller Überraschungen – und er ihr bezahlter Liebhaber. Seine Hand zuckte ungeduldig; er streckte sie aus und legte sie auf eine vollkommene Brust.

Sie passte genau so, wie er es sich ausgerechnet hatte, füllte seinen Handteller und das erste Glied eines jeden Fingers. Kühl, geschmeidig und garantiert süß wie Konfekt – Zwillingskonfekt –, speziell für ihn angerichtet. Angerichtet auf schwarzem Krepp, und dann angeboten, voller Finesse, mit diesem einen, verführerischen Blick. Listige kleine Circe. Er hatte nie die geringste Chance gehabt.

»Ein Geschäft, sagen Sie.« Die Worte kamen unwillkürlich, wie sie es ab einem bestimmten Punkt immer taten, und seine Stimme glitt in ihren intimsten Bereich hinab. »Aber die sollte ich sehen, nicht wahr? Sie wollten mich damit verführen.« Er nahm seine Hand weg und strich mit zwei Fingern den anmutigen Bogen unter ihrer Brust entlang.

Sie presste die Lippen fest zusammen und starrte errötend den Betthimmel an. Nein, diese Sprache hatte sie noch nie gehört.

»Nun, es hat funktioniert.« Worte, Stimme und Finger liebkosten sie gemeinsam. »Ich habe gesehen, was ich konnte, und mir den Rest vorgestellt. Genau wie Sie es beabsichtigt haben.« Ihre Brust hob und senkte sich in einem schnellen Atemzug unter seiner Berührung. »Ich habe mir Ihre kühle, seidige Haut vorgestellt. Ich habe mir die Farben vorgestellt: Elfenbein und Rosarot.« Mit einer Hand stützte er sich auf der Matratze ab und beugte sich näher zu ihr hinunter. »Ich habe mir Ihren Duft vorgestellt.« Er schloss die Augen und atmete ein, langsam und schwelgerisch. »Wie frische Blumen.« Wie Puder mit Fliedergeruch, um genau zu sein. Hatte sie ihn für genau diesen Augenblick aufgelegt?

Kurze, flache Atemzüge – er war jetzt nah genug, sie zu hören – waren die einzige Antwort. Sie war nervös, und nicht bereit. Aber sie hatten den ganzen Nachmittag. Und er kannte Mittel und Wege.

»Wir fangen langsam an.« Er lehnte sich zurück und ließ sich neben sie auf die Matratze gleiten, einen Ellbogen aufgestützt. »Erzählen Sie mir ein paar Dinge, die Sie mögen, oder ist es Ihnen lieber, wenn ich sie selbst herausfinde?«

Eine Sekunde oder zwei verstrichen ohne jedes Anzeichen, dass sie ihn gehört hatte. Dann erschienen die beiden Falten wieder zwischen ihren Augenbrauen. Ihr Blick schoss von den Bettvorhängen zu ihm. »Was?«, fragte sie.

»So langsam, wie Sie wollen. So viele kleine Aufmerksamkeiten, wie Sie brauchen.« Seine Stimme suchte ihren besänftigendsten, butterweichsten Ton. »Wo wollen Sie wohl, dass ich anfange? Am Hals?« Er berührte ihn mit zwei Fingern. »An den Ohren? An den Fußsohlen?« Frauen mochten es, die Füße gestreichelt zu bekommen.

Ihre Augen weiteten sich für den Bruchteil einer Sekunde und blickten dann wieder ernst drein. »Ich habe Sie nicht zum Vergnügen engagiert. Ich bezahle Sie nicht für diese Dinge.«

»Aber ich tue diese Dinge gern.« Die Unwissenheit dieser armen Frau war schockierend. »Sie sind zwischen Mann und Frau gebräuchlich. Und sie werden helfen, Sie bereit zu machen.«

»Ich *bin* bereit. Sie können jederzeit beginnen.«

Seine Mundwinkel zuckten wie verrückt, als er versuchte, seine Belustigung zu verbergen. »Nein, Liebling.« Mit einer Fingerspitze berührte er ihre unreife Brustwarze. »Ich meinte –«

»Ich wäre Ihnen wirklich sehr verbunden, wenn Sie das hier erledigen könnten, ohne mich auszulachen.« Ihre Züge verdunkelten sich mit all der Strenge, die er sich vorgestellt hatte, aber ohne das Verlangen, dass er dabei erwartet hatte. »Ich weiß, was Sie gemeint haben. Aber Männer können es doch auch so. *Sie* können es doch auch so. Oder nicht?«

*Warum zum Teufel solltest du das wollen?* Er schluckte die Worte herunter. Er hatte sie bereits mit seinem Lachen gekränkt. »Hat Ihr Mann es so gemacht?« Er sprach ungezwungen und blickte an sich herab, während er mit einem Finger eine Bestandsaufnehme seiner eigenen Feuchtigkeit machte. Vermutlich würde sie ausreichen.

Ihre Unsicherheit erfüllte die Stille. Für drei volle Sekunden glaubte er, sie würde ihm tatsächlich antworten. »Was mein Mann getan hat, geht Sie nichts an«, sagte sie dann. Also *ja*.

Nun denn. Sie hatte viel zu lernen. Doch in diesem Augenblick, als seine Finger daran arbeiteten, seine Feuchtigkeit anzuregen, war er alles andere als abgeneigt, ihrer Ungeduld nachzugeben. »Wie Sie wünschen«, sagte er und legte sich auf sie.

Sie öffnete die Beine, schloss die Augen und lag teilnahmslos da, eine Hand an der Schulter zur Faust geballt. Zweifellos wappnete sie sich.

»Keine Angst.« Er schob die Hüfte ein wenig vor, sodass sie ihn fühlen konnte. »Ich weiß, er ist recht groß, aber ich versichere Ihnen, keine Dame hat je die geringste Schwierigkeit –«

»Ich habe keine Angst! Himmel noch mal.« Ihre Augen blieben geschlossen und ihre Wangen wurden röter, als er es für möglich gehalten hätte. »Bitte fangen Sie doch an!«

Also gut. Er brachte sich in Position, stieß zu und traf auf Muskeln, die sich hart gegen ihn verkrampften. Keine Biegsamkeit. Kein leichtes Eindringen. Er würde ein wenig Gewalt anwenden müssen, es sei denn … Mit einem tiefen, heiseren Seufzer machte er einen letzten Versuch. »Darf ich nicht ein paar Dinge tun, um Sie zu entspannen, wenigstens um –«

»Nein. Wir haben das schon mehr als hinreichend besprochen. Können Sie nicht bitte einfach weitermachen?«

Ihre Worte hingen wie kalter Dunst in der Luft, und plötzlich erschlaffte entsetzlicherweise seine Durchblutung an der wichtigsten Stelle. Konnte er sich wirklich an einen so feindlichen Ort begeben?

Ach, zur Hölle damit! Er war eine Schande für die gesamte Hurenheit. Und für alle Zuchttiere ebenfalls. Welcher Bulle machte sich je darüber Gedanken, ob die Kuh Verlangen nach ihm verspürte? Schnell brachte er sich in Position. Setzte eine Hand ab, um sich zu wappnen. Atmete tief ein. Und mit einem mächtigen Stoß war er drin. Der Rest war eine Frage der Mechanik. Oft genug rein und raus würde ihn zum Ziel führen. Ihr fester Griff – hatte er je in einer so exquisiten Scheide gesteckt? – würde es vielleicht sogar beschleunigen.

Sie sollte ihn aber eigentlich berühren. Ihr rechter Arm lag schlaff auf der Matratze, der linke war gekrümmt und immer noch an der Schulter zur Faust geballt. »Können Sie Ihre Hände auf mich legen?«, flüsterte er heiser. Hör' sich das einer an, da fragte er höflich, wo er befehlen sollte.

Doch sie tat, worum er sie bat. Und dann wünschte er, sie hätte es nicht getan. Ihre Hände fielen irgendwo auf seinen Rücken und blieben dort liegen, bewegten sich passiv zu seinem Rhythmus wie ein Paar toter Fische, die von den Wellen hin und her geworfen wurden. Oder besser gesagt wie *ein* toter Fisch. Die andere Hand war immer noch fest zusammengeballt wie ein sprödes Schalentier, dessen weicher, empfindungsfähiger Teil sich ganz ins Innere zurückgezogen hatte.

Egal. Egal! Er begann, die Sache zu genießen, und er musste nur die Bewegung aufrechterhalten. Den Anblick des teilnahmslosen Gesichts mit den geschlossenen Augen verdrängen. Die unangenehme Neuigkeit, dass sie ihn nicht wollte, verdrängen, verdrängen! Er konnte ihr Haar ansehen. Besser noch, ihre Brüste, ihre hübschen Brüste, die kokett mit jedem seiner Stöße mitwippten. Gut. Perfekt. Jetzt gehorchten sie *ihm*, diese Körperteile, die sie eingesetzt hatte, um ihn zu verführen, und andere Teile würden folgen. Ihr ganzer Körper würde nach seiner Pfeife tanzen; ihr Gesicht würde sich verziehen, *jawohl*, in wilder

Ekstase. Er konnte es so deutlich vor sich sehen, dass er beinahe ihre lüsternen Schreie hörte, und schließlich dachte er gar nichts mehr, und das süße, plötzliche Vergessen kam, als er die erste Rate ihres Kaufs ablieferte.

Gott. Er keuchte. Es war doch anstrengend gewesen. Er rollte von ihr herab und sank auf die andere Seite des Bettes, wo er darauf wartete, dass sein Atem sich wieder beruhigte. Ein ganzer Monat davon. Worauf hatte er sich da nur eingelassen?

»War das … typisch?«, fragte es neben ihm. »Im Hinblick auf die Dauer?«

»Typisch?« Er hob den Kopf aus den Kissen, um auf sie herabzublicken.

»War es nicht vielleicht … kürzer als gewöhnlich?« Ihre Stirn war leicht gekräuselt. Sie betrachtete wieder die Bettvorhänge.

»Wenn ich mich recht entsinne, waren Sie ungeduldig, wollten den Samen und fertig.« Sein Kopf fiel in die Kissen zurück. »Wenn Sie einen Marathon wollen, verlangen Sie einen Marathon.« Haha. Von wegen.

»Nein, ich wollte mich nicht beschweren. Ich bin sogar positiv überrascht.«

*Wenigstens einer von uns.* Das würde er nicht laut sagen. Er setzte sich auf und griff nach dem Kissen. »Hier. Sie sollten sich darauflegen.« Ihr Ausdruck wurde wieder unsicher, als er die Hand unter ihr Kreuz schob.

»Ah.« Sie sank mit den Hüften auf das Kissen. »Ich verstehe.«

Er lehnte sich wieder auf den Ellbogen zurück. Wie lange blieb man wohl, bei einer solchen Übereinkunft? Er wollte nicht unhöflich erscheinen. Vielleicht hätte er die ganze Sache besser durchdenken sollen.

Da er nichts Besonderes zu der Frau an seiner Seite zu sagen hatte, sah er sich um. Auch in diesem Zimmer war alles rosa. Es war ein recht kleines, fröhliches Zimmer; die weißen Vorhänge des Erkerfensters waren zurückgezogen und auf der hellrosafarbenen Tapete tummelten sich dunklere, rosarote Blümchen. Wie Fingerhut sahen sie aus. Gift. Digitalis. Ein sonderbares Muster für ein Schlafzimmer.

»Ich war zehn Monate lang verheiratet«, sagte die Witwe unvermittelt, »und habe nie empfangen.«

»Nicht einmal eine Frühgeburt?« Er drehte sich wieder um, um sie erneut zu betrachten.

Sie schüttelte den Kopf, die Lippen geschürzt, den Blick noch immer auf den Betthimmel gerichtet.

Das klang ganz und gar nicht erfolgversprechend. »Hatten Sie und Ihr Mann denn regelmäßigen Verkehr?«

Ihr Gesicht nahm ruckartig den ihm inzwischen bekannten Ausdruck der Missbilligung an, als sie es ihm zuwandte. »Sie erwarten doch nicht wirklich von mir, dass ich darüber spreche.«

»Ich versichere Ihnen, ich habe kein Interesse an einer literarischen Erzählung. Ich wüsste nur gern, ob ich mich auf ein hoffnungsloses Unterfangen eingelassen habe. Ich vermute, Sie haben gute Gründe anzunehmen, dass das Problem bei ihm lag und nicht bei Ihnen.«

»Er war vorher schon verheiratet, und sie hat ihm zehn Jahre lang kein Kind geschenkt. Ich denke, es muss an ihm gelegen haben. Glauben Sie nicht?« In ihrer Stimme und in ihrem eindringlichen Blick erahnte er Sorge. Sie wollte Zuversicht, und niemand außer ihm konnte sie ihr geben.

»Ja.« Gott, die Bedürfnisse einer Frau ließen ihn immer weich werden. »Ich hätte den gleichen Schluss gezogen, wenn ich Sie wäre.« Er setzte sich auf, um am Fußende nach der zerwühlten Decke zu greifen und sie zuzudecken.

»Kennen Sie sich denn gut damit aus?« Ihr Blick wanderte von seinem Gesicht zu seinen Händen, die die Decke so hochzogen wie sie es getan hatte, fast bis zum Kinn. »Mit dem Kinderkriegen?«

»Nicht besonders. Meine Bemühungen haben bislang immer in die entgegengesetzte Richtung tendiert.«

»Aber Sie wussten das mit dem Kissen. Das ist mehr, als ich wusste.« Sie machte es sich unter der Decke bequemer und betrachtete wieder den Betthimmel.

»Nun ja, gewisse Dinge sollen möglicherweise hilfreich sein, sagt man.« Müßig strich er die Decke glatt. »Tageszeit. Mondphase. Ob die Frau zum Höhepunkt kommt.«

»Das Letzte ist nicht wahr!« Sie sprach vor sich hin, so als wolle sie den Baldachin überzeugen. »Ich kann mir wirklich nicht vorstellen, dass das wahr sein soll.«

Inzwischen wusste er, dass es keinen Zweck hatte, zu streiten. »Die Dinge, die Sie essen, können etwas bewirken«, sagte er stattdessen. »Petersilie, Nesseln. Andere Dinge. Da sollten Sie aber lieber eine Frau fragen.« Er strich die letzte Falte glatt, über ihrem Oberschenkel, und setzte sich wieder. »Aber an Ihrer Stelle würde ich mir keine Sorgen machen.« Seine Kleider lagen in einem unordentlichen Haufen auf dem Teppich. Er hatte es eilig gehabt, ins Bett zu kommen und anzufangen, erinnerte er sich. »Sie sind jung und offenbar bester Gesundheit, und Sie haben mich als Partner. Sie werden keine Probleme haben, schwanger zu werden.« Das waren die Worte, die sie hören wollte. »Soll ich morgen um die gleiche Zeit kommen?« Er stand auf.

»Wenn es Ihnen passt.« Ihr Blick wanderte über seinen Körper und auf ihrer Stirn bildeten sich zwei oder drei ernste Falten.

»Was ist? Sehen Sie etwas, was Ihr Missfallen erregt?«

»Nein, ich wollte nur …« Sie hob den Blick, ernst und angespannt, und sah ihm ins Gesicht. »Ich darf doch annehmen, dass Sie niemals eingewilligt hätten, wenn Sie irgendeine Art von unsittlicher Krankheit hätten?«

Das war also der Dank für seine freundschaftlichen Anwandlungen. »Ich sagte doch, ich war vorsichtig.« Er bückte sich nach seinem Hemd und zog es über den Kopf. »Ich habe mich auf ehrbare Kurtisanen und anständige untreue Ehefrauen beschränkt.« Er hob seine Pantalons auf; sie knallten verstimmt, als er sie ausschüttelte. »Und stellen Sie diese Frage das nächste Mal um Gottes willen, *bevor* Sie sich von einem Fremden verführen lassen.«

»Ich würde nicht gerade sagen, dass Sie mich verführt hätten«, war alles, was sie murmelnd erwiderte. Das hätte Theo nicht bestreiten können, selbst wenn sein Leben, ihr Leben, und jedes Leben im britischen Weltreich davon abgehangen hätten.

# 3

Beschäftigte Seton Park wirklich all diese Frauen? Einige von ihnen glaubte Martha noch nie gesehen zu haben. Doch da saßen sie nun in mehreren Reihen um den großen Tisch im Speisezimmer geschart und sahen sie erwartungsvoll an.

»Danke, dass Sie gekommen sind.« Marthas hohe Stimme klang dünn. Jetzt hätte man eine verbindliche, volltönende Altstimme haben müssen, so wie sie Miss York immer so effektiv im Klassenzimmer eingesetzt hatte. »Sie werden sich fragen, welche Veränderungen Sie nach unserem tragischen Verlust erwarten.« Einige der älteren Frauen nickten. Einige der jüngeren schienen verblüfft darüber, dass die Hausherrin das Wort an sie richtete.

Eine solche Versammlung einzuberufen war in der Tat ungewöhnlich. Doch verglichen damit, sich einen lüsternen Taugenichts ins Bett zu kaufen, klang *ungewöhnlich* geradezu wie ein alter Hut.

»Ihnen werden sicherlich schon Gerüchte zu Ohren gekommen sein, und vielleicht ist Ihnen nichts von dem, was ich zu sagen habe, neu. Ich sage es dennoch, um klarzumachen, wo meine Loyalität liegt, und um einige Dinge zwischen uns offenzulegen.« Sie machte eine Pause und nahm einen Schluck Tee. Brennnesseltee, den Sheridan ihr freundlicherweise aufgegossen hatte. Das Mädchen saß in der zweiten Reihe und lächelte ihr verstohlen aufmunternd zu, als ihre Blicke sich trafen.

Martha konnte jeden Beistand gebrauchen, den sie bekommen konnte. »So sehen die Tatsachen aus«, sagte sie und begann mit klopfendem Herzen ihren Bericht von Mr Russells Testament, von ihrer Hoffnung auf einen Erben – einen rechtmäßigen Erben natürlich, denn die unschickliche ganze Wahrheit blieb besser ein Geheimnis – und von den Konsequenzen, die es haben würde, wenn sich diese Hoffnung nicht erfüllte. Der Teil über Mr Russell war niemandem neu. Mrs Kearney, die Haushälterin, hatte seinen Ruf offenbar publik gemacht.

»Ich möchte betonen, dass das alles Jahre her ist, und ich kann nicht sagen, ob er sich nicht vielleicht inzwischen geändert hat.« Ihr Herz schlug immer noch schnell, aber gleichmäßig. Eher wie ein Rennpferd als wie ein davonstürzender Hase. »In diesem Fall tue ich ihm womöglich unrecht.« Sie stellte die Tasse ab und stützte sich mit den Händen auf den Tisch mit dem weißen Damasttuch. »So sei es. Dieses Risiko muss ich eingehen, bevor ich jemanden von Ihnen in Gefahr bringe, indem ich die Tatsachen verschweige. Also erzähle ich es Ihnen.« Sie blickte von Gesicht zu Gesicht. »Denn ich an Ihrer Stelle würde es wissen wollen.«

Was für ein sonderbares Gefühl. Wie der Funkenregen, der versprüht wurde, wenn im Kamin ein Scheit zerbarst. Etwas – wer hätte sagen können, was? – schien mitten in ihr zerborsten zu sein, und die Funken sprühten durch ihr Blut, wärmten ihre Glieder und trieben ihr Farbe ins Gesicht. »Was Sie jetzt tun, ist allein Ihre Entscheidung.« Jetzt kamen die Worte, als hätte sie ihr ganzes Leben lang darauf gewartet, sie zu sagen. »Wenn Sie sich sofort eine neue Stellung suchen möchten, werde ich Ihnen ein Empfehlungsschreiben ausstellen und Ihnen helfen, wo ich kann. Wenn Sie bleiben möchten, bis die Frage nach einem Erben geklärt ist, werde ich Sie informieren, sobald ich etwas weiß. Sie haben mein Wort, so oder so, dass ich alles in meiner Macht Stehende tun werde, um zu vermeiden, dass Sie solch einem Mann zum Opfer fallen.«

Wenn *alles in ihrer Macht Stehende* doch nur mehr wäre. Wenn sie Mr Russell mit dem Schwert in der Hand und einer

Armee im Rücken herausfordern könnte, zum Beispiel. Oder jede einzelne dieser Frauen durch Feuer und Qualm in Sicherheit bringen. Sie wagte ein Lächeln in die Runde – alle starrten sie an, als wäre sie eine wild dreinblickende Fremde, die sich als ihre Herrin ausgab – und griff wieder nach dem Brennnesselsud.

Sie würde tun, was sie tun musste. Still liegen und einen Fremden in ihren Körper eindringen lassen, und dann hoffen, dass sein Samen Früchte tragen würde. Frauen brachten eben andere Opfer, und wenn das ihre zum Erfolg führen würde, wäre es glorreich genug.

»Die Bücher, die für Sie am hilfreichsten sein dürften, habe ich in dieser Reihe angeordnet.« Die Bibliothek war doch wirklich ein jämmerlicher Ort, so ganz ohne eine Familie, die die Regale mit Romanen gefüllt und Zeitschriften herumliegen gelassen hätte. Granvilles Sammlung nahm nur zweieinhalb Regalbretter ein, und zweifellos war ein Werk langweiliger als das andere.

»Die Decke gefällt mir.« Theo stand breitbeinig da und legte den Kopf in den Nacken, um sie zu betrachten, die Hände in den Hosentaschen. »Tonnengewölbe. Das bekommt man nicht oft zu sehen. Es hat etwas Romanisches, finden Sie nicht?« Die eingebauten Regale schmiegten sich an die gebogene Decke an und die wenigen Möbel hatten klare, klassische Formen. Der Raum könnte ihm gefallen, wenn man ihm ein wenig Leben einhauchen würde. Ein Mosaikteppich wäre auch nicht schlecht.

»Romanisch, ganz recht.« Granville winkte ihm mit etwas zu; Theo sah es aus dem Augenwinkel. »Hier ist ein Werk, das Ihnen eine recht gute allgemeine Einführung geben dürfte. Danach können Sie ja zu den anderen übergehen.«

Theo ergriff das Pamphlet und warf einen Blick auf den Umschlag. *Die Nützlichkeit landwirtschaftlichen Wissens für die Söhne der Landeigentümer Großbritanniens, und für angehende*

*Gutsverwalter; am Beispiel der jüngsten Ereignisse in Schottland. Mit der Darstellung eines Instituts für Studenten der Landwirtschaftslehre in Oxfordshire. Von einem schottischen Landwirt und Grundstücksverwalter, Wohnhaft in dieser Grafschaft*. Gott hab ihn selig.

»Wie für mich gemacht, nicht wahr?« Er sank in den nächsten Sessel und blätterte ein paar Seiten durch. Jede einzelne von ihnen war von oben bis unten dicht bedruckt. Bedrückend.

»Ganz meine Meinung.« Der Mann strahlte, als hätte er das verwünschte Ding selbst verfasst. »Stört es Sie, wenn ich hierbleibe und ein wenig arbeite?« Er machte eine unverbindliche Geste. »Ich würde gern die Karte der einzuhegenden Parzellen fertigstellen, und ich fürchte, im Torhaus gibt es keinen Tisch, der dafür geeignet wäre.«

»Nicht im Geringsten, natürlich können Sie hier arbeiten.« Parzellen? Was für Parzellen? Hatte er schon wieder was verpasst? Und erwartete Granville von ihm, dass er einen Antrag auf Einhegung stellen würde? Großartig. Wieder eine Gelegenheit, sein Unwissen zur Schau zu stellen. Er beugte sich über den Text und schielte nach dem Verwalter, der sich an einen geneigten Tisch setzte, auf dem ein großer Bogen Papier voller Bleistiftmarkierungen lag. Karten zu zeichnen war bestimmt weit interessanter als die *Nützlichkeit landwirtschaftlichen Wissens*. Aber das war auch keine Kunst.

»Ich habe gestern die Witwe besucht«, sagte er nach einigen umgeblätterten Seiten.

»Mrs Russell?« Granville hob den Kopf. »Und wie geht es ihr? Ich habe sie seit dem tragischen Ereignis nicht mehr gesehen. Sie muss sehr niedergeschlagen sein.«

»Ich denke schon.« Er hatte sie noch nie lächeln sehen, jetzt, wo Granville es sagte. Die verzogenen Mundwinkel, als sie ihn in eine Diskussion über Brighton hatte verwickeln wollen, zählten nicht. »Aber das kann ich wohl kaum beurteilen, ich habe sie ja gerade erst kennengelernt. Sie scheint mir insgesamt eine recht ernste Person zu sein.«

»In der Tat.« Granville hielt verschiedene Federhalter gegen das Licht, um die Federn zu prüfen. »Eine vernünftige Frau mit ernsthaften Interessen. Nicht so oberflächlich wie so manch andere Frau.«

»Den Eindruck hatte ich auch.« Er blätterte noch eine Seite um, und das leise Rascheln des Papiers setzte sich wie ein Schlusspunkt an seine Gedanken, obwohl er nichts vom Text gelesen hatte.

»Sie hatte also traurige Dinge zu besprechen?« Nachdem er sich für eine Feder entschieden hatte, legte Granville die anderen Halter beiseite und schraubte ein Tintenfass auf.

»Ja, sie hatte Verschiedenes zu sagen.« *War das typisch? Im Hinblick auf die Dauer?* »Über Ländereien, Grundstücksverwaltung und so weiter.«

»Hervorragend.« Granville tauchte die Feder ein und begann, die Bleistiftlinien nachzuziehen. »Wenn ich mir die Bemerkung erlauben darf: Ich glaube, es ist genau diese Art von Bekanntschaft, die Sir Frederick im Sinn hatte, als er Sie hierher nach Sussex geschickt hat.«

»Meinen Sie?« Theo beugte sich tiefer über die *Nützlichkeit*.

»Wenn ich mir die Bemerkung erlauben darf.« Die Feder kratzte leise über das Papier, eine gedämpfte Untermalung zu Mr Granvilles Worten. »Er hat gehofft, dass Sie dem Einfluss respektabler Leute ausgesetzt sein würden. Mrs Russell ist der Inbegriff der Respektabilität. Haben Sie zufälligerweise auch über Katendächer gesprochen?«

»Nein, ich kann mich nicht entsinnen, dass wir dieses Thema angeschnitten hätten.« *Ich darf doch annehmen, dass Sie keine unsittliche Krankheit haben?*

»Schade. In Seton Park sind diesen Sommer alle Katen neu gedeckt worden. Vielleicht wäre es günstig, sie danach zu fragen.«

»Mhm. Vielleicht beim nächsten Mal.« Eher würde die Hölle einfrieren. Es würde hoffentlich nie der Tag kommen, an dem er nichts Interessanteres mit einer Frau zu besprechen hatte als die Erneuerung von Katendächern.

Heute würde es besser laufen mit Mrs Russell. Schlechter konnte es ja auch wohl kaum laufen. Doch je mehr er darüber nachdachte, desto klarer wurde ihm, dass so gut wie alle der gestrigen Schwierigkeiten ihrer Nervosität zuzuschreiben waren. Vermutlich hatte sie noch nie mit jemand anderem geschlafen als ihrem Trottel von Ehemann, ganz sicher nicht mit einem Fremden, und der Kampf um sein Einverständnis musste auch recht nervenaufreibend gewesen sein. Kein Wunder, dass sie sich danach nicht hatte entspannen können. Heute würde er eine bekannte Größe sein, und sie war sich seiner Kooperation sicher. Das würde der entscheidende Unterschied sein.

»Ihr hat der Besuch bestimmt auch gutgetan.« Granville hielt im Zeichnen inne und konsultierte ein Blatt Papier, auf dem er sich offenbar Notizen gemacht hatte. »Ein Jammer, wenn Sie mich fragen, dass Witwen so abgeschieden leben, gerade zu einer Zeit, in der sie vielleicht dringend Gesellschaft gebrauchen könnten. Niemals ausgehen, nur auf Besuch warten. Und ich glaube nicht, dass sie einen großen Bekanntenkreis hat.«

»Dann werde ich mein Bestes tun, sie nicht zu vernachlässigen. Soweit es der Anstand erlaubt, selbstverständlich.« Er fuhr sich mit der Hand über den Mund, um ein unvorsichtiges Grinsen zu verbergen. Sie hatten sich gegen ihn verschworen, die tugendhaften Menschen dieser Welt. Offenbar wollten sie ihn nicht in ihren Reihen haben. Nun, was sollte er sich sträuben, wenn ihm eine solche Macht entgegenstand? Mit der respektablen Mrs Russell, die ihn bestach, damit er zu ihr ins Bett stieg, auf der einen Seite und dem ehrenwerten Granville, der ihm praktisch befahl, zu ihr zurückzukehren, auf der anderen, konnte er nichts tun, als sich zu fügen.

Diesmal sah sie ihm vom Bett aus dabei zu, wie er sich auszog. Seine Kleidung sah teuer aus – vermutlich ein Teil des verschwenderischen Lebenswandels, den sein Vater so sehr missbilligte –, doch zumindest war sie geschmackvoll. Er legte einen makellos auf seinen Leib geschneiderten Frack von salbeifarbener Wolle ab, dann eine Weste, deren kräftigeres Grün, wie man zugeben musste, hervorragend zu seinem hellen Haar und seinen dunkelblauen Augen passte. »Ist das irisches Leinen?«, fragte sie, als er bei seinem Hemd angekommen war, nur um irgendetwas zu sagen. »Ja, das ist es«, antwortete er, bevor er es sich langsam über den Kopf zog.

Ganz offensichtlich erwartete er Bewunderung. Vermutlich war er das gewöhnt, denn er hatte eine wohlproportionierte Statur. Seine Muskulatur war viel beachtlicher als die von Mr Russell, was allerdings auch keine besonders große Kunst war. Manchen Frauen war das wichtig. Muskeln und so weiter. Diese straffen flachen über seinem Bauch zum Beispiel. Oder die, die an seinen Armen hervortraten. Frauen, die dem Charakter eines Mannes nicht die gebotene Priorität einräumten, hatten ihm zweifellos beigebracht, auf seine Figur stolz zu sein, und auch eine Frau mit Prinzipien konnte auf einer bestimmten ästhetischen Ebene Gefallen an seinem entblößten Oberkörper finden.

Dann ließ er die Pantalons fallen, und der Zauber war gebrochen.

Stattdessen wallte wieder dieselbe Verzweiflung auf, die sich vor zehn Monaten bei ihr eingestellt hatte, als sie zum ersten Mal einen nackten Mann gesehen hatte. Wer hatte sich das nur ausgedacht? Weshalb all diese ungelenken Winkel, und waren all die

Haare wirklich notwendig? Wenn man daran glaubte, was in der Bibel und in der griechischen Mythologie stand, dass der Mann zuerst erschaffen worden war und die Frau danach, kam man unweigerlich zu dem Schluss, dass der Prozess nach dem ersten amateurhaften Versuch noch entscheidend verbessert worden sein musste.

Wo sie geformt war, war er gehauen. Wo ihr Körper logische und präzise Kurven besaß, ganz zu schweigen davon, dass die Fortpflanzungsorgane fein säuberlich versteckt waren, sah seiner lang gezogen und willkürlich geformt aus, und seine Männlichkeit schien ein schlecht ausgeführter nachträglicher Einfall gewesen zu sein. Wie die letzten Reste Ton, die zusammengeklaubt zu einem unförmigen Klumpen zusammengedrückt und an seine Mitte gesteckt worden waren, nebst den Steinen in ihrem groben roten Sack und diesem unwahrscheinlichen Anhängsel, das immer im Vordergrund herumbaumelte.

Im Augenblick baumelte es allerdings nicht, sondern hatte sich begierig aufgerichtet. Erwartungsvoll, gedankenlos, fordernd. Genau wie es bei Mr Russell mit ermüdender Häufigkeit der Fall gewesen war. Das Glied ihres Mannes hatte sie heimgesucht, ohne Rücksicht auf ihre Gedanken oder Gefühle. Das war es schlussendlich, weshalb sie es nie hatte respektieren können.

Noch konnte sie Mr Mirkwoods Exemplar respektieren, trotz dessen beachtlicher Größe und seines frechen Auftretens, das die Überzeugung verriet, es müsse immer und überall willkommen sein. Es hüpfte ein-, zweimal auf und ab, als er aus seinen Kleidern stieg, und hielt dann wieder still. Sie blickte zu ihm empor. Er hatte sie beobachtet, die Hände in die Hüften gestemmt, und genoss es offensichtlich, von einer Dame kritisch beäugt zu werden. »Er steht zu Ihren Diensten, meine Liebe«, sagte er mit einem unverschämten Grinsen. »Alles bereits bezahlt.«

Was um alles in der Welt sollte man auf so etwas erwidern? Es war noch nicht einmal korrekt – sie hatte ihn noch nicht bezahlt –, doch je weniger Worte sie über dieses Thema verloren, desto besser. Der gestrige Tag war schon unerträglich genug gewesen. *Deine Haut ist wie Seide. Du riechst wie Blumen.* Offenbar war sein Erfolg bei den Frauen hauptsächlich seinem guten Aussehen geschuldet, denn sein poetisches Empfinden ließ einiges zu wünschen übrig.

Sie wandte den Blick ab, rückte ein wenig zur Seite und hielt ihm die Bettdecke hoch. Er kletterte neben sie, immer dem Anhängsel nach, wie vermutlich in den meisten Lebenslagen. Anstatt anzufangen, stützte er sich jedoch mit dem Ellbogen aufs Kopfkissen und wandte ihr das Gesicht zu. »Wo sind Sie aufgewachsen?«, fragte er.

Was sollte das jetzt? »Im Norden von Cambridgeshire.«

»Dann sind wir Nachbarn. Das Anwesen meiner Familie liegt in Lincolnshire.« Er legte seine Hand auf ihre Rippen, jeden Finger in einen Zwischenraum. »Hier bin ich im Exil auf einem unserer kleineren Besitztümer. Wie viele Geschwister haben Sie?«

»Drei Brüder und eine Schwester. Warum fragen Sie?«

»Ich möchte es heute leichter für Sie machen.« Er hatte einen lockeren Plauderton aufgelegt. Seine Finger drückten sich behaglich in die Zwischenräume zwischen ihren Rippen. »Ich habe mir gedacht, wenn wir ein bisschen reden und uns näher kennenlernen, sträubt sich Ihr Körper vielleicht nicht so sehr wie beim letzten Mal.«

Sie spürte, wie sie im ganzen Gesicht krebsrot wurde. »Ich glaube, es wäre besser, wenn Sie einfach anfingen. Wenn wir warten, verlieren Sie vielleicht Ihre Bereitschaft.« Außerdem war eine nähere Bekanntschaft mit ihm seiner Mission vermutlich eher abträglich. Doch das würde sie ihm nicht sagen.

»Meine *Bereitschaft*?« Er grinste, als hätte sie extra für ihn einen Scherz gemacht, und brachte seinen Mund an ihr Ohr. »*Man nennt es Erektion*«, flüsterte er, »und ich versichere Ihnen, es besteht keine Gefahr, dass ich sie verliere.«

Sollte sie ihn jetzt etwa zu dieser Leistung beglückwünschen? Mit irgendeinem Kommentar zu deren Ausmaß, zweifellos? Männer hatten schon seltsame Vorstellungen. »Ich würde es wirklich vorziehen, gleich anzufangen. Wir können uns anschließend unterhalten, wenn Sie möchten.« Sie öffnete die Knie und schloss die Augen. Undeutliche Geräusche folgten. Vermutlich bereitete er seine männlichen Organe vor, so wie gestern. Einen Augenblick später begann es.

Martha seufzte innerlich. Da ging es also wieder los. Vermutlich war es angenehm, wenn man den Mann begehrte. In Abwesenheit von Begierde verspürte sie lediglich das Gewicht eines anderen Körpers auf dem ihren. Fremde Haut auf ihrer Haut, mit Haaren an seltsamen Stellen. Hüftknochen drückten auf sie, und alles drängte in sie. Begehrte Einlass, suchte … und fand ihn, *da*, in einem langen Stoß.

Diesmal drang er müheloser in sie ein; ihr Körper hatte sich offenbar mit seinem Schicksal abgefunden. Der Rest war mehr oder weniger so wie am Vortag, und mehr oder weniger so wie mit Mr Russell. Derselbe possenhafte Akt brachte ihn zum Höhepunkt: Seine Lenden ächzten wie bei einem brünstigen Hund oder einem Widder oder irgendeinem der anderen Tiere, von denen sie angenommen hatte, der Mensch sei ihnen überlegen. Er legte den Kopf aufs Kissen, und sie spürte seinen warmen, feuchten und keuchenden Atem. Auch die Geräusche, die er machte, drangen an ihr Ohr: Heute grunzte er fünfmal und stöhnte viermal, immer dichter hintereinander und immer eindringlicher, bis er mit dem letzten harschen und animalischen Laut seinen Samen vergoss und es wieder für einen Tag vorbei war.

Er half ihr wieder auf das Kissen, seine starke Hand unter ihrem Kreuz. Das war freundlich von ihm. Überhaupt war es freundlich von ihm gewesen, ihr die Sache mit dem Kissen zu zeigen. Sie sollte höflich zu ihm sein, das war das Mindeste. Sie holte Luft. »Über welches Thema möchten Sie sprechen?«

Aus den Augenwinkeln konnte sie sehen, wie er den Kopf in ihre Richtung drehte und sie betrachtete, obwohl sie weiterhin den Betthimmel anblickte. »Sie sind noch ziemlich jung, oder?«, sagte er. »Nicht viel älter als zwanzig, würde ich sagen.«

Die Grenzen des Anstands, musste man sich in Erinnerung rufen, konnten in einem Verhältnis wie diesem nicht dieselben sein wie sonst. Ein Mann erwartete solche Vertraulichkeiten selbstverständlich von der Frau, mit der er ins Bett ging. »Ich bin einundzwanzig.« Sie räusperte sich. »Wenngleich meine Schwester gern sagt, dass ich niemals jung gewesen bin.«

»Ihr Mann muss eine ganze Ecke älter gewesen sein. Er war zehn Jahre lang verheiratet, haben Sie gesagt.« Seine Neugier fühlte sich an wie eine unverschämte Berührung, mit der er die Form ihrer Wange, ihres Halses, ihrer Schulter erforschte. »Wie hat er Sie herumgekriegt? Stand Ihr Vater in seiner Schuld?«

Sie fuhr zu ihm herum. »So unvorstellbar es für einen Mann in Ihrem jungen Alter auch sein mag: Es gibt junge Damen, die sich freiwillig für einen älteren Mann entscheiden. Sie wägen vielleicht andere Faktoren ab als sentimentale Schwärmereien, bevor sie diese Entscheidung treffen.«

»Ich bin sechsundzwanzig. So jung nun auch wieder nicht.« Entweder hatte er die Zurechtweisung überhört, oder er bekam so viele davon, dass er eine weitere mit nichts als einem Blinzeln seiner meeresblauen Augen abtun konnte. »Welche Faktoren haben Sie denn bewogen? Sagen Sie jetzt bitte nicht Sicherheit! Da müsste ich Sie in Anbetracht Ihrer jetzigen Umstände zutiefst bemitleiden.«

»Das Mitleid können Sie sich sparen.« Sie hörte die Worte aus irgendeiner frostigen Gegend emporsteigen, ruhig, kühl und distanziert. »Mein Vater lag im Sterben. Meine Mutter war längst tot. Ich hatte die Wahl, zu heiraten oder in Abhängigkeit von meinem Bruder zu leben.«

»Das tut mir leid.« Seine Augen glänzten sie an. Bei genauerer Betrachtung konnte man im Blau kleine Goldsprenksel ausmachen.

»Danke. Aber ich hatte kein so persönliches Verhältnis zu meinen Eltern, dass ihr Tod mir besonders nahegegangen wäre.«

»Jetzt tun Sie mir umso mehr leid.« Wie Sonnenlicht, das auf den Ozeanwellen glitzerte, leuchtete das Gold in seinen wachsamen Augen.

»Dazu besteht kein Anlass.« Sie richtete ihren Blick wieder himmelwärts. »Ich hatte eine sehr kompetente Gouvernante.«

»Es tut mir leid, dass Sie sich unter solchen Umständen einen Mann aussuchen mussten. Das muss sehr schwer gewesen sein.« Seine unverblümte Neugier bedrängte sie schon wieder, wie die Hand eines Blinden, der versuchte, herauszufinden, wer sie war.

»Früher oder später hätte ich sowieso heiraten müssen. Und ich bin nicht romantisch. Ich nehme an, *ein* Mann ist wie der andere.« Sie zog an der Decke, um mehr von sich vor seinen neugierigen Blicken zu schützen, doch es ging nicht, weil er darauf lag.

»Das bezweifle ich.« Sein Haar strich über das Kissen, ein zischendes Flüstern, als er sich auf den Rücken legte, um mit ihr gemeinsam die Decke anzustarren. »Frauen sind so unterschiedlich. Auch bei Männern muss es große Unterschiede geben.« Durch die Bewegung wurde sein Geruch zu ihr getragen, überlagert von noch etwas anderem. Etwas Pikantem. Zitrusduft. Wahrscheinlich seine Rasierseife. Darunter lagen andere Düfte, dunkel und männlich. Das Bett würde danach riechen, wenn er gegangen war. Sie auch. »Dann vermissen Sie ihn also nicht. Mr Russell.«

»Das habe ich nie gesagt.« Sie zog wieder an der Decke. »Und um ehrlich zu sein, schätze ich diese indiskreten Bemerkungen gar nicht.«

»*Indiskret?*« Sein unverschämtes klassisches Profil wich einem noch unverschämteren direkten Blickkontakt. Sogar aus den Augenwinkeln konnte sie die Goldpunkte in seinen Augen belustigt umhertanzen sehen. »Wer von uns bezahlt den anderen dafür, nackt mit ihr ins Bett zu gehen? Ich an Ihrer Stelle würde lieber nicht von *indiskret* sprechen.«

»Glauben Sie mir, ich bin mir dessen schmerzlich bewusst. Sie müssen mich nicht daran erinnern, wie sehr ich mich erniedrigt habe. Ich möchte aber darauf hinweisen, dass *ich nicht* so weit gegangen bin, Sie zu fragen, was genau der Anlass für Ihre Verbannung gewesen ist, oder ob Ihnen Ihre letzte Geliebte fehlt. Ich bin nicht grundlos indiskret.«

»Meine Verbannung ist keine so spannende Geschichte, wie Sie vermuten.« Wieder das klassische Profil, und diesmal hob er eine Hand und inspizierte seine gepflegten Fingernägel, während er sprach. »Kein gehörnter Ehemann, der nach meinem Blut lechzen würde. Keine Spielschulden, derentwegen ich das Familiensilber verkauft hätte. Ich bin einfach ein kostspieliger Sohn und strapaziere die Geduld meines Vaters.« Er fuhr sich mit dem Daumen über den Rand eines Nagels, hin und zurück, als hätte er eine Ecke darin gefunden. »Der Auslöser, wenn es Sie interessiert, war eine Tabakdose, für die ich zwei Monatsgehälter ausgegeben habe. Sèvres.« Er warf ihr einen Blick zu. Ohne es zu merken, hatte sie sich auf die Seite gedreht, um ihn anzusehen.

»Das klingt in der Tat extravagant.« Verschwenderisch, genauer gesagt, und extrem dumm.

»Insbesondere, da ich gar keinen Tabak schnupfe«, sagte er zu seiner Hand. Mit dem Daumen berührte er seine Fingerspitzen, eine nach der anderen. »Mein Vater war ganz Ihrer Ansicht; er hat sie nur etwas schärfer formuliert. Also bin ich hier.« Er ließ die Hand sinken. »Und nein.«

»Wie bitte?«

»Meine Geliebte. Sie fehlt mir nicht.« Er räkelte sich genüsslich wie eine Katze und gab endlich die Bettdecke frei. »Ich habe noch nie eine Dame vermisst, wenn ich von ihr getrennt wurde. Ich habe die Angewohnheit, alle Frauen zu vergessen, außer der, mit der ich gerade zusammen bin.«

»Das ist …« Sie erwog eine Reihe zu harter Worte, während sie die Decke zurechtzog. »Bedauerlich.«

»Das kommt darauf an, welche Frau Sie sind.« So zufrieden brauchte er nun auch wieder nicht zu klingen.

»Ich will meinen, es ist sehr bedauerlich für jede Frau, die sich auf Ihre Beständigkeit verlässt.«

»Ja. Solche meide ich in der Regel.« Er setzte sich auf und schwang die Beine auf den Boden. »Morgen um die gleiche Zeit?«, fragte er über die Schulter hinweg.

»Um die gleiche Zeit, aber an einem anderen Ort.« Beinahe hätte sie vergessen, es ihm zu sagen. »Wir werden uns in Zukunft in einem anderen Zimmer treffen, am anderen Ende des Hauses. Sie können durch eine Seitentür hereinkommen und den Dienstbotenaufgang benutzen, da sieht Sie niemand.«

»Sehr gut.« Er stand auf und hob im gleichen Schwung einige Kleidungsstücke vom Boden auf. »Damit kenne ich mich bestens aus.«

Solcherlei Bemerkungen verdienten keine Antwort. Sie lag auf ihrem Kissen und sah schweigend zu, wie er in seine Unterwäsche und seine Hosen schlüpfte und sich das Hemd aus irischem Leinen wieder über den Kopf zog. Erst als er sich hinsetzte, um sich die Stiefel anzuziehen, bot sich ein Thema an.

»Besitzen Sie Stulpenstiefel?«, fragte sie. Die sind hier auf dem Land besser geeignet als Ihre kurzen Reitstiefel.«

»Und mehr nach Ihrem Geschmack?« Er bedachte sie mit einer durchtriebenen Grimasse. »Zufällig habe ich mir ein Paar machen lassen, und ich habe nichts dagegen, sie das nächste Mal zu tragen, wenn Sie mich gern darin sehen möchten.«

Wie viel Unsinn musste man sich eigentlich anhören? »Es war eine praktische Überlegung. Falls Sie zum Beispiel über Weiden und dergleichen gehen müssen. Ich habe keinerlei Vorlieben, was Ihre Garderobe betrifft.«

»Dann habe ich ganz offensichtlich noch nicht das Richtige getragen.« Er streckte die gestiefelten Beine vor sich aus, wie um sie ihr zu präsentieren. »Wo finde ich also dieses Zimmer, in dem unsere Verabredungen künftig stattfinden sollen?«

»Sie könnten verbreiten, dass Sie einen Jungen bekommen hätten, und sie in Jungenkleider stecken. Ich habe von solchen Fällen gehört.« Das Mädchen war nicht zu schockieren, Gott sei Dank. Nicht ein einziges Mal hatte Sheridan das Unterfangen infrage gestellt oder auch nur mit der Wimper gezuckt. Ihr Einfallsreichtum war von unschätzbarem Wert, wenn es zum Beispiel darum ging, wie Mr Mirkwood in Zukunft ungesehen kommen und gehen konnte, zu einem Schlafzimmer im unbewohnten Ostflügel des Hauses.

»Aber die Wahrheit würde früher oder später ans Licht kommen, oder?« Martha runzelte die Stirn in Richtung ihres Spiegelbilds. Ihr Besucher war befriedigt gegangen, und sie saß an ihrem Frisiertisch und ließ sich die Haare wieder hochstecken. »Ein Mädchen könnte sich nicht sein Leben lang verstellen. Früher oder später würde Mr James Russell davon erfahren, und ich würde den Besitz verlieren und in ernsthaften Schwierigkeiten stecken.«

Das Mädchen schürzte die Lippen. »Es gibt auch Tauschhandel, hab' ich gehört.«

»Tauschhandel?« Martha glaubte, dass sie darüber lieber nichts wissen wollte.

»Wo dringend ein Erbe benötigt wird.« Ihre Blicke trafen sich im Spiegel. »Man sucht sich einen kleinen Jungen im richtigen Alter, und wenn das eigene Kind geboren ist und ein Mädchen sein sollte, tauscht man sie aus.«

»Ich könnte mein Kind niemals gegen ein anderes eintauschen.« Unwillkürlich legte Martha sich die Hand aufs Herz. »Ich kann nicht glauben, dass irgendjemand das könnte.«

»Für Geld tun die Leute alles Mögliche.« Sheridan steckte den ersten Zopf fest, den sie geflochten hatte. »Manche Leute, besonders wenn sie zu viele Kinder haben, wären vielleicht froh darüber, eins für eine kleine Summe in ein feines Haus zu geben. Wenn es ein Mädchen wird, könnten Sie so an einen Jungen herankommen, Ihre Tochter auch behalten und sagen, Sie hätten Zwillinge bekommen. Auch sonst könnten Sie so an einen Jungen herankommen.« Das Mädchen sprach leise, den Blick abgewandt.

»Wenn ich kein eigenes Kind empfange, meinst du.« Dann hätte sie sich umsonst weggeworfen.

»Ich hab' davon gehört: Eine Dame stopft sich das Kleid aus, so als ob sie zunehmen würde, und dann –«

»Ja, ich verstehe schon, wie es funktioniert. Ich werde diese Möglichkeit in Betracht ziehen müssen.« Sie ergriff einen Handspiegel und drehte ihn immer wieder um. Mochte das Schicksal sie davor bewahren. Irgendeiner verzweifelten Frau das Kind abzukaufen! Das wäre vielleicht mehr, als sie ertragen konnte.

Und doch wäre es womöglich der klügere Plan gewesen. Frauen konnten daran sterben. Die eigene Mutter war das naheliegende Beispiel. Frauen, die nicht kräftig genug waren, legten sich ins Kindbett und standen nie wieder auf.

Solche Gedanken führten zu nichts. »Konntest du die Zimmer im Ostflügel lüften?«, fragte sie, und danach sprachen sie von alltäglichen Dingen.

Als Haare und Kleid wieder präsentabel waren, machte sie einen Spaziergang. Die Abendsonne schien gleichmäßig und warm, und ihre Füße trugen sie, wie so oft, zu der niedrigen unbewohnten Kate, in der Mr Atkins seine Schule eröffnen wollte. Sie fand die Tür offen und den Pfarrer im Inneren. Er stand am Ende des einzigen Raums über einen Tisch gebeugt und zersägte ein schmales Stück Holz. Aus den Augenwinkeln musste er sie entdeckt haben, denn er blickte auf, lächelte und winkte sie herein, legte dann die Säge beiseite und griff nach seinem Rock, der über einer Stuhllehne hing.

»Lassen Sie sich nicht von der Arbeit abhalten.« Zögernd stand sie auf der Schwelle.

»Oh, das hat Zeit.« Er schlüpfte in den Rock. Auf dem Tisch lag etwa ein Dutzend Schiefertafeln.

»Sind die für die Schule?« Sorgfältig trat sie sich auf dem Gras die Stiefel ab, bevor sie eintrat. Sie wusste, dass er eine gute Stunde auf den Knien verbracht und den Ziegelboden geschrubbt hatte.

»Irgendeine Schule wird schon Verwendung dafür haben. Wenn nicht unsere, dann eine andere.« Er sprach über die Schulter, denn er hatte sich abgewandt, um sich den Rock zuzuknöpfen. Diese einfache Geste des Anstands schnürte ihr die Luft ab. Sie roch noch immer leicht nach Zitrone.

»Nun, was das betrifft: Ich habe an Mr James Russell geschrieben, und ich bin zuversichtlich, dass die Antwort positiv ausfallen wird.« Sie sagte es schnell, bevor er sich zu ihr umdrehen konnte, und als sie den Tisch erreichte, beugte sie den Kopf, um eine Tafel zu betrachten. Den Pfarrer zu belügen war etwas anderes, als andere Leute zu belügen.

»Ihre Freundlichkeit hat die Kapazität meiner Dankesbekundungen längst erschöpft. Aber ich danke Ihnen.« Er war mit seinem Rock fertig und trat wieder an den Tisch.

»Rahmen Sie sie?« Dumme Frage, die Antwort war offensichtlich.

»Ja, damit sie gleich aussehen.« Er stürzte sich auf das neue Thema. »Ich habe sie überall zusammengetragen, und einige haben keine Rahmen, wie Sie sehen. Einige haben kaputte Rahmen.« Er hielt ihr einen hin. »Ich möchte nicht, dass ein Schüler eine schlechtere Tafel bekommt als ein anderer. Es klingt vielleicht lächerlich, aber die neuesten Studien auf dem Gebiet haben ergeben, dass solche Dinge wichtig sind.« Er schob einen Haufen kurzer Leisten zurecht, die er von seiner Holzlatte abgesägt hatte. Offensichtlich zog es ihn zurück an die Arbeit.

»Ich kann mir gut vorstellen, dass das wichtig ist.« Martha streifte die Handschuhe ab. »Wie kann ich mich nützlich machen?«

Das Lächeln erschien zuerst in seinen Augen und breitete sich dann auch über seinen Mund aus. »Sind Sie gut mit dem Taschenmesser?«

»Nicht besonders. Geben Sie mir lieber eine belanglose Aufgabe.«

»Keine Aufgabe ist belanglos. Bedenken Sie, Sie sprechen mit einem Kirchenmann.« Er reichte ihr ein Messer aus seiner kleinen Werkzeugsammlung. »Zu meinen bescheidenen abgenutzten Schiefertafeln gehören ebenso bescheidene und abgenutzte Griffel, die dringend angespitzt werden müssen. Würden Sie sich ihrer annehmen?«

Sie zog sich einen Stuhl heran und begann, einen stumpfen Griffel nach dem anderen zu spitzen, während er seine Holzlatten an die fertigen Rahmen hielt und abmaß, neue Latten absägte und sie gebündelt zurechtlegte.

Konnte es ein angenehmeres Zusammensein mit einem Mann geben als dieses? Er hatte seine Arbeit, sie die ihre, und nichts lag zwischen ihnen in der Luft außer dem leisen Kratzen des Messers, dem Geräusch der Säge und einem noblen gemeinsamen Ziel.

Die Frau des Pfarrers konnte sich glücklich schätzen. Für eine Ehefrau jedenfalls. Sie konnte viele solcher Stunden mit ihm verbringen. Die ehelichen Verpflichtungen erfüllte ein Geistlicher sicherlich mit gebührender Zurückhaltung. Ohne das ganze Brimborium, das andere Männer offenbar für notwendig hielten. Danach würden er und seine Frau nebeneinanderliegen und reden. Vielleicht würde er ihr Teile aus der Predigt vortragen, die er gerade vorbereitete, und sie nach ihrer Meinung fragen. Sie würde ihm vielleicht erzählen, was ihr beim Besuch der Pächter so aufgefallen war. Sie würden sich beraten und gemeinsam Pläne schmieden, wie sie das Leben ihrer Gemeinde verbessern könnten.

Zitrusduft drang ihr in die Nase, wie um sie daran zu erinnern, dass sie nicht das Recht hatte, sich einen tugendhaften Ehemann zu wünschen. Doch der Zitrusduft konnte seinen guten Rat für sich behalten. Es stand ihr schließlich frei, ganz objektiv an die Vorzüge einer Heirat mit einem Geistlichen zu denken, wenn ihr der Sinn danach stand, insbesondere mit einem aufrichtigen und einfühlsamen. Einem, der vielleicht manchmal nachts zu seiner Frau ins Bett kam, um einfach nur zu reden. Um zu erfahren, wie sie die Dinge sah, und um seine eigenen Ansichten mit ihr zu teilen.

Auf solche Besuche konnte sich eine Frau freuen. Auf die

anderen Besuche dann womöglich auch. Vielleicht würde er sie eines Nachts an anderen Orten berühren und zufällig die Stelle finden, an der ihre Befriedigung verborgen war. Dann würde er sie glücklich machen wollen, und sie würde ihm helfen, herauszufinden wie.

Martha rückte sich auf ihrem Stuhl zurecht und schüttelte den Kopf. Sie selbst würde nichts davon tun. Sie sah, dass Mr Atkins bei ihrer Bewegung aufgeblickt hatte, doch als sie weder etwas sagte noch den Blick hob, machte er sich wieder an die Arbeit. Besser so. Besser, eine Frau kümmerte sich selbst um ihre Befriedigung, wenn nötig, und machte sich so wenig wie möglich von Männern abhängig.

Sie hielt den gespitzten Griffel hoch und blies die Späne weg. »Sagten Sie, Sie hätten Untersuchungen gelesen, die die Gleichförmigkeit von Schulmaterialien befürworten? Das würde mich sehr interessieren.« Wenn ihr Plan aufging und sie ihren Platz hier behielt, würde sie ihre Ideen und Ansichten mit Mr Atkins teilen können, so oft sie wünschte. Es bestand überhaupt kein Grund, auf die Frau des Pfarrers neidisch zu sein – oder auf die irgendeines anderen Mannes.

# 4

»Die Dinger sind *bewohnt*?« Entgeistert starrte Theo auf die Katen. »Ich habe schon Schweineställe gesehen, die in einem besseren Zustand waren.«

»Das glaube ich Ihnen gern«, sagte Mr Granville. »Und ich vertraue darauf, dass Sie eine solche Bemerkung nicht in Hörweite derer wiederholen werden, die in der Tat hier wohnen.«

»Nein, natürlich nicht.« Die Zurechtweisung machte Theo betroffen, dann ärgerte er sich. Er hatte nicht vorgehabt, die Kätner in ihrem Beisein zu beleidigen.

Doch sowohl die Behausung als auch das Grundstück waren abstoßend. Er wusste auch nicht so genau, was er eigentlich erwartet hatte, doch wenn Granville von den Bauernkaten gesprochen hatte, hatte er sich immer etwas irgendwie Idyllisches vorgestellt, etwas Ähnliches wie die Höfe der Pächter auf dem Gut in Lincolnshire. Ordentliche kleine Höfe, und dahinter satte Felder. Kräftige Kinder, die in abgetragenen, aber sauberen Kleidern herumrannten. Den frischen Geruch von Gras und Blumen vielleicht oder den Duft eines deftigen Eintopfs, den eine Bäuerin zum Abendessen kochte.

Was er nicht erwartet hatte, waren zum Beispiel die Gänse. Die Gänse und ihr Dreck. Die grauen Viecher liefen frei auf dem kaum noch vorhandenen Gras umher, und als er durchs Tor trat, wurde Theo klar, dass Mrs Russell es ernst gemeint hatte, als sie ihm empfohlen hatte, seine Reitstiefel gegen Langschäfter auszutauschen. Ohne passendes Schuhwerk hätte er nach dem Veitstanz durch den Gänsedreck nicht unbedingt einen guten ersten Eindruck auf die Pächter gemacht. Er blickte entschlossen nach vorn und marschierte los. Eine Gans näherte sich, reckte den Hals und zischte ihn mit einem unverkennbar triumphierenden Ausdruck an.

»Hier wohnt die Familie Weaver«, informierte Mr Granville ihn.

»Weaver«, wiederholte Theo, um zu zeigen, dass er zuhörte. »Was ist das für ein Haus? Es sieht aus, als sei es aus Schlamm gebaut.« Das war noch höflich formuliert. Die Mauern erinnerten an den Inhalt einer Jauchegrube.

»Ist es auch, zumindest teilweise. Die Pfosten sind aus Holz und die Zwischenräume sind mit Stroh und Lehm ausgefüllt. Diese Mischung wird nicht so fest wie Steine oder Ziegel, ist aber dennoch recht haltbar. Dieses Haus steht seit über hundert Jahren hier. Ich schätze, es war früher mal getüncht.«

Sie waren jetzt nahe genug herangekommen, um das Schreien eines Säuglings zu hören – das Geräusch jagte Theo einen kalten Schauer über den Rücken –, und zu allem Überfluss kam auch noch ein ansehnliches Schwein um die Ecke und trottete auf die Eingangstür zu, als hätte es vor, die Besucher ins Innere zu begleiten.

»Warum lassen sie wohl das Schwein in den Hof?«, fragte er leise, bevor Granville anklopfen konnte. »Und die Gänse?«

»Mehr Land haben sie nicht.« Granville warf ihm einen eindringlichen Blick zu. »Es sind Tagelöhner. Keine Pachtbauern, wie Sie sie vielleicht aus Broughton Hall kennen.«

Tagelöhner. Noch ein feiner Unterschied, der ihm entgangen war. Trotzdem sollte man meinen, sie könnten die Gänse einpferchen.

Granville klopfte. Das Schwein trottete heran. Das Schreien des Kindes kam ebenfalls näher, als die Person, die es trug, zur Tür kam. Theo nahm den Hut ab; Granville ebenfalls.

»Mrs Weaver, guten Tag«, sagte der Verwalter laut, um über das Geschrei des Kindes hinweg verstanden zu werden. Das Schwein machte Anstalten, ins Haus zu schlüpfen, doch Theo versperrte ihm mit einem Stiefel den Weg. »Darf ich Ihnen Mr Mirkwood vorstellen, den ältesten Sohn des Eigentümers? Wir machen gerade eine Runde über das Gut.« Mit überraschender Wendigkeit täuschte das Schwein links an und schoss nach rechts. Gerade noch konnte Theo seinen Stiefel davorstellen. Entrüstet quiekte und grunzte es und trug damit zum allgemeinen Lärm bei.

»Na dann kommen Sie rein«, sagte Mrs Weaver. »Freut mich, Sie kennenzulernen«, fügte sie hinzu, ohne sich um einen glaubhaften Tonfall zu bemühen. Nun, er war auch nicht besonders erfreut, sie kennenzulernen. Weder sie noch ihr schreiendes Balg noch irgendeins der anderen Kinder, die er jetzt im dämmrigen Inneren des Hauses ausmachen konnte. Vermutlich waren sie anständige Leute, auf ihre eigene Weise, doch er hatte ihnen nichts zu sagen, jedenfalls nicht mehr als dem Schwein, das hinter der Tür lautstark seinen Unmut kundtat.

Mr Granville und Mrs Weaver sprachen über das Wetter und die Ernte, und Theo hatte Zeit, sich umzusehen. Es war ein einstöckiges Haus. Aus dem großen Raum, in dem sie sich befanden, führten an der hinteren Wand zwei Türen zum Rest des Hauses. Vermutlich zu den Schlafplätzen derjenigen Weavers, denen mehr als eine Pritsche auf dem Boden des vorderen Raums zustand, und zu einer Speisekammer oder einem Vorratsschrank. Die Kate starrte vor Dreck, allem voran der Küchentisch, auf dem die Reste des Mittagessens lagen, von einer Schar Stubenfliegen umschwirrt. Man hätte meinen sollen, eines der zahllosen Kinder hätte das Geschirr abräumen können.

Insgesamt schienen es zehn zu sein. Einige Mädchen, einige Jungen und ein paar Krabbelkinder von unbestimmbarem Geschlecht, in Bauernkitteln und mit ungeschnittenen Haaren. Antriebslos lungerten sie auf den Pritschen und dem sonstigen ärmlichen Mobiliar herum. Ein oder zwei von ihnen warfen ihm mürrische Blicke zu, doch im Großen und Ganzen wurde er ignoriert.

Wer könnte solche Kinder schätzen, die sich offenbar weder nützlich machen noch spielen wollten? Sie hatten in ihrer Kindheit vielleicht nicht so viele Privilegien genossen wie er, doch ein ordentliches Haus hätte bestimmt viel zu ihrer Gemütsverfassung beigetragen, und das lag doch durchaus in ihrer Macht. Jemand sollte ihnen das mal sagen.

Ein kleines Kind raffte sich immerhin so weit auf, mehrmals zu husten; dann sank es wieder matt auf seine Pritsche zurück. Vermutlich hatte es irgendeine Seuche. Vermutlich war dieses ganze Zimmer ein Seuchenherd. Wäre er der Vater gewesen, so hätte er darauf bestanden, dass sie alle mal an die frische Luft gingen.

Eine Bewegung in der Ecke zog Theos Aufmerksamkeit auf sich. Eines der Kinder war nicht gänzlich untätig. Ein Mädchen, fünfzehn oder sechzehn Jahre alt, saß mit gesenktem Kopf auf einem Stuhl und beschäftigte sich konzentriert mit etwas, das auf seinem Schoß lag. Eine Handarbeit vielleicht? Ein winziges Haustier? Doch nein – es war ein Stück Goldpapier, das es mit großer Aufmerksamkeit faltete. Eine Lieblingsbeschäftigung von jungen Mädchen, seinen Schwestern nach zu urteilen jedenfalls. Sie hatten Stunden darauf verwendet und die wunderbarsten Dinge geschaffen: Schwäne, Schlösser, originelle kleine Männchen mit verbundenen Gliedmaßen. Mit fünfzehn oder sechzehn waren sie allerdings längst zu alt dafür gewesen.

Er sah zu, wie das Mädchen das Papier in der Mitte faltete und die Ecken aufeinanderlegte. Dann faltete sie es wieder in der Mitte. Dann noch zweimal, sodass sie ein kleines Quadrat mit sechzehn Lagen erhielt. Sie betrachtete es, drehte es um, und faltete es wieder auf: acht Lagen, dann vier, dann zwei, dann eine. An den Falzen war das Papier inzwischen fast durchtrennt. Sie glättete es auf ihrem Schoß und begann erneut mit dem Falten, genau dasselbe Muster, mit derselben Konzentration.

Als der Säugling für einen Augenblick die Aufmerksamkeit der Mutter von Theo ablenkte, lehnte er sich zu Granville und fragte flüsternd: »Das älteste Mädchen ist schwachsinnig?«

»Ja.« Sein Verwalter antworte mit einem knappen Nicken und gab ihm zu verstehen, dass er mit der Frage besser bis nach ihrem Besuch gewartet hätte.

Also sagte Theo nichts mehr. Die Kate machte jedoch einen völlig anderen Eindruck, jetzt, wo er wusste, welch trauriges Schicksal sich zwischen ihren Wänden abspielte. In diesem Alter hatten seine Schwestern sich längst anspruchsvolleren Tätigkeiten zugewandt. Irgendwo hatte er ein Kästchen, das Mary für ihn gebastelt hatte. Es war an allen Seiten mit hübschen Papierröllchen beklebt. Anderen Dingen hatten sie sich auch zugewandt: Kleidern, den Bällen, auf denen sie sie tragen würden, und den heiratsfähigen jungen Männern, die sie dort kennenlernen würden. Auf einen Ball würde vermutlich keins der Kinder in diesem Haus je gehen, doch die schwachsinnige Tochter würde womöglich für immer hierbleiben und zusehen, wie ihre jüngeren Schwestern ihr plötzlich überlegen waren, in Stellung gingen und sich eine eigene Zukunft aufbauten.

Wenn sie das Kindesalter überlebten. Diese Einschränkung drängte sich auf, als die Kleine mit dem Kittel erneut einen Hustenanfall bekam. Was war er doch für ein arroganter Narr gewesen, über sie zu richten. Die Hälfte dieser Kinder würde ihren sechzehnten Geburtstag vermutlich nie erleben.

Als sie das Haus verließen, hatte Theo sich in eine geradezu lächerlich miserable Stimmung hineingesteigert. Beinahe stolperte er über das Schwein, das sich ihm genau in den Weg gestellt hatte. »Was zahlen wir Mr Weaver?«, fragte er, als sie durchs Tor traten.

»Acht Schilling die Woche, wie allen anderen Tagelöhnern auch.« Granville musste den Riegel zweimal zudrücken, bevor er einrastete.

Acht Schilling klang nach einem erbärmlichen Verdienst, aber Theo war sich nicht ganz sicher, da er den Preis für einen Laib Brot nicht kannte. Überhaupt hatte er von derlei praktischen Dingen keine Ahnung. »Ist das alles, was sie zum Leben haben?«

»Mrs Weaver und die älteren Kinder helfen bei der Ernte, da bekommen sie noch etwas, und die kleineren verdienen sich vielleicht ein paar Pence dazu, indem sie für die Nachbarn Steine vom Feld sammeln oder die Vögel verscheuchen. Nicht der Rede wert. Sie erhalten allerdings noch eine Zuwendung aus der Armengabe.«

Es war also tatsächlich ein erbärmlicher Verdienst. »Weshalb zahlen wir ihnen nicht einfach mehr, anstatt uns darauf zu verlassen, dass die Gemeinde sie durchfüttert?«

»Das ist nicht so einfach.« Im Freien wirkte Granville älter. Er musste ungefähr vierzig Jahre alt sein, doch im Sonnenlicht sah er ausgezehrt aus. Vielleicht lag das auch am Thema. »Ein Viertelzentner Weizen bringt dieses Jahr nur sechsundsechzig Schilling ein, das ist erheblich weniger als noch vor ein paar Jahren. Nicht abzusehen, wie sich der Preis entwickeln wird.«

»Das hier ist also kein einträgliches Stück Land?« Die Vorstellung, Besitz zu behalten, der kein gutes Einkommen abwarf, war ihm völlig neu.

»Es ist nicht groß genug, um lukrativ zu sein. Jetzt erst recht nicht mehr. Nicht in der Größenordnung von Ihrem Gut in Lincolnshire.«

»Verstehe.« Theo verfiel in Schweigen. *Nicht groß genug, um lukrativ zu sein.* Ob man das Problem durch Einhegung angrenzender Flächen lösen konnte? Vielleicht würde er das mal zur Sprache bringen. Später, wenn er sich ein wenig über das Thema informiert und einen Blick auf Granvilles Karte geworfen hatte. Mehr Bibliotheksarbeit. Großartig. Er würde ein verweichlichter Bücherwurm geworden sein, wenn man ihn wieder für verantwortungsbewusst genug erklärte, um nach London zurückzukehren.

Er lernte andere Familien kennen: die Knights, die Tinkers, die Rowlandsons und die Quigleys, alle von bescheidenerer Größer als der Weaver-Klan und mit besser erzogenen Schweinen. An der letzten Kate gingen sie vorbei, da sie einem Junggesellen gehörte, der mit den Männern auf dem Feld war.

Konnte es etwas geben, das weniger geeignet war, das Interesse eines Mannes zu wecken, als Weizen und dessen Anbau? Vielleicht wäre es ihm anders gegangen, hätte er das Feld vor der Ernte gesehen, ein wogendes, goldenes Meer mitten im grünen Sussex, doch als er an diesem Tag mit dem Gutsverwalter über eine Hügelkuppe kam und das Stoppelfeld erblickte, auf dem das Getreide bereits zu Garben gebündelt war, bereit für was auch immer als Nächstes mit Weizen geschah, fragte er sich deprimiert, weshalb solch eine Menge davon noch immer nicht ausreichte, um ein gutes Einkommen einzubringen.

Granville stellte ihn den Männern vor, den Ehemännern und fast erwachsenen Söhnen der Familien, die er besucht hatte. Alle waren sie kräftige, wettergegerbte Kerle, bis auf einen alten, langsamen Mann, der, wie es sich herausstellte, der Junggeselle Mr Barrow war. Theo schüttelte raue, schwielige Hände; Mr Barrows waren zudem ein wenig verkrümmt. Lange würde er nicht mehr arbeiten können.

Eine minutenlange landwirtschaftliche Diskussion folgte. Etwas über zukünftige Zölle und deren hoffentlich positive Auswirkungen auf den heimischen Getreidemarkt. Wieder Bemerkungen über das Wetter. Nichts Besonderes. Theo stand etwas abseits, wie es sich für den Sohn des Grundherrn gehörte, die Hände hinter dem Rücken verschränkt und den Kopf erhoben, bis es Zeit war, sich zu verabschieden. Verbeugungen wurden ausgetauscht und Hüte wieder aufgesetzt. »Die kleineren Familien mit älteren Söhnen haben es besser«, sagte er zu Granville. »Zwei oder mehr Einkommen und weniger Mäuler zu stopfen.«

»Ja, die Familienkonstellation macht einen großen Unterschied, nicht wahr? Es ist bedauerlich, dass die Weavers keine erwachsenen Söhne haben.« Sie gingen einen Weg an einem Weidezaun entlang, und von Zeit zu Zeit klopfte Granville ihn ab, vermutlich um die Festigkeit der Verbindungsstellen zu prüfen.

»Hat Mr Barrow gar keine Verwandten? Auch keine Nichten oder Neffen, meine ich?«

»Nein.« Granvilles abgezehrtes Gesicht verdüsterte sich zusehends, wie Theo auffiel. »Er hat Schwestern, soviel weiß ich, doch sie haben vor langer Zeit geheiratet und sind irgendwo in den Norden gezogen.«

»Dann interessiert sich niemand für ihn?«

»Er ist leider kein Einzelfall. Da sieht man mal, wie wichtig es ist, zu heiraten. Nicht für einen Mann mit einem eigenen Vermögen, natürlich – Sie können für sich selbst sorgen und später andere dafür bezahlen, wenn das Ihr Wunsch ist.«

Das waren düstere Aussichten. Er musste unbedingt ernsthaft darüber nachdenken, zu heiraten, in fünf oder zehn Jahren vielleicht, und sich in der Zwischenzeit mit den Kindern seiner Schwester gut stellen. »Aber für Mr Barrow«, sagte er, »wird in nicht allzu ferner Zukunft der Tag kommen, an dem er keinen Lohn mehr verdienen kann.«

»Ja, und danach der Tag, an dem er keinen Haushalt mehr führen kann, und dann der, an dem er sich nicht mehr selbst versorgen kann.« Granville hielt an. Er hatte eine Stelle gefunden, an der der Zaun nicht das richtige Geräusch machte. Er klopfte abermals, zückte dann einen Bleistift und machte einen Vermerk auf einem gefalteten Stück Papier. Theo wartete. »Was passiert dann mit so jemandem?«, fragte er, als der Verwalter fertig war.

Der schüttelte, ohne aufzublicken, den Kopf. »Wenn ein Mann dieses Alter erreicht und keine Verwandten hat, kommt er mit größter Wahrscheinlichkeit ins Armenhaus.«

»Armenhaus.« Mehr als dieses eine Wort brachte Theo nicht heraus.

»Es gibt eins in Cuckfield, ein Stück nordwestlich von hier.« Ein kurzes Schweigen folgte, bevor Granville wieder das Wort ergriff. »Es ist vermutlich das bitterste Ende, das man sich für einen Mann vorstellen kann, der sich sein Leben lang selbst versorgt und niemals Schulden gemacht hat.« Er steckte den Bleistift weg und ging weiter.

Was konnte man dem noch hinzufügen? Gar nichts. Die Sonne schien bereits heiß durch die windstille Sommerluft, und als sie das Haus erreicht hatten, fühlte sich Theo, als sei er Dutzende von Meilen mit einer schweren Last auf den Schultern gewandert – vielleicht mit dem Schwein der Weavers. Dem Schicksal sei Dank, dass er noch die Verabredung mit der Witwe hatte, auf die er sich freuen konnte. Ein Mann mit Verantwortung brauchte einen Ort, an den er vor ihr fliehen konnte.

Er kam pünktlich um halb an und trat, ohne zu klopfen, ein, so als wäre es sein Haus. »Sie haben den Weg gefunden«, sagte Martha von ihrem Sessel aus.

»Wie könnte ich nicht, wo doch hier eine Frau auf mich wartet!« Selbstgefällig grinsend zog er die Tür zu. »Es ist in der Tat äußerst praktisch: Der Pfad durch das kleine Wäldchen zwischen unseren Anwesen endet nur ein paar Schritte vor Ihrem Seiteneingang. Sehr diskret.« Während er sprach, sah er sich blinzelnd im Halbdunkel um. Die Diskretion erlaubte nur einen winzigen Spalt zwischen den Vorhängen.

Ob ihm das Mobiliar zusagen würde, hatte sie gar nicht bedacht, als sie diese Räume ausgewählt hatte, doch sie fand, es harmonierte sehr gut mit ihm, jetzt, wo sie darüber nachdachte. Das Wohnzimmer war größer als das ihre; es hatte einen großen Marmorkamin und war ganz in Blau- und Grautönen gehalten. Ein grau-blauer Teppich, blau getäfelte Wände, saphir-silbergestreifte Leinenüberwürfe auf Sesseln und Sofa. Bei besserem Licht wären seine Augen hier vermutlich sehr gut zur Geltung gekommen.

»Das hier ist viel opulenter als Ihre Räume«, sagte er, als er den Raum durchquert hatte und sich in einen riesigen Sessel ihr gegenüber fallen ließ. Hier sah er wohlproportioniert aus. Nicht so übergroß und fehl am Platz wie auf ihren Sitzmöbeln mit den spindeldürren Beinen.

»Mir gefallen meine Räume. Und für viele, viele Leute wären sie der Inbegriff der Opulenz.«

»Zweifellos.« Er stützte die Ellbogen auf die Sessellehnen, legte die Fingerkuppen zusammen und starrte darauf. Wenn ihm etwas durch den Kopf ging, so machte er keine Anstalten, sie daran teilhaben zu lassen.

Sie setzte sich auf. »Wie ich sehe, haben Sie heute Stulpenstiefel an.«

»In der Tat. Und Hosen.« Das Thema ließ ihn sofort aufleben; er streckte ein Bein vor sich aus und drehte den Stiefel hin und her. »Was sie an Eleganz zu wünschen übrig lassen, machen sie durch eine gewisse Männlichkeit wett, finden Sie nicht?«

»Dazu kann ich nichts sagen. Ich hoffe, Sie haben sie nicht meinetwegen angezogen.«

»Nein, Liebes.« Er schwang den Fuß wieder auf den Boden und streckte sich. »Ich hatte heute Vormittag auf meinen Ländereien zu tun, deswegen habe ich sie angezogen.«

Das war ein vielversprechender Themenwechsel. »Sie haben auf dem Land gearbeitet, meinen Sie?«

Er schüttelte den Kopf. »Ich habe mit meinem Verwalter eine Runde über den Besitz gemacht, nur um einen Überblick zu bekommen.« Er blickte an ihr vorbei, vielleicht zu dem hellen Spalt zwischen den Vorhängen. »Wir bauen offenbar Weizen an«, fügte er nach einem Augenblick hinzu. Eine Hand befingerte rastlos die Sessellehne.

»Einige meiner Pächter auch. Und natürlich halten sie Schafe.«

»Sie haben also Pachtbauern? Keine Tagelöhner?« Eine nachdenkliche Falte erschien auf seiner Stirn und verlieh seinem Gesicht einen völlig neuen Ausdruck. »Ich habe auf meinem Land nur Letztere vorgefunden. Und keiner von ihnen besitzt Schafe.«

Erwartete er eine Antwort? Schwer zu sagen. »Ich vermute, Sie haben nicht viel Platz für Bauernhöfe, neben Ihrem eigenen. Ihr Besitz ist nicht besonders groß, wenn ich mich recht erinnere.«

»Nein, bis jetzt nicht.« Die Stirnfalte wandte sich ihr zu, so als schätze er sie neu ein. »Kennen Sie sich zufälligerweise gut mit Einhegungen aus?«

»Ich fürchte, nein.« Sie lehnte sich vor. »Aber ich könnte Mr Russells Bibliothek durchgehen. Vielleicht hatte er Bücher zu diesem Thema oder sogar Aufzeichnungen über Einhegungen hier.«

»Nein danke. Bücher habe ich selbst.« Seine Aufmerksamkeit ließ von ihr ab und ging wieder auf die Armlehne über, wo seine Finger immer noch unruhig die Silberstreifen zwischen dem Blau entlangfuhren. Was beschäftigte ihn? Sie hätte erwartet, dass er inzwischen auf den Grund seines Besuchs angespielt hätte. Die ersten beiden Male war er jedenfalls begierig genug gewesen.

Abrupt legte er die Hand flach auf die Armlehne, und seine Finger ließen von ihrem unruhigen Gezappel ab. »Ich habe herausgefunden, dass einige meiner Leute teilweise von der Unterstützung der Gemeinde abhängig sind«, sagte er und blickte auf, ohne sie jedoch direkt anzusehen. »Gibt es das bei Ihnen auch?«

War er etwa … beschämt? Der Gedanke rief eine sonderbare, unbeholfene Zärtlichkeit in ihr hervor. Vielleicht bekümmerten ihn die Umstände, in denen die Leute auf seinem Land lebten.

»Ich habe nie davon gehört, dass jemand Unterstützung bekäme.« Sie achtete darauf, schonende Worte zu wählen. »Aber es gibt bestimmt solche Familien in der Gemeinde. Wenn Sie möchten, könnte ich mal den Pfarrer fragen …«

Er brachte sie mit erhobener Hand zum Schweigen und schüttelte den Kopf, den Blick wieder auf die Armlehne geheftet. »Schon gut. Es gefällt mir nicht recht, wissen Sie. Die anderen Grundherrn in der Gemeinde um Almosen für diese Menschen zu bitten, für die ich eigentlich selbst die Verantwortung tragen sollte.«

»Und die Pächter.« Die Worte waren heraus, bevor sie ihre Wirkung bedacht hatte. »Die Pächter zahlen auch in die Armensammlung ein.«

»Das wird ja immer besser!« Er stieß ein schroffes, freudloses Lachen aus. »Da sehen Sie, wie ahnungslos ich bin! Aber wenigstens habe ich eine vage Vorstellung davon, wofür ein Gentleman stehen sollte und wofür nicht, und ich finde es einfach schäbig, wie die Dinge stehen! Finden Sie nicht?« Bei den letzten Worten hob er den Blick und sah sie wieder an, und in seinen Augen leuchtete ein aufrichtiger Appell.

Er hätte nichts Wahreres sagen können; nichts, das besser geeignet gewesen wäre, ihre Sympathie, ihre Unterstützung und ihren Respekt zu gewinnen. Allein die Frage nach ihrer Meinung hätte sie für ihn eingenommen, doch diese bewundernswerte Gesinnung verdiente eine Antwort der wärmsten Sorte.

»Sie sprechen von Pflichtschuldigkeit.« Sie rutschte auf die Stuhlkante und verschränkte die Hände vor sich. »Und ja, ich glaube, ein Grundherr hat eine besondere Verpflichtung seinen Pächtern oder Arbeitern gegenüber, die über die Verantwortung, die wir alle einander gegenüber haben, hinausgeht. Er hat die Pflicht, ihr Leben angenehm und lebenswert zu machen, soweit es in seiner Macht steht.« Eine Welle der Befriedigung überkam sie, als sie wusste, dass sie ihrerseits das Richtige sagte. Sein Blick ruhte auf ihr, und die Besorgnis wich aus seinem Gesicht. »Wir haben so viele Möglichkeiten, Gutes für diese Leute zu tun. Vielleicht halten Sie sich jetzt für ahnungslos, aber in dieser Erkenntnis liegt doch der Anfang von Weisheit, oder nicht?«

»Ach ja?« Er lächelte beinahe. »Das kann ich wirklich nicht sagen.«

»Aber selbstverständlich! Wenn Sie sich für gut informiert hielten, wären Sie nicht offen dafür, Neues zu lernen. Und Sie *werden* lernen.« Er musste das hören. Er musste ermutigt werden. »Ich wette zehn zu eins, dass Sie sich hervortun werden, wenn Sie erst einmal anfangen. Vielen jungen Männern ist es so ergangen, da bin ich sicher. Selbst jungen Männern von Welt. Es ist doch heutzutage modern, sich für Landwirtschaft zu interessieren, oder nicht?«

»Das will ich doch hoffen.« Jetzt lächelte er unverkennbar, das ganze Gesicht erfüllt von dem Feuer, das das Vertrauen und die Zuwendung einer Frau entfachen konnten. »Fahren Sie fort.«

»Pflichtbewusstsein ist jedenfalls ein vielversprechender Anfang. Auch wenn Sie nicht wissen, wie Sie auf Ihrem Land Verbesserungen vornehmen können, kann Ihr Pflichtbewusstsein schon viel ausrichten. Wenn Sie einfach nur Ihre Tagelöhner besuchen, sie beim Namen kennen und ihnen all die alltäglichen kleinen Aufmerksamkeiten zuteilwerden lassen, die einer Person von niederem Stand zeigen, wie …« Sie brach ab. Während sie gesprochen hatte, hatte er sich plötzlich vor ihr auf den Boden gekniet. Jetzt ergriff er ihre verschränkten Hände und zog sie sanft auseinander, drehte die Handflächen nach oben und strich mit dem Daumen über die Innenseite ihrer Handgelenke.

Also doch kein neues Feuer. Nur das übliche. Enttäuschung breitete sich bleischwer in ihrem Magen aus, gepaart mit Verdruss über ihre Dummheit.

»Fahren Sie fort«, sagte er, obwohl das Objekt seiner Aufmerksamkeit nicht ihr Mund, sondern ihre Handgelenke waren.

»Ich habe nicht den Eindruck, dass Sie mir zuhören.« Ihre Stimme wurde schlagartig frostig.

»Nicht den Worten.« Er neigte den Kopf und legte die Lippen auf die dünne, mit blauen Venen durchzogene Haut. »Aber Sie sind ziemlich liebreizend, wenn Sie so sprechen. Voll kämpferischer Leidenschaft.«

Konnte irgendeiner Frau auf der Welt solch eine Bemerkung willkommen sein? Vielleicht einer Frau mit empfänglichen Handgelenken. Vermutlich verkehrte er für gewöhnlich mit Frauen, die so genusssüchtig waren, dass ihnen jede seiner gedankenlosen Bemerkungen willkommen war.

Sie ließ die Hände in seinem Griff erstarren. Es war leicht, fühlte sie sich doch durch und durch erstarrt. »Ich bin fertig«, sagte sie. »Wir können ebenso gut ins Bett gehen, wenn Sie so weit sind.«

Er begutachtete auch dieses Zimmer, während er sich seiner Kleidung entledigte. Nahm die blauen Brokatvorhänge in sich auf, das Muster der Tapete, das riesige Bett, sein Spiegelbild in den zahllosen Spiegeln im Raum. Als er alles katalogisiert zu haben schien, kam er ins Bett.

Er war schnell. Das musste man ihm zugutehalten. Und verhältnismäßig sauber. Er schwitzte nicht stark, und er bespritzte sie auch nicht bei seinem Werk, wie es Mr Russells unsägliche Angewohnheit gewesen war. Er vollzog seine Aufgabe zügig und zielstrebig, so, wie sie es gern hatte, und in Zukunft musste sie daran denken, ihm dafür dankbar zu sein, und keine Zeit damit verschwenden, ihn besser machen zu wollen.

Er wurde im Gegenteil schlimmer. Am vierten Tag bestand er darauf, dass sie nicht nach Sheridan klingelte, damit er sie selbst ausziehen konnte.

Der Einwand, dass dies eine unangebrachte Vertrautheit sei, wäre unter den gegebenen Umständen absurd gewesen. Also fügte sie sich, mit dem gleichen stoischen Schweigen, mit dem sie auch Mr Russells gelegentliche Marotten über sich hatte ergehen lassen.

Er musste das als Ermunterung aufgefasst haben, denn am nächsten Tag wollte er sie wieder ausziehen. Diesmal ging er betont gemächlich zu Werke, so als glaubte er, ihre Vorfreude dadurch steigern zu können. Und er redete, unablässig, während er sie auszog. Ihre Haut war wieder einmal wie Seide, ihre Glieder wurden für ihre Form und Proportion gepriesen, und dann, als wenn Sie nicht selbst darauf gekommen wäre, beschrieb er ihr präzise, welche Auswirkungen ihre Reize auf ihn hatten.

Auf diese Weise offenbarte er ihr sein Inneres! Er hätte ihr seine Sorgen und seine aufkeimenden Ideen anvertrauen können – von Herzen gern hätte sie ihn mit dem wärmsten Wohlwollen belohnt. Doch was tat er? Er gab die abgedroschensten Plattitüden von sich und verlangte nichts als die Vereinigung mit ihrem Körper. Sie hätte jede x-beliebige Frau sein können, als sie mit gespreizten Beinen unter ihm lag; sein Vergnügen wäre sicherlich genau dasselbe gewesen.

Nicht weiter schlimm, dachte Martha, als sie anschließend auf ihrem Kissen lag. Solange er ihr seinen Samen gab, konnte sie alles ertragen, das er noch mitbrachte. Alle weiteren Erniedrigungen, die ihm in den Sinn kommen mochten, würde sie geduldig und entschlossen über sich ergehen lassen.

Ein Monat. Fünf Tage waren verstrichen, fünfundzwanzig lagen noch vor ihm, der heutige eingeschlossen.

Fünfundzwanzig Tage. Wie zum Teufel sollte er das durchstehen?

»Legen Sie Ihre Beine um mich«, murmelte Theo, und ihre Hände verkrampften sich kurz auf seinen Schultern, ehe sie seiner Bitte nachkam. Ihre Stirn hatte sich gekräuselt, als er sie – vollständig angezogen – auf die Kommode gesetzt hatte, die gerade die richtige Höhe hatte, doch protestiert hatte sie mit keinem Wort. Dann hatte sie auf ihre Hände gestarrt, als er sich vor ihren Augen ausgezogen hatte, und an die Decke, als er ihre Röcke angehoben und den Weg hinein gefunden hatte. Der Himmel wusste, was sie jetzt anstarrte. Die Rückseite ihrer Augenlider vermutlich.

Komplimente bedeuteten ihr nichts. Sie ließ sich nicht gern ausziehen. Sie wollte auch nicht, dass er sie an irgendeiner bestimmten Stelle berührte. Was sollte man mit so einer Frau anfangen?

Er wandte den Kopf ab, um ihren gleichmütigen, resignierten Gesichtsausdruck nicht sehen zu müssen, und sein Blick fiel auf ihr Bild im größten Spiegel des Raums: blasse Dringlichkeit gegen ernstes Schwarz. Aus dieser Entfernung konnte man sich mühelos andere Motive für die exotische Szene ausmalen.

Mühelos konnte man sich eine schamlose Witwe vorstellen, die einen Mann um jeden Preis haben musste. Mühelos konnte man sich vorstellen, wie sie vor Lust außer sich geriet, als er die letzten Kleidungsstücke abstreifte, wie sie hungrig das Bett verlassen hatte, um ihn an Ort und Stelle zu nehmen, in voller Trauertracht, und wie sie das Andenken an ihren Mann und den heiligen Stand des Witwentums entweihte, so sehr wollte sie ihn.

»Wie lange soll ich denn meine Beine so halten?« Als ob sie für ein verdammtes Porträt Modell sitzen würde und langsam einen Krampf bekäme. *Wollte* sie unbedingt, dass er nicht mehr konnte?

»So lange wie es eben dauert«, stieß er zähneknirschend hervor. Doch das war unhöflich. »Hören Sie auf, wenn es wehtut. Wenn es unbequem ist.« Er verlangsamte seine Bewegung, damit sie ihre Beine in eine andere Position bringen konnte, wenn sie wollte.

»Nein, das ist es nicht. Ich habe mich nur gefragt, ob Sie es noch brauchen.« Verflucht sollte ihr Mann sein, dass er ihr solches Gerede im Schlafzimmer gestattet hatte. Bestimmt würde sie gleich fragen, ob er noch lange brauchen würde.

»Ja, ich brauche es.« Er wisperte ihr die Worte ins Ohr. »Aber fester. Schlingen Sie die Beine fester um mich.«

Köstlich verengten sich ihre Schenkel um ihn, als sie die Knie etwas höher um seine Hüften schlang. Im Spiegel sah er seinen Fingern zu, wie sie sich emporstahlen, um an dem entblößten Stück Oberschenkel zwischen Strümpfen und gerafften Röcken zu spielen. »Haben Sie eigentlich eine Vorstellung davon, wie erotisch dieser Teil von Ihnen aussieht?« Er flüsterte gegen ihre Wange und stupste sie an, damit sie selbst in den Spiegel sah. »Seidig weiße Haut, nackt zwischen all dem Schwarz. Sehen Sie?«

Stille. Offenbar glaubte sie, er würde Selbstgespräche führen. Warum versuchte er es immer wieder? Warum war ihm ihre Befriedigung so wichtig, wo sie *ihr* doch ganz offenbar nicht wichtig war?

Und wenn er seine Finger noch weiter nach oben wandern ließe, auf der Innenseite ihrer Schenkel, weiter und weiter, bis sie die süßeste Stelle ihres Körpers erreichen würden? Die Frau im Spiegel würde das mögen. Sie würde stöhnen und die Hüfte hervorstrecken, um mehr zu fordern. Ach was, die Frau im Spiegel hatte bereits ihre Beine um ihn geschlungen und drängte ihn, dagegenzureiben.

Diese Frau konnte man reizen. Er nahm die Hand von ihrem Bein und griff nach der Kommodenkante. Mit beiden Händen hielt er sich daran fest und sperrte sie dazwischen ein, während er langsamer wurde, fast ganz herausglitt, den Kopf in den Nacken legte und die Augen schloss. Gut so. Sollte sie doch warten und sich wundern.

»Stimmt etwas nicht?« *Diese Stimme.* Wenn er jetzt hinschauen würde, würde er sehen, wie sie ihn mit irritierter Abneigung betrachtete. Der Anblick könnte all seine Anstrengungen zunichtemachen.

»Alles in Ordnung. Bitte nicht reden.« Das würde er später bereuen. Es war nie ungefährlich, das zu einer Frau zu sagen. Doch er musste sich ganz auf die Spiegel-Witwe konzentrieren. Musste sehen, wie sie die Augen aufriss, wenn er mit nervenaufreibender Langsamkeit wieder in sie eindrang, tiefer und tiefer, bis seine Lenden sie da berührten, wo sie es am liebsten hatte. Dann zog er sich wieder zurück, um sie hinzuhalten, und es fühlte sich verdammt gut an.

Er atmete zitternd ein und ließ seinen Kopf nach vorne fallen. Als er die Augen öffnete, erblickte er ihr Fichu, schwarz und abweisend. Stumm nahm er es zwischen die Zähne – mühelos konnte man sich anstelle der anhaltenden Stille ein erregtes Keuchen vorstellen – und zog es aus ihrem Ausschnitt.

Plötzlich ging es nicht weiter. Sie hatte es festgesteckt. Festgesteckt! Ja war sie denn von allen guten Geistern verlassen? Welche Frau steckte vor einem Rendezvous ihr Fichu fest? Aber egal – er fand die Nadel und zog sie heraus, zog auch das Tuch heraus und ließ es neben sie fallen. Mehr nackte Haut. Im Spiegel konnte er den Anblick ihres sich mit jedem Atemzug hebenden und senkenden Busens genießen.

Er wandte sich von dem Anblick ab und vergrub den Kopf in ihrem Dekolleté, legte die Lippen auf ihre vortreffliche Brust und bedeckte die butterweiche Oberfläche mit Küssen. So, wie sie es sich erträumt hatte, seit sie ihn das erste Mal erblickt hatte, an jenem Morgen in der Kirche, und beschlossen hatte, dass sie ihn wollte, im Bett und überall, immer und immer wieder, zum Teufel mit dem Anstand.

Mit kleinen Stößen begann er sich wieder zu bewegen und fuhr währenddessen mit der Zunge tiefer in ihren Ausschnitt und dann über eine Brustwarze. Sie versteifte sich, überall außer an der richtigen Stelle. Gütiger Gott. Solch widerspenstigen Nippeln war er in seinem ganzen Leben noch nicht begegnet. Wie konnte sie alles, was er tat, dermaßen kaltlassen? Mit einem verzweifelten Stöhnen zog er ihren Ausschnitt mit der Hand hinunter und nahm die Brustwarze ganz in den Mund.

Sie verkrampfte sich mit unmissverständlichem Widerwillen. »*Muss* das sein?«, fuhr sie ihn an, wie eine vornehme Herrin einen Mann anfahren würde, der an ihrer Speisetafel ein Trinklied angestimmt hatte.

»Nein.« Er riss sich von ihrem gekränkten Busen los. »Nicht reden. Ich bitte Sie!« Wie war er nur in diesen Albtraum geraten? Noch so ein unbedachtes Wort von ihr und seine Männlichkeit wäre ein Trümmerhaufen. Ein demütigender, beispielloser Trümmerhaufen.

Schon ihr Anblick war bedenklich für seinen Erregungszustand. Also schloss er die Augen und – möge Gott ihm vergeben – dachte an andere Frauen.

An Mrs Cheever und wie sie sich an ihm festgeklammert hätte, hätte sie auf der Kommode gesessen, denn seine liebevolle Fürsorge hätte sie völlig aus dem Gleichgewicht gebracht. An Eliza, die sich vor Entzücken gar nicht zu helfen gewusst hätte. An Frauen, zahllose Frauen, die ihm mit ihren Fingernägeln den Rücken zerkratzt hätten, und an Frauen, die ihn in die nackte Schulter gebissen hätten.

Sie bezahlte ihn für seinen Samen. Er würde ihr Samen geben, egal, wie er es anstellen musste. Weiter vor streckte er seine Hüfte, mechanisch, so als litte er unter einer Dauererektion, und dachte an Frauen, die ihm schmutzige Dinge zuflüstern würden, einladend und befehlend.

Besser. Viel besser. Er ließ den Kopf auf ihre Schulter sinken und stieß fester zu. Hätte er den Kopf oben behalten, hätte er es vielleicht nicht gehört, doch mit dem Ohr direkt neben ihrem Mund kam er nicht umhin, den leisen Seufzer zu vernehmen, durchdringender und peitschender Ausdruck ihrer strapazierten Geduld.

Das Geräusch traf ihn tief, zielsicher wie ein Pfeil vom Bogen des … wer auch immer der Gegenspieler von Cupido sein mochte. Und er strauchelte wie ein verwundeter Hirsch. Zog die Luft ein. »Könnten Sie *bitte* …« Wie sollte er die Bitte beenden? *Könnten Sie sich bitte wenigstens ein bisschen Mühe geben, Ihre Abscheu zu verbergen? Könnten Sie bitte nicht ganz so offensichtlich darauf warten, dass ich endlich fertig bin?* Er bewegte sich schneller. Wenn er doch nur fertig werden könnte, solange er noch –

»Nicht reden, meinen Sie? Das sagten Sie schon. Ich habe doch gar nichts gesagt.« Hatte sie eine Ahnung!

»Nein, ich meinte …« Er hatte nicht genug Atem, um ihn mit Reden zu verschwenden. »Es tut mir leid, es ist nur …« Verdammt, jetzt würde er es wirklich verlieren, schon spürte er, wie sein bestes Stück zusammenschrumpelte wie ein baufälliger Schornstein. »Bei Ihnen ist es immer …« *Unmöglich. Eine Strafe. Knochenarbeit.* »… so *stocksteif*«, brachte er schließlich hervor.

Wie eine gekappte Sehne schnellte sie weg von ihm. »An anatomischen Einzelheiten bin ich nicht interessiert«, sagte sie kühl und missbilligend.

Heilige Mutter Gottes! War sie wirklich so blöd? Merkte sie es denn nicht selbst? »Nein, *Sie* sind so steif. Sie machen es mir … unmöglich, fortzufahren.«

Er konnte sie nicht ansehen. Die Tatsache laut auszusprechen war noch viel, viel schlimmer, als er es sich vorgestellt hatte. Wieder fühlte er sie zurückzucken; schmerzhaft zusammenzucken, als sie das Missverständnis verstand. Einen Atemzug lang schien es möglich, dass sie ihren Fehler einsehen und etwas, irgendetwas tun würde, um ihm zu helfen, sich zu erholen und es zu Ende zu bringen. Dann sagte sie: »Inwiefern ist das meine Schuld?« Ihre Stimme klang kalt und desinteressiert wie immer. »Es ist ja nicht so, als hätte ich irgendwas getan, um Sie zu stören.«

Das war's! Er zog sich aus ihr zurück, so viel wusste er noch; zog sein Glied heraus, so nutzlos wie ein toter Aal. An den Rest hatte er keine klare Erinnerung. Seine Hände, die blind an den noch immer hinter ihm verschränkten Beinen herumzerrten. Er musste sich befreit haben, denn er taumelte gegen die Wand, erdrückt vom ganzen Gewicht männlicher Schande. Ihre verhängnisvolle letzte Bemerkung hallte in seinen Ohren nach. *Nein,* dachte er, *es ist nicht so, als ob du überhaupt irgendwas getan hättest! Ich könnte genauso gut eine Leiche vögeln!*

Das waren die Worte, die er dachte. Oder vielleicht … auch die Worte, die er aussprach.

In der Stille ging sein Atem schwer und unregelmäßig, während er versuchte, die Lilien auf der Tapete wieder klar zu erkennen. Herrgott. Verflucht. Hatte er das laut gesagt?

Er wagte einen Blick. Verdammt. Er *hatte* es laut gesagt. »Hölle«, murmelte er und lehnte sich mit der Stirn gegen die Wand. »Tut mir leid.« Er blickte zurück.

»Nein, es ist …« Sie saß ganz still, und starrte zu Boden. Alle Farbe war aus ihrem Gesicht gewichen. »*Mir* tut es leid. Ich werde mir mehr Mühe geben.«

»Nein!« Er fuhr herum. »Herrgott, verstehen Sie nicht? Wie soll ein Mann *Lust* verspüren, wenn die Frau sich *Mühe geben* muss, es zu ertragen?«

Keine Antwort. Natürlich nicht. Sie hielt sich bei jeder Gelegenheit zurück, weshalb sollte sie diese Angewohnheit gerade jetzt ablegen? Allein ihn anzuschauen war offenbar schon zu viel verlangt; sie saß einfach nur da und starrte auf ihre Schuhspitzen, so als wartete sie darauf, dass sein Wutanfall vorüberging und er sich wieder an die Arbeit machen würde.

Dazu war er indes nicht fähig. Kopfschüttelnd bückte er sich nach seinen Hosen.

Sie sah es. »Was –«

»Es ist weg.« Mit Genugtuung schnitt er ihr das Wort ab. Sollte sie doch in Panik geraten. Sollte sie doch wenigstens einmal diejenige in diesem Handel sein, die sich unwohl fühlte.

»Gibt es keine Möglichkeit, dass Sie –«

»Nein. Keine. Es ist weg, aus und vorbei.« Beim Anziehen betrachtete er sie aus den Augenwinkeln und sah, wie ihre Gedanken rasten.

»Soweit ich weiß, gibt es in der Bibliothek ein paar erotische Romane«, sagte sie schließlich, den Blick noch immer fest auf die Schuhspitzen geheftet. »Vielleicht könnten Sie –«

»Nein. Könnte ich nicht.« Mit der einen Hand hielt er die Hose fest, mit der anderen tastete er nach Hemd und Krawatte. »Wenn mein Schwanz nicht steif bleibt, während er in einer Frau steckt, dann wird ein Buch mir wohl kaum helfen können.«

Sie zuckte schockiert zusammen. Gut so. Mit den Kleidern in der Hand schritt er zum Spiegel. So konnte er sie sehen, während er sich das Hemd über den Kopf zog und an den Ärmeln zerrte. Sie bot einen eigenartig unzüchtigen Anblick, wie sie so dasaß, die Röcke noch immer bis über die Knie gerafft, die Beine noch immer gespreizt. Falls sie noch andere Ideen hatte, wie er sich wieder in Erregung versetzen konnte, behielt sie sie für sich. Sie saß einfach nur da, den Kopf eingezogen, und schließlich schob sie langsam die Knie zusammen und zupfte den Rock zurecht, um sich zu bedecken.

Sie sah … so klein aus, wie sie so ganz allein dasaß. Er schloss die Augen. *Kein Mitleid, du Dummkopf! Kein Mitleid!* Doch sein Gemüt war immer schon unbeständig gewesen. Als der letzte Knopf seiner Weste zugeknöpft war, tat es ihm bereits leid, sie in diesen Zustand versetzt zu haben.

Sie schwieg noch immer. Er band sich die Krawatte ohne den üblichen Überschwang. Was musste es sie gekostet haben, die erotischen Romane zu erwähnen? Wie viele gab es? Und woher wusste sie davon? Ob sie sie eines Tages versehentlich entdeckt hatte? Oder hatte er sie ihr unter die Nase gerieben?

Zur Hölle mit seinem weichen Herz! Wie weit war sie ihm jemals entgegengekommen? Wäre er ihr Mann gewesen, hätte er vermutlich auch früher oder später zu erotischen Romanen gegriffen.

Aber er hätte sie nicht *Leiche* nennen sollen. Dieser Gefühlsausbruch hatte seine Demütigung in keiner Weise gelindert und würde ihm die Aufgabe, die sich so langsam als Herkules-Arbeit entpuppte, wohl kaum leichter machen. So sei es, dachte er, als er nun in einem Sessel saß und sich die Stiefel anzog. Die erste Aufgabe, im Vergleich zu der alle weiteren leicht erscheinen würden. Selbst die Hydra würde ein Kinderspiel sein, verglichen mit der Erinnerung an den Akt mit Mrs Russell.

Jetzt hatte er alle Kleidungsstücke wieder an, bis auf den Hut. Er blieb noch einen Augenblick sitzen. Vielleicht würde ihr etwas einfallen, was sie sagen konnte. Vielleicht würde sie doch noch das Wort ergreifen.

Die Sekunden rannen dahin. Schließlich führte nichts mehr darum herum, aufzustehen und nach dem Hut zu greifen. Er räusperte sich. »Soll ich morgen wiederkommen?« Die Worte dröhnten in der bleiernen Stille des Raums.

»Wenn es Ihnen recht ist«, sagte sie zu ihren Schuhspitzen.

Er ging, und düstere Gedanken an das Morgen begleiteten ihn. Morgen und übermorgen und all die Tage danach, fast einen Monat, bis seine Aufgabe erfüllt sein würde.

# 5

Ganz gewiss würde die Gemeinde sie mit lodernden Fackeln aus der Kirche jagen und die Straße hinuntertreiben, wenn sie wüsste, was der Inhalt ihrer Gebete war. Aber diese Möglichkeit hatte sie schließlich von Anfang an miteinkalkuliert.

*Bitte vergib mir, soweit Du es kannst.* Martha öffnete die Augen, erblickte die weiß hervortretenden Fingerknöchel ihrer verkrampften Hände und schloss sie wieder. *Bitte ziehe in Betracht, dass ich mich nicht der Sünde der Wollust schuldig gemacht habe, wenn man das Wort exakt definiert. Ich hoffe, Du kannst verstehen, weshalb ich das tun musste, und was auf dem Spiel stand. Des Weiteren: Bitte mach, dass Mr Mirkwood zu mir hinüberblickt und bemerkt, dass ich kein Fichu trage …*

Nicht, dass sie erwartete, der Anblick würde ein Verlangen in ihm entfachen, das bis zum Nachmittag anhalten würde. Aber er würde es hoffentlich als Signal ihres guten Willens auffassen. Sie würde nichts *versuchen*, denn er wollte nicht, dass sie etwas *versuchte* … Aber sie würde ihren unbeweglichen Standpunkt aufgeben und ihm ein Stück weit entgegenkommen auf dem Weg, der ihre Bedürfnisse von den seinen trennte.

War das das Gleiche wie *versuchen*? Warum gab es in dieser Angelegenheit nur so viele undurchsichtige Regeln? Sie durfte nichts *versuchen*, doch sie durfte auch nicht nichts tun, sonst war sie nicht besser als eine *Leiche*.

Selbst in der Erinnerung war das Wort noch wie ein Schlag ins Gesicht. Nicht ganz so schmerzhaft allerdings wie am Tag zuvor, als es sie wie eine schallende Ohrfeige getroffen hatte. Mit der

Zeit würde seine Macht weiter schwinden. Das war jedenfalls zu hoffen.

Sie öffnete die Augen wieder und schielte mit gesenktem Kopf auf die andere Seite. Er sah sie nicht an. Er saß heute gerade und aufmerksam da, unauffällig gekleidet, ernst, das Gebetbuch auf der richtigen Seite aufgeschlagen. Niemand hätte ahnen können, dass er ein Mann war, der Frauen auf sonderbare Möbelstücke setzte und erwartete, dass sie daran Gefallen fanden.

Sie konnte keinen Gefallen daran finden. Exotische Liebesakte mit einem ehrlosen Fremden. Das konnte er nicht von ihr verlangen. Aber er konnte wohl erwarten, anständig behandelt zu werden, und das hatte sie zugegebenermaßen versäumt. Beim nächsten Mal würde sie sich besser betragen. Wenn es ein nächstes Mal gab. Sie würde höflich und beflissen sein und alle widerwilligen Gefühle für die Dauer seines Besuchs unterdrücken.

Wenn er sie doch nur ansehen würde! Vielleicht würde sie sogar lächeln, kurz und verstohlen, und er würde wissen, dass er am Nachmittag ein herzlicheres Willkommen erwarten konnte als bisher.

Doch er sah sie nicht an. Nach dem Gottesdienst glitt er aus seiner Bank und wandte sich direkt dem Ausgang zum, ohne sich auch nur ein einziges Mal nach ihr umzudrehen.

Ob er überhaupt kommen würde? Bestimmt – er hatte ja gefragt, ob er sollte – aber was, wenn er nach reiflicher Überlegung zu dem Schluss gekommen war, dass er mit ihr einfach nicht weitermachen konnte?

Sie saß still in ihrer Bank, wiederum die Letzte, die die Kirche verließ. Vielleicht würde Mr Atkins ihr fehlendes Fichu bemerken und befremdet sein. Und recht hätte er! Sie war eine vulgäre, habgierige Frau, die sich dazu herabließ, unbedeckt beim Sonntagsgottesdienst zu erscheinen, in der Hoffnung, die Blicke eines Mannes auf sich zu ziehen. Sie hatte sich erniedrigt, indem sie sich zu solch einem Winkelzug herabgelassen hatte, und hatte nichts durch ihre Erniedrigung gewonnen. So verzweifelt die Tat gewesen war, sie hatte nicht ausgereicht.

Auf dem Heimweg von der Kirche rupfte Theo Blätter von der Hecke, die die Straße säumte, zerpflückte sie und warf sie weg. Irgendwer würde eine Mordsarbeit damit haben, seine Handschuhe wieder sauber zu kriegen. Vielleicht würde er sie vollends ruinieren. Es war ihm erstaunlich gleichgültig.

Er seufzte laut auf und verteilte eine Handvoll zerrupfter Blätter. Sie hatte ihm das eine genommen, in dem er gut war, die Witwe. Das war das Schlimmste an der Sache. Über Misserfolge bei Tätigkeiten, die ihm nichts bedeuteten, konnte Theo lachen, solange er wusste, dass er auf wichtigeren Gebieten ein Virtuose war. Doch wie sollte er sich jetzt noch Selbstachtung entgegenbringen, wo er jeden Tag damit konfrontiert war, wie sie vor seinen geübten Berührungen zurückschreckte? Wenn er kein Mann mehr war, der wusste, wie man Frauen glücklich machte, was war er denn dann überhaupt noch für ein Mann?

Ein Wagen rumpelte hinter ihm heran. Er trat zur Seite und nahm den Hut ab, als eine Bauernfamilie vorbeifuhr, festlich in ihrem Sonntagsstaat und fröhlich, so als wären sie auf einem Vergnügungsausflug und kämen nicht gerade aus einer Predigt über einen Bauern, den beim Feiern seiner guten Ernte der Schlag getroffen hatte. Der Mann und mehrere der Jungen zogen ihrerseits die Hüte. Ein Mädchen winkte und schlug schüchtern die Augen nieder, als er zurückwinkte. Sie sahen bezaubernd aus. Warum konnten nicht solche Leute auf seinem Land leben anstelle der mürrischen Weavers? Doch einige seiner Tagelöhner-Familien hatten durchaus einen angenehmen Eindruck gemacht, und vielleicht würde er sich sogar für die Weavers erwärmen können, wenn er sie näher kennenlernte. Er sollte ihnen wenigstens die Chance geben. Vielleicht sollte er sich heute etwas Mühe mit seinen Verpflichtungen geben, nur um zu sehen, wozu es führte. Wenn er am Nachmittag eine erneute Katastrophe mit Mrs Russell erlebte, konnte er dann vielleicht wenigstens auf anderweitige Erfolge zurückblicken.

Der Plan nahm auf dem Nachhauseweg Gestalt an. Er sollte die Tagelöhner besuchen und ein bisschen nett zu ihnen sein, hatte die Witwe gesagt. So viel konnte er sicherlich kompetent bewerkstelligen. Er ließ sich von der Köchin einige Pakete Rindfleisch und Tee zusammenpacken, sogar ein paar Klumpen Zucker, während er im Haus einige andere Kleinigkeiten zusammensuchte. Seine wohltätigen Vorsätze beflügelten ihn und brachten ihm nach dem Debakel des Vortags zum ersten Mal Gelöstheit. Er würde diese Leute mit galanter Leutseligkeit für sich gewinnen, und die Kunde davon würde sicherlich an Mr Granvilles Ohr dringen und ihn seinem langfristigen Ziel näher bringen.

Eine Stunde später erklomm er die Anhöhe, auf der die Kate der Weavers stand, und verlangsamte seinen Schritt. Die Besuche waren nicht ganz so verlaufen, wie er es sich vorgestellt hatte. Aber es war ein Anfang gewesen. Man konnte nicht leugnen, dass jede der ärmlichen Hausfrauen seine Päckchen überrascht und dankbar angenommen hatte. Doch auch das hartnäckige Misstrauen, mit dem man ihm begegnete, war unverkennbar. Die Männer waren alle bei der Feldarbeit – das hätte er sich denken können, da die Familien auch nicht in der Kirche erschienen waren – und die Frauen erwiderten seine höflichen Bemerkungen und Erkundigungen zumeist einsilbig und mit augenfälligem Unbehagen.

Nun denn, ein Besuch stand noch aus, dann hatte er seiner Pflicht Genüge getan, mit welchem Erfolg auch immer. Er öffnete das Tor und betrat den Hof. Selbst aus dieser Entfernung hörte er das wenig einladende Geschrei des Kindes. Die älteste Tochter stand auf der einen Seite des Hofs und schüttete etwas aus einem Eimer in den Schweinetrog. Sie blickte auf, als er das Tor schloss, und wandte den Blick wieder ab, bevor er sich an den Hut tippen konnte. Armes Ding. Offenbar hatte sie die Erfahrung gemacht, dass Besucher ihr weder Freundlichkeit entgegenbrachten noch überhaupt irgendwelche Beachtung schenkten.

Er überquerte den Hof und nahm den Hut ab. »Guten Tag«, sagte er.

Das Mädchen knickste stumm, ohne den Blick vom Schwein abzuwenden, das sich mit grimmiger Entschlossenheit dem Trog zuwandte.

»Wie geht es dir?« Er setzte den Hut wieder auf. War sie vielleicht stumm?

»Gut, danke der Nachfrage.« Ihre Antwort war ausdruckslos, so als hätte sie sie einstudiert, und noch immer hielt sie den Blick auf das Schwein gerichtet.

Er betrachtete das Tier ebenfalls. »Wie geht es eurem Schwein?«, fragte er nach einer Weile.

Darauf hatte das Mädchen offenbar keine Antwort parat. Konzentriert schürzte sie die Lippen. »Sie ist boshaft«, brachte sie schließlich hervor.

»Tatsächlich?« Sie roch jedenfalls boshaft. »Was tut sie denn Böses?«

Für den Bruchteil einer Sekunde erwiderte sie seinen Blick. »Sie setzt sich manchmal auf ihre Jungen.«

»Das ist in der Tat boshaft.« Gelinde ausgedrückt. »Was kann man da tun?«

»Ich schlage sie mit einem Stock. Dann steht sie vielleicht auf.«

»Aber nicht immer?«

Sie schüttelte den Kopf. Theo malte sich die Situation aus: der massige Körper der Sau, das Quieken der verzweifelten Ferkel, und dieses Mädchen, trotz des Stocks hilflos angesichts der brutalen Launen der Natur. Jeder Tag auf dem Lande ließ London in einem besseren Licht erscheinen.

Genug über das Schwein. »Ich bin gekommen, um deine Familie zu besuchen, und ich habe ein paar Dinge mitgebracht. Dir habe ich etwas ganz Besonderes mitgebracht.«

Sie fragte nicht, was es wohl sein mochte, und wandte den Blick auch nicht von der Sau ab. Nur ihre Haltung verriet erhöhte Aufmerksamkeit.

»Ich war mir nicht sicher, weißt du«, sagte er beim Durchwühlen seiner Tasche, »ob es das Gold war, das dir so gefallen hat, oder das Papier, also habe ich dir von beidem etwas mitgebracht.« Er zog ein goldenes Band hervor. »Ich habe keine Ahnung, wo das herkommt – vermutlich hat es irgendwann mal eine Dame in meinem Haus vergessen –, aber ich kann nichts damit anfangen, und Mr Granville bestimmt auch nicht.« Er legte es ihr in die Hand.

Sie zog es zwischen zwei Fingern entlang, wortlos, von einem Ende zum anderen. Und dann wieder zurück.

Das war also der Trick. Beim nächsten Mal würde er sich ganz auf die Kinder konzentrieren und damit gewiss auch gleich die Eltern für sich gewinnen. »Du könntest deine Sau damit schmücken, falls sie sich eines Tages so sehr bessert, dass sie eine Belohnung verdient.« Er stupste das Tier mit dem Stiefel an. »Es würde ihr gut stehen, vielleicht als Schleife um den Schwanz, meinst du nicht?«

Ein Grübchen erschien auf der Wange des Mädchens, und sie schüttelte den Kopf.

»Du weißt das natürlich besser. Aber hier ist auch Papier, wie schon gesagt.« Er zog einen kleinen Stapel hervor. »Es ist eigentlich Tapete, deswegen ist es ganz gemustert. Blumen, Vögel, Blätter, alles Mögliche.« Er blätterte den Stapel durch, um ihr die Muster zu zeigen. »Und sie sind fest, man kann sie gut falten. Wenn du zum Beispiel einen Fächer machen möchtest. Hast du schon mal einen Fächer gemacht?«

Sie schüttelte den Kopf, den Blick fest auf das Papier geheftet.

»Ich zeig's dir. Es ist ganz einfach, sonst würde ich das nie und nimmer schaffen.« Er nahm ein Blatt Papier und gab ihr den Rest. »Am besten macht man das auf einem Tisch oder einer anderen Fläche«, sagte er, stellte die Tasche ab und hob einen Fuß auf den Schweinetrog. »Aber es geht auch so.« Sie sah zu, als er das Papier auf seinem Oberschenkel zu falten begann. »Man faltet immer einen Streifen am Ende, dann dreht man es um und faltet in die andere Richtung. Siehst du? Dann bekommt man eine Ziehharmonika. Das machst du so lange, bis das ganze Papier gefaltet ist.« Er hatte keine Ahnung, ob sie alles verstand, doch es war das Einfachste gewesen, was ihm eingefallen war.

»An einem Ende fest zusammendrücken und am anderen Ende aufziehen, und schon hat man einen Fächer.« Er hielt ihn hoch und fächelte sich Luft zu, was das Grübchen wieder erscheinen ließ. »Wenn du möchtest, kannst du hier sogar ein Loch hineinstechen und die eine Seite mit einer Schnur zusammenbinden. Meine Schwestern haben immer Bänder durchgezogen und die Fächer ums Handgelenk getragen.« Jetzt hatte er das Thema definitiv erschöpfend behandelt, also drückte er den Fächer wieder zusammen und hielt ihn ihr hin.

Sie untersuchte die Knicke, hielt dann ein Ende zusammen und fächelte zur Probe.

»Ja, genau so.« Das hatte ja hervorragend funktioniert. Jetzt das Beste aus der Begegnung mit den anderen Weavers machen – doch bevor er zur Tat schreiten konnte, zog das Mädchen ein weiteres Papier hervor und hielt es ihm hin. »Soll ich noch einen machen?«, fragte er.

Sie nickte und kam einen Schritt näher, um zuzugucken.

Er hatte zwei Falten geschafft, als die Tür aufging und Mrs Weaver einen schrillen Schrei ausstieß. »Christine, komm sofort her!«

Das Mädchen stürzte davon, und augenblicklich wurde ihm klar, was die Mutter gesehen hatte: sein Rücken der Tür zugewandt, ihre Tochter viel zu nah bei ihm, ihre beiden Köpfe gesenkt, um zu beobachten, was seine Hände irgendwo in der Nähe seines Schoßes taten.

Gütiger Gott. Konnte sie das wirklich denken? Gütiger Gott! Er hielt das Papier hoch und suchte nach Worten, nach einer Erklärung – doch die Frau würdigte ihn keines Blicks. Sie sprach energisch auf ihre Tochter ein, die eine Minute später zu ihm zurückkam, diesmal jedoch in Armeslänge vor ihm stehen blieb und ihm mit abgewandtem Kopf das Band und das restliche Papier hinhielt. Er konnte nichts tun, als es ihr abzunehmen und zuzusehen, wie sie weglief.

Theo lief rot an und fühlte eine fiebrige Übelkeit in sich aufsteigen. *Narr, elender Narr!* Weshalb hatte er sich denn nicht vorher überlegt, wie das aussehen musste? Doch wie hätte er auch darauf kommen können? So etwas Schändliches hatte ihm noch nie im Leben jemand zugetraut.

Je länger er so dastand, sprachlos und mit hochrotem Kopf, desto schuldiger würde er aussehen. Und desto wahrscheinlicher wurde es, dass er sich vor ihren Augen übergeben würde. Mechanisch ergriff er seine Tasche und zwang sich, über den Hof auf Mrs Weaver zuzugehen. Trotz der wütenden Schreie des Säuglings herrschte ein unerträgliches, erstickendes Schweigen.

»Ich bedaure, Sie verärgert zu haben.« Sein Hut fühlte sich riesig und unförmig an, als er ihn abnahm; sein Kopf entsetzlich entblößt. »Ich habe heute einige Familien besucht und einige Dinge mitgebracht, von denen ich glaubte, sie könnten dafür vielleicht Verwendung haben.« Er war jetzt nahe genug herangekommen, um feststellen zu können, dass ihre grauen Augen keinerlei Verständnis oder überhaupt irgendeine menschliche Regung verrieten. »Als ich das letzte Mal hier war, ist mir aufgefallen, dass Ihre Tochter gern Papier faltet, und ich hatte welches bei mir herumliegen. Ich habe ihr gezeigt, wie man einen Fächer faltet.« Verdammt. Sogar die Wahrheit klang wie ein ruchloser Trick, um ein Kind zu verführen. »Darf ich Ihnen das Papier geben? Sie könnten Ihr ab und zu ein Blatt geben …«

»Christine, geh ins Haus«, sagte sie, ohne sich umzudrehen, und das Mädchen gehorchte. »Mr Mirkwood.« Ihr Ton war ausdruckslos und abweisend; ihr Blick hätte einem Basilisken alle Ehre gemacht. »Wir brauchen Ihr Papier nicht. Christine nimmt keine Geschenke an.«

»Wie Sie es für richtig halten, selbstverständlich.« Er legte das Papier in die Tasche zurück und fand das Fleisch und den Tee. »Dann gebe ich Ihnen das hier«, sagte er und holte beides hervor. »Ich habe allen Familien etwas davon gebracht.«

»Nein.« Sie nahm das Kind auf den anderen Arm. »Nein danke.«

Er sollte eigentlich wütend werden. Er hatte jedes Recht dazu. Er war mit ehrhaften Absichten gekommen, und tatsächlich fühlte er Wut in sich aufkeimen – doch die schwere, giftige Scham erstickte sie sofort. Welchem Mann wäre unter Mrs Weavers entsetzlichem Blick nicht der Verdacht gekommen, tief in seinem Innersten könne vielleicht doch ein Ungetüm lauern? Gott im Himmel, so hatte ihn noch nie jemand angestarrt!

So knapp wie möglich verabschiedete er sich und trat den Rückweg an. In seinem Magen rumorte es bei jedem Schritt, und die übrig gebliebenen Geschenke rollten in der Tasche umher, die jetzt hätte leer sein sollen.

So viel zu guten Vorsätzen. Die Panik in ihrer Stimme, als sie die Tür aufgerissen und ihre Tochter von ihm weggerufen hatte. *Nicht daran denken!* Er hielt an und kniff die Augen zusammen; in seinem Magen herrschte ein Tumult wie in einem unbemannten Schiff auf hoher See. *An etwas anderes denken!* Er öffnete die Augen und ging weiter. Doch kein unverfängliches Thema konnte seine Gedanken bannen; immer und immer wieder wanderten sie zu der Szene zurück, an die er nicht denken wollte, und schließlich gab er nach und erbrach sich, hilflos und schmählich, am Rande seines Hinterhofs.

»Mr Farris hat gesagt, dass Sie nicht vorhätten, Ihre Töchter für unsere Mädchenklasse anzumelden.« Martha zupfte ein Unkraut aus dem Petersilienbeet und streckte den Arm aus, um es in den Kübel fallen zu lassen.

Auf der anderen Seite des Beetes nickte Jane Farris knapp. Dass die gnädige Frau immer darauf bestand, bei irgendetwas zu helfen, wenn sie vorbeikam, war vermutlich schon anstrengend genug für eine Pächtersfrau. Dass sie jetzt auch noch anstelle der üblichen Plauderei dieses Thema anschnitt, musste wirklich eine Zumutung für die Arme sein.

Einerlei. Mr Mirkwood würde in einer Stunde da sein, und wenn sie sich hinsetzte, um auf ihn zu warten, würde sie ganz sicher wahnsinnig werden. »Ich bedaure das sehr. Ich muss gestehen, dass ich an Ihre Laura und Adelaide gedacht hatte, als ich Mr Atkins vorschlug, auch für die älteren Mädchen etwas anzubieten. Sie sind beide so gescheit.«

»Sie können aber beide schon lesen. Lizzie wird mit ihren Brüdern zur Schule gehen. Sehen Sie da drüben noch irgendwelche gelben Blätter?«

»Nein, alles sieht noch ganz frisch aus.« Sie warf wieder etwas Unkraut in den Eimer und ging weiter zur Pfefferminze, wo sie innehielt, um sich hinabzubeugen und den frischen Duft einzuatmen. »Der Zweck der ganzen Sache, meiner Ansicht nach jedenfalls, bestand darin, dafür zu sorgen, dass Mädchen mehr Bildung erhalten als nur Lesen und Rechnen.« Noch ein Atemzug Pfefferminzduft. Wundervoll, wie er einem den Kopf frei machte. »Wir leben in einer Zeit, in der sich so vieles verändert, nicht wahr?« Sie griff nach der Pflanzschaufel, um ein hartnäckiges Unkraut auszugraben. »Ich bin sicher, Mr Atkins ist nicht der einzige Pfarrer, dem das bewusst ist und der die Nützlichkeit einer gründlicheren Schulbildung für Jungen erkannt hat. Man kommt aber nicht umhin, sich zu fragen, was eigentlich aus den Mädchen werden soll, die unter der Prämisse aufwachsen, einen Bauernsohn zu heiraten, wenn die Bauernsöhne plötzlich alle Berufe erlernen und so viel gebildeter sind als sie.«

Ha! Ein Punkt für sie. Unter der gesenkten Haube war der Ausdruck in Mrs Farris' Augen nicht zu erkennen, doch ihr Mund hatte sich nachdenklich verzogen.

Jetzt schnell den Vorteil ausbauen. »Es ist nicht mehr so wie noch vor einer Generation, als Mann und Frau beide ein paar Jahre lang zur Grundschule gegangen sind und danach auf dem Land das Nötige gelernt haben. Ich könnte mir vorstellen, dass ein junger Händler sich lieber unter den Kaufmannstöchtern, die ein wenig Schulbildung genossen haben, nach einer Braut umsieht.« Mit Nachdruck schleuderte sie ein Unkraut in den Kübel und gab die Schaufel zurück. »Wenn er sich eine Bauerstochter aussucht, die kaum lesen kann, heiratet er bewusst unter seinem Stand.«

»Daraus kann nichts Gutes werden.« Mrs Farris wiegte den Kopf.

»Nein, das tut es nie.« Sie klopfte sich die Hände ab und ging weiter zum Lavendelbeet, das nach frischer Wäsche duftete. »Ich will nicht hoffen, dass das einem unserer Mädchen hier in Seton Park passiert.« Unter der Krempe ihrer Haube warf sie einen verstohlenen Blick auf Mrs Farris. »Es ist doch nur eine Stunde! Und nur sonntags. Und ich nehme an, dass Mr Atkins die meisten Stunden auf biblischen Themen aufbauen wird. Die Geografie des Heiligen Landes und so weiter.« Das war jetzt völlig aus der Luft gegriffen; in Wirklichkeit hatte sie keine Ahnung, was Mr Atkins durchnehmen würde. »Ich hoffe jedenfalls, dass Sie es sich überlegen werden.«

»Das werde ich.« Mrs Farris hob den Eimer auf und ließ ihn etwas weiter das Beet entlang wieder fallen. »Ich möchte nicht, dass irgendein Mann das Gefühl haben muss, er würde unter seinem Stand heiraten, wenn er eine meiner Töchter nimmt. Ich werde über alles nachdenken, was Sie gesagt haben.«

Stumm grub Martha die Finger in die Erde. Hatte sie soeben tatsächlich erfolgreiche Überzeugungsarbeit geleistet? Es schien fast so. Mit der Zeit würde sie mit diesem Argument vielleicht auch andere Pächtersfrauen überzeugen können – wenn sie diese Zeit haben würde. Wenn sie ihre Chance nicht bereits verspielt hatte.

Sie fegte sich etwas Schmutz vom Rock. Sie sollte besser bald gehen, damit noch Zeit blieb, die zweite Trauergarnitur anzulegen, bevor er kam. Obwohl er es vielleicht gar nicht bemerken würde. Vielleicht würde er gar nicht kommen. Vielleicht würde sie den ganzen Nachmittag in ihrem frischen Kleid im Sessel sitzen und niemand würde es sehen, niemand würde ihr Gesellschaft leisten außer der Erinnerung an jeden einzelnen ihrer törichten Fehler.

Wie machten sie das nur, die Männer, die so etwas taten? Theo stapfte den Waldpfad entlang, der auf kürzestem Wege zum Hintereingang von Mrs Russells Haus führte. Von *richtig* und *falsch* einmal abgesehen – *wie* konnte man vorwärtskommen, wo man nicht erwünscht war? Das Desinteresse der Witwe hatte ausgereicht, ihm gründlich die Lust vergehen zu lassen und ihn völlig untauglich zu machen. Wie um alles in der Welt brachte man sich in Wallung, wenn man mit Angst und vielleicht sogar verzweifeltem Widerstand konfrontiert war?

Sich in Wallung bringen. Er hielt an und lehnte sich gegen einen Baum am Wegrand. In wenigen Minuten würde er genau das tun müssen. Aber wie? Die Erinnerung an Mrs Weavers eiskalten Blick und an die schuldbewusste, verwirrte Miene des Mädchens, als es die Geschenke zurückgegeben hatte, würde ihm vielleicht bis ans Ende seiner Tage den Appetit verderben. Auf jeden Fall solange er sich mit einer Geliebten abgeben musste, die nichts von dem herzlichen Willkommen bot, das die Lust eines Mannes gut und richtig erscheinen ließ. *Geliebte* – das Wort selbst schien der reinste Hohn.

Er stieß sich vom Baum ab und setzte seinen Weg fort. Setzte beharrlich einen Fuß vor den anderen, durch das Wäldchen, über den Rasen, und ehe er sich's versah, öffnete er bereits die Tür, den Hut in der Hand, mutlos.

Er hatte sich auf der Treppe noch nicht hinreichend an das Dunkel im Inneren gewöhnt, und als er das Zimmer betrat und sich nach ihr umsah, blinzelte er eine ganze Weile dumm ins Leere. Endlich erblickte er sie – und blickte noch dümmer drein.

Kein Wunder, dass er sie nicht entdeckt hatte. Er hatte nach der üblichen schwarzen Gestalt in ihrem üblichen gestreiften Sessel gesucht. Doch heute saß sie auf dem Sofa, blickte ihn an und trug kein Schwarz. Sie trug … insgesamt nicht viel. Keine Haube, zum Beispiel. Ihr Haar fiel ihr lose um die Schultern; Wellen dunklen Goldes auf dem hellen Rosa ihres Morgenrocks, der ihre Figur umfloss – offenbar ohne weitere Kleidungsstücke dazwischen.

Definitiv ohne weitere Kleidungsstücke dazwischen; das wurde unübersehbar, als sie vom Sofa aufstand und der Stoff sich bewegte. Der Hut fiel ihm aus der Hand und landete auf dem Boden. Der Morgenrock war noch nicht einmal zugeschnürt, erkannte er – sie hielt sich nur mit den Händen bedeckt – und er begann stumm zu beten – für Dinge, für die er im Jenseits in Teufels Küche kommen würde.

Sie kam einen Schritt auf ihn zu. Schluckte. Für eine kleine Ewigkeit blieb sie, wo sie war, kurz davor, etwas zu tun, und er konnte nur warten und noch innbrünstiger beten.

Langsam wie der Tau im Frühling, langsam wie die Flut, langsam wie Wolken an einem windstillen Tag glitten ihre Hände die Säume des Morgenmantels empor, zogen sie zurück über ihre Schultern und entblößten ihren Körper seinem Blick. Einen kurzen Moment stockte das Kleidungsstück, als es ihre Ellbogen erreicht hatte, dann ließ sie es vollends zu Boden gleiten und ging auf ihn zu.

Himmel und Hölle. Alles andere im Raum verschwamm, bis nur noch ihr Anblick blieb. Er hatte sie schon vorher nackt gesehen – nein, das hatte er nicht. Er hatte sie noch nie nackt gesehen. Nicht so. Vage wurde ihm bewusst, dass sie gerade etwas *versuchte* – dass sie genau das tat, was er sie gebeten hatte, nicht zu tun – und als sein Mund trocken wurde und er eine Gänsehaut bekam, wurde ihm klar, wie völlig hohl seine Worte gewesen waren.

Sie bewegte sich bewusst und mit einer quälenden Langsamkeit, die die Szene wie unter Wasser wirken ließ oder wie in einem Traum. Den Kopf hielt sie hoch erhoben und die Schultern zurückgezogen. Er hob den Blick, bis er den ihren traf, und sah einen fiebrigen Ausdruck in ihren Augen wie bei einer französischen Adligen, die ihr Bestes tat, auf dem Weg zur Guillotine nicht die Fassung zu verlieren.

*Halt! Du musst das nicht tun.* Irgendwo zwischen seinem Gehirn und seiner Zunge verflüchtigten sich die Worte. Er konnte sich in aller Klarheit vorstellen, wie er den Raum durchschritt, den abgelegten Morgenmantel aufhob und ihn ihr sanft und beruhigend um die Schultern legte, doch mehr als es sich vorzustellen, brachte er nicht fertig. Auch gut. In letzter Zeit hatten freundliche und fürsorgliche Anwandlungen ihm ja auch herzlich wenig gebracht.

Und Angst hin oder her, sie kam, und er beschwor sie stumm, weiterzugehen. *Sie schaffen das, Mrs Russell! Nur noch vier Schritte, noch drei* … Er könnte ihr natürlich helfen. Ihr entgegenkommen, die Distanz verringern. Doch es schien ihm wichtig, dass sie zu Ende brachte, was sie angefangen hatte.

Noch zwei Schritte … noch einer … Seine rechte Hand hob sich wie von selbst und legte sich um ihre Brust, als sie ihn erreichte. Die Brustwarze fühlte sich weich an in seinem Handschuh, wie immer, aber egal! Sie hatte das geplant. Sie hatte darüber nachgedacht, was er mögen würde. Sie hatte vermutlich überlegt, welcher Morgenmantel ihm am besten gefallen würde, und ihn dann sofort abgelegt, weil sie wusste, dass ihm das noch besser gefallen musste. Sie hatte Angst gehabt und trotzdem weitergemacht. Mit dieser Art von Versuchen konnte ein Mann leben. Er konnte eine ganze Menge davon vertragen.

Sie hatte keine Ahnung, was sie als Nächstes tun sollte, das spürte er, also ließ er seine andere Hand um ihre Taille gleiten und zog sie an sich. Sie entspannte sich in seinem Schutz; die Anspannung, die sie so eingeschnürt hatte, wich aus ihrem Körper, und sie fühlte sich … Sie fühlte sich einfach großartig an. Nackt, wo er bekleidet war. Ihre Schenkel an seinen Hosen. Ihre Brust an seinem Rock. Ihr Busen passte perfekt in seine Handfläche. Keiner von beiden hatte gesprochen, seit er eingetreten war, doch plötzlich hatte er etwas Wichtiges zu sagen.

»Ich schaffe es nicht mehr bis ins Schlafzimmer. Macht Ihnen der Boden sehr viel aus?«

Sie schüttelte den Kopf, und er zog sie auf den Teppich, eine Hand bereits mit den Hosenknöpfen befasst. Einen Augenblick lang wirkte sie verwundbar wie ein Schmetterling, wie sie so unter ihm lag, die Augen aufgerissen, unsicher, entblößt. Ihre nackten Zehen berührten seine Stiefel, und dann war er in ihr, und die geöffneten Knöpfe hinterließen mit jedem Stoß Druckstellen auf ihrer Haut. Auf dem Rücken würde sie auch welche bekommen, vom Teppich – er sollte das verhindern, er sollte ein bisschen aufpassen, sie vielleicht ein wenig anheben, nur so viel, dass – doch sie schob die Hände unter seinen Frack, gab sich wieder *Mühe*, und – oh Gott! – hob dann die Beine und verschränkte sie um seine Hüfte. Und damit war es um ihn geschehen. Er ergriff ihre Schultern und ließ sich gehen, hart und schnell. Fast erwartete er einen Aufschrei des Protests, doch sie ergriff sein Hemd, grub ihre Hände in den Stoff und verschränkte die Beine noch enger. *Ja. Nimm ihn. Nimm alles. Weise mich nicht zurück. Nimm alles bis zum allerletzten schmutzigen Tropfen.* Wieder und wieder verfiel er in einen Taumel von Lust, Scham und glückseliger Erleichterung. Sie wies ihn nicht ab. Sie wich nicht zurück. Sie klammerte sich fest an sein Hemd und blieb bei ihm, während er ihr alles gab, alles, was er zu geben hatte, aus jedem noch so dunklen oder hellen Winkel seiner Seele, bis nichts mehr zu geben übrig blieb als der Samen. Und er gab ihn ihr, sank herab und lag still.

Das hatte sie nicht erwartet. Sie hatte gar nicht gewusst, was sie erwarten sollte, doch das …

Er schien selbst ein wenig verblüfft zu sein. Regungslos lag er auf ihr, den Kopf schwer gegen ihre Schulter gelehnt. »Verzeihen Sie mir«, murmelte er schließlich hölzern.

»Es gibt nichts zu verzeihen.« Wenn er wüsste, wie sehr sie gefürchtet hatte, dieser Akt würde gar nicht stattfinden, würde er sicher lachen.

»Doch.« Er glitt von ihr herab auf die Seite und zerrte an seiner Hose, um sein Glied zu verstauen. »Ich bin sicher, Sie sind an mehreren Stellen wund.« Er wandte kurz den Blick ab, um die ersten Knöpfe zu finden. Als er wieder aufblickte, schien er ihre Verwirrung zu bemerken. »Falls Ihr Rücken noch nicht wehtut, wird er bald anfangen.«

Ihr Rücken. Das konnte sie sich nicht vorstellen. Doch wer war sie, daran zu zweifeln – er kannte sich mit solchen Dingen wesentlich besser aus, als sie es je tun würde.

»Es tut mir wirklich leid.« Er sprach langsamer und seine Stimme wurde weicher. Er sah betroffen aus. »Das ist sonst nicht meine Art.«

»Es hat mir nichts ausgemacht. Es ging schnell.«

Er ließ den Kopf wieder zu Boden sinken und seufzte. »Normalerweise bilde ich mir ein, dass sich Frauen bei mir an schönere Wonnen erinnern können als die der besonderen Kürze.«

*Wonne* war ein starkes Wort. Doch zugegeben: Bei manchen Gelegenheiten mochte die Erinnerung an seine schnelle, grimmige Hingabe ganz gelegen kommen. Die verzweifelte Bedürftigkeit, mit der er zu ihr gekommen war, fast so, als suche er körperliche Erlösung. Womöglich konnte man die Erinnerung daran hinzufügen zu seinem persönlichen Schatz undeutlich ausgemalter Szenen, die man sich in privaten Momenten vorstellte, und sich an ihnen erfreuen.

Das brauchte er ja nicht zu wissen. Sie beugte die Knie, um die Hüfte drehen zu können. »Darf ich Sie bitten, mir noch das Kissen zu holen, bevor Sie gehen?«

»Ich habe nicht die Absicht, Sie benommen und nackt auf dem

Wohnzimmerboden liegen zu lassen!« Ihr Vorschlag hatte ihn aus seinen Gedanken gerissen und er kam auf die Knie.

»Ich bin nicht benommen«, begann sie, doch ehe sie weitersprechen konnte, beugte er sich über sie, ein Arm schob sich unter ihre Schultern, der andere unter ihre Knie, und der Teppich verschwand unter ihr, als er auf die Beine kam. Ohne Kommentar, so als ginge er regelmäßig so mit Frauen um, trug er sie zum Bett und schob mit dem Knie die Decke zur Seite. Dann legte er sie auf die Matratze, schob das Kissen zurecht und zog die Decke über sie.

*Das habe ich nicht gestattet*, meldete sich ihre rebellische Seite, doch sie brachte sie zum Schweigen. Er sah sonderbar aus, wie er so zögernd neben dem Bett stehen blieb. Nicht so unbekümmert wie sonst, nicht so zuversichtlich. Vermutlich machte er sich noch immer Vorwürfe, dass er ihr so hart zugesetzt hatte.

Sie könnte ihm Absolution erteilen. Warum nicht? »Wollen Sie nicht noch einen Moment bleiben?« Sie rutschte auf die andere Seite und legte die Hand auf die leere Hälfte des Bettes. »Sie sehen aus, als könnten Sie eine Verschnaufpause gebrauchen. Und ich würde mich freuen.« Nicht völlig unwahr.

Es war richtig gewesen, das zu sagen. Eine Last schien von seinen Schultern und seiner sorgenvollen Stirn abzufallen. Wortlos setzte er sich auf die Bettkante und zog sich die Stiefel aus. Dann den Frack. Er ließ ihn auf den Boden fallen und kletterte unter die Decke, ansonsten völlig bekleidet.

Was mochte ihn derart erschüttert haben? So schlimm war der Beischlaf nun auch wieder nicht gewesen. »Sie müssen einen anstrengenden Tag gehabt haben.« Sie betrachtete sein Profil. Vielleicht wollte er gern darüber reden.

Er stieß ein hartes, heiseres Lachen aus. »Sie haben ja keine Ahnung, meine Liebe.«

*Wenn Sie es mir erzählen würden, hätte ich eine.* Sie ließ den rebellischen Gedanken aufflackern und wieder verschwinden. Er war nicht ihr Mann. Er brauchte ihr gar nichts anzuvertrauen. »Das tut mir leid«, sagte sie.

»Das muss Ihnen nicht leidtun, schließlich sind Sie diejenige mit dem malträtierten Rücken.« Die Decke wurde lockerer, als er sich zu ihr drehte. Sein Blick wanderte unstet über ihr Gesicht, wie um sie einzuschätzen. Er atmete tief durch. »Ich glaube, Sie hatten Angst vor mir.«

»Überhaupt nicht. Das hatte ich nie.«

»Was war es dann?« Er ruckte das Kinn in Richtung des Vorzimmers. »Es schien Ihnen gar nicht gut zu gehen, als Sie auf mich zugekommen sind. So haben Sie noch nie ausgesehen.«

»Ach so das, na ja …« Sie schluckte und spürte, wie sie wieder errötete. »Ich hatte natürlich Angst, dass Sie mich zurückweisen würden und unsere Abmachung auflösen.«

Das war aber nicht die ganze Wahrheit, und er wusste es. Er wartete und blickte ihr fortwährend in die Augen. In der Stille berührte er ihren Arm mit seinem Handschuh und streichelte sie kurz über dem Ellbogen. *Lassen Sie das!* Nein. Ein Einspruch würde ihn jetzt verletzen.

»Und vermutlich hatte ich auch Angst, mich lächerlich zu machen.« Stoßweise brachte sie die Worte hervor, und ihre Stimme klang selbst in ihren eigenen Ohren unsicher. »Ich pflege solche Dinge normalerweise nicht zu tun. Ich habe befürchtet, dass das offensichtlich ist, und dass Sie mich dementsprechend lächerlich finden würden.«

Und schon musste er ein Grinsen unterdrücken. Sie presste ebenfalls die Lippen zusammen, konzentrierte sich auf den Betthimmel und ließ sich stumm von seinem Ziegenlederhandschuh streicheln. »Lächerlich?«, wiederholte er. »Sie glauben, Sie haben lächerlich ausgesehen?«

»Ja, das glaube ich.« Wie ein Clown, der tollpatschig versucht, einen Lüstling zu mimen. Ihre Wangen drohten bei der Erinnerung in Flammen aufzugehen.

»War meine Reaktion denn, so wie Sie sie erlebt haben, die Reaktion eines Mannes, der Sie lächerlich findet?« Das Grinsen schlängelte sich durch seine Worte, obwohl er ganz offensichtlich dagegen ankämpfte.

Sie gestattete sich einen Blick in seine Richtung. »Vielleicht habe ich Ihre Fähigkeit, das zu erkennen, überschätzt.«

»Na ganz reizend!« Jetzt breitete sich das Grinsen ungehindert auf seinem ganzen Gesicht aus. »Und jetzt bin ich für Sie nichts als ein gieriges Biest, ja? Ein Schwein, das gar nicht mitkriegt, ob es Trüffel und Naschwerk in seinem Trog hat oder verdorbenen Quark und Kartoffelschalen.«

»So weit würde ich keinesfalls gehen. Sie sind ganz und gar nicht wie ein Schwein.«

»Richtig.« Er streckte sich zufrieden auf dem Rücken aus. »Eher ein Hengst. Wenn man den Damen glauben darf.«

Das war nun wirklich geschmacklos. Man sollte so etwas nicht amüsant finden.

Doch sie verstand seine Stimmung. Beide hatten sie befürchtet, ihre Abmachung hätte irreparablen Schaden genommen, und beide waren sie trunken vor Erleichterung. »Ich bin froh, dass Sie wieder besserer Laune sind.« Sie hielt sich die Hand vor den Mund. Ihr Lächeln würde ihn nur dazu ermutigen, seine männliche Großzügigkeit auf hundert verschiedene Weisen anzupreisen, wenn er es sähe.

»Vorläufig, denn ich gehe gerade angenehmeren Gedanken nach.« Er warf ihr einen Seitenblick zu und ließ den Kopf wieder ins Kissen sinken. »Ich schätze, meine Moral wird schon wieder abnehmen, wenn die Plackerei zu Hause wieder losgeht.«

Das war es also. Mit frischer Entschlossenheit wandte sie sich ihm zu. »Ist es denn so entsetzlich, das Verwalten eines Guts zu lernen? Sagten Sie nicht, dass es Ihnen liegt?«

»Ja, weil ich einen guten Eindruck machen wollte. Da wusste ich ja noch nicht, wie wenig meine Respektabilität Sie interessiert.« Seine Lippen zuckten, doch sie ging nicht darauf ein. »Die Wahrheit ist: Ich habe weder Interesse an diesem Thema noch Begabung dafür. Mr Granville besitzt beides. Weshalb sollte ihm auferlegt werden, mich in etwas zu unterweisen, was mir nichts bedeutet, und weshalb sollte ich meine Zeit damit verbringen, zu lernen, wie man eine Verantwortung übernimmt, die ich gar nicht haben will? Verwalter gibt es doch bestimmt zur Genüge, warum können wir Grundbesitzer uns da die Mühe und Langeweile nicht ersparen?«

Wie konnte man das positiv ausdrücken? Sie runzelte die Stirn und starrte in die Ferne. »Ich finde, Sie haben Glück, von ihm lernen zu dürfen.« Keine Kritik. Nur eine Andeutung. »Manchmal habe ich den Eindruck, dass Männer gar nicht zu schätzen wissen, was sie für Privilegien haben. Wäre ich so glücklich, etwas über Landwirtschaft beigebracht zu bekommen, würde ich mein Bestes geben, zu lernen.«

Er drehte sich wieder zu ihr um und stützte sich diesmal auf den Ellbogen. »Meinen Sie das ernst? Interessiert Sie das wirklich?«

»Selbstverständlich. Es ist das beste Werk, das jemand von Ihrem oder meinem Stand tun kann: das Land fruchtbar zu machen, alle, die darauf leben, profitieren zu lassen und zu zeigen, dass wir für mehr als nur Müßiggang geboren sind.«

»Was sind Sie doch für eine eigenartige kleine Frau.« Er hob eine Haarsträhne von ihr auf und rieb sie ernst und nachdenklich zwischen den behandschuhten Fingern. Das Haar machte auf dem Handschuh ein leises Geräusch. »Ich wünschte, Sie würden nie eine Haube tragen«, sagte er.

In jedem Gespräch schnitt er früher oder später solche Themen an. Jetzt, wo sie es gewohnt war, war der Gedanke weit weniger besorgniserregend. »Ich trage Trauer.«

»Ja, ich weiß.« Nicht der leiseste Anflug eines Lächelns, ernst wie ein Erzbischof blickte er drein. »Aber ich wünschte, Sie würden keine tragen. Mir gefällt der Anblick Ihrer Haare.«

»Na ja, vielleicht könnte ich sie abnehmen, bevor Sie kommen.« Ein kleines Zugeständnis. Kein großer Anstandsbruch. »Wenn Sie glauben, es könnte nützlich sein.«

»Das wäre schön.« Seine Stimme war leise, fast nur ein Flüstern.

»Dann werde ich versuchen, in Zukunft daran zu denken.« Ihre eigene Stimme wurde ebenfalls leise.

»Ja bitte«, sagte er, und brachte die Haarsträhne an seine Lippen. »*Versuchen* Sie es.«

# 6

»Haben Sie viel mit Mr Mirkwood zu tun?« Mit gespreizten Fingern hielt Martha die Karte an die Klassenzimmerwand.

»So gut wie nie. Sie?« Mr Atkins hatte Nägel im Mund; vermutlich sollte sie ihm jetzt keine Fragen stellen.

»Ein wenig. Er war letzte Woche da, und wir haben uns ein wenig unterhalten.« Der Stuhl unter ihren Füßen wackelte. Je mehr Unwahrheiten man verbreitete, desto schwieriger war es, den Überblick zu behalten. Doch dieser Besuch hatte ja eine weitere Unwahrheit zum Zweck gehabt: die schlichtweg falsche Information, Mr James Russell habe ihr geschrieben und der Schule zugestimmt. Mr Atkins hatte ihr natürlich geglaubt und begonnen, zur Feier des Tages Dinge an die Wände zu hängen.

»Und was für einen Eindruck haben Sie gewonnen?«, fragte er jetzt zwischen den Nägeln hindurch.

Das war eben die Frage. Vor einer Woche hätte sie sie leicht beantworten können. Jetzt zögerte sie. »Ich weiß nicht, ob ich ihn gut genug kenne, um ihn einschätzen zu können. Er scheint ein gutmütiger Mann zu sein, aber man hört ja so einiges über seine Machenschaften in London.«

Die Nägel purzelten in die Hand des Pfarrers. »Ich versuche, nichts auf solchen Klatsch zu geben. Die Menschen neigen dazu, unsere Erwartungen an sie zu erfüllen – im Guten wie im Schlechten. Und er ist noch sehr jung, glaube ich. Er entwickelt sich noch.« Er setzte einen Nagel an und hob den Hammer.

»Auch junge Männer können sich anständig benehmen.« Sie hatte die Stimme erhoben, um sich gegen das Hämmern durchzusetzen. »*Sie* haben Ihre Jugend nicht vorgeschoben, um ein Lotterleben zu führen.« Sie mussten etwa gleich alt sein, Mr Mirkwood und Mr Atkins.

»Nun, die Kirche macht einen ernsthaft, falls andere Dinge das noch nicht bewirkt haben.« Er kam von seinem Stuhl herunter, und als er sie anschaute, lag ein ganz und gar unernster Ausdruck in seinen Augen. »Was Mr Mirkwood betrifft, so sage ich: Im Zweifel für den Angeklagten. Haben Sie bemerkt, dass er gestern die ganze Predigt hindurch wach geblieben ist?«

»Sie zu verschlafen wäre ja auch schockierend gewesen. Wir können alle aus den Fehlern des törichten Mannes mit seinen neuen Scheunen lernen, meine ich.«

»Ich glaube, nächste Woche werde ich über Sprüche 22,6 predigen: *Gewöhne einen Knaben an seinen Weg, so lässt er auch nicht davon, wenn er alt wird.* Über diesen Vers habe ich aus naheliegenden Gründen viel nachgedacht. Und ich habe mir John Wesleys Predigt zu diesem Thema noch einmal durchgelesen. Ich kann ihm einfach nicht darin zustimmen, dass Kinder von Natur aus zur Boshaftigkeit neigen. Also muss ich ihn widerlegen.« Er nahm die Nägel wieder in den Mund und stellte den Stuhl auf Marthas andere Seite.

Was war er doch für ein großherziger Mann. Über jeden hatte er etwas Gutes zu sagen. Es würde ihr sehr leidtun, seine gute Meinung zu verlieren, sollte ihr falsches Spiel auffliegen. Sie sah zu, wie er auf den Stuhl stieg, die Nägel ausspuckte und einen weiteren in die Wand schlug. Er hielt den Kopf schief und blickte an seiner langen Nase vorbei auf das Werk seiner Hände. Da sie ihm schon oft bei den unterschiedlichsten Tätigkeiten zugesehen hatte, wusste sie, dass er so eine besonders unbändige Haarsträhne davon abhielt, ihm ins Gesicht zu fallen.

»Das hätten wir«, sagte er beim letzten Hammerschlag. »Sieht es gerade aus?«

»Kommt die Frage nicht ein bisschen spät?«

»Vermutlich.« Er stieg vom Stuhl, sie ebenfalls, und sie betrachteten die Karte aus größerer Entfernung.

Wie die Schiefertafeln und die Griffel sah sie gebraucht und ein bisschen schäbig aus. Er hatte so gut es ging die Knicke herausgebügelt – das war ihre Idee gewesen – und die ausgeblichenen Stellen mit Tinte nachgezogen, doch gegen die Kritzelei irgendeines Schuljungen, der ausgelassen seinen Namen, Stepen, über den Südpazifik geschmiert hatte, war nichts zu machen. Vermutlich hieß er Stephen. Er hätte vor solch mutwilliger Beschädigung wenigstens schreiben lernen können.

»Mein Bruder und ich hatten eine solche Karte, als wir Kinder waren.« Mr Atkins stützte die Hände in den Rücken. »Nicht annähernd so groß, aber natürlich mit denselben Ländern und Ozeanen. Wir haben alle Namen auswendig gelernt.«

»Auch *Stepen*?«

»Nein, *Stepen* nicht. Wesley hätte diesem Jungen mit Sicherheit so einiges zu sagen gehabt!« Er lächelte gedankenverloren, den Blick noch immer auf die Karte gerichtet. Sicherlich hing er Kindheitserinnerungen nach: wie er zum ersten Mal mit dem Finger die lange Küste Afrikas entlanggefahren war oder wie ihm aufgefallen war, dass Italien wie ein Stiefel aussah. Jetzt würde er anderen Jungen – und Mädchen – helfen, diese Entdeckungen zu machen.

Sie war eine Lügnerin, und das war niederträchtig. Sie schlief mit Mr Mirkwood, und das war eine schreckliche Sünde. Sie beabsichtigte, einen Mann um sein Erbe zu betrügen, und dafür konnte sie vermutlich ins Gefängnis kommen. Doch als sie Mr Atkins betrachtete, in seiner Vorfreude auf das gute Werk, das er vollbringen würde, bereute sie nichts.

»Auf, auf, Mrs Russell! Ich habe schon seit über einer Stunde eine teuflische Erektion!« Mr Mirkwood schloss die Tür hinter sich und warf seinen Hut in die Ecke. Er trug einen Stapel Bücher in der Hand.

»Was haben Sie denn da?« Sie machte keine Anstalten aufzustehen.

»Eine Erektion. Hab' ich doch gerade gesagt.«

Also wirklich. »Die Bücher meine ich. Und die Rolle da.«

»Später.« Mit vier großen Schritten war er beim Sofa, ließ seine Last achtlos darauffallen und knöpfte sich den Frack auf. »Weshalb sind Sie denn noch angezogen? Ich hatte gehofft, dass wir das gestrige Prozedere beibehalten könnten.«

Mit flinken und sicheren Fingern entkleidete er sie beide und schritt mit jedem abgelegten Kleidungsstück näher auf das Bett zu, bis sie nackt unter der Decke lagen.

Diesmal ging er vorsichtiger zu Werke, wie um wiedergutzumachen, dass er am Vortag die Beherrschung verloren hatte. Er schaute sie unverwandt an und lauerte, da war sie sicher, auf das kleinste Anzeichen von Unbehagen. Auch als sie die Augen schloss, um seinem Blick zu entgehen, fühlte sie, dass er sie beobachtete. Es fühlte sich … seltsam an. Anders. Mr Russell war nie so rücksichtsvoll gewesen. Nicht einmal beim ersten Mal, das in der Tat sehr unangenehm gewesen war, und auch nicht beim zweiten Mal, als sie noch wund vom ersten gewesen war. *Tut mir leid*, hatte er gesagt, doch sein Recht hatte er dennoch eingefordert. So war das eben.

»Nur zu«, sagte sie mit geschlossenen Augen. »Es tut nicht weh, wirklich.« Zweifellos gab es bessere Antworten auf die zärtliche Zurückhaltung eines Mannes. Doch diese Sprache sprach sie ungefähr so gut wie Portugiesisch, und außerdem war in dieser Abmachung kein Platz für so etwas. Sie legte lediglich die Hände auf seine Schultern, weil er es mochte, berührt zu werden, und an seinem raschen Atmen erkannte sie den Augenblick, in dem er sie zurückließ, um zum Höhepunkt zu kommen, genau wie sie es wollte.

Anschließend klärte er sie über die Bücher auf. »Sie alle beschäftigen sich mit verschiedenen Aspekten der Landwirtschaft. Fruchtwechsel. Erträge und Preise. Ich soll das lernen, doch ich bringe nicht das nötige Interesse dafür auf. Aber ich hatte eine Idee.« Er lag auf dem Bauch; jetzt stützte er sich auf die Ellbogen. »*Sie* könnten sie lesen, da Sie sich dafür interessieren, und dann könnten Sie mir erzählen, was drinsteht. Wenn Ihnen etwas Besonderes dazu einfällt, schreiben Sie es auf. Erzählen Sie mir, wie eine ernsthafte Person auf dieses Material reagieren sollte, damit ich Mr Granville die richtigen Antworten geben kann.«

Martha wusste kaum, ob sie lachen oder ihm eins auf die Finger geben sollte. Vermutlich weder noch. *Die Menschen neigen dazu, unsere Erwartungen an sie zu erfüllen*, hatte Mr Atkins gesagt. Was, wenn sie ihm einen Vertrauensvorschuss gab? »Ich würde diese Bücher sehr gern lesen. Es ist sehr gut von Ihnen, dass Sie sich daran erinnern. Aber ich denke, Sie sollten sie lieber mit mir zusammen lesen, anstatt sich auf meine Berichte zu verlassen. Vielleicht könnten wir uns jeden Tag eine Stunde lang in meinem Arbeitszimmer zusammensetzen, wenn die andere Angelegenheit erledigt ist.«

*Wenn die andere Angelegenheit erledigt ist*. Drei Tage später spukten ihm die Worte noch immer im Kopf herum. Sie empfing ihn jetzt immer freundlich und hatte ihren entsetzlichen, missbilligenden Widerstand aufgegeben, doch es war offensichtlich, dass sie die Angelegenheit tatsächlich nur erledigt wissen wollte. Falls sie überhaupt fleischliche Lust empfinden konnte, so schlummerte diese Fähigkeit tief und fest.

Er streckte sich gähnend und spürte, wie seine Schulterblätter sich in den Teppich bohrten. Sie hatte die Grundstückskarte im Salon auf dem Fußboden ausgerollt und mit einer Vase, einer Untertasse und zwei Büchern beschwert, und es war ihm kameradschaftlich erschienen, sich zu ihr auf den Boden zu gesellen. Die Schulstunden-Routine hatte sich generell als recht entspannend erwiesen, denn meistens konnte er auf dem Sofa vor sich hin dösen und der lebhaften Melodie ihrer Stimme lauschen, während sie ihm vorlas.

Sie blickte bei seiner Bewegung kurz auf. »Eine dieser umrandeten Flächen scheint zwischen Ihrem und meinem Land zu liegen, wenn ich die Zeichnung richtig verstehe. Ich bin nicht ganz sicher, wo ich mir die Grenzen von Seton Park vorzustellen habe, doch wenn es der Ort ist, an den ich denke, dann weiden dort einige meiner Pächter ihre Schafe, glaube ich.« Sie runzelte nachdenklich die Stirn und schien keine Antwort zu erwarten.

Theo fuhr sich durch die Haare. Der Teppich war nicht annähernd so bequem wie das Sofa, aber man sah den Raum einmal aus einer neuen Perspektive. Der Stuck, der die Decke umrahmte, war vorzügliche Arbeit. Italienischer Stil, wenn er sich nicht irrte. Schnörkel und so. Er gähnte abermals, die Faust vor dem Mund. »Wissen Sie, was wir tun sollten?«

»Nein.« Sie sprach mit der Landkarte. »Das haben wir heute schon getan. Jetzt lernen wir. Können Sie Ihren Appetit nicht bis morgen unter Kontrolle behalten?«

»Was Sie doch für schamlose, sündhafte Gedanken haben!« Er rollte sich auf die Seite und stützte den Kopf auf die Hand. Ihre strenge schulmeisternde Art hatte begonnen, ihm zu gefallen. »Ich hatte nichts dergleichen im Sinn. Aber jetzt haben Sie mir solche Flausen in den Kopf gesetzt.«

»Dann müssen Sie sie sich wieder austreiben. Ich schlage einen flotten Spaziergang vor.« Auch das hatte sie zur Landkarte gesprochen, ohne sich aus der Ruhe bringen zu lassen. Er war sich fast sicher, dass sie langsam begann, dieser Routine etwas abzugewinnen; dass es ihr eine gewisse Befriedigung gab, seine abschweifenden Gedanken zu maßregeln. Vielleicht würde sie später ja auch anderen Dingen mehr abgewinnen können.

»Da haben Sie Glück. Einen Spaziergang wollte ich eben vorschlagen.« Ihr Kinn schoss in die Höhe, doch er ließ sich nicht abbringen. »Wir nehmen die Karte mit und schauen uns diese Parzellen selbst an.« Eins nach dem anderen schob er die Gewichte beiseite. »Ich gehe hintenherum und klingele an der Vordertür, und wir gehen gemeinsam dieses Stück Land zwischen Ihrem und meinem Besitz begutachten. Was könnte respektabler sein?«

Sie zögerte. Die Uhr auf dem Kaminsims tickte, und die Karte raschelte und wisperte, als er sie zusammenrollte. »Sie werden äußerste Diskretion an den Tag legen, falls wir jemandem begegnen?«

»Na und ob! Ohne diese Fähigkeit wäre ich doch nicht halb so beliebt bei den verheirateten Damen Londons.« Er zwinkerte ihr zu, als ihr Gesicht sich tadelnd verdüsterte, und stand auf. »Die frische Luft wird uns guttun, das verspreche ich Ihnen. Ist Ihnen bewusst, dass wir schon elf Tage miteinander bekannt sind und einander nur drinnen begegnet sind? Das kann nicht gesund sein, und außerdem will ich sehen, wie Sie in der Sonne aussehen. Geben Sie mir fünfzehn Minuten; ich komme in Ihre Einfahrt.«

Etwas mehr als fünfzehn Minuten später waren sie draußen – und er konnte noch immer nicht sagen, wie sie in der Sonne aussah, denn sie trug eine schwarze Haube, die ihre Züge gänzlich verbarg. Er hätte von unten hineinblicken müssen, um sie zu sehen, und dafür hätte er ihr den Weg abschneiden müssen. Nebeneinander schritten sie über die große Rasenfläche auf einige kleine Anhöhen im Osten zu.

Ihr Lauftempo harmonierte erstaunlich gut, wenn man bedachte, wie unähnlich sie sich in jeder anderen Hinsicht waren. Sie schritt entschlossen aus und hielt mit seinem längeren, müheloseren Schritt mit. Gemeinsam hätten sie bis ans Ende der Welt gehen können, wenngleich der Gesprächsstoff ihnen lange vor dem Ziel ausgegangen wäre.

»Freuen Sie sich darauf, ein Baronet zu werden?«, fragte sie nach einer Weile.

»Ganz und gar nicht.« Er nahm die Karte unter den anderen Arm.

»Nicht?« Die Hutkrempe schwenkte in seine Richtung; er konnte ihr Kinn ausmachen und ihre Unterlippe, die sich anschickte, ihn einzuschätzen.

»Nein, meine Liebe. Ich werde mehr Verantwortung tragen, ohne dafür mehr Privilegien zu bekommen.«

»Gewiss werden Sie merken, dass Sie der Verantwortung gewachsen sind, wenn es so weit ist.«

»Ein Mann kann allen möglichen Dingen gewachsen sein und es dennoch vorziehen, sie nicht zu unternehmen.« Ja, da war er, der vor Missbilligung zusammengepresste Mund. »Aber das war nur so dahergesagt. Verantwortung hin oder her; ich kann dem Ereignis, das mich zum Baronet werden lassen wird, nicht mit Freude entgegensehen, also kann ich mich auch nicht auf meinen Baronet-Status freuen.« Plötzlich war sie nicht mehr an seiner Seite, und als er sich nach ihr umdrehte, sah er sie stocksteif hinter sich stehen, das Kinn gehoben, sodass er ihr endlich ganz ins Gesicht sehen konnte. »Bitte sagen Sie nicht, dass Sie das verwundert.«

Selbst im Schatten ihrer Haube konnte er sie erröten sehen. »Verwundert bin ich nicht. Aber vielleicht etwas überrascht. Sie wollen damit sagen, dass Sie Ihren Vater lieben.«

»Nicht unbedingt. Es liegt einiges dazwischen, jemanden zu

lieben und sich sein Ableben zu wünschen.« Er ging weiter und hörte, dass sie folgte, ein oder zwei Schritte hinter ihm, so als wolle sie ihn begutachten und diese neue Erkenntnis mit dem Bild in Einklang bringen, das sie sich bisher von ihm gemacht hatte. »Aber ich schätze schon, dass ich ihn ziemlich gernhabe.« Jetzt würde er sie noch weiter verwirren. »Das habe ich mir vorgenommen, und bislang hat er es nicht geschafft, mich davon abzubringen.«

»Nicht einmal, indem er Sie für etwas so Belangloses wie eine Schnupftabakdose verbannt hat?«

»Es ging nicht nur um die Tabakdose.« Er bückte sich, um einen langen Grashalm zu pflücken und um ihrem Blick auszuweichen. Hatte sie soeben für ihn Partei ergriffen, oder hatte er sich verhört? »Ich war schon immer ein ziemlicher Tunichtgut. Zu nichts nütze.« Das hatte er schon immer freimütig zugegeben. Im White's hatte es ihm einige Lacher eingebracht. Doch irgendwie klang es hier draußen bei Weitem nicht so lustig. »Ich habe vor, mich zu bessern, irgendwann.« Er zwirbelte den Grashalm zwischen Daumen und Zeigefinger. »Aufrecht und respektabel und so weiter zu werden. Spätestens wenn ich ein Baronet bin.«

»Wenn Sie wissen, dass Sie es besser können, warum dann nicht jetzt?« Da kam die Standpauke. So viel dazu, dass sie für ihn Partei ergriffen hatte.

»Vorsicht, Teuerste! Denken Sie doch mal nach. Wäre es wirklich in Ihrem Interesse, wenn ich mich jetzt sofort ändern würde?« Er wandte sich um, um sie anzugrinsen, und die Art, mit der die Haube sich senkte und das Gespräch verebbte, verriet ihm, dass sie ihn verstanden hatte.

Gut so. Er warf den Grashalm weg, und sie gingen weiter. Auch ohne Unterhaltung war es ein wundervoller Tag, um mit einer Frau spazieren zu gehen. Die Luft roch frisch, denn in der

Nacht hatte es ein wenig geregnet, und das Gras war mit verschlafenen weißen, gelben und violetten Spätsommerblumen gesprenkelt. Vögel flogen auf, landeten wieder und riefen einander in einem Dialekt, der ganz anders klang als die Vogelstimmen Lincolnshires. Auf einem nahe gelegenen Hügel durchkämmte eine sanfte Brise das Gras wie eine unsichtbare Hand.

»Wir müssen über diesen Hügel.« Ihre ausgestreckte schwarze Hand hob sich dunkel vom leuchtend blauen Himmel ab. »Der Ort, den ich im Sinn habe, ist gleich auf der anderen Seite.«

Langsam erklommen sie die Anhöhe – welcher abartige Teufel hatte eigentlich beschlossen, dass Witwen Schwarz tragen mussten, sogar bei solchem Wetter? – und erreichten die Hügelkuppe. Ein kleines grünes Tal voller Schafe erstreckte sich vor ihnen. Ein Hund bellte bei ihrem Anblick und jagte auf den gegenüberliegenden Hügel zu, auf dem im Schatten einiger Bäume ein Mädchen saß. »Sie gehört zu meinen Pächtern«, sagte Mrs Russell. »Eine von den Everett-Töchtern, glaube ich.« Sie ging noch ein paar Schritte vor. »Und ein Stückchen hinter den Bäumen da ist Ihre Hecke.«

Dieses Land konnte vermutlich ihm gehören, wenn er es wollte. Obwohl es nicht besonders vielversprechend für Weizen oder anderes Getreide aussah. Und das Mädchen würde eine Weide mit einem sehr vorteilhaften schattigen Ausguck verlieren. Er steckte sich die Karte unter den Arm. »Warum, glauben Sie, hat Ihr Mann diese Wiese nicht für sich beansprucht?«

»Ich fürchte, ich habe keine Ahnung. Mr Russell hat nicht oft über solche Angelegenheiten gesprochen.« Sie wandte sich zu ihm um und schien noch etwas hinzufügen zu wollen, doch nach einem kurzen Schweigen schlug sie lediglich vor, das Tal zu durchqueren und die Schäferin zu begrüßen.

Das Mädchen hatte ein Buch und einen Korb dabei und den wachsamen Hund. Als sie näher kamen, klappte es das Buch zu und schob es halb unter den Korb, was den Band wesentlich interessanter machte, als er es sonst gewesen wäre.

Offenbar fand Mrs Russell das auch. Als sie sich einander vorgestellt hatten – das Mädchen war tatsächlich eine Miss Everett und erfreut, seine Bekanntschaft zu machen – und im Schatten saßen, zog die hervorblickende Buchecke immer wieder die Aufmerksamkeit der Witwe auf sich, während sie die nötigen Erkundigungen über die Gesundheit des Mädchens und einiger ausgewählter Familienmitglieder einholte.

Sie gaben ein hübsches Bild ab, die junge Witwe mit ihren dunklen Augen und ihrem dunklen Kleid und die jüngere Schäferin, blauäugig, rotblond und sommersprossig. Er hatte sich ein Stück von ihnen entfernt an einen Baumstamm gelehnt. Der Hund, ein zotteliger, braunweißer Hütehund, ließ sich neben ihm nieder und legte die Schnauze auf sein Bein, so als gehöre es ihm. Seine Ohren zuckten hierhin und dorthin, während die Damen sich unterhielten.

Die Unterhaltung verlief stockend. Miss Everett schien ein wenig eingeschüchtert zu sein von Mrs Russell, und diese machte es ihr durch ihre Themenwahl nicht leichter. Die Sonntagsschule wurde erwähnt und Schule überhaupt gelobt, ebenso Grundsätze wie Pflichtschuldigkeit und Fleiß sowie der Gemeindepfarrer, der offenbar darauf sann, den Kindern seiner Schäfchen eine Schule aufzubrummen. Das arme Mädchen konnte nur nicken und seine Zustimmung murmeln, während es die Hände rang, des Buchs beraubt, und die Witwe zum nächsten Feldzug für die Bildung anhob. Es war offensichtlich, dass sie versuchte, Begeisterung in ihrer Zuhörerin zu wecken, doch sie ging es völlig falsch an, prügelte mit *sehr lobenswert* und *immer fleißig* auf das Kind ein und schien sich nicht im Geringsten für anderer Leute Meinung zu interessieren. Ihr Tonfall war gar nicht so anders als der, den sie ihm gegenüber anschlug.

»Vielleicht ist Miss Everett eher eine Verfechterin der Autodidaktik«, warf er ein, als die Witwe einmal Luft holen musste. Er lächelte das Mädchen an, um es so gut er konnte zu ermutigen. »Sie haben gerade etwas gelesen, glaube ich, als wir gekommen sind. Ich fürchte, wir halten Sie von Ihrer Lektüre ab.«

»Oh nein, ich habe nur gelesen, um mir die Zeit zu vertreiben.« Sie errötete und sah noch unglücklicher aus. »Nichts Lehrreiches.«

»Einen Roman, vermute ich?« Mrs Russell griff den neuen Gesprächsstrang schnellstens auf, und als das Mädchen nickte, fuhr sie mit frischem Elan fort. »Gewiss gibt es handfestere Dinge, die eine junge Dame lesen kann, aber die meisten Romane schaden nicht. Man kann mit romantischen oder spannenden Geschichten anfangen und später zu Shakespeare oder Homer übergehen oder zu etwas anderem Erhebenden.«

Gott, was war sie schlecht darin! Bemerkte sie denn nicht, dass das Mädchen sich seines schlechten Romans schämte und immer mehr in sich zusammensank? Dass es sich vor den erhebenden Dingen, die die Witwe ihr aufdrängen wollte, fürchtete? Er beugte sich vor und vergrub die Finger im Fell des Hunds. »Ein Roman?«, sagte er verschwörerisch zu Miss Everett. »War es *Der Mönch*?«

Ihr Gesicht verzog sich zu neunzig Prozent vor Beunruhigung und – dafür hätte er fast die Hand ins Feuer gelegt – zehn Prozent Freude; die Witwe fuhr indes zu ihm herum und fixierte ihn mit einem sehr ernsten Blick.

»Nein? War es vielleicht *Der Italiener*?«

Vierzig Prozent Freude, sechzig Prozent Beunruhigung; er kam der Sache näher.

»So etwas war es nicht«, sagte das Mädchen und zog endlich das Buch hervor. »Ich lese nur *Belinda*.«

»Ah, *Belinda*. Lass mal sehen.« Er nahm den Band und schlug die erste Seite auf. »Aber das ist doch nichts! Sie brauchen die Originalversion! Lucy heiratet einen afrikanischen Plantagenarbeiter und Belinda heiratet beinahe diesen Kreolen, den Typen aus der Karibik. Sehr skandalös. Der Vater der Autorin missbilligte es, daher hat sie es umgeschrieben.« Er gab das Buch zurück und lehnte sich wieder an den Baumstamm, während er dem Hund die Schnauze kraulte.

»Woher wissen Sie denn das?« Mrs Russells Augen waren immer größer geworden. »Und woher kennen *Sie* denn den *Mönch*?«

»Ältere Schwestern.« Er verspürte den äußerst unangebrachten Impuls, ihr zuzuzwinkern, und unterdrückte ihn. »Als ich klein war, wurde meine Schwester Sophia mit einer Ausgabe erwischt und beinahe verstoßen. Da musste ich es natürlich lesen, versteht sich.« *Und woher wissen* Sie *etwas davon?*, hätte er zu gerne gefragt.

»Das dürfte das genaue Gegenteil dessen gewesen sein, was Ihre Eltern bezweckt haben.« Garantiert hätte sie sich jetzt entsetzlich gerade aufgesetzt, wenn sie nicht bereits kerzengerade wie eine Richterin dagesessen hätte, wie es ihre Angewohnheit war.

»Dann hätten sie mir interessanteren Lesestoff geben müssen.« Er zuckte mit den Schultern und fläzte sich noch tiefer ins Gras. »Als Damen haben Sie es viel besser als wir, mit Ihren Romanen.«

Diese Worte erinnerten die Witwe offenbar daran, dass Miss Everett zugegen war, und sie wandte sich wieder dem Mädchen zu. »Mrs Edgeworths Bücher sind zweifellos amüsant und unterhaltsam, und sie kann sich – wie alle Schriftstellerinnen – glücklich schätzen, eine unabhängige Einkommensquelle gefunden zu haben. Wenn Sie aber einen etwas ehrgeizigeren Roman lesen möchten, sollten Sie *Waverley* versuchen. Das Buch ist gerade diesen Sommer erschienen und hat ausgezeichnete Kritiken bekommen. Der Autor hat ein, wie ich glaube, sehr akkurates Bild vom Schottland des letzten Jahrhunderts gemalt. Ich könnte Ihnen mein Exemplar leihen.«

»*Waverley*«, wiederholte das Mädchen. Es versuchte ein Lächeln, sah aber ungefähr so enthusiastisch aus wie ein Dienstmädchen, dem aufgetragen wird, die Nachttöpfe zu schrubben. »Wovon handelt es?«

»Es ist eine wahre Geschichte, eine Erzählung aus jener Zeit, in der viele Schotten den Thronanspruch der Stuarts unterstützten. Vielleicht kennen Sie sich damit nicht so gut aus, Sie hatten ja nicht das Glück, zur Schule gehen zu dürfen. Aber *Waverley* ist ein Roman, der solche Bildungslücken auf dem Gebiet der englischen Geschichte schließen könnte, und durch die Entwicklung des Helden weg von sentimentalem Überschwang hin zu einem gemäßigteren, praktischen Weltbild transportiert er gleichzeitig eine wichtige Moral.«

Herrgott, bei ihr klang *Waverley* wie eine Fortsetzung zur *Nützlichkeit landwirtschaftlichen Wissens*. »Gibt es eine Liebesgeschichte?«, half er nach.

Sie zögerte auf ihre penible Art. »Ich schätze, ja. Mr Waverley entwickelt Zuneigung zu zwei verschiedenen jungen Frauen, die beide auf unterschiedliche Weise seiner würdig sind. Die eine soll, glaube ich, den radikalen Geist der Jakobiten symbolisieren, während die andere –

»Gibt es Schlachtszenen oder eine Queste? Riskiert Mr Waverley sein Leben für ein nobles Ideal?«

»Na ja, natürlich gibt es Schlachten. Es spielt während der Jakobitenaufstände, da geht es ja gar nicht anders, und der Autor scheint, wie gesagt, sehr akribisch zu sein, was historische Korrektheit betrifft.«

»Hervorragend.« Er nickte der Schäferin zu. »Sie scheinen eine ausdauernde Leserin zu sein. Sie müssen dieses Buch lesen und mir dann verraten, ob zwischen all den historisch korrekten und moralisch erhebenden Stellen eine gute Geschichte steckt. Ich fürchte, diese Werte sind wie Gift für mich – ich brauche erst einen Vorkoster, der für mich probiert und mir sagt, ob es ungefährlich ist.«

Er wusste sehr wohl, wie man Frauen um den Finger wickelte. Die meisten Frauen. Das Mädchen errötete anständig ob seiner Zuwendung und erklärte sich bereit, mit *Waverley* zu beginnen. Die Witwe, die anfangs die Stirn gerunzelt hatte, so als wolle sie ihn zurechtweisen, saß jetzt stumm und nachdenklich da.

Von da an verlief das Gespräch müheloser. Mrs Russell erwähnte den Grund ihres Kommens und breitete die Karte aus, um sich mit Miss Everett darüber zu beraten, inwiefern sie dem entsprach, was sie sahen, und welche Familien davon betroffen wären, sollte das Land nicht mehr zur Verfügung stehen.

Theo sank wieder gegen den Baumstamm, bis er beinahe auf dem Boden lag. Der Hund rollte sich auf den Rücken und sah ihn erwartungsvoll an. Abwesend kraulte Theo ihm den Bauch.

Er wollte nicht, dass irgendwelche Familien betroffen wären. Er wollte nicht, dass diese schüchterne kleine Leseratte darunter litt, dass er aufs Land gekommen war. Würde jedes Stück auf der Karte so aussehen? Steckte hinter der Tinte der sauber gezeichneten Darstellung immer nur eine Gelegenheit, Menschen zu enteignen, die nichts getan hatten, um so etwas zu verdienen? Und doch, wenn die Akquise von Land den Wohlstand Pencarraghs mehren und dazu führen konnte, dass seine Tagelöhner nicht mehr vom Armengeld abhingen, musste er den Schritt vermutlich in Betracht ziehen.

Stirnrunzelnd sah er den Hund an, der seinen Blick mit schläfriger Teilnahmslosigkeit erwiderte. Wie oft hatte er selbst so dreingeblickt, bevor er nach Sussex gekommen war und gelernt hatte, was Sorgen waren.

»Ihre Pächter müssen Sie sehr mögen«, sagte Martha, als sie sich von Jenny Everett verabschiedet hatten und in nördlicher Richtung über freies Weideland gingen.

Mr Mirkwood lachte humorlos. »So? Ich wünschte, jemand würde ihnen das mal sagen.« Unter freiem Himmel sah er ungewöhnlich gut aus; er bewegte sich mit dem Elan eines freigelassenen Tiers. Jenny war völlig hingerissen gewesen.

»Etwas anderes kann ich mir nicht vorstellen. Sie waren so gut eben mit Miss Everett. Sie wussten genau, was man sagen muss.«

»Das war nur geraten.« Er zuckte die Schultern.

»Die Fähigkeit, so mit ihr umzugehen, ist keine Selbstverständlichkeit. Wie ich, glaube ich, eben deutlich demonstriert habe.«

»Sie wirken in der Tat ein bisschen wie ein Drachen von Gouvernante.« Über die Schulter grinste er sie an und nahm den Worten jede kränkende Wirkung.

»Ich nehme an, das ist nicht verwunderlich. Ich wurde hauptsächlich von einer Gouvernante erzogen, auch wenn ich Miss York niemals als Drachen bezeichnen würde. Sie war eher vernünftig. Korrekt.« Streng auch, natürlich, aber nicht unverhältnismäßig.

»Tatsächlich?« Er verlangsamte seinen Schritt, sodass sie ihn einholte. »Wann haben Sie Ihre Mutter verloren?«

»Mit sieben. Aber sie war die ganzen sieben Jahre schon nicht gesund. Entweder erwartete sie eine Geburt, oder sie erholte sich von der letzten.« Die Worte kamen zögernd. So viele Einzelheiten musste man wirklich nicht preisgeben. »Es hätte nach mir noch drei Kinder geben sollen. Aber keins von ihnen hat überlebt, und das letzte hat sie mitgenommen.« Obwohl am Ende wahrhaftig nicht viel von ihr übrig gewesen war. Fünf lebende Kinder, fünf tote, und mit jeder Geburt und jedem Schicksalsschlag war sie schwächer geworden.

»Und Ihr Vater hat nicht wieder geheiratet?« Unter ihrer Krempe hindurch konnte sie seine weißen Handschuhe sehen, als er die Kartenrolle höher zog.

»Oh nein. Es war ein kleines Wunder, dass er überhaupt geheiratet hat, so zurückgezogen war er. Meistens hat er sich in seinem Arbeitszimmer eingeschlossen mit seiner Bibel und seinen Philosophiebüchern.«

»Wer war denn dann da, um Sie zu lieben?« Die Frage kam ohne jedes Zögern, und er gab sich keine Mühe, das aufwallende Mitleid aus seiner Stimme herauszuhalten. Verschwendetes Mitleid, denn das kleine Mädchen, das sie damals gewesen war, hatte sie längst zurückgelassen.

Hinter dem Rücken legte sie die Hände übereinander und verschränkte fest die Finger. »Ich bezweifle nicht, dass meine Eltern mich geliebt haben. Meine Geschwister mögen mich auch. Und Miss York hat meine Erziehung recht fähig zuwege gebracht. Falls ich ein Drache geworden bin oder mich in Situation wie der, deren Zeuge Sie heute geworden sind, wenig geschmeidig verhalte, dann liegt die Schuld allein bei mir, will ich meinen.«

Sie schwiegen. Martha wagte nicht, ihn anzusehen und in seinen indiskreten Augen noch mehr Mitleid zu erkennen. Sie marschierte weiter, verschränkte ihre Finger und löste sie wieder, bis er erneut das Wort ergriff.

»Glauben Sie nicht, dass ich mit meinen Arbeitern auch immer so umgehe. Mit fremden Bauern ist es etwas ganz anderes. Außerdem waren Sie ja dabei. Wäre ich ihr allein begegnet, wäre sie nicht halb so empfänglich gewesen.«

»Natürlich. Daran hatte ich nicht gedacht.« Ein alleinstehender Grundherr hatte noch ganz andere Schwierigkeiten zu meistern. Womöglich könnte sie ihm von Nutzen sein. »Vielleicht könnte ich ja einmal mitkommen, wenn Sie Ihren Leuten einen Besuch abstatten.«

»Vielleicht.« Er drehte sich vor ihr um, wie um der Last des Ernstes zu entfliehen, und ging rückwärts, den Schalk in den Augen. »Werden Sie den Damen mit Lektürelisten zusetzen? Werden Sie über die Tugenden der Bildung predigen?«

»Vielleicht zu Ihnen.« Unverschämter Mann, er hätte es verdient. »Haben Sie schon einmal darüber nachgedacht, den Kindern auf Ihrem Besitz Bildung angedeihen zu lassen?«

»Keine Predigten mehr für heute!« Er nahm die Karte in die Hände und ließ sie kreisen wie ein Soldat eine Muskete. »Kein Nachdenken mehr. Ich hatte alles in allem einen angenehmen Nachmittag, und dabei würde ich es gern belassen; im Sonnenschein mit Ihnen unter dem blauen Himmel.«

Sie sagte also nichts mehr. Doch die Hoffnung loderte stark und stetig in ihr. Keine Predigten mehr *für heute*, hatte er gesagt. Es gab ja auch noch morgen und ein paar weitere Tage. Mit Beharrlichkeit, und wenn sie ihn in seinen guten Eigenschaften bestärkte, könnte sie vielleicht geraume Verbesserungen in Gang setzen, auf seinem Land genauso wie auf ihrem, bevor der Monat um war.

Wenn er in einer Bauernkate wohnen würde – und er sollte häufiger dafür dankbar sein, dass er das nicht tat –, würde Theo hoffentlich einen Haushalt wie Mr Barrows führen. Schon der Hof ließ Sparsamkeit und Ordnung erkennen; die Gänse und das Schwein waren in zwei provisorischen Pferchen untergebracht und hinter dem Haus war ein ordentlicher Küchengarten zu sehen.

Die Tür stand offen und lud die Nachmittagsbrise ein. Diesen kleinen Luxus konnte man sich leisten, wenn man sein Schwein sicher verwahrt wusste. Theo blieb auf der Schwelle stehen und klopfte.

Nach seiner Rückkehr aus Seton Park war er rastlos von Zimmer zu Zimmer getigert, um eine Beschäftigung zu finden. Nach dem ganzen Studium der Karten und dem langen Marsch hätte er eigentlich müde sein müssen, doch stattdessen verlangte es ihn nach einer Betätigung. Emsigkeit konnte vielleicht zur Gewohnheit werden, wenn man es zuließ.

»Herein«, rief eine Stimme, und er trat ein.

Sonnenlicht fiel schräg durch die geputzten Fenster und ließ die einfache, saubere Küche erkennen, die Theo bereits beim letzten Mal erspäht hatte, als er Mr Barrow nicht angetroffen hatte. Jetzt saß er am Tisch und hantierte mit Nadel und Faden. Ein Teller mit Essen stand in der Nähe.

Auf dem Lande aßen die Leute früher. Das sollte er eigentlich inzwischen wissen. »Ich bitte um Verzeihung.« Er blieb stehen und verneigte sich entschuldigend. »Ich wollte Sie nicht beim Abendessen stören. Ich komme ein anderes Mal wieder.« Sein Besuch hatte sowieso keinen bestimmten Zweck; nur die vage Idee, herauszufinden, ob er nicht mit einem seiner eigenen Leute eine ebenso herzliche Unterhaltung führen konnte wie mit Miss Everett.

»Abendessen? Nicht doch!« Der Mann stand auf und fegte eine weitere Ecke des Tisches sauber. »Nur ein Imbiss. Wollen Sie nicht Platz nehmen? Ich hole Ihnen einen Teller.« So schnell es sein Alter erlaubte, eilte er los und holte einen Zinnteller von einem Regal an der Rückwand der Küche und einige eingewickelte Nahrungsmittel aus einem anderen Regal, das mitten im Raum an einer Kette von der Zimmerdecke hing, um selbst den pfiffigsten Ratten das Handwerk zu legen.

Ja, er musste dankbar sein, nicht in einer Bauernkate zu wohnen. Dankbar für ein Leben, in dem andere Leute sich darum kümmerten, die Ratten von seinem Tisch fernzuhalten, ohne dass er davon überhaupt etwas mitbekam. Dankbar für Mahlzeiten, die von geblümtem Porzellan gegessen wurden, an Tischen mit Leinentischdecken, dankbar für abwechslungsreiche Gänge anstelle des Brotkantens und des reizlosen Käsestücks, die ihm nun vorgesetzt wurden.

Er senkte den Kopf und verharrte eine Weile in dieser Position, um ein stummes Tischgebet anzudeuten, falls das in diesem Hause üblich war. Als er wieder aufsah, blickte er in Mr Barrows Augen. Sie waren eisblau und am Rand von Runzeln umgeben und leuchteten wie die eines Jungen, der ungeduldig auf den Beginn eines Kasperletheaters wartete. *Sie wussten genau, was man sagen muss*, hatte die Witwe gesagt. Zu einem hübschen jungen Mädchen, ja. Doch wie machte man Konversation mit einem Mann von Mr Barrows Alter und Stand? Er sah sich nach einer Inspiration um. »Was machen Sie da mit der Nadel?« Er nickte in Richtung der verwaisten Arbeit.

»Flicken.« Der Mann griff danach und wendete den Stoff, um ihm die Rückseite zu zeigen. »Das Hemd hat ein Loch im Ärmel, und ich setze einen Flicken darauf.«

»Das machen Sie selbst?« Kaum dass er das gesagt hatte, bemerkte er seine Dummheit. Natürlich besserte der Mann seine Kleidung selbst aus. Wer sollte es sonst machen, ohne Frau und ohne Dienerschaft? »Ich meine, ich hätte keine Ahnung, wie ich anfangen sollte.« Er krümelte eine Ecke von seinem Käse ab und probierte. Er schmeckte entfernt nach Kreide. Nein, so entfernt auch nicht. Er legte den Rest hin und gab sein Bestes, zu kauen und hinunterzuschlucken, was bereits in seinem Mund war, ohne zu viel davon zu schmecken.

»Man fängt an, indem man den Faden einfädelt, das ist das

Schwierigste für mich. Die Augen sind nicht mehr die besten. Danach muss man nur aufpassen, dass der Flicken gerade liegt.« Mr Barrows Finger, knubbelig und ganz und gar nicht geneigt, gerade zu liegen, strichen ihn glatt und zogen die Nadel durch den Stoff. Er griff nach seinem Brot und biss ein Stück ab. »Tut mir leid, dass das Essen nicht besser ist«, sagte er, nachdem er geschluckt hatte.

»Oh, ich bin nicht sehr hungrig.« Er spürte die Schamesröte in sein Gesicht steigen. War es so offensichtlich gewesen mit dem Käse? »Ich muss noch Platz für das Abendessen lassen.«

»Sie sind kein geübter Lügner, oder?« Mr Barrow lächelte, den Blick auf die Nadel gerichtet. »Man muss sich für *eine* Ausrede entscheiden; entweder haben Sie keinen Hunger oder sie müssen Platz für das Abendessen lassen. Beides zusammen funktioniert nicht.«

»Es tut mir leid.« Er suchte verzweifelt nach einem besseren Kompromiss zwischen Wahrheit und Takt. »Ich glaube, Käse ist etwas, wofür man eine Vorliebe entwickeln muss. Keiner schmeckt so wie der, mit dem man aufgewachsen ist.«

»Schon besser.« Das Lächeln des alten Mannes grub sich tiefer in sein Gesicht. »Dennoch sollten Sie besser ein Mädchen heiraten, das Sie nicht anzulügen brauchen.« Er stupste den Käse auf seinem eigenen Teller an. »Er ist widerwärtig; ich weiß, wovon ich rede. Ich bin in einer Meierei aufgewachsen.«

»Wirklich? Hier in Sussex?« Er beugte sich vor und stützte die Ellbogen auf den Tisch. Hier bot sich vielleicht ein Gesprächsthema an. Vielleicht brauchte er gar nicht zu *wissen*, was man sagen musste, sondern sollte sich einfach die Lebensgeschichte des älteren, weiseren Mannes erzählen lassen und Fragen stellen, wie man sie seinen eigenen Großeltern hätte stellen können, wenn sie alt genug geworden wären.

Mr Barrow machte es ihm leicht. Lebhaft erzählte er Anekdoten aus seinem Leben in Sussex vor einem halben Jahrhundert und warf hie und da seine recht entschiedenen Ansichten über die moderne Käse- und Butterherstellung ein, gelegentlich auch die von Brot und Tee und über all den Schund, der heutzutage beigemischt wurde, um Produkt und Profit zu strecken.

Theo hörte zu. Er hatte erwartet, dass die Anekdoten spannend sein würden, doch sogar die Käse-Sache war interessant, fast mehr als ihm geheuer war. Und noch dazu klang sie, als müsse sie Mrs Russell interessieren.

Vielleicht würde er bei ihrer nächsten Unterhaltung im Wohnzimmer etwas von seinem neu gewonnenen Wissen einstreuen und sehen, ob es ihr ein fasziniertes Leuchten in die Augen zaubern würde. Oder er könnte es ihr im Bett zuflüstern, in der Hoffnung, dass sie ihn dann ansah wie eine Frau einen Mann ansah, der sie immer wieder überraschen konnte.

Oder er könnte sie einfach auf einen Besuch mitbringen und sich zurücklehnen, während sie und der alte Mann sich über Dinge unterhielten, die sie interessierten. Sie würde durchdachte, wohlüberlegte Antworten geben, und Mr Barrow würde vielleicht von diesem Inbegriff der modernen Frau mit ihrem ernsthaften Betragen und ihrer Hingabe an die Verbesserung ihres Guts beeindruckt sein.

Stolze Freude überkam ihn bei dem Gedanken. Narr. Worauf konnte er stolz sein? Was hatte *er* in der Szene zu tun, außer in der Ecke zu sitzen, müßig wie immer, und zwei besseren Menschen dabei zuzusehen, wie sie sich anfreundeten? Und dennoch wärmte die Freude ihn noch, als die angemessene Zeit für einen Anstandsbesuch erreicht und überschritten war, als die Schatten über den Küchenfußboden krochen, sogar noch, als er schließlich zum Haus zurückging, so spät, dass nicht einmal mehr Zeit blieb, sich vor dem Essen umzuziehen.

# 7

Mr Keene rutschte auf seinem Stuhl hin und her. Er konnte die Hände nicht still halten; gern hätte sie ihm ein paar Papiere zum Glattstreichen gegeben. »Ich bedaure von ganzem Herzen, Sie in dieser Angelegenheit belästigen zu müssen«, sagte er, und Martha wusste sogleich, worum es ging.

»Entschuldigen Sie sich nicht dafür, dass Sie Ihrer Pflicht nachkommen. Ich nehme an, Mr James Russell möchte wissen, ob die Möglichkeit eines direkten Erben inzwischen ausgeschlossen ist?«

Todunglücklich verneigte er sich, und die kahle Stelle auf seinem Kopf glänzte in der Abendsonne. Mr James Russell sollte sich was schämen, ihm etwas so Unangenehmes aufzutragen. Sie sollte sich natürlich ebenfalls schämen, es so eingefädelt zu haben.

Zwei Wochen und zwei Tage waren es jetzt seit Mr Russells Dahinscheiden. Sie senkte den Blick und sprach leiser. »Ich kann es nicht zweifelsfrei sagen, und natürlich kann man in den ersten Wochen nie sicher sein. Doch ich hätte erwartet, inzwischen sagen zu können, dass die Möglichkeit ausgeschlossen ist.«

»Ich verstehe.« Sie sah ihn verstohlen an. Er setzte sich auf und schien um Stärke zu ringen. »Dann muss ich zum nächsten Teil meines Auftrags kommen und Sie darauf vorbereiten, dass Mr James Russell beabsichtigt, Ihnen persönlich einen Besuch abzustatten.«

Sie schauderte. Plötzlich fehlte ihr der Atem für eine Antwort.

»Es tut mir leid.« Er nahm seine Brille ab und begann, sie mit einem Taschentuch zu putzen, vermutlich um Martha nicht ansehen zu müssen. »Ich fürchte, er hat Geschichten darüber gehört ... wie ein Mann in seiner Situation hintergangen werden kann. Er spricht davon, seine Interessen zu wahren.« Mr Keene runzelte die Stirn. »Ich werde mein Äußerstes tun, ihn von Ihrem aufrichtigen Charakter zu überzeugen, das verspreche ich Ihnen, doch da er Ihnen noch nie begegnet ist, ist er leider anfällig für wilde Spekulationen darüber, was Sie vielleicht –«

»Wann?« Dieses Wort brachte sie wenigstens zustande.

»Wann er mir das gesagt hat?«

»Wann kommt er?«

»Nicht sofort.« Mr Keene faltete sein Brillenputztuch zusammen, steckte es ein und setzte die Brille wieder auf. »Bis Ende des Monats hat er noch geschäftlich in Derbyshire zu tun. Wie gesagt werde ich mein Bestes tun, ihn vollends von seinem Vorhaben abzubringen, aber falls ich keinen Erfolg haben sollte, werde ich Sie informieren, sobald er sich auf den Weg macht.« Seine Mundwinkel verzogen sich, so als habe er eine bittere Pille geschluckt. »In der Zwischenzeit soll ich Ihre Schritte überwachen und ihm Bericht erstatten.« Er betrachtete einen Augenblick lang seine Hände, dann blickte er wieder auf. »Wie ich höre, hatte Ihr Mann gewisse Differenzen mit seinem Bruder. Wussten Sie davon?«

Sie schüttelte den Kopf. Dass sie sich nicht nahegestanden hatten, war durch Mr James Russells Abwesenheit bei ihrer Hochzeit deutlich geworden, doch Mr Russell hatte nie über die Gründe gesprochen, und sie hatte auch nicht gefragt.

Mr Keene nickte knapp und schien unentschlossen, ob er noch mehr sagen sollte. »Er hatte wohl Bedenken, was Mr James Russells Charakter betraf, und hoffte sehr, Seton Park einem geeigneten Erben hinterlassen zu können. Ich versichere Ihnen, dass er eine derartige Beleidigung, wie sein Bruder sie Ihnen jetzt zufügt, niemals geduldet hätte.«

»Hat er je zu Ihnen über die Art seiner Bedenken gesprochen?« Mit angehaltenem Atem wartete sie auf eine Reaktion.

Abermals studierte er seine Hände. »Ich weiß nur, dass er ihn für ungeeignet hielt, den Besitz zu übernehmen.« Seine Ohren wurden rot, als er es sagte.

Er wusste es. Genau wie Sheridan es gewusst hatte, wie all die Dienstboten es gewusst hatten und wie Mr Russell es gewusst hatte. *Alle* hatten sie gewusst, welche Niedertracht im Hause gewohnt hatte – welche Niedertracht jetzt drohte, dort wieder einzuziehen –, und niemand hatte es für nötig befunden, ihr ein Sterbenswörtchen davon zu verraten.

Die Standuhr gongte. Mr Mirkwood würde in einer Stunde da sein. Sie mussten noch vorsichtiger sein, jetzt, wo Mr Keene beauftragt worden war, sie im Auge zu behalten.

»Ich weiß es zu schätzen, dass Sie mir das alles gesagt haben.« Er war ein guter Mann, der kleine Anwalt. Er hatte Besseres verdient, als zum Spielball zwischen Mr James Russells Niederträchtigkeit und ihrer eigenen hinterhältigen Täuschung zu werden. »Ich weiß, dass Sie geschäftlich der Familie Russell verbunden sind und nicht mir. Ich bin Ihnen sehr dankbar für die Freundlichkeit, die Sie mir und dem Andenken an meinen Mann erweisen, indem Sie so viel Rücksicht auf mich nehmen.«

»Ich habe nur getan, was ich mir wünsche, dass andere in solch einer Situation für meine Frau tun würden«, sagte er ungewöhnlich schroff und mit abgewandtem Blick. Zu allem Überfluss hatte sie ihn nun auch noch beschämt. Sie dankte ihm nochmals und schwieg.

»Vor anderthalb Wochen habe ich zu den Frauen gesprochen.« Martha saß an ihrem Frisiertisch, und Sheridan zog ihr die Haarnadeln aus der Frisur. Mr Mirkwood würde in wenigen Minuten da sein, und sie würde durch den Dienstbotentrakt zu ihm in den Ostflügel gelangen.

»Anderthalb Wochen, genau.« Die Stimme des Mädchens war ebenso beruhigend wie seine Hände, die die Zöpfe lösten. »Und weißt du was? Nicht eine von ihnen hat mich wegen einer neuen Stellung angesprochen.«

»Tatsächlich.« Sie klang nicht überrascht.

»Mrs Kearney hat auch von niemandem gehört, der gehen möchte.«

»Sie warten ab.« Sheridan erwiderte ihren Blick im Spiegel und griff nach der Haarbürste. »Sie denken sich, es wär' doch eine feine Sache, mit Ihnen als Dienstherrin hier weiterzuarbeiten.«

»Ich bin … gerührt … zu hören, wie viel Vertrauen sie in mich setzen.« Noch während sie sprach, schnürte es ihr plötzlich die Kehle zu. »Aber Mr James Russells Besuch macht die Dinge komplizierter. Eine Schwangerschaft vorzutäuschen – falls das notwendig sein sollte – und ein Kind zu beschaffen, dürfte unter seiner Beobachtung nahezu unmöglich sein. Und seine bloße Anwesenheit im Haus kann für die Dienstbotinnen bedrohlich sein. Ich werde allen nahelegen, einen Abschied ernsthaft in Erwägung zu ziehen.«

»*Ich* habe es bereits erwogen, und ich bleibe.« Draufgängerisch schielte Sheridan unter ihren Wimpern hervor. »Sie haben so viel auf sich genommen mit Mr Mirkwood. Das *kann* nicht umsonst gewesen sein. Ich warte mindestens bis zum Monatsende.« Sie zog Martha die Bürste durchs Haar, bis in die Spitzen. »Jetzt sollten Sie sich aber langsam ins Blaue Zimmer begeben.«

Heute war sie mit ihren Gedanken woanders. Er spürte es an ihrer Haut, überall, wo sie sich berührten. Er spürte es am Gewicht ihrer Hände auf seinem Rücken. Er sah es an den Linien ihres Gesichts, sogar als sie die Augen schloss, um ihn im Moment der letzten, würdelosen Kapitulation ungestört sein zu lassen.

»Stimmt etwas nicht?«, fragte er später, als er auf der Seite lag und sie ansah. Sie lag wie immer auf dem Rücken, das Kreuz auf dem Kissen, und blickte in die Ferne.

Ihre Blicke trafen sich und sie schüttelte knapp den Kopf. »Ich hatte gerade etwas Geschäftliches im Kopf. Verzeihen Sie, ich gebe eine schlechte Gastgeberin ab.«

»Nichts zu verzeihen.« Er berührte sie mit den Fingerknöcheln am Arm. »Ich könnte Sie von Ihren Sorgen ablenken.«

»Nein danke.« Ein Lächeln geisterte kurz über ihre Lippen und war sofort wieder verschwunden. Dennoch war es ein Lächeln gewesen, das war doch schon mal ein Anfang.

»Ganz harmlos, meinte ich.« *Ja. Warum nicht?* »Ich könnte Ihnen beim Ankleiden helfen und Ihre Haare flechten, während Sie vorlesen. Heute habe ich etwas von Humphry Davy dabei. Sie haben von ihm gehört? In London gehen alle zu seinen Vorträgen, sogar die vornehmen Leute. Ich habe ein Buch mit Notizen von seinen Vorlesungen. Sie könnten daraus vorlesen und Ihre Rhetorikkünste üben.«

Sie warf ihm einen jener ungläubigen Blicke zu, mit denen Königinnen dann und wann ihre Hofnarren bedacht haben mussten. Doch falls sie ihn absurd fand, hatte er seinen Zweck erreicht und sie abgelenkt. Dazu waren Narren ja da.

»Sie kleiden sich hoffentlich vorher selbst an?« Sie ließ den Blick an ihm herabwandern. »Nach etwas Exotischem steht mir nicht der Sinn.«

»Selbstverständlich.« Er drehte sich nach seinen Kleidern um, auch um den Triumph zu verbergen, der ihm jetzt gewiss nur allzu deutlich ins Gesicht geschrieben stand. Er würde sie so von ihren Sorgen ablenken, wie sie es am liebsten hatte.

Also nahm er Rücksicht auf ihre Sittsamkeit und ihr empfindliches Zartgefühl, als er ihr das Korsett schnürte, die Unterröcke festband und sie in den Sessel vor dem Frisiertisch setzte – das Buch bereits vor ihr aufgeschlagen –, um die Haken an ihrem Kleid zu schließen. Doch auf halbem Wege hielt er inne. Er hatte ihr das Haar über beide Schultern nach vorn gelegt, damit es sich nicht in den Haken verfing. Das Kleid öffnete sich nach rechts und links und ließ über dem Korsett ein Dreieck nackter Haut frei. Blasse, zarte Haut, unter der sich elegant die Wirbelsäule abzeichnete. Vielleicht gab es ja noch effektivere Wege, sie abzulenken, als ihr die Haare zu flechten.

Er zögerte, während seine Finger mit dem nächsten Haken spielten. Vielleicht würde sie böse werden und ihn zurechtweisen. Vielleicht aber auch nicht. Er blickte in den Spiegel. Sie hatte den Blick gesenkt. Dann sank er auf die Knie, flüssig wie Korn, das aus einer Garbe geschüttelt wird, und legte die Lippen auf ihre Wirbelsäule.

Er hätte sie ebenso gut brandmarken können. »Was tun Sie?«, fragte sie mit schriller, sich überschlagender Stimme. Abgelenkt, kein Zweifel.

»Ich öffne Ihr Kleid. Keine Panik.« Sachte streifte er es ihr bis knapp über die Schultern herunter. »Und während Sie vorlesen, werde ich Ihre Wirbelsäule küssen, vom Genick bis dorthin, wo Ihr Hemd beginnt. Das ist mein ganzer Plan.« Zur Illustration legte er die Lippen dorthin, wo ihr Scheitel endete.

»Ein schlechter Plan.« Über die Schulter hinweg konnte er ihr Gesicht im Spiegel sehen, die Lippen streng zusammengepresst. »Besser, Sie würden mir die Haare flechten. Sonst geraten Sie bloß wieder in einen Zustand.«

Wunder über Wunder – sie hatte nicht ausdrücklich *Nein* gesagt. Zu beiden Seiten von ihr ergriff er die Sessellehne, fuhr eine Handbreit weiter hinab und gab ihr einen zweiten, sanfteren

Kuss. »Ich bin gerade befriedigt worden, wissen Sie noch? Ein *Zustand* ist unwahrscheinlich.« Eine faustdicke Lüge. »Seien Sie ehrlich: Haben Sie, seit ich angefangen habe, an Ihre Geschäftsangelegenheiten gedacht?« Ihre Miene war Antwort genug. »Na also. Entspannen Sie sich! Atmen Sie ein paarmal tief durch. Und dann lesen Sie vor.«

Sie saß ganz still und überlegte. Er legte die Lippen an den Saum ihres Hemds und ließ sie dort. Er spürte, wie sich ihr Brustkorb hob und senkte, und dann, als sie nach dem Buch griff, drangen ihre Worte von außen und von innen gleichzeitig an sein Ohr. »*Zu entdecken, auf welche Weise ein gegebenes Stück Land den größtmöglichen Ertrag an Feldfrüchten für die menschliche oder tierische Nahrung oder für andere auf die menschlichen Bedürfnisse zurückgehenden Zwecke erbringen kann, ist das größte Desideratum der Landwirtschaft.* Ich habe nicht den Eindruck, dass Sie mir zuhören.«

»Doch, natürlich. *Desideratum*. Können Sie sich bitte entspannen?« Ihre Schultern waren verkrampft und fast bis zu den Ohren hochgezogen. Sie roch wieder nach Flieder.

»*Um dieses Desideratum zu erfüllen, ist die genaue Analyse …*« Sie legte das Buch hin. »Mr Mirkwood, ich glaube, das ist die schlechteste Idee, die Sie je hatten.«

Wie konnte das sein, wo er sie doch so schnell von ihren Sorgen abgelenkt und wieder in ihre übliche ungehaltene Grundstimmung versetzt hatte? »Geben Sie der Idee doch wenigstens eine Chance.« Eine Hand immer noch auf dem Stuhl, zog er mit der anderen seine goldene Uhr aus der Westentasche, machte sie los und ließ sie aufschnappen. »Geben Sie mir zehn Minuten.« Er langte an ihr vorbei und legte die Uhr auf den Tisch. »Ich höre augenblicklich auf, sobald Sie mir sagen, dass die Zeit um ist.«

»Ich kann nicht lesen und gleichzeitig auf die Uhr schauen.«

»Dann sind Sie nicht so kultiviert, wie ich dachte. Aber vielleicht könnten Sie das Vorlesen für zehn Minuten aufschieben. Danach werde ich mich mit Sicherheit ohnehin besser konzentrieren können.«

Sie schloss die Augen. Er fühlte ihre Muskeln zucken, während sie mit sich rang und nach einer Antwort suchte, die keine bedingungslose Kapitulation war. »Fünf Minuten«, sagte sie.

Feilschen. Das konnte er auch. »Sieben.« Seine Finger legten sich um die Sessellehne.

»Sechs.« Eine kleine Falte erschien auf ihrer Stirn.

»Siebeneinhalb.« Er hauchte ihr das Wort ins Ohr. Sie riss die Augen auf. Kaffeefarbene Irritation. »Sie müssen runtergehen, mir entgegenkommen! *Sechseinhalb* hätten Sie sagen müssen!«

»Acht«, murmelte er in ihre Schulter. »Runtergehen und Ihnen entgegenkommen will ich auch gern, wann immer es Ihnen genehm ist.« Er ließ die Zunge über ihre Wirbelsäule wandern und fühlte den leisen Schauer, der sie von unten bis oben durchfuhr. Als er den Kopf hob, um in den Spiegel zu sehen, waren ihre Wangen rot und ihr Kinn gesenkt. Grimmig starrte sie die Zeiger an.

Acht Minuten also. Er küsste sie, und küsste und küsste und küsste, bis er den schmalen Streifen ihres Körpers kannte wie die Linien seiner Hand. Er lernte ihren Geruch kennen, er lernte ihren Geschmack kennen, und er erfuhr, welche Wirbel ihren Atem aussetzen ließen, wenn er mit den Lippen darüberfuhr. Er könnte ihren ganzen Körper mit dem Mund erkunden, wenn sie ihn nur ließe. Sie ablenken und völlig um den Verstand bringen.

Er umklammerte die Sessellehne fester. Ihre Haut war warm geworden und ihre Muskeln weich, und seine Hände, seine hartnäckigen Hände, drohten jeden Moment, sich zu vergessen und sich ihre Lenden emporzustehlen. Wie vorzüglich sie dorthin passen würden. Daumen und Mittelfinger gewölbt, um sie zu umspannen, der Zeigefinger würde elegante Muster beschreiben, die Handfläche würde durch die Lagen ihrer Kleidung den Knoten ihres Strumpfbands spüren.

Jemand atmete schwerer. Er. Er war das. Und jemand atmete leichter, die langsamen, trägen Atemzüge einer halb betäubten Person. Er betrachtete ihr Spiegelbild, und Begierde überkam ihn. Sie hatte die Augen geschlossen – so viel zur Uhrzeit –, und ihr Gesicht war entspannt und voller Wonne. Das Gesicht einer Frau, die nur darauf wartete, genommen zu werden.

Er könnte – nein. Das würde er nicht. Sie wollte das nicht. Aber je länger er weitermachte, desto wahrscheinlicher wurde es, dass er das vergessen würde. Dass er sich vergessen würde. Er lockerte seinen Griff um den Sessel, erst die eine, dann die andere Hand, und begann, ihr Kleid wieder zuzuknöpfen.

Verwirrt öffnete sie langsam die Augen. Sie sah auf die Uhr. Sie sah in den Spiegel. »Es waren noch keine acht Minuten.« Die vielleicht süßesten Worte, die sie je zu ihm gesagt hatte, doch in diesem Augenblich ganz und gar nicht hilfreich.

»Nein. Aber ich glaube, ich sollte jetzt aufhören.« Er legte die Hände wieder auf den Sessel und stemmte sich hoch. »Entschuldigen Sie mich.« Mit jeder anderen Frau wäre er jetzt auf dem Weg zurück ins Bett. Stattdessen würde er es sich selbst besorgen müssen, womöglich ohne auch nur eine Sekunde zu verlieren, sobald er nach Hause kam. War das erlaubt? Zur Hölle. Sogar wenn alles gut lief, schaffte es diese Abmachung, sein Leben extrem kompliziert zu machen. Er verließ das Schlafzimmer und sank draußen aufs Sofa.

Die Frau im Spiegel war eine Fremde. Sie glühte vor Erregung. Das Haar hing ihr in ungeordneten Locken über die Schultern. Ihr Blick war leer; nichts als stillschweigende Zustimmung lag darin. Martha wandte sich ab. Sie würde nicht diese Frau sein.

Schwach. Anfällig. Den letzten Rest ihrer Grundsätze vergessen, sobald ein Mann seinen Mund auf ihren Nacken presste – noch dazu ein Mann, mit dem sie noch keine zwei Wochen bekannt war und der ihren Respekt nicht verdiente! Eine solche Schwäche durfte man sich als konsequente Frau nicht erlauben. Männer traten die Zukunftsaussichten der Frauen schon oft genug mit Füßen, man musste sie nicht auch noch ermutigen.

Über die Schulter warf sie noch einen Blick in den Spiegel, diesmal mit Entschlossenheit. Langsam, aber sicher nahmen ihre Augen wieder den gewohnten unergründlichen Ausdruck an, und ihre Lippen wurden fester. Sie strich sich die Haare zurück.

Sie hatten sich miteinander arrangiert, sie und Mr Mirkwood, und sie würde diese stumme Übereinkunft nicht durch die Schwäche des Fleischs komplizieren. Davon hätte niemand etwas. Sie stand auf, ergriff ihr Buch und folgte ihm hinaus.

Er hing hingelümmelt in der Sofaecke, einen Arm quer über das Gesicht drapiert. Sein Zustand war unverkennbar, selbst von Weitem. Dieses Ablenkungsmanöver war wirklich eine sehr schlechte Idee gewesen.

Sie stellte sich in die Nähe seines Knies und räusperte sich, als er sein Gesicht nicht zeigte. »Sind Sie bereit, mehr von Humphry Davy zu hören?«

»Nicht so nah, wenn ich bitten darf.« Er fuchtelte mit der freien Hand, wie um eine lästige Stubenfliege loszuwerden. »Wenn Sie sich bitte in Ihren Sessel setzen würden, dann dürfen Sie mir vorlesen, was Sie wollen.«

Eines gewissen Mitleids konnte man sich nicht erwehren unter den gegebenen Umständen. Sie setzte sich und blätterte durch das Buch. Vielleicht hatte Mr Davy ja einen Vortrag über die verschiedenen Düngerarten ausgearbeitet oder zu irgendeinem anderen Thema, das geeignet war, den Zustand eines Mannes abklingen zu lassen.

»Bevor Sie anfangen, Mrs Russell, darf ich bitte noch einen Punkt in unserer Abmachung klären?«

Sie blickte auf. Sein Ellbogen schwebte genau über seiner Stirn, und im Schatten seines Arms sah er sie an. Sie nickte knapp.

»Sollten meine Bedürfnisse über das hinausgehen, worauf wir uns geeinigt haben …« Er presste den Mund zusammen und studierte seine Armbeuge, wie um dort die richtigen Worte zu finden. »Ist es mir erlaubt, mir anderweitig Erleichterung zu verschaffen?« Er sah sie wieder an.

Jedes Quäntchen Blut in ihrem Körper schoss ihr ins Gesicht und dröhnte in ihren Ohren. »Mit anderen Frauen, meinen Sie? Niemals. Wie können Sie so etwas fragen, Sie kennen doch die Gefahren einer Ansteckung und der –«

»Nein.« Er brachte sie mit ausgestreckter Hand zum Schweigen und sah sie immer noch an. »Ich spreche nicht von anderen Frauen.« Seine Finger zuckten.

»Oh.« Noch heftiger konnte sie nicht erröten, doch sie konnte den Teppich anstarren und einen zaghaften, formellen Ton anschlagen. »Nun, nein. Das dürfen Sie auch nicht.«

»Bitte sagen Sie mir, weshalb nicht.«

»Weil ich das Recht an Ihrem Samen erworben habe. An allem davon. Was, wenn Sie nun das bisschen vergössen, das mein Kind geworden wäre?«

»Unwahrscheinlich.« Er rutschte auf dem Sofa hin und her. »Ich glaube, ich muss es tun.«

»Nein. Dieses Unbehagen ist eine Prüfung, die Sie einfach ertragen müssen.«

»Ich glaube, ich muss es jetzt sofort tun.«

Sie blickte auf. Seine freie Hand fingerte bereits an dem ersten Knopf seiner Hose herum, und noch immer sah er sie an. Machte er sich über sie lustig, oder war das sein Ernst? Egal. Sie würde keins von beidem hinnehmen. »Ich sagte bereits Nein. Jetzt tun Sie Ihre Hand an eine anständige Stelle, während ich vorlese.«

»Sie machen es nur noch schlimmer, wenn Sie so mit mir sprechen.« Er setzte sich auf und ließ endlich den Arm von seinem Gesicht sinken. »Ich gehe einfach für ein paar Minuten ins Schlafzimmer. Sie können ja durch die Tür lesen, wenn Sie möchten.«

»Nein!« Sie ließ das Buch fallen und stand auf, um ihm den Weg zu versperren. »Um Gottes willen, kriegen Sie sich wieder in den –« Nein. »Um Gottes willen, was ist los mit Ihnen?«

Schnell wie eine Kobra ergriff er ihre Hand und zog sie neben sich aufs Sofa. »Das hier.« Er drückte ihren Handrücken dorthin, wo sein Zustand sich durch seine Hose hindurch ankündigte. »*Das* ist los mit mir. Aber wir können leicht Abhilfe schaffen.«

Seine Augen leuchteten vor ungetrübter Zielstrebigkeit. Er würde zu nichts nütze sein, bevor er sich nicht befriedigt haben würde. »In Ordnung, schon gut.« Seine Eltern oder seine Gouvernante hatten ihm wohl keinerlei Selbstdisziplin beigebracht. »Wir können wieder ins Bett gehen und später weiterlesen.«

»Keine Zeit. Sie brauchen eine Ewigkeit, um sich auszuziehen.«

Das tat weh, überraschenderweise. Sie hätte nie gedacht, dass er ein solches Angebot ausschlagen könnte.

Er drehte ihre Hand um, sodass sie sein lästiges Organ umschloss. »Sie könnten mir helfen.«

Ihm helfen? Was hatte er jetzt wieder Indiskretes vor? »Ich habe nicht die leiseste Ahnung, wie.«

»Zartbesaitete Mrs Russell.« Er sprach zärtlich und streichelte abwesend ihre Finger, wie um die Hand zum Ungehorsam zu verführen. »Ich zeige Ihnen, was Sie tun müssen.«

Hatte sie eine Wahl? Wenn sie sich weigerte, würde er mit Sicherheit nach Hause gehen und sich dennoch erleichtern. »Ich tue es, wenn Sie mir am Ende den Samen geben. Dafür muss ich mich ja nicht ausziehen.« Sie stand auf. »Und morgen müssen Sie mich auf einen Besuch bei Ihren Tagelöhnern mitnehmen.«

»Bei meinen Tagelöhnern?« Mühsam unterdrückte er ein Lächeln, wie ein ungeübter Spieler mit einem Royal Flush. »Liebend gern.«

Wenn ihre Seele nicht ohnehin bereits verloren war, dann weihte sie sie jetzt dem Untergang. Sie lag flach auf dem Rücken, ihre Garderobe dem Anlass völlig unangemessen, und überließ ihm ihre rechte Hand.

»Wir gehen es langsam an, ja?« Mit Daumen, Zeige- und Mittelfinger hielt er ihre Handfläche und rieb ihre Knöchel über den betroffenen Körperteil. Dünne, verletzbar wirkende Haut glitt unter ihrer Berührung hin und her, doch das war nichts Neues. In ihrer Ehe hatte sie mehr über die Beschaffenheit des männlichen Geschlechtsorgans gelernt, als sie jemals hatte wissen wollen.

»Sie implizierten, dass eine gewisse Eile geboten sei. Darf ich daraus schließen, dass Sie mich hinters Licht geführt haben?«

»Wissen Sie eigentlich, dass manche Männer für eine solche Zurechtweisung großzügig bezahlen würden? Sie sollten daran denken, falls Sie einmal in die Verlegenheit geraten, einen Beruf zu brauchen.« Er schloss ihre Hand um das Anhängsel und drückte sie zu.

»Sie haben meine Frage nicht beantwortet. Und Sie brauchen keine geschmacklosen Themen anzuschneiden.«

»Pardon. Ich werde mich so vornehm wie möglich ausdrücken, während ich Ihnen zeige, wie ein Mann sich befriedigt.« Er schob ihre Hand etwas weiter nach oben und ergriff sie wieder. »Und was die Eile betrifft, so haben Sie ja vielleicht schon selbst gespürt, wie es um mich steht.«

Darauf gab es wirklich nichts zu erwidern. Die Ungeduld pulsierte schrecklich in ihrer Hand.

Er schob ihre Finger ans Ende, wo er langsam feucht wurde, und zog sie durch das Feuchte, einen nach dem anderen. Als er ihre Hand wieder über sich festdrückte, rutschten ihre Finger und er sog scharf die Luft ein. Er führte ihre Hand in seiner auf und ab, langsam auf und wieder ab. »Sehen Sie?« Er schloss die Augen und flüsterte fast. »Gar nicht so schwierig, oder?« Sein Griff wurde fester und er beschleunigte die Bewegung.

Sie starrte den Betthimmel an. Das war vierhundertmal falsch. Er hätte sie da nicht mit hineinziehen dürfen. Sie wollte seinen unkeuschen Atem nicht hören oder sehen, wie sich seine Hüften bewegten. Sie bewegten sich mit dreistem Ungestüm, so als stoße er in eine gierige Liebhaberin und nicht in eine taube Hand in einer zweiten. Das wollte sie nicht mitbekommen.

Der Höhepunkt musste bald kommen. Er klang bereits so, als opfere er sich der Lust. Und endlich rollte er auf sie zu, stützte sich auf einen Ellbogen und ließ ihre Hand los.

»Sind Sie bereit?« Mit der anderen Hand raffte sie ihre Röcke hoch und öffnete die Knie.

»Fast. Nicht aufhören.« Sein Blick hätte eine ganze Wiese in Flammen aufgehen lassen können. Er stützte sich auf ihrer anderen Seite auf die Matratze, und alles in ihr zog sich gewaltsam zusammen, als er ihr die Bewegung überließ. Der Winkel veränderte sich, als er über sie kam. Mehrmals musste sie ihre Hand drehen, und verzweifelt suchte sie nach der am wenigsten unbehaglichen Möglichkeit, ihn anzufassen.

Sie hätte wahrhaftig vor Demütigung sterben können. Denn jetzt war sie keine passive Hand mehr, die er hin- und herzerrte wie eine Puppe. Jetzt war sie beteiligt, machte mit, arbeitete an der Befriedigung des Mannes, der groß und bestialisch über ihr schwebte.

Er sog die Luft in langen, berauschten Atemzügen ein, unkeuscher denn je. Schlimmer noch, er drehte den Kopf, um ihrer Hand bei ihrer Arbeit zuzusehen. Am allerschlimmsten aber waren die Worte, die er dabei sagte. Sie würde nicht zuhören. Sie würde sich weigern, sich daran zu erinnern. Zarte Worte waren es, sanfte Worte, voll des Lobes darüber, wie gut sie ihre Sache machte, und ein jedes schlug wie eine Bombe ein und richtete eine Zerstörung an, von der *Schwanz*, *vögeln* oder *Leiche* nur träumen konnten.

Endlich beugte er sich herab und schob den Arm unter ihre Schultern, um sie ein Stück weit vom Kissen zu heben. »Eine Sache noch«, sagte er gepresst und angespannt. Er kniete sich hin, schob die Knie unter ihre Beine, und hob ihre Hüfte zwischen den wallenden Röcken an. Dann nahm er ihre Hand von sich, endlich, nur um sie von hinten zu einem anderen fremden, weichen Körperteil zwischen seinen Beinen zu führen. Zwei Körperteilen. »Hier«, murmelte er ihr ins Ohr. »Drücken Sie, wenn ich es sage. Aber nicht zu fest.«

War das sein Ernst? »Warum um alles in der Welt –«

»Bitte … bitte tun Sie's einfach.« Nach einem letzten grimmigen Blick kam er hinein.

Ein Stoß. Zwei. Drei. *»Jetzt«*, zischte er in ihr Ohr.

*Nicht zu fest*. Vorsichtig drückte sie zu. »So?«

Er fluchte, ließ den Kopf auf ihre Schulter fallen und fluchte abermals. Eine heftige Aneinanderreihung eines jeden Fluchs, den sie je gehört hatte, und einiger, die sie noch nie gehört hatte.

Oh je. Zu fest. Sie hatte ihm wehgetan. Seine Arme verkrampften sich um sie. Gepeinigt legte er den Kopf in den Nacken und zog sie in eine fast aufrechte Position. Doch nein, das war eine andere Art der Pein. Sie spürte ein rhythmisches Pulsieren, dort, wo er in ihr war und soeben seinen Samen vergossen hatte.

Er sank mit ihr auf die Matratze, und als das Pulsieren verebbte, rollte er schlaff und erschöpft von ihr herab an ihre Seite, die Augen geschlossen, so als wäre es eine zu große Anstrengung, sie je wieder zu öffnen.

»Ja«, sagte er. »*Genau* so.«

# 8

Wie extravagant er sich doch seinen Freuden hingab, Mr Mirkwood. Aber er war ja in allem extravagant. Undiszipliniert und ungehemmt. Großmütig ebenfalls. Diese Veranlagung könnte er vielleicht für nützlichere Ziele einsetzen. Sie könnte ihm dabei helfen.

*Ihm helfen*. Martha zuckte innerlich zusammen. Sie lag wach – es mochte eine Stunde nach Mitternacht sein – und starrte in die Dunkelheit ihres Schlafzimmers. So demütigend die Erinnerung an das, was sie am Nachmittag getan hatte, auch war, musste sie doch zugeben, dass es ihm gelungen war, sie von ihren Sorgen abzulenken. Das Schreckgespenst von Mr James Russells Besuch hatte sich aufgelöst wie Morgennebel in der aufgehenden Sonne, als er ans Werk gegangen war. Selbst jetzt hielt die Erinnerung daran es noch fern. Ihre Hände zuckten vor Ruhelosigkeit. Sie hob eine und strich sich mit den Fingerspitzen über den Bauch. Gewisse Tätigkeiten gehörten sich nicht für eine Witwe in den ersten Trauerwochen. Doch vielleicht konnten eben jene Tätigkeiten eine Frau immun machen und sie davor bewahren, sich allzu bereitwillig der Berührung und den schamlosen Vorschlägen eines Mannes hinzugeben? Sie zögerte, dann ließ sie die Hand weiter abwärts wandern.

Es gab einen Mann, den sie bei solchen Gelegenheiten heraufbeschwor. Vermutlich hatte er eine gewisse Ähnlichkeit mit Mr Atkins. Seine Züge waren nicht ganz deutlich. Aber er war ein Mann mit Grundsätzen, ein Gentleman, der seine Zuneigung und seinen Appetit nicht verschwendete, sondern für den Tag aufsparte, an dem er sich mit einer Frau von ebenso festen Grundsätzen vereinen und ihr all seine Schätze darbringen konnte. Er wusste, ohne es gesagt zu bekommen, wo er sie berühren musste. Er keuchte und erschauderte, die Augen vor Erstaunen weit aufgerissen, wenn er in ihren Armen sein Glück fand. Und er löste sich zuverlässig auf, sobald seine Dienste nicht mehr benötigt wurden.

In dieser Nacht jedoch war ihr zuverlässiger Mann von einem rebellischen Geist besessen. Er hatte ein paar Dinge zu sagen; Dinge, die jeder Dame die Schamesröte in alle Glieder getrieben hätten. Er machte ihr dunkle Versprechungen, was er mit seinen Lippen anstellen würde. Er beobachtete jede Bewegung ihrer Hände und ermunterte sie zu mehr. Und seine Augen glitzerten blau im Mondschein, sein Haar war hell wie frisch gespaltenes Holz, als er sie zu extravaganten Höhen trieb.

Vermutlich war das zu erwarten gewesen. Das jedenfalls sagte sie sich später. Sie war aus der Übung, nach über einem Monat. Beim nächsten Mal würde es mehr nach Plan verlaufen, und der immunisierenden Wirkung konnte sie sich so oder so gewiss sein.

Sie drehte sich auf die Seite. Der morgige Tag versprach mit dem Besuch bei Mr Mirkwoods Bauern anständigere Zerstreuungen. Sie würde nach Gelegenheiten suchen, seine angeborene Güte zu fördern, und ihm helfen, daraus die Grundlage für Verantwortung zu schaffen. Sie würde völlig tugendhaft von ihm denken, nichts als die Verbesserung seines Charakters im Sinn haben, und es würde ihr die größte Befriedigung sein, wenn er als besserer Mensch nach London zurückkehren würde.

Er wartete in dem inzwischen vertrauten Gehölz und beobachtete die Hausecke, um die sie kommen musste. Seine Finger spielten mit dem Deckel seiner Taschenuhr.

Würde sie heute distanziert sein? Kühl oder zu beschämt, um ihm in die Augen zu sehen? Bereute sie, wozu er sie überredet hatte? Das wäre grausam zu ertragen, denn was ihn betraf, so hatte er nie im Leben etwas weniger bereut. Er konnte sich überhaupt nicht vorstellen, wie er sich je wieder selbst befriedigen sollte; seine Riesenpranke war einfach kein Ersatz für ihren kühlen und vorsichtigen, außerordentlich erotischen Griff.

Die Backsteinmauern von Seton Park leuchteten warm in der Mittagssonne. Er ließ die Uhr aufschnappen und betrachtete die Zeiger. Als er wieder aufblickte, war sie da; eine zierliche schwarze Gestalt, die gerade hinter der Hausecke erschien.

Warum zum Henker hatte er gewartet, bis er sechsundzwanzig war, bevor er mit einer Witwe angebändelt hatte? Welch eine köstlich verbotene Frucht war sie doch, in ihrer schwarzen Tracht, die sie als eines anderen Mannes Eigentum auszeichnete und den Blick gleichzeitig auf ihre blasse, süße Haut lenkte. Ihre Röcke schwangen fließend im Rhythmus ihres strammen Gangs und ließen die Form ihrer Beine erahnen.

Er kannte die Form ihrer Beine. Er wusste, wie es sich anfühlte, mit der Hand ihr Schienbein entlangzufahren, über die kurzen, weichen Haare, über das runde Knie und auf ihre Schenkel, weich und seidig. Er wusste, welche Muskeln arbeiteten, wenn sie die Schenkel spreizte, und welche sich dehnten und wieder zusammenzogen, wenn sie die Beine hinter ihm verschränkte.

Er schüttelte sich. Dieser Gedankengang führte zu nichts, falls er nicht vorhatte, sie an den nächsten Baum zu drängen, und so tief war er dann doch noch nicht gesunken.

Als sie das Gehölz erreicht hatte, spähte sie suchend hinein, bevor sie ihn entdeckte und in den Schatten trat. Sie trug einen zugedeckten Korb, den sie jetzt von einem Arm auf den anderen wechselte. »Aha. Hier gehen Sie also jeden Tag entlang.«

»Praktisch, habe ich's nicht gesagt?« Er nahm ihr den Korb ab. »Gütiger Gott! Was wollen Sie diesen Leuten denn alles mitbringen? Ziegelsteine für einen Bauernaufstand?«

»Nur etwas Brot, Kuchen und Obst aus meiner Orangerie. Na ja, und vielleicht auch ein paar Bücher, falls sie Interesse daran haben.«

»Aha.« Unter seinem Blick glich sie einem Kind, das mit den Fingern im Marmeladenglas erwischt worden war. Einem trotzigen allerdings. »Sie streben also eher eine langsame, subtile Revolution an.«

»Ich tue nichts dergleichen.« Die Leichtigkeit, mit der sie antwortete, grenzte an ein Wunder. Keine Verdrießlichkeit. Kein Erröten. Kein missbilligender Unterton. »Ich habe bloß ein paar Bände ausgesucht, die den Frauen und Kindern gefallen könnten. *Waverley* nicht, weil ich es Jenny Everett gegeben habe. Obwohl ich es gern jedem Ihrer Leute leihe, wenn Sie selbst es gelesen haben.«

Sie erwartete viel von diesem Besuch und von seinen Landarbeitern. Ein Jammer, dass Mr Barrow bei der Arbeit sein würde – in den anderen Katen dürfte es weit weniger Gesprächsstoff geben.

»Sie sagten, dass einige Ihrer Familien von der Gemeinde unterstützt werden, nicht wahr?« Die Haube, die sie heute trug, war nach außen gewölbt und ließ wesentlich mehr von ihrem Gesicht erkennen, und als sie sich in seine Richtung drehte, sah er, dass ihre Wangen vor freudiger Erwartung leicht gerötet waren. »Die würde ich besonders gern kennenlernen, wenn das möglich ist. Wir sollten dort anfangen, wo wir am meisten Gutes tun können.«

Dann würde er sie zu den Weavers bringen. Eigentlich hätte er am liebsten für den Rest seines Aufenthalts in Sussex einen großen Bogen um diese Kate gemacht, doch sie wollte Gutes tun, und zärtliche Dankbarkeit unterwarf ihn ihrem Willen.

Der Hof sah genau so aus, wie er ihn in Erinnerung hatte. Überall Gänse. »Passen Sie auf, wo Sie hintreten«, sagte er zu Mrs Russell, obwohl es sowieso keinen sauberen Weg gab. Das Schwein trottete hinter dem Haus hervor. Offensichtlich witterte es seine Chance. Durchs Fenster konnte er das Geschrei des Kindes hören.

Ein Blick auf seine Begleiterin zeigte ihm, dass sie sich wappnete. Ganz unauffällig; einem Mann, der sie schlechter kannte, wäre es vermutlich entgangen. Schultern zurück. Kopf hoch. Ein entschlossener, tiefer Atemzug.

»Sie werden sich von Ihrem Besuch geehrt fühlen«, sagte er leise. Zweifelte sie etwa daran? Er berührte sie kurz am Ellbogen, um ihr Mut zu machen, falls sie es brauchte, und fühlte sich selbst ermutigt. Sie schritten auf die Tür zu.

Dann wiederholte sich das Theater mit dem Schwein, was umso lästiger war, als er diesmal das Vorstellen übernehmen musste. Doch sie gelangten ins Haus – ein Mindestmaß an Höflichkeit konnte Mrs Weaver wohl nicht unterdrücken –, und die Tür schloss sich hinter ihnen.

»Es tut mir leid, dass ich Sie erst jetzt besuche«, sagte Mrs Russell freundlich und beherzt. »Jetzt, wo Seton Park keinen Herrn hat, ist es so schwer zu sagen, was sich gehört. Aber ich habe mich mit Mr Mirkwood über einige Grundstücksbelange unterhalten, und so hat sich die Gelegenheit endlich ergeben.«

Während sie sprach, sah er sich um. Die Kinder waren in derselben Verfassung wie bei seinem vorigen Besuch, und – sein Magen verkrampfte sich – die älteste Tochter saß in der Ecke und hatte sich mit dem Gesicht zur Wand gedreht, so als wolle sie sich verstecken. Das musste sie sofort getan haben, als er eingetreten war.

»… jetzt fast elf Monate, und ich weiß fast nichts über meine Nachbarn. Ich möchte sie gern näher kennenlernen.« Sie machte eine kurze Pause, doch Mrs Weaver machte keine Anstalten, das Wort zu ergreifen. Der Säugling antwortete in seiner üblichen Manier. Theo stellte den Korb auf die einzige freie Stelle auf dem Küchentisch. Vielleicht würde sie gern die Geschenke verteilen und den Besuch gnädig beenden.

Doch sie hatte anderes im Sinn. »Was für ein bildhübsches Kind«, sagte sie. »Darf ich ihn mal halten?«

Er wäre jede Wette eingegangen, dass niemand zuvor einen solchen Wunsch geäußert hatte. Mrs Weaver sah aus, als glaubte sie, sich verhört zu haben. Vielleicht passierte ihr das öfter, bei dem ewigen Geschrei an ihrem Ohr.

»Wie heißt er?« Wenn sie sich einmal etwas in den Kopf gesetzt hatte, war ihre Beharrlichkeit bewundernswert. Ohne zu zögern, ging sie auf Mrs Weaver zu und streichelte den Flaum auf dem Kopf des Kindes.

»Hiob«, sagte die Frau. Naheliegend. Sie ließ sich von Mrs Russell das Kind aus den Armen nehmen. Die Witwe legte seinen Kopf und seine Glieder zurecht und drehte sich wieder zu ihm um.

Aha. So würde sie also aussehen mit einem Kind.

Obwohl ihr Kind natürlich hübscher sein würde. Es würde Haare haben. Es würde große, neugierige Augen haben, dunkelbraun wie die ihren. Oder vielleicht blau mit goldenen Flecken. Ein seltsamer Gedanke. Jedenfalls würde man die Augen sehen, anders als beim jungen Herrn Hiob, der den Wechsel in fremde Arme als Unerhörtheit registrierte, gegen die es galt, das Gesicht zu einer entsetzlichen Grimasse zu verziehen und eine kryptische Modulation in sein Geschrei zu bringen.

Unbeirrt lächelte sie den Kleinen an und ließ ihn auf ihren Armen auf- und abwippen. Mit einem hübscheren Säugling könnte sie für eines dieser Madonna-mit-Kind-Bilder Modell sitzen, ganz feierlich und strahlend, fast schmerzhaft anzusehen.

Warum schmerzte ihn der Anblick? Was war los mit ihm? Er wandte den Blick ab, als sie vom Kind aufblickte und ihn anstrahlte, so als teilten sie ein wundervolles Geheimnis.

Sie hatte jedes Recht zu strahlen. Sie *hatten* ein wundervolles Geheimnis. Durch ihn würde ihr Herzenswunsch erfüllt werden und ihre Zukunft gesichert. Und vielleicht konnte er in den kommenden Jahren ab und zu nach Sussex kommen, sich um den einen oder anderen Belang in Pencarragh kümmern und Seton Park einen Besuch abstatten, um zu sehen, wie es dem Kind – Mr Russells Erben – ging.

»Es zeugt von guter Gesundheit, wenn man solch eine kräftige Stimme hat, nicht wahr?« Die Witwe hatte ihrerseits die Stimme erhoben, um sich Gehör zu verschaffen. Er sah sie wieder an, jetzt, da sie anderswo hinschaute.

»So?« Mrs Weavers leere Arme zuckten halbherzig nach dem schmutzigen Geschirr auf dem Tisch, dann ließ sie sie sinken.

»Darf ich ihn einen Moment nach draußen tragen? Es ist so ein schöner Tag, und die frische Luft tut ihm bestimmt gut.«

»Passen Sie auf, dass das Schwein nicht reinkommt«, war Mrs Weavers einzige Antwort. Sie hätte vermutlich nichts dagegen gehabt, wenn Mrs Russell das Kind bis nach Schottland hätte tragen wollen.

»Ich begleite Sie«, sagte er, denn selbst das ohrenbetäubende Geplärr des jungen Hiob war besser als die Übellaunigkeit, die die Luft im Haus vergiftete. »Ich kann Ihnen die Tür aufmachen und das Schwein in Schach halten.«

Das Schwein wartete bereits angriffslustig vor dem Eingang, doch Theo war vorbereitet. Er stieß die Tür ruckartig auf und ging auf das Vieh los, nutzte den Überraschungseffekt, um es so weit zurückzutreiben, dass Mrs Russell hindurchschlüpfen konnte.

Das musste er sich merken. Sie mussten noch einmal hindurch, um das Kind zurückzubringen, und dann noch einmal, um zu gehen. Er brauchte also noch zwei Taktiken, um das Schwein zu überlisten. Unglaublich, was einem Gentleman auf dem Land so alles widerfuhr.

»Hoffentlich haben Sie nicht vor, dieses Kind zu entführen.« Mr Mirkwood, der das Schwein zur Genüge eingeschüchtert hatte, gesellte sich wieder zu ihr. Aus irgendeinem Grund folgte das Schwein ihm.

»Natürlich nicht.« *Ich bräuchte ein jüngeres*. Sie drehte das Kind, sodass es aufrecht auf ihrem Arm saß, den Kopf an ihrer Schulter. »Ich wollte Mrs Weaver mal einen Augenblick Ruhe gönnen.«

»Stimmt etwas nicht mit ihm? Jedes Mal, wenn ich ihn gesehen habe, hat er so geschrien.«

Sie schüttelte den Kopf. »Meine Schwester hatte auch so ein Kind. Manche Babys sind so. Wenn sie älter werden, hört es auf. Bis dahin ist es allerdings schwer für die Mutter. Außerordentlich schwer, könnte ich mir vorstellen, für eine Mutter, die nicht den Luxus genießt, das Kind jederzeit einer Amme reichen zu können.« Die arme Kitty hätte das gekonnt, aber sie war hartnäckig wie Unkraut. Das lag wohl in der Familie.

Plötzlich ergriff er ihren Arm, und das Herz schlug ihr bis zum Hals. Sie hatte die Erinnerung an den vorherigen Abend und die darauf folgende Nacht sorgsam verdrängt; jetzt brach sie mit einem Mal wieder hervor und bauschte sich auf wie das Segel eines nahenden Piratenschiffs. Einen irrationalen Augenblick lang war sie überzeugt, dass er alles wusste, alles, was sie letzte Nacht getan hatte, und welche Rolle er dabei gespielt hatte, und dass er sie jetzt zur Rechenschaft ziehen wollte – doch nein, er führte sie lediglich um eine Gans herum, die sich ihr in den Weg gestellt hatte. Sie schluckte und drängte ihre unbändigen Gefühle wieder zurück.

Sie machten einen großzügigen Bogen um die Gans, sie und Klein Hiob und Mr Mirkwood. Das Schwein schlurfte auf der anderen Seite vorbei. »Sie sind also Tante«, sagte er und ließ ihren Arm los. »Auf die Idee wäre ich irgendwie nie gekommen.«

»Mehrfach sogar.« Ihr Puls beruhigte sich wieder, ihr Atem wurde gleichmäßig. Eine freundschaftliche Unterhaltung mit einem Mann, den sie dazu anregen wollte, sich zu bessern, nichts weiter. »Mein ältester Bruder hat ebenfalls Kinder.«

»Der Bruder, bei dem Sie wohnen würden, falls Sie nicht mit einem eigenen Kind gesegnet werden?«

»Andrew, genau.« Sie neigte den Kopf und roch verstohlen an Hiobs Flaum. Nichts auf der Welt roch wie Kinderhaut.

»Ihr ältester Bruder heißt Andrew. Und Ihre Schwester …?«

»Kitty. Katharine. Sie ist die Zweitälteste nach Andrew.«

Sie hatten das Ende des kleinen Hofs erreicht und wandten sich nach links, um am Zaun entlangzugehen. Das Schwein bog ebenfalls ab, flink und wendig wie ein dressiertes Pferd. Das Geheul des Kindes ließ nach und wurde zu einem erschöpft schluchzenden Schluckauf.

»Andrew und Kitty. Und Sie haben noch zwei weitere Brüder.«

»Woher wissen Sie denn das?« Sie blickte überrascht auf.

»Von Ihnen. Ich habe gefragt. Wissen Sie nicht mehr?« Sein Gesicht war im Gegenlicht nur schwer zu erkennen, und wo sein blasses Haar unter dem Hut hervorblickte, hatte er eine Art Heiligenschein. »Bei meinem zweiten Besuch habe ich Sie nach Ihren Geschwistern gefragt.«

»Tatsächlich? Und daran erinnern Sie sich noch?«

»Ich schaffe Platz dafür. Fragen Sie mich lieber nicht, was ich noch über den Loudon-Text weiß, den wir vor drei Tagen gelesen haben.« Jetzt hatte er bestimmt sein schelmisches Chorknabengrinsen aufgesetzt, doch sie sah nicht hin. Es war nicht wirklich boshaft, dieses Grinsen, nur gut gelaunt und nicht gewillt, irgendetwas ernst zu nehmen.

»Ich bin überzeugt, der Platz in Ihrem Gedächtnis wäre mit Mr Loudons Lehren nützlicher gefüllt als mit der Anzahl und Reihenfolge meiner Geschwister.«

»Zweifellos. Wie heißen Ihre übrigen Brüder?«

»Nicholas und William. Anwalt und Soldat.« Vorsichtig legte sie das Kind an die andere Schulter und klopfte ihm sanft auf den Rücken. »Welches Wissen habe ich jetzt aus Ihrem Kopf verdrängt? Pläne für den optimalen Fruchtwechsel? Den Entwurf des Gewächshauses mit dem verstellbaren Dach?«

»Beides wahrscheinlich, für jeden Bruder eins.« Eine Wolke schwächte das Sonnenlicht ab, sodass sie seine Augen sehen konnte, die mit einer beinahe hungrigen Neugier auf sie gerichtet waren. »Mag er das? Dieses Klopfen?«

»Die meisten Babys scheinen rhythmische Bewegungen zu mögen. Wie Sie sehen, wird er schon ruhiger.« Nur noch ab und zu verriet ein jäher Atemzug, dass er geschluchzt hatte, und sein Kopf hing schlaff auf ihrer Schulter. »Haben Sie noch nie eine kleine Nichte oder einen kleinen Neffen auf dem Arm gehabt?«

»Keine so kleinen.« Sie sprachen beide leise, damit Hiob einschlafen konnte. »Wenn sie laufen können, machen sie nicht mehr ganz so viel Mühe. Und noch besser wird es, wenn sie in vollständigen Sätzen sprechen können.«

»Aber eines Tages werden Sie selbst Kinder haben. Man wird jedenfalls von Ihnen erwarten, dass Sie einen Erben zeugen.« Sie hielt an und wartete, dass er ebenfalls stehen blieb. »Sie sollten schon einmal üben.« Bestimmt wünschte er sich, das Kind zu halten, und kam sich als Gentleman komisch dabei vor, zu fragen. Sie würde ihm die Erlaubnis erteilen. »Halten Sie Ihre Arme so wie ich meine, dann lege ich ihn an Ihre Schulter.«

Doch er wich hastig zurück, so als wolle sie ihm einen Sack schimmeliger Kartoffeln andrehen. »Vielen Dank, aber ich möchte nicht, dass er meinen Frack als Lätzchen verwendet. Ich warte lieber, bis ich mit einem saubereren Säugling üben kann.« Sie gingen weiter, und nach einer Weile fügte er hinzu: »Ich könnte mit Ihrem üben, wenn er da ist.«

»Bis dahin sind Sie längst wieder in London, schätze ich.«

Er zuckte die Schultern. »Ich kann ja zu Besuch kommen. Bestimmt werde ich ab und an in Sussex zu tun haben.«

Bei dem Gedanken lief ihr ein kalter Schauer über den Rücken. Er meinte es gut, doch er war so unbedacht. Kam er denn nicht auf den Gedanken, dass es auffallen könnte, wenn er sich für das Kind interessierte, das ihm vermutlich auch noch ähnlich sehen würde? »Das halte ich für keine gute Idee.« Irgendwie hatte sich die Kälte auch in ihren Tonfall geschlichen. »Ich möchte nicht, dass irgendjemand Sie auf irgendeine Weise mit meinem Kind in Verbindung bringt. Wenn ich mit einem gesegnet werden sollte.«

Schweigen breitete sich zwischen ihnen aus; welche Art von Schweigen konnte sie nicht sagen, denn sein Gesicht war wieder im Gegenlicht verschwunden. Als er schließlich sprach, schlug er lediglich vor, nicht zu nah am Abort vorbeizugehen.

Verfluchtes Schwein. Teuflisches, arglistiges, schwarzseeliges Schwein! Lammfromm trottete es neben ihm her wie ein treuer Gefährte, dabei sann es ganz gewiss darauf, ihn daran zu hindern, sich durch ein Fenster oder eine Hintertür wieder ins Haus zu schleichen. Oder ihn anzuspringen vielleicht, sollte er stolpern. Es hielt ihn zum Narren, dieses Schwein, und die Wahrheit, die grausame, demütigende Wahrheit war, dass es damit gar nicht so falschlag.

Er war ein Narr. Er würde keinerlei Anspruch auf das Kind haben, das sein Samen hervorbrachte. Das hatte er von Anfang an gewusst. Jetzt war nicht der richtige Zeitpunkt, Einwände gegen den Plan zu erheben.

Dabei wollte er doch gar keinen Anspruch geltend machen. Oder doch? Er hatte lediglich vorgeschlagen, zu Besuch zu kommen, so wie es ein höflicher Nachbar tun würde, und das Kind in der Abgeschiedenheit ihrer Stube zu bewundern, geschützt vor den argwöhnischen Blicken der Nachbarn, vor denen sie sich so fürchtete.

Kinder mochten ihn. Verflucht noch mal, so war es. Für Annes Kinder war er der liebste Onkel auf der Welt gewesen, als er sie letzten Monat besucht hatte. Der robuste kleine Harry, dem er gezeigt hatte, wie man Steine über das Wasser springen lässt; die zierliche Jane, die ihn angebettelt hatte, mit verstellter Stimme Geschichten vorzulesen; die ganz Kleinen, die auf ihm herumkletterten, sobald er sich setzte – diese Kinder hatten ihn gern. Wieso sollte es mit Mrs Russells Kind nicht so sein?

»Haben Sie eigentlich vor, das Dach da zu erneuern?« Sie beäugte den Giebel der Kate, das vorangegangene Thema sorgfältig verschnürt und verpackt. »Es sieht undicht aus.«

»Ich glaube, ja. Ich weiß nicht. Ich glaube, Granville wollte, dass ich mit Ihnen darüber spreche. Sie haben neue Dächer auf ihrem Besitz, oder?«

»Wir haben sie alle letzten Sommer neu decken lassen. Sie sollten mit meinem Verwalter sprechen, er kann Ihnen genauer erzählen, wie es geplant und ausgeführt worden ist. Vielleicht kann er Ihnen auch Arbeiter weiterempfehlen. Ich werde Sie vorstellen.«

Was konnte man zu solch einer lähmenden Aussicht sagen? Er nickte nur in Richtung des Kindes. »Er ist eingeschlafen. Ich hätte es nicht für möglich gehalten. Gute Arbeit, Mrs Russell.«

Voll weiblichen Stolzes lächelte sie ihn über seinen borstigen Kumpel hinweg an. »Sollen wir es wagen, ihn in seine Wiege zu legen? Ich hoffe, die Sau macht nicht wieder Lärm und weckt ihn, wenn sie versucht, ins Haus zu kommen.«

»Du hast gehört, was die Lady gesagt hat.« Er drehte sich zu dem Tier um, das ihn aufmerksam beäugte. »Wir lassen dir keinen weiteren Unsinn durchgehen. Wenn dir deine Haut lieb ist, finde dich damit ab, draußen zu bleiben!«

Das Schwein sank auf die Hinterbeine und machte keinen Mucks, als er Mrs Russell am Ellbogen ins Innere führte. Hiob keuchte einmal, wachte aber nicht auf.

Die Witwe sah sich im vorderen Raum um. »Wo ist eure Mutter?«, fragte sie die Kinder, denn Mrs Weaver war nirgends zu sehen.

»Sie hat sich hingelegt«, sagte einer der älteren Jungen.

»Oh«, sagte sie. Sie wechselte einen Blick mit Theo und machte dann einen Schritt auf die Kinder zu. »Habt ihr ein Bettchen oder eine Wiege, wo …« Ihre Stimme verebbte. Sie hatte sich an die älteste Tochter gewandt, und ihr Gesicht verriet zuerst Verwirrung, dann plötzliche Erkenntnis. Eilig drehte sie sich zu den anderen Kindern um. »… wo ich ihn hinlegen kann?«

Der Junge deutete stumm auf eine der Türen in der hinteren Wand. Sie ging hindurch. Theo lächelte in die Runde; keines der Kinder lächelte zurück. Nach einer halben Ewigkeit kam Mrs Russell mit leeren Händen zurück.

»Sie schläft wie eine Tote.« Sie stand neben ihm, die Stimme nur ein Flüstern, die Stirn besorgt gekräuselt. »Ich glaube nicht, dass wir die Kinder jetzt allein lassen können, während ihre Mutter schläft, oder was denken Sie?« So etwas war ihr auf ihren Rundgängen offenbar noch nie passiert.

»Ich wette, das sind sie gewöhnt«, flüsterte er zurück. »Aber wenn Sie ein ungutes Gefühl haben, bleiben wir.«

»Ich denke, das sollten wir. Wir können die anderen Familien ja ein anderes Mal besuchen. Ich denke sowieso, dass diese

Familie alles gebrauchen kann, was ich in meinem Korb habe.« Die Bücher erwähnte sie nicht, und er auch nicht. »So.« Sie ließ ihn stehen und wandte sich an die Kinder. »Wer hilft mir, den Tisch abzuräumen?«

Nur zwei der Kinder blickten auf. Niemand sagte etwas. Meine Güte! Er hatte genug von diesem Klan. »Du da!« Er ruckte das Kinn in Richtung eines vielleicht zehnjährigen Mädchens. »Sei so gut und zeig Mrs Russell, wo die Reste hinkommen und so weiter.«

Auf einen direkten Befehl reagierte sie. Genau wie das Schwein. Vielleicht war das der Trick, wie man mit ihnen umspringen musste. Die Witwe winkte ab, als er helfen wollte, und so setzte er sich an ein Ende des Tisches und sah zu, wie sie mit dem Mädchen zurechtkam. Ihr Name wurde festgestellt, ihr Alter, ihr Lieblingsdies, ihr Lieblingsdas, und das Kind antwortete immer weniger zögerlich. Es war eindeutig nicht Mrs Russells bevorzugtes Gesprächsthema, was ihre unbeholfenen Versuche irgendwie liebenswert machte.

Als das Geschirr abgeräumt war, entdeckte er auf dem Tisch etwas, das er vorher noch nicht bemerkt hatte: ein Stück Goldpapier, halb aufgefächert. Sein Magen verkrampfte sich bei dem Anblick. Feiger Magen. Er würde ihm Standhaftigkeit beibringen. Er wandte den Blick nicht ab.

Das Mädchen hatte versehentlich zweimal in die gleiche Richtung gefaltet und war danach offenbar nicht weitergekommen. Er saß einen Augenblick lang ganz still, dann lehnte er sich vor und ergriff den Schnipsel, immer darauf bedacht, nicht in ihre Richtung zu blicken.

Den Fehler auszumerzen, war das Werk von Sekunden, und danach faltete er den Fächer zu Ende. Er beschäftigte seine Hände gern mit belanglosen Dingen. Er setzte sich so zurecht, dass sie ihm zusehen konnte, falls sie zufällig in seine Richtung sah – er selbst vermied es, hinzuschauen – und strich jede Falte mit dem Daumennagel glatt. Das hatte er vergessen, ihr zu zeigen. Aber ohne Tisch wäre es auch schwierig gewesen, denn er hatte ja auf seinem – na ja, daran wollte er lieber nicht mehr denken. Sein Magen war noch nicht so abgehärtet.

Als das Papier wieder ordentlich gefaltet war, schnipste er es dorthin zurück, wo es gelegen hatte. Dann sprang ihm etwas ins Auge.

Auf dem Fußboden an der gegenüberliegenden Wand lag noch ein Stück Papier, genau wie das erste. Auch auf dem Fensterbrett. Unter dem Herd. Hinter dem Kissen auf dem ausgefransten, windschiefen Sessel. Und zwischen dem Feuerholz vielleicht ein Dutzend mehr.

Mrs Russell und das kleine Mädchen würden noch einige Minuten beschäftigt sein. Er brauchte etwas zu tun, sonst würde er arbeitsscheu aussehen und den Kindern ein schlechtes Beispiel geben. Also stand er auf und sammelte die Papiere ein, eins nach dem anderen. Alte Rechnungen, eine alte Tee-Verpackung, sogar ein oder zwei Briefe – das Mädchen schien alles gefaltet zu haben, was es in die Finger bekommen konnte. Er brachte alle Schnipsel zum Tisch zurück und machte sich daran, sie zu richten.

Als das Geschirr gespült und das Spülwasser aus der Tür gekippt war (hoffentlich dem überraschten Schwein ins Gesicht), setzten die Witwe und ihre junge Freundin sich an den Tisch, in ein Gespräch über Katzen und Kätzchen vertieft. Mrs Russell schaute ihm zu, während sie sprach. Ihr Blick wanderte von seinem Gesicht zu seinen Händen und wieder zurück zu seinem Gesicht. Schließlich nahm sie, ohne Fragen zu stellen, ein Papier vom Stapel und begann, die Falten glatt zu streichen.

Er glaubte, zu schweben oder in einem sonderbaren, warmen Meer zu schwimmen. Die Zeit hätte um sie herum stillstehen können. Hier saß er nun, umwogt von der sanften Melodie der weiblichen Stimme, arbeitete beglückt vor sich hin und genoss ihre stumme Zweisamkeit. Warum sie darauf vertraute, dass sein Projekt ihre Mühe wert war, konnte er nicht nachvollziehen. Er würde es auch nicht versuchen. Er faltete und glättete einfach, und sie tat es ihm gleich.

Als alle Papierstücke ordentlich gefaltet waren und den Katzen dieser Welt die nötige Achtung gezollt war, erschien auch endlich Mrs Weaver wieder in der Wohnstube, etwas weniger zerschlagen vielleicht, aber nicht merklich höflicher.

Mrs Russell kam schnell auf die Beine. »Ich fürchte, wir haben Ihre Gastfreundschaft übermäßig strapaziert. Ich war so angetan von Ihrer Carrie, dass ich völlig die Zeit vergessen habe.« Sie griff nach dem Korb. »Ich habe ein paar Dinge mitgebracht. Bitte erweisen Sie mir die Ehre, sie anzunehmen. Ihre Kinder mögen hoffentlich Kuchen?«

*Wie liebenswürdig von Ihnen. Ich kann Ihnen gar nicht genug dafür danken, dass Sie das Kind beruhigt haben. Bitte verzeihen Sie mir, dass ich mitten in Ihrem Besuch eingeschlafen bin.* Mrs Weaver sagte nichts von alledem. Misstrauisch beäugte sie den Papierstapel. »Das macht Christine mit dem gesamten Papier im Haus.« Wie alle anderen Themen schien auch dieses sie zu erschöpfen.

»Oh, ich glaube, ich habe hier irgendwo – ja!« Die Witwe kramte in ihrem Korb. »Es ist ein Stoffmusterbuch. Völlig überflüssig in der Trauerzeit. Sie könnten die Seiten heraustrennen und Ihrer Tochter geben. Dann verschont sie vielleicht Ihre Rechnungen und Quittungen.« Sie legte das Buch neben den Kuchen und die anderen Lebensmittel, die sie mitgebracht hatte. »Es hat mich sehr gefreut, euch alle kennenzulernen«, sagte sie, und zumindest die kleine Carrie schien den Abschied zu bedauern.

»Ich kümmere mich um das Schwein, in Ordnung?« Theo stand vom Tisch auf. Er hatte keine freundlichen Worte für Mrs Weaver oder ihre Brut übrig.

Das Schwein machte ihnen diesmal keine Schwierigkeiten; es schien mittlerweile recht große Achtung vor ihm zu haben und lief an seiner Seite über den Hof bis zum Tor. Sehr gut. Drei Besuche, und er hatte es geschafft, bei einer einzigen Kreatur einen guten Eindruck zu hinterlassen – bei einer, die sich auf ihre eigenen Jungen setzte. Er schloss das Tor.

»Ich bin unwissend«, sagte Mrs Russell, als er sich wieder umdrehte. »Schändlich unwissend.«

Das war kein besonders vielversprechender Gesprächsauftakt. Er zog die Augenbrauen hoch und gab nur einen unbestimmten kehligen Laut von sich.

»Was habe ich mir nur dabei gedacht, Kuchen und Bücher mitzubringen? Ich wusste, dass sie vom Armengeld leben! Ich hätte Fleisch und Milch mitbringen sollen.«

»Milch wäre bestimmt willkommen gewesen. Sie haben keine Kuh.« Das Thema Fleisch würde er nicht anschneiden. Nur allzu deutlich erinnerte er sich an das letzte Paket, das schwer in seiner Tasche gelegen hatte auf dem langen Heimweg nach seinem letzten Besuch bei den Weavers. »Und zumindest eins der Bücher hat sich als nützlich erwiesen. An *Waverley* müssen Sie sich eben langsam herantasten.«

»Diese Leute wollen kein *Waverley*!« Sie ging noch energischer als sonst und schwang den schweren Korb wie einen Sandsack. »Es sollte mich wundern, wenn diese Kinder überhaupt lesen können. Ich habe im ganzen Haus kein einziges Buch gesehen. Das hätte ich mir denken können.«

Er unterbrach sie, indem er den vorbeisausenden Korb abfing. »Seien Sie nicht so streng mit sich. Das will ich nicht hören! Sie hatten falsche Erwartungen, und jetzt wissen Sie es besser. Auf diese Weise lernen wir, oder nicht?« So etwas Ähnliches hatte sie einmal zu ihm gesagt.

»Alles, was ich gelernt habe, ist das Ausmaß meiner Unwissenheit.« Sie hatte den Korb nicht losgelassen, und nun standen sie einander gegenüber, jeder mit einer Hand am Henkel. »Ich bin, seit ich hierhergezogen bin, die Nachbarin dieser Familie. Ich sollte mittlerweile wissen, in welchen Verhältnissen sie leben. Ich hätte mich um die älteste Tochter kümmern müssen.«

»Lassen Sie mich Ihnen ein Geschäft vorschlagen.« Er zog sanft am Korb, bis sie losließ. »Sie hören auf, sich Vorwürfe zu machen, und ich höre mir jede Predigt über Bildung an, die Sie mir machen wollen. Sie dürfen mir den ganzen Weg bis zu Ihrem Haus erzählen, was ich für die Kinder auf meinem Land tun sollte.«

Ihr Lächeln überkam ihn wie ein Fieberschauer. Wie unglaublich sonderbar es doch war, dass man einer Frau so viel Freude bereiten konnte, ohne sie zu berühren. Zum zweiten Mal an diesem Nachmittag musste er den Blick abwenden und konnte nur mit barscher Stimme weitersprechen. »Aber ich rate Ihnen, mit dem Besten zu beginnen, denn Sie haben nur Zeit, bis wir angekommen sind. Danach haben wir andere Dinge zu tun.« Zügig schritt er voran.

»Andrew«, sagte Mr Mirkwood, als sie hinterher ausgestreckt nebeneinanderlagen. Träge hob er eine Hand und zählte an den Fingern ab: »Andrew, Katharine, Nicholas und William.«

Die gewohnte Routine hatte sich wieder eingestellt. Er hatte sich vergnügt, ohne irgendetwas Ungehöriges vorzuschlagen, und sie hatte es genossen, dass er sich vergnügt hatte. Das war es ja schließlich, was sie wollte. Und wenn vielleicht ein klitzekleiner Teil von ihr enttäuscht war, dass er den Freiheiten des Vortags nichts hatte folgen lassen – nun, dann musste dieser Teil eben lernen, Verzicht zu üben.

»Wenn Sie sich noch daran erinnern würden, was ich Ihnen über die Schule meines Pfarrers erzählt habe, würde mich das mehr beeindrucken«, sagte sie jetzt.

»Schscht!« Ohne sich zu ihr umzudrehen, legte er einen Finger auf ihre Lippen, ertastete den Weg. »Ein Name fehlt mir.«

»Nein, mehr Geschwister habe ich nicht.« Doch ihr Herz machte einen Satz. Sie wusste, was er meinte.

»Ich heiße Theophilus.« Jetzt drehte er sich doch um und stellte sich artig vor, wie ein kleiner Junge auf einer Geburtstagsfeier, wenn auch ein nackter, einen Meter achtzig großer. »Das sagt allerdings nur mein Vater zu mir. Brüder, Schwestern und verwegene Damen nennen mich Theo.«

»Ich kenne Ihren Namen bereits. Ein Dienstmädchen hat ihn mir gesagt.«

»Dann haben Sie mir etwas voraus.« Er wartete. Er versuchte nicht, es aus ihr herauszukitzeln, und fragte auch nicht direkt. Er nahm eine Haarsträhne zwischen Daumen und Zeigefinger und schlang sie sich langsam immer wieder um den Finger wie eine sich windende Python, bis seine Hand ganz nah an ihrem Kopf war. Sein Blick, geduldig und friedfertig, ruhte in ihrem.

Was gab sie preis, wenn sie ihm ihren Namen verriet? Er könnte sich einbilden, ihr Vertrauter zu sein. Was er nicht war. Allem körperlichen Verkehr zum Trotz, und obwohl er in einige ihrer privatesten Gedanken eindrang, waren sie keine Vertrauten.

»Martha«, sagte sie trotzdem. »Andrew, Kitty, Nick, Will und Martha. In dieser Reihenfolge. Unser Familienname ist Blackshear.«

»Martha«, wiederholte er mit sanfter Stimme. Der Hauch eines Lächelns umspielte seine Lippen, und sein Blick huschte hierhin und dorthin; versuchte, alles von ihr auf einmal aufzunehmen. »Das passt zu Ihnen.«

»Ich denke auch. Ein einfacher, bodenständiger Name.«

»Wenn Sie so wollen. Oder auch Musik, wenn Ihnen das lieber ist. Komponiert aus Atem und Murmeln, aus Klängen, die niemals aufhören, es sei denn, man will es.«

War das wirklich so, das mit den Klängen? Tatsächlich. »Was Ihnen alles auffällt! Ich habe den Namen schon einundzwanzig Jahre, und das habe ich noch nie bemerkt.«

Statt einer Antwort ließ er sein Lächeln aufblühen und wand ihre Haarsträhne ein letztes Mal um seinen Finger, sodass seine Handfläche an ihrer Schläfe zu liegen kam.

# 9

»Darf ich Sie etwas fragen? Ich befürchte, dass es Sie kränken wird, aber meine Neugier lässt mir keine Ruhe.« Drei Tage später waren sie wieder unterwegs, diesmal auf dem langen Weg die Straße entlang von ihrem Haus zu seinem. Mr Mirkwood sollte mit Mr Granville einen Rundgang über die Ländereien machen, die er einzuhegen erwog, und er hatte sich entschlossen, sie dazu einzuladen.

»Ich wusste gar nicht, dass Sie zu dieser Art von Befürchtung fähig sind. Es muss eine wahrhaft ernste Frage sein.« So konnte sie mit Mr Mirkwood reden. Sie hatten zu einem unerwartet ungezwungenen Umgangston gefunden, einem kameradschaftlichen Galgenhumor in Anbetracht der Absurdität ihrer Mesalliance.

»Ernst nicht gerade.« In der Pause versuchte sie sich vorzustellen, wie er nach den passenden Worten suchte – ihre Haube, nach dem Vorbild von Scheuklappen konstruiert, hinderte sie daran, es aus erster Hand zu sehen. »Aber unverblümt. Bitte verzeihen Sie mir meine Direktheit: Warum vergnügen Sie sich nicht mit mir? Im Bett, meine ich.« Sie hörte am Klang seiner Stimme, dass er sich beim Fragen zu ihr umgedreht hatte. »Anfangs dachte ich, es sei eine persönliche Abneigung, aber ich kann mir nicht vorstellen, dass Sie mich wirklich noch immer nicht leiden können.«

*Diskretion* musste bei den verheirateten Frauen Londons eine andere Bedeutung haben, wenn er dort dafür bekannt war. Sie sah sich um.

»Es ist niemand in der Nähe. Ich habe schon nachgesehen. Und ich achte darauf, ob jemand kommt. Aber natürlich liegt es ganz bei Ihnen, ob Sie mir überhaupt antworten wollen.« Seine Stimme beruhigte sie auf fünf verschiedene Weisen gleichzeitig. Er hatte nachgesehen. Es war niemand in der Nähe. Kein Thema war unaussprechlich, wenn sie darüber sprechen wollten. Und wenn sie vor seiner Frage zurückschreckte, würde er die Angelegenheit auf sich beruhen lassen.

Sie holte Luft und visierte den Horizont an, dort, wo der grüne Pflanzenwuchs aufhörte und der blaue Himmel anfing. Sie würde mit dem Teil der Wahrheit beginnen, der ihn am wenigsten kränken würde, so unangenehm es sein würde, darüber zu sprechen. Sie drehte die Haube ein paar Grad in seine Richtung und sprach leise. »Dieser spezielle Akt ruft in mir nicht die gehörigen Empfindungen hervor, so scheint es mir. Nicht so wie bei Ihnen. Oder bei anderen Männern. Oder bei anderen Frauen vermutlich«, fügte sie hinzu, bevor er aus seiner eigenen Erfahrung sprechen konnte.

»*Un*gehörige Empfindungen wären doch wohl eher relevant, oder nicht?« Ja, sie hatte gewusst, dass er das nicht würde lassen können. »Aber Sie haben eine Vorstellung davon, wie es sich anfühlen sollte?«

»Ja.« Jetzt wusste er von ihren geheimen Gewohnheiten. Immer noch besser, als wenn er sie für ahnungslos und bemitleidenswert halten würde. »Ich denke, es ist vielleicht eine angeborene Unregelmäßigkeit.«

In der darauf folgenden Pause führten ihre Halbstiefel und seine Langschäfter ihr eigenes, rhythmisches Gespräch, wenn sie auf die festgetretene Erde trafen. Was für eine schlechte, alte Straße es war! Purer Schlamm, und wenn es anfing zu regnen manchmal völlig unpassierbar. Jemand sollte sich mal darum kümmern, sie zu pflastern, so wie die größeren Straßen. »Verzeihen Sic mir«, sagte er, »ich bin etwas schwer von Begriff. Sprechen Sie von Anatomie?«

»Anatomie, genau.« Sie wäre krebsrot geworden, wenn sie das im Haus gesagt hätte. Hier draußen unter freiem Himmel war es ungefähr so bedeutungsschwer wie ein einzelnes Blatt an einem einzelnen Baum in der großen weiten Landschaft.

»Ich bitte nochmals um Verzeihung. Sie meinen, weil der Punkt, der Ihnen hauptsächlich Vergnügen bereitet, sich nicht im Inneren befindet?«

Bei manchen Themen war er alles andere als begriffsstutzig. »Haben Sie das schon öfter erlebt?« Ihre Haube drehte sich noch ein paar Grad in seine Richtung.

»Es ist recht häufig. Überhaupt nicht ungewöhnlich.« Er sprach mit einer Autorität, die keine Zweifel zuließ. »Die meisten Damen benötigen ein wenig Aufmerksamkeit an jener Stelle, um zum richtigen Höhepunkt zu gelangen. Manche mehr als andere.«

Unglaublich. Viel konnte man nicht halten vom Plan der menschlichen Fortpflanzung. Männer, deren Organe wie Strümpfe an einer Wäscheleine herumbaumelten. Frauen, deren Freuden abseits des Hauptereignisses versteckt lagen. Man könnte leicht zu der Überzeugung gelangen, dass es nicht so gedacht war, dass Männer und Frauen –

»Es gibt Dinge, die ich tun könnte.« Er drehte sich zu ihr um, sie hörte es am Klang seiner Stimme. Die Worte klangen tief und eindringlich, hoffnungsschwer, aber auch vorsichtig, denn er kannte sie gut genug, um sich vorstellen zu können, wie ihre Antwort ausfallen würde.

»Ich weiß.« In letzter Zeit hatte sie sich nur allzu oft vorgestellt, was er tun könnte. »Aber mein Gewissen würde Einwände erheben.«

Irgendwo zwitscherte ein Vogel. Drei hohe Triller und ein

tiefer, wie ein Kontrapunkt zum unermüdlichen Rhythmus ihrer Füße. Mr Mirkwood räusperte sich leise. »Ich möchte nicht widersprechen, aber ich fürchte, ich verstehe nicht. Sie müssen das doch mit Ihrem Gewissen ausgemacht haben, bevor Sie mich engagiert haben.«

Jetzt würde er Sie für dumm halten. So sei es. »Mein Gewissen erlaubt es mir, alles zu tun, was nötig ist, um einen Sohn zu bekommen, denn das Gute, das daraus folgen wird, überwiegt meine Übertretung. Nicht nur ich werde davon profitieren, verstehen Sie? Ginge es um mein Vergnügen, wäre das etwas ganz anderes. Nicht würdig der Person, die ich zu sein versuche.« Von unter der Haube hervor erhaschte sie einen kurzen Blick auf sein Profil, das grimmig in die Ferne starrte. »Wir sind sehr unterschiedlich, Sie und ich, also kann ich nicht erwarten, dass Sie mich vollends verstehen.«

»Nein, das tue ich in der Tat nicht.« Er hatte sein Lauftempo angezogen, sodass sie größere Mühe hatte, mit ihm Schritt zu halten. »So wie ich die Sache sehe, sollte es Ihnen, wenn Sie schon gegen Ihre Prinzipien verstoßen, indem Sie mit einem Mann schlafen, wenigstens das Vergnügen bereiten, das dazugehört. Man *soll* dabei Lust verspüren, Martha!« Es war das erste Mal, dass er sie beim Vornamen angesprochen hatte, seit er ihn ihr auf so sanfte Weise entlockt hatte.

»So einfach ist das nicht für mich. Erstens habe ich Sie erst vor zwei Wochen zum ersten Mal gesehen.«

»Vor zwei Wochen und zwei Tagen.«

»Vor sechzehn Tagen, richtig. Unter normalen Umständen würde man hier kaum von einer flüchtigen Bekanntschaft sprechen. Und eine Bekanntschaft mag für Sie ausreichend sein – nun, ganz offensichtlich ist sie das –, aber ich für meinen Teil möchte einen Mann schon sehr gut kennen, bevor ich mich ihm so unterwerfe.«

»Muss es denn notwendigerweise eine Unterwerfung sein?« Er war ein Stück weit vorausgeeilt und drehte sich nun nach ihr um, offensichtlich verblüfft von ihren Ansichten.

Wie konnte er das infrage stellen? Männer. So sehr mit dem Erobern beschäftigt, dass sie nie innehielten, um sich vorzustellen, wie es sich auf der anderen Seite anfühlte. »Ich glaube, für die Frau ist es das immer.« Sie erwiderte seinen Blick ruhig, bis sie ihn eingeholt hatte. Er ging jetzt wieder langsamer.

»Mhm«, sagte er. Eine behandschuhte Hand kam hervor und zählte die Punkte an den Fingern ab: »Ich habe mich nicht um die richtige Stelle bei Ihnen gekümmert. Das lässt sich ändern, wie wir wissen. Ihr Gewissen erhebt Einwände. Und Sie kennen mich noch nicht lange genug, aber wir haben ja noch zwei Wochen oder so, bis unsere Abmachung endet. Ist das alles, was mir im Wege steht?«

Herrgott, weshalb konnte er diese Energie nicht für ehrbarere und nützlichere Dinge aufbringen? Sie wandte die Haube wieder nach vorn und heftete den Blick auf eine entfernte Kurve. »Das größte Hindernis ist der charakterliche Unterschied zwischen uns. Sie haben recht mit Ihrer Vermutung, dass es nicht so ist, dass ich Sie nicht leiden könnte. Ich mag Sie im Gegenteil mehr, als ich es je für möglich gehalten hätte.«

»Aber das ist nicht genug.« Seine Hand, drei Finger voller Hindernisse bereits abgezählt, war noch vor ihm ausgestreckt, so als habe er sie vergessen.

»Für mich ist es das nicht.« Wie konnte man solche Dinge behutsam sagen? »Sie sind kein schlechter Mensch, Mirkwood. Ich halte Sie für vielversprechend. Doch obgleich ich an der Gesellschaft eines Mannes, der für das Vergnügen lebt, durchaus Gefallen finden kann, wie es sich herausgestellt hat, und ihn sogar auf gewisse Weise schätzen kann, kann ich solch einen Mann letztendlich nicht bewundern. Und ich möchte mich keinem

Mann unterwerfen, den ich nicht bewundere. Verzeihen Sie meine offenen Worte.«

»Nein, nein. Ich habe das Thema schließlich angeschnitten.« Seine Hand verlor ihre Spannung; die drei Hindernisse waren jetzt nur noch drei Finger von fünfen. Er drehte die Hand, drehte sie wieder zurück und ließ sie sinken.

*Ihn auf gewisse Weise schätzen*. Was für ein armseliger Platz für einen Mann in der Wertschätzung einer Frau. Und doch konnten manche Frauen selbst auf einer so unsoliden Grundlage Leidenschaft entwickeln. Manche Frauen behaupteten sogar, genau solch eine Vorliebe für aufrechte Männer zu haben, und sanken dann dem nächstbesten Halunken in die Arme.

Allerdings hatte Mrs Russell weiß Gott jede Gelegenheit gehabt, dem Halunken in die Arme zu sinken, den sie sich selbst engagiert hatte. Sie war nicht anfällig dafür.

»Haben Sie Ihren Mann bewundert?« Was zum Teufel wollte er mit dieser Frage erreichen? Wollte er sich mit den Enttäuschungen eines toten Mannes trösten? Denn er kannte ihre Antwort bereits.

»Nein«, sagte sie emotionslos, »das habe ich nicht.«

Er legte den Kopf in den Nacken, um den ziellosen Wolken zuzusehen. Wie die Fetzen von Schafwolle, die überall auf dem Land der Witwe im Gesträuch hingen. Die Schafe schubberten sich an den Büschen und hinterließen ihre Spuren. Das hatte sie ihm einmal auf einem Spaziergang erklärt.

Ob Mr Russell gehofft hatte, von seiner jungen Braut begehrt zu werden, und darüber immer tiefer in die Verzweiflung gesunken war? Vielleicht war es ihm egal gewesen. Manchen Männern war es egal. Sie übten ihr eheliches Recht aus und verschwendeten ungefähr so viele Gedanken an die Gefühle der Frau wie an die des Nachttopfs, wenn er auf ähnliche Weise benutzt wurde.

Manche fanden Leidenschaft bei einer Ehefrau unziemlich und sparten sich ihre Aufmerksamkeit für eine Geliebte auf.

Aber viele, viele Ehemänner mussten anders empfinden. Bestimmt machte manch einer seine Frau zu seiner Geliebten, oder wünschte sich das zumindest. Es könnte ganz angenehm sein, Tag und Nacht eine Geliebte im Haus zu haben, die am Frühstückstisch mit einem flirtete. Die nur ein oder zwei Zimmer weiter schlief. Die manchmal in seinem eigenen Bett schlief. Armer, elender Mr Russell, falls das seine Hoffnung gewesen war.

»Hinter der nächsten Anhöhe kommt meine Einfahrt.« Er deutete mit der Hand. »Granville ist vermutlich schon draußen. Nicht vergessen: Ich habe Sie schon viermal besucht, und immer, um Grundstücksangelegenheiten zu besprechen.«

»Hier ist unsere erste Straßenbrache«, sagte Granville, als sie sich der Parzelle näherten. »Solches Land ist weniger nützlich, weil es an der Straße liegt. Einige der Grundstücke sind außerdem voller Bäume.« Er war ausgezeichneter Laune, da er jetzt doppelt so viele junge Leute zum Belehren hatte, von denen eine sogar aufmerksam zuhörte.

»Wo verlaufen die Grenzen? Abgesehen von der Straße, meine ich.« Mrs Russell schien sich ebenfalls so gut zu amüsieren, wie es einer Trauernden überhaupt erlaubt war, als sie ihre gestrichelte Karte ausrollte – *seine* gestrichelte Karte ausrollte – um zu sehen, wie die Gegend dargestellt war.

Theo ging ein wenig abseits, zwängte sich durch Gestrüpp und ließ die Zweige zurückschnellen. *Straßenbrache*. Wer würde etwas mit solch einem Namen seinem Besitz einverleiben wollen? Besser, man überließe es den Torfstechern. Hier war tatsächlich Torf gestochen worden. Er tippte mit der Stiefelspitze gegen den zerfetzten Rand des Lochs.

»Weshalb fällt der Boden da drüben so ab?« Die Witwe hatte bemerkt, dass er unaufmerksam war, und versuchte nun, ihn ins Gespräch einzubeziehen. Sie musste ziemlich laut rufen, da sie noch mit der Karte neben Mr Granville stand. »Es scheint, als wäre er abgetragen worden.«

»Ja, jemand holt sich hier Torf.« Noch jemand, den er durch Einhegung um einen Teil seiner Einnahmen bringen konnte. Müßig trat Theo gegen ein loses Stück Erde.

»Torf? Wofür?« Sie ließ die Karte sinken und trat auf ihn zu. Ihre Miene verriet Befremden und ihre Stimme klang beinahe entrüstet. »Zu welchem Zweck?«

»Zum Verbrennen. Diese Art von Torf benutzen die Leute als Brennstoff.« Erinnerte sie sich nicht mehr? Sie hatten sich doch erst letzte Woche einen ganzen Nachmittag mit einem Traktat über die Nutzung der Allmenden um die Ohren geschlagen.

»Als Brennstoff? Tatsächlich?« Sie kniff die Augen zusammen und stapfte hinüber, um sich den Rand anzusehen.

»Brennstoff, gewiss.« Granville folgte ihr langsam. »Ein weit verbreiteter Feuerholz-Ersatz, wenn man sich Letzteres nicht leisten kann.«

»Verbrennen Ihre Bauern diesen Torf, Mr Mirkwood?« Sie bückte sich, um mit ihren Handschuhen einen Klumpen Erde aufzuheben, und er wandte schnell den Blick ab, als sich ihre Figur plötzlich elegant in ihren Röcken abzeichnete.

Brennstoff. Torf. Nein, er sah deutlich die Feuerholzkiste der Weavers vor sich, mit all den gefalteten Papierstückchen zwischen den Ästen. »Ich glaube, unsere Leute verbrennen alle Holz.« Er warf Granville einen fragenden Blick zu, und dieser nickte. »Ich nehme an, Ihre auch, Mrs Russell?« *Martha*. Ihr Name, der Name, der nicht von ihrem Mann sprach, lag unausgesprochen auf seiner Zunge, ein seltsamer Nachgeschmack.

»Ja.« Stirnrunzelnd betrachtete sie den Klumpen zwischen ihren Fingern. »Ich frage mich, welcher unserer Nachbarn das hier verwendet.«

»Vielleicht keiner. Manchmal kommen Zigeuner durch eine Gegend und nehmen Torf mit, um ihn zu verkaufen. Habe ich gelesen.« Ein ganz behutsamer Wink. Daran sollte sie sich nun wirklich erinnern. Er wusste noch ganz genau, wie sie die Passage vorgelesen und ihm den Ellbogen in die Rippen gerammt hatte, weil sie argwöhnte, dass er geschlafen hatte.

»Zigeuner. Stimmt. Ich sehe manchmal welche.« Sie ließ den Erdklumpen fallen und klopfte sich die Hände ab, die Karte unter den Arm geklemmt. »Was sagt denn Ihre Lektüre darüber, welche Folgen Einhegungen für solche Leute hätten?« Sie hielt den Kopf schief, um ihm einen interessierten Blick zuzuwerfen.

Ah! Jetzt ging ihm ein Licht auf. Sie hatte diese Frage mit voller Absicht gestellt, und die anderen auch. Sie wusste haargenau, was er sich angelesen hatte. »Von Befürwortern wird der Punkt als Argument *für* die Einhegung angeführt.« Erst jetzt bemerkte er, dass Granville zuhörte und fast unmerklich nickte. »Einhegung reduziert die Anzahl der Angehörigen des fahrenden Volks in einer Nachbarschaft, weil dadurch das Land in Gemeinschaftsbesitz, auf dem sie ihr Lager aufschlagen könnten, eliminiert wird.«

»Daraus schließe ich, dass das Verfahren auch Gegner hat.« Sie blickte zwischen den Männern hin und her. »Was sind denn die Argumente der Gegenseite?«

Theo zögerte, um Granville die Chance zu geben, zu antworten, doch der Verwalter tippte sich an den Hut und hielt eine Handfläche nach oben, um anzudeuten, dass er fortfahren solle.

»Na ja, meistens wird dadurch mehr Anbaufläche gewonnen, auf Kosten von Weideland. Also mehr von dem, was sich ohnehin schon in Besitz der reichsten paar Familien einer Region befindet.«

»Was kein durchweg schlechter Zustand ist«, warf Granville ein. »Viele der Errungenschaften des letzten Jahrhunderts – Kenntnisse über Trockenlegung und Fruchtwechsel beispielsweise – verdanken wir dem Wissensdurst der Großgrundbesitzer, die die finanziellen Mittel und das Land besaßen, um neue landwirtschaftliche Methoden zu erproben. Ein Freibauer kann sich keine Experimente leisten.«

»Ich verstehe.« Sie runzelte die Stirn. »Aber es sollte mir leidtun, wenn jemand nicht mehr unabhängig sein und von seinem eigenen Land leben könnte. So viele junge Leute müssen sich bereits in der Stadt Arbeit suchen.«

»Arbeit, die vor nicht allzu langer Zeit noch in Bauernkaten verrichtet wurde.« Hier konnte er mitreden. »Vor fünfzig Jahren hatten die Pächter auf Ihrem Land alle Spinnräder oder Webstühle in ihren Katen. Seton Park war nicht nur für Rohwolle, sondern auch für fertiges Tuch berühmt.«

»Woher wissen Sie das?« Diesmal flackerte aufrichtige Überraschung in ihren Augen auf. »Das steht bestimmt in keinem Buch.«

»Wahrscheinlich hat er mit Leuten gesprochen, die sich noch daran erinnern.« Der Verwalter lächelte mit unverhohlener Zufriedenheit. »Sie haben also Mr Barrow besucht?«

»Er hat viel Interessantes zu erzählen.« Theo blickte zu Boden, um nicht den Eindruck zu erwecken, dass er stolz auf Granvilles Beifall sei. Er hatte den alten Mann schließlich aus Geselligkeit besucht, nicht aus irgendeiner noblen, wissbegierigen Gesinnung heraus.

»Sie tun gut daran, zuzuhören.« Das Lächeln machte sich jetzt doch auf Theos Gesicht breit, sogar mit abgewandtem Blick. »Bücher sind eine exzellente Grundlage, aber sie sind nicht so unmittelbar wie persönliche Erfahrungen. Mr Barrows Geschichten und andere ähnliche oder unähnliche Geschichten werden Ihnen ein komplexeres Verständnis vermitteln, als es Bücher je könnten.« Granville sprach jetzt auch zu Mrs Russell. »Sollen wir zur nächsten Parzelle gehen?«

Theo warf der Witwe hinter Granvilles Rücken einen Blick zu. Welch eine explosive Mischung der Gefühle in ihrem Gesicht stand! Stolz auf seinen Erfolg und ihren Anteil daran, Überraschung, dass er ohne ihre Hilfe etwas Wertvolles gelernt hatte, und schlecht verborgene Missbilligung über die implizierte Verunglimpfung von Bücherwissen.

»*Komplex*«, wisperte er tonlos und tippte sich an die Schläfe, um sie noch weiter zu reizen, und ihre Miene entschloss sich zur Missbilligung. Er verspürte ein unbändiges Verlangen, ihr den Arm um die Taille zu legen, und verschränkte die Hände hinter dem Rücken. Sie gingen weiter.

So verging der Vormittag. Sie gingen von einer einhegbaren Parzelle zur nächsten; Mrs Russell dachte sich Fragen und Bemerkungen aus, die die Früchte seines Studiums zur Geltung bringen würden, Mr Granville hörte alles und verteilte mit gutgelaunter Befriedigung Zusatzwissen, und die ganze Zeit lang schrie dieser oder jener Körperteil von Theo danach, seine raffinierte Geliebte zu berühren.

Vielleicht könnte man sich als Mann doch daran gewöhnen, Landbesitzer zu sein. Nicht nur daran, an einem Vormittag wie diesem draußen zu sein, zu sehen, wie die kleinen Wildblumen, unordentlich zusammengerollt und voll glitzernden Taus, sich langsam öffneten und ihre Farben und Formen offenbarten, während die Sonne höher stieg. Man könnte sich auch daran gewöhnen, Dinge mit seinem Verwalter zu besprechen, wenn die eigenen Ansichten so angenommen und erwogen wurden, als hätten sie tatsächlich Gewicht. Man könnte sich an die Gesellschaft einer wohlgesonnenen Nachbarin gewöhnen. Vielleicht würden einem sogar irgendwann die Verantwortung und die Entscheidungsgewalt gefallen.

In London erwartete niemand besonders viel von ihm. Das war schon immer so gewesen. Genau genommen war er aus zwei verschiedenen Richtungen verzogen worden. Einerseits hatte er all die Privilegien eines ältestens Sohns genossen und die entsprechende Aufmerksamkeit erhalten, andererseits war er jung genug gewesen, um von seinen liebevollen älteren Schwestern verhätschelt zu werden. Ein solcher Junge musste ja in dem Glauben aufwachsen, dass er so, wie er war, ganz wundervoll war, oder nicht? Und die Geliebten und Jugendfreunde hatten ihn in diesem Glauben nur bestärkt. Selbst das Missfallen seines Vaters hatte Wasser auf seine Mühlen gegossen. Jeder hatte von ihm nichts als Nichtsnutzigkeit und Trivialität erwartet, und sein Leben lang hatte er diese Erwartung nur allzu bereitwillig erfüllt.

An ihrem letzten Ziel – einem noch weniger vielversprechenden Stück Brachland – blieb er ein wenig zurück und ließ sich diese neuen Gedanken durch den Kopf gehen, während Granville Mrs Russell zeigte, wie man eine Grenze bestimmte. Da vernahm er das Hufgeklapper eines sich gemächlich nähernden Pferdes. Er blickte die Straße entlang und entdeckte eine schwarz gekleidete Gestalt auf einem wahrhaft erbärmlichen Klepper. »Ist das nicht Ihr Pfarrer, der da kommt?«, fragte er über die Schulter.

Die Witwe hielt im Vermessen inne und trat neben ihn auf die Straße. Sie beschattete ihre Augen mit der Hand. »Ja, ich glaube, das ist er.« Sie sah … Gott, sie sah verdammt erfreut aus, den Kerl auf seinem klapprigen Gaul zu sehen, obwohl sie doch sicher oft genug geschäftlich mit ihm zu tun hatte. Sie ließ die Hand sinken und blieb stehen, strahlte geradezu. Sie musste bemerkt haben, dass er sie anstarrte, denn sie blickte auf und lächelte, mit glänzenden Augen und völlig selbstvergessen, so als ginge sie davon aus, dass auch ihm nur noch dieses Ereignis zu einem perfekten Vormittag gefehlt hatte. Dann wandte sie sich wieder der Straße zu.

Etwas breitete sich in ihm aus, etwas Niederes und Bitteres, als er zusah, wie sie den Pfarrer ansah. *Ihn* hatte sie nie so angesehen.

*Und um Gottes willen, warum sollte sie auch? Diesen Mann kannte sie schon länger. Zweifellos gefielen ihr seine Predigten, und sie freute sich auf die Schule. Das war alles.* Außerdem hatten ihn über die Jahre viele Damen auf viele unterschiedliche außerordentlich angenehme Weisen angesehen. Er brauchte doch nicht die Bewunderung jeder einzelnen Frau auf dem Globus!

Bewunderung. Großer Gott. Das Wort war ein Fausthieb in die Magengrube. Der Name für das, was er vor sich sah. *Bewunderung* war es, die ihre Augen aufleuchten und ihre aufrechte, erwartungsvolle Haltung vor Anmut funkeln ließ. Plötzlich schnürte es ihm die Kehle zu.

*Schluss damit! Er ist kein Rivale, vor dem du sie verteidigen müsstest, denn sie gehört nicht dir.* Er biss sich in die Wange, rang um Disziplin und ein wenig gesunden Menschenverstand und ließ erst wieder los, als der Pfarrer sie erreicht hatte und anhielt – obwohl ein freundlicher Gruß ja eigentlich gereicht hätte – und sie alle einzeln mit Namen begrüßte, was ihn dazu zwang, etwas Höfliches zu erwidern.

Sie erklärten ihm ihr Vorhaben. Er hörte interessiert zu und kommentierte die Idee, dass Nachbarn sich in solchen Angelegenheiten gegenseitig zu Rate ziehen sollten, bevor sie Entscheidungen trafen, mit einer angedeuteten Verbeugung – einer besonderen Bestätigung – in Theos Richtung, was ihn vielleicht erfreut hätte, hätte es nicht so offensichtlich Mrs Russell erfreut. Die Witwe und der Kirchenmann. Wie ein Paar ernster Buchstützen in ihren schwarzen Gewändern vertieften sie sich in ein Gespräch über die Schule, was wohl unvermeidlich gewesen war, und er zog sich mit Granville zurück.

Ihre hohe Meinung beruhte auf Gegenseitigkeit, so viel stand fest. Und warum auch nicht? Welcher Geistliche würde keine hohe Meinung von einer tugendhaften jungen Ehefrau oder Witwe mit ernsthaften Interessen haben? Und wieso sollte sich bei ähnlichen Interessen und ähnlichem Alter keine Freundschaft entwickeln? Wenn er nur nicht so interessant aussähe, so ganz schwarz-weiß und kantig. War das nicht immer so bei Landpfarrern? Nicht einer von dreien war so anständig, hässlich zu sein, damit die jungen Damen an einem Sonntagmorgen ernst und aufmerksam blieben.

*Genug.* Sie hatte jedes Recht, freundlich zu anderen Männern zu sein, zu gut aussehenden ebenso wie zu hässlichen. Und er, nicht der Pfarrer, war es, der in einer guten Stunde mit ihr ins Bett gehen würde. Er brauchte die letzten paar Minuten, in denen er Granvilles bessere Meinung von sich festigen konnte, nicht zu verschwenden.

Doch als er sich endlich in Mrs Russells Haus befand und in dem Bett mit den blauen Vorhängen zugange war, war er sich einer besonderen Heftigkeit seinerseits bewusst, dem barbarischen Wunsch, eine Spur zu hinterlassen. Wenn er sie biss … wenn er sie wund machte… wenn er sie festhielt und seine Zunge in sie steckte, sich mit den ganz mechanischen Instinkten ihres Körpers verbündete und sie gegen ihren Willen in Ekstase versetzte, dann würde sie an ihn denken *müssen*, wenn er aus ihren Augen entschwunden war. Ein Bluterguss oder ein gelegentlicher Schmerz oder die schockierten Erinnerungen an das, was er sie hatte empfinden lassen, würden bei ihr bleiben, während sie all den alltäglichen Dingen nachging, an denen er keinen Anteil hatte.

Doch er war kein Barbar, und außerdem konnte er sich nur allzu gut vorstellen, wie sie ihn später ansehen würde, wenn er irgendetwas von diesen Dingen tun würde. Also tat er nichts davon. Er begab sich auf seine einsame Reise zum Glück, half ihr pflichtschuldig auf ihr Kissen, zog sich an und ging nach Hause, und an irgendeinem leeren Ort in seinem Inneren grummelte ein unbefriedigter Hunger.

# 10

»Guten Morgen, Mrs Russell. Dieser Brief ist versehentlich bei mir abgegeben worden. Ich habe das Siegel aufgebrochen, bevor ich bemerkte, dass er an Sie gerichtet sein muss. Würden Sie bitte nachschauen und mir bestätigen, dass es Ihrer ist? Oder muss ich ihn noch weiter durch die Nachbarschaft tragen?«

Was um alles in der Welt sollte das? Es konnte kaum zehn Uhr morgens sein. Zu welchem Zweck war er so früh aufgestanden und spielte ihr jetzt diese ach so respektable Szene vor?

Mit einem Seitenblick auf den wartenden Diener ergriff Martha den Brief und faltete ihn auf. In der entsetzlichen Handschrift eines hochgeborenen Gentlemans war quer über das Papier gekrakelt: *Wir müssen es* jetzt *tun. Können Sie es einrichten, sich in zehn Minuten oben mit mir zu treffen?*

»Ja.« Sie hob wieder den Blick. »Ja, das ist tatsächlich mein Brief. Vielen Dank, dass Sie ihn mir gebracht haben.« Sie faltete ihn wieder und strich besorgt über die Knicke.

»Ich dachte es mir.« Einen Augenblick lang betrachtete er ihre arbeitenden Finger, und als er sprach, merkte sie, dass er sie beruhigen wollte. »Dann empfehle ich mich. Ich bin sicher, die Pflicht ruft Sie ebenso wie mich.« Mit einer Verbeugung und einem beinahe verschwörerischen Lächeln setzte er seinen Hut wieder auf und ließ sich vom Diener hinausgeleiten.

»Sie haben gestern zu gute Arbeit geleistet, als sie mich Granville vorgeführt haben.« Er schüttelte bereits den Frack ab. »Er glaubt, dass ich mich jetzt ernsthaft in die Verwaltung stürzen will. Ich soll heute und morgen mit zum Dreschen. Nicht, dass man nicht seit Tagen schon sehr gut ohne mich zurechtgekommen wäre – ich *muss* mit, und dann soll ich auch noch dabei sein, wenn er das Korn irgendwo zum Mahlen bringt, und Gott weiß was noch alles. Alle möglichen Schikanen, und jede einzelne scheint einen ganzen Nachmittag zu dauern. Ich wusste nicht, wie ich mich davor drücken sollte.«

»Überhaupt nicht.« Martha stand still und wartete, bis er sie ansah. »Mr Mirkwood, das sind ja wundervolle Neuigkeiten! Sie haben hart gearbeitet und sich mit Dingen befasst, die Sie nicht mögen. Das ist äußerst lobenswert. Ich habe gesehen, wie beeindruckt Mr Granville war, und dazu hat er auch jeden Grund. Sie sollten stolz auf sich sein.«

»Und *Sie*, meine Liebe, sollten sich ausziehen! Muss man denn hier alles selbst machen?« Er senkte den Kopf, um seine Weste aufzuknöpfen, doch seine ganze Gestalt strahlte vor Erfolg. Sie war zuversichtlich, dass sie ihn als besseren Menschen nach London zurückschicken würde.

Die Details arbeiteten sie aus, während er sich anzog. »Ich kann nicht davon ausgehen, dass ich jeden Tag zu dieser Zeit verschwinden können werde«, sagte er, während er sich die Hosen hochzog. »Vielleicht könnte ich nachts kommen, wenn das Gesinde schlafen gegangen ist. Wenn es Ihnen nichts ausmacht, auf mich zu warten.«

»Haben Sie etwa vor, den weiten Weg hin und zurück mitten in der Nacht zurückzulegen?« Sie hob den Kopf vom Kissen, um ihren Worten mehr Nachdruck zu verleihen.

»Wovor sollte ich mich denn fürchten?« Ein nachsichtiges Lächeln breitete sich auf seinem Gesicht aus, bis es unter dem Hemd verschwand. »Vor Geistern?«, fragte er aus dessen bauschiger Tiefe heraus. »Zigeunern? Menschenfressenden Tigern?« Der Kopf kam wieder zum Vorschein, dann die Hände, erst durch die eine Manschette, dann durch die andere.

»Lachen Sie mich nicht aus! Vor allem nicht bei einem Thema, mit dem ich mich dank meiner Erfahrung auf dem Lande besser auskenne als Sie.« Das Genick tat ihr langsam weh in dieser Stellung. »Von Wilderern würde Ihnen Gefahr drohen, zum Beispiel.«

Er schüttelte abwehrend den Kopf, stopfte sich das Hemd in die Hose und schloss die Hosenknöpfe. »Ich habe kein Wild. Die hiesigen Wilderer sind doch gewiss nicht so dumm, auf meinem Land ihre Zeit zu verschwenden.«

»Es gefällt mir trotzdem nicht.« Sie ließ den Kopf zurückfallen. »Ich würde mir Sorgen machen.«

»Sparen Sie sich Ihre Sorgen für das Kind auf.« Die Matratze sank ein; er hatte sich auf die Ecke gesetzt, um sich die Krawatte zu binden. »Ich bin sicher, er wird Ihnen Grund genug geben, insbesondere wenn er nach mir kommt.« Der Stoff raschelte, als er die Lagen drapierte. Sie war beeindruckt, denn es gab weit und breit keinen Spiegel.

Als er vom Bett aufstand und sich in den Sessel setzte, vor dem seine Stiefel standen, ergriff sie wieder das Wort. »Warum können Sie kein Pferd nehmen, auf der Straße kommen und über Nacht bleiben? Dann wären Sie nicht so lange unterwegs und hätten nur einen Weg bei Dunkelheit. Ich kann mit meinem Mädchen sprechen, damit es einen sicheren Ort für das Pferd findet.«

Keine Antwort. Sie hob den Kopf und sah, dass er einen Stiefel betrachtete, die Wimpern gesenkt, und mit der Hand die Krempe richtete. »In Ihr eigenes Bett kommen, meinen Sie?« Er fragte, als wäre der Punkt unklar. »Und dort mit Ihnen schlafen?«

»Ich denke, das wäre das Beste. Sie können auf dem gleichen Weg kommen wie jetzt. Ich zeige Ihnen, wie man von hier zu meinen Wohnräumen gelangt. Ich gebe Ihnen einen Schlüssel. Natürlich müssen Sie dort … leiser sein, weil die Räume näher an den Dienstbotenquartieren liegen.«

Er antwortete nicht, sah sie nicht einmal an. Er machte den Stiefel fertig und zog ihn langsam an. Dann holte er sich den anderen. Er ließ sich Zeit damit, die inneren und äußeren Seitennähte seiner Hosen geradezuziehen.

Ob er … überlegte, wie er möglichst höflich ablehnen konnte? Vielleicht hatte sie ihn gekränkt mit der Ermahnung zur Ruhe. Oder vielleicht sprengte der Vorschlag die Grenzen ihrer Abmachung vollends? Aber woher sollte sie jetzt noch wissen, was sich gehörte und was nicht? Normalerweise war so etwas ja auch nicht ihre Art.

Er ließ von den Stiefeln ab und hob den Kopf. »Ja«, sagte er. »Das geht.« In einem Schwung hob er die Handschuhe vom Tisch auf und stand auf. »Aber ohne Pferd. Selbst, wenn wir es vor Ihren Stallburschen verheimlichen könnten – meine würden es auf jeden Fall bemerken. Ich nehme eine Pistole gegen die Wilderer mit, wenn Sie das beruhigt.« Er durchquerte den Raum, um sich seine Weste zu holen, und als er sich wieder umdrehte, war das alte freche Grinsen wieder da. »Ich fürchte, die Tage werden Ihnen endlos erscheinen ohne mich! Sie werden das Geplapper Ihres Damenbesuchs über sich ergehen lassen und insgeheim die Stunden bis zur Schlafenszeit zählen.«

»Ich werde nichts dergleichen tun!« Sie stützte sich auf die Ellbogen. »Selbst wenn ich Besuch bekäme, würde ich meine Gedanken niemals dermaßen abschweifen lassen.«

»Kein Besuch?« Er hielt inne, einen Arm in der Weste, den anderen draußen. »Aber Sie haben doch sicher Freundinnen in der Nachbarschaft?«

»Ich habe nicht wirklich Bekanntschaften geschlossen. Ich glaube, Sie haben gesehen, wie es ist. Die Leute sind freundlich zu mir, aber wir wahren die Distanz. Ich habe kein … einnehmendes Wesen, oder wie auch immer man jene Eigenschaften nennt, die geeignet sind, Zuneigung und Freundschaft zu begünstigen.« Wie holprig und ungelenk ihr die Worte über die Lippen kamen. Und welch törichte Reaktion. Es war doch gut, allein zu sein. Sie wollte nichts von ihren Nachbarn, außer ihrer guten Meinung.

»Trotzdem sollten sie Sie besuchen.« Er beschäftigte sich mit dem zweiten Arm. »Sie sind verwitwet. Es gehört sich so, ob sie Sie gut kennen oder nicht.«

Dass gerade er sich darüber Gedanken machte, was sich gehörte! Das Gespräch wurde immer absurder. Sie verkniff sich ein Lächeln und bemühte sich um einen neutralen Tonfall, um seine Gefühle nicht zu verletzen. »Grämen Sie sich nicht meinetwegen. Ich kann mich schon beschäftigen. Ich muss ja meine Pächter besuchen, und ich kann Mr Atkins bei den Vorbereitungen für die Schule helfen.«

Stirnrunzelnd zog er sich die Handschuhe an. »Sie sollten einen größeren Bekanntenkreis haben. Mehr Besuche machen als nur bei Ihren Pächtern und Ihrem Pfarrer.«

»Mag sein, aber das würde mein Arrangement mit Ihnen viel komplizierter machen. Wir hätten nachmittags nicht so ergiebig lernen können. Jetzt helfen Sie mir beim Anziehen, dann zeige ich Ihnen den Weg zu meinen Räumen.«

Diesmal war ihr Korb nicht so schwer, doch sein Inhalt verlangte immer wieder ihre Aufmerksamkeit. Eine Kiste oder ein Korb mit einem Deckel wären geeigneter gewesen als das Tuch, das sie ständig zurechtziehen und neu feststecken musste. Nun denn. Beim nächsten Mal würde sie es besser wissen.

Am Montag würde die Schule beginnen, und am Sonntag darauf würde Mr Atkins zum ersten Mal den Versuch unternehmen, junge Mädchen zu unterrichten. Sie hatte sich überlegt, dass sie Mr Mirkwood dahingehend bearbeiten wollte, dass er einige seiner Kätner-Kinder anmeldete und vielleicht ein Stipendium stiftete, doch jetzt, wo er zeitlich so eingebunden war, nun, da musste man eben einige Dinge selbst in die Hand nehmen.

Die Bäume um sie herum flüsterten verschwörerisch in der leichten Brise, so als wollten sie sie anspornen. An einer Stelle, an der die Sonne auf eine Lichtung zwischen den Stämmen fiel, hielt sie wieder einmal an, um ein Paar winziger Klauen vom Korbrand zu lösen und ihren Besitzer zurück unter das Tuch zu schieben. Ein Kater war ein nützliches Haustier. Dieses Exemplar hätte sich sein warmes Plätzchen in Seton Park redlich verdient; jetzt würde es, wenn sein Glück anhielt, nicht nur die Genugtuung ehrlicher Arbeit erfahren, sondern auch die zärtliche Zuneigung eines kleinen Mädchens.

Rund zwanzig Meter bevor der Wald in ein Gebüsch und dann in offenes Weideland überging, kam die Kate der Weavers in Sicht. Marthas Atmung wurde unwillkürlich flacher; sie zwang sich zu tiefen, gleichmäßigen Zügen. Wie viel weniger beängstigend das doch mit Mr Mirkwood gewesen war, der sich überall wie zu Hause fühlte und sich sogar bei den Schweinen beliebt machte. Doch die Aufgabe konnte einen anspornen, selbst wenn man unterwegs ein wenig zauderte. Sie zog die Schultern zurück und ging weiter.

Klein Hiob war heute draußen, irgendwo hinter dem Haus, und schrie seinen Unmut jedem entgegen, der zuhörte. Martha öffnete das Tor. Das Schwein, mit dem Inhalt seines Trogs beschäftigt, hob gerade lange genug den Kopf, so konnte man jedenfalls meinen, um festzustellen, dass sie nicht Mr Mirkwood war, bevor es abschätzig grunzte und weiterfraß. Drei oder vier Gänse watschelten auf sie zu, offensichtlich am Inhalt des Korbs interessiert, und folgten ihr.

Mehrere Wäscheleinen waren im Zickzack über den Hinterhof gespannt, ungefähr zur Hälfte mit frischer Wäsche behängt. Die älteste Tochter stand über eine Kupferwanne gebeugt und rührte deren Inhalt mit einem Waschstab um, während vier andere Kinder damit beschäftigt waren, die kleineren vermutlich bereits gespülten Kleidungsstücke aus einer zweiten Wanne auszuwringen. Ihre Mutter hängte gerade eine Schürze auf; das Kind schrie in einem Korb zu ihren Füßen. Sie drehte sich um, vermutlich durch die immer unüberhörbarere Anwesenheit der Gänse auf Martha aufmerksam geworden, und stemmte wortlos die Hände in die Hüften. Mrs Russell kam zu Besuch, Mrs Russell mochte das Gespräch beginnen.

Martha trat näher. »Guten Tag! Wie schön, dass ich gerade zur rechten Zeit komme, um mich nützlich zu machen! Ich helfe Ihnen gern beim Auswringen der größeren Stücke. Oder beim Aufhängen, damit Sie sich ausruhen und das Baby halten können.«

Die Frau blickte kurz auf das Kind herab und runzelte die Stirn, so als hätte sie vergessen, dass es da war, und schätzte es auch nicht, daran erinnert zu werden. Sie sagte nichts.

»Ich muss nur zuerst meinen Korb loswerden beziehungsweise das, was ich darin habe. Ich habe Ihrer Tochter nämlich ein Geschenk mitgebracht, und diese Art von Geschenk muss in sichere Hände übergeben werden. Sehen Sie mal!« Sie hob das Tuch an und zeigte ihr das Kätzchen, das Fell gesträubt und die Wirbelsäule gebuckelt, vermutlich als Reaktion auf den allgemeinen Lärm im Hof. Schnell deckte sie es wieder zu. »Er stammt von ausgezeichneten Mäusefängern ab. Seine Tanten, Onkel und Vettern wohnen in meinen Nebengebäuden oder in den Häusern meiner Pächter. Ihre Carrie hat erwähnt, dass Sie keine Katze für die Speisekammer hätten. Beim letzten Mal als ich hier war. Mit Mr Mirkwood.« Herrje, würde die Frau denn nie etwas sagen? Sie selbst schien nicht den Mund halten zu können, wenn die

Alternative dieses erdrückende Schweigen war. »Mr Mirkwood konnte mich heute leider nicht begleiten, denn er muss noch so viel über Gutsverwaltung lernen. Ich glaube, er wusste gar nicht, dass es sich gehört, Geschenke vorbeizubringen, bevor ich es ihm gesagt habe.«

Endlich blickte die Frau auf, und zwar recht abrupt. »Sie haben ihm gesagt, dass er uns Geschenke bringen soll?«

Martha nickte. »Vor einer ganzen Weile schon. Aber falls er noch nicht dazu gekommen sein sollte, bin ich sicher, dass es all seinen anderen Verpflichtungen geschuldet ist. Mr Granville hält ihn mit einer ganzen Menge Unterricht beschäftigt. Aber Mr Mirkwood hat gute Absichten.«

Mrs Weaver kratzte sich den Handrücken. Beide Hände waren rau und gerötet. Sie musste seit gestern mit dem Waschen beschäftigt sein, mit Einweichen und Schrubben, immer mit den Händen im heißen Wasser. Sie runzelte leicht die Stirn. Dann hob sie einen Zipfel des Tuchs an und warf einen Blick auf das Kätzchen.

»Carrie ist drinnen und passt auf die Kleinen auf. Ich bringe ihn ihr. Sie können den Kleinen halten, wenn Sie möchten.«

Martha überließ ihr den Korb und hob das schreiende Kind auf. Das wäre geschafft, wenngleich das Geschenk Mrs Weaver wohl kaum so sehr besänftigt hatte, als dass sie sich auf ein Gespräch über die Schule einlassen würde. Wenn sie das Kind wieder zum Schlafen bringen könnte, würde das die Mutter vielleicht in bessere Stimmung versetzen. »Was für kräftige Lungen euer kleiner Bruder hat!«, sagte sie zu den anderen Kindern, während sie an der Wäscheleine entlangschritt, doch diese Erkenntnis war offenbar nicht neu genug, um ihnen eine Antwort zu entlocken.

Als Mrs Weaver wieder aus der Hintertür der Kate trat, war Hiob ruhiger, wenn auch nicht wirklich ruhig. Mit einem kurzen Blick auf Martha stellte sie den nun leeren Korb ab – zwei Gänse stürmten herbei und steckten die Köpfe hinein – und ging zur Wanne zurück, wo sie sich daranmachte, ein Laken auszuwringen.

Diese Frau würde ihr keinen Millimeter entgegenkommen. Das würde sie in Zukunft einfach nicht mehr erwarten. Zweifellos hatte sich Mr Mirkwood in den ersten Tagen mit ihr genauso gefühlt, und zweifellos würde er lachen, wenn er jetzt sehen könnte, wie Martha die Suppe auslöffelte, die sie sich eingebrockt hatte.

»Sie redet manchmal von Ihnen.« Mrs Weaver drehte sich halb um, aber nicht weit genug, um sie anzusehen. »Carrie. Seit Ihrem Besuch.«

»Wirklich?« Wie ein himmlischer Sonnenstrahl durch düstere Wolken drangen diese paar freundlichen Worte zu ihr. Ja, auch das musste Mr Mirkwood gespürt haben. »Das freut mich sehr. Ich war ja so bezaubert von ihr nach unserem Besuch. Sie können ihr ausrichten, dass auch ich an sie gedacht habe.«

Keine Antwort. Doch davon würde sie sich nicht mehr aufhalten lassen. Sie hievte das Kind höher und suchte sich einen Platz am Zaun, wo Mrs Weaver sie sehen konnte, ohne sich umdrehen zu müssen. »Ich habe an alle Ihre Kinder gedacht. Vermutlich haben Sie noch nicht davon gehört, aber mein Pfarrer eröffnet eine Schule. Jungen aller Altersstufen und junge Mädchen werden während der Woche unterrichtet, und sonntags nach der Kirche bekommen auch ältere Mädchen Unterricht. Religiösen Unterricht natürlich, aber auch –«

»Ihre Kirche kann uns gestohlen bleiben.« Sie blickte nicht einmal auf, um zu sehen, wie Mrs Russell diesen Affront aufnahm, sondern begann, das Laken wieder auszuwickeln.

»Ich helfe Ihnen!« Martha eilte ihr mit dem Baby auf dem Arm zu Hilfe und erwischte das eine Ende. Gemeinsam wickelten sie das Laken aus und zogen es so glatt wie möglich, bevor sie es auf die Leine hängten. Der beißende Laugengeruch stieg ihr in die Nase. Sie räusperte sich. »Sie sind … Methodisten … vermute ich?« Das Wort kam ihr nur widerwillig über die Lippen. So viele arme Familien fühlten sich davon angezogen. »Aber ich bin überzeugt, dass Mr Atkins für Bildung für alle ist. Er hat sogar einige von Mr Wesleys Predigten studiert.« Um sie zu widerlegen zwar, aber das musste sie ja nicht sagen.

Jetzt wandte Mrs Weaver sich ihr zu. Sie stützte eine Hand in den Rücken und sah Martha unverhohlen an. »Die Methodisten können uns erst recht gestohlen bleiben.«

»Oh. Verstehe.« Sie spürte, wie sie errötete. So etwas hatte noch nie jemand in ihrer Gegenwart gesagt, und schon gar nicht vor Kindern.

Und doch war es gesagt und konnte nicht zurückgenommen werden. Und immer noch stand sie hier, und Mrs Weaver auch, und die Kinder arbeiteten unbekümmert weiter. Sie könnte es gut sein lassen. Sie war ja nicht gekommen, um den Seelenzustand dieser Frau zu untersuchen.

»Um ganz ehrlich zu sein, ist die spirituelle Bildung nebensächlich. Wir hoffen, die älteren Mädchen auf lange Sicht zusammen mit ihren Brüdern wochentags unterrichten zu können. Aber Schulbildung für junge Damen ist eine ganz neue Vorstellung für viele Eltern, deswegen haben wir uns gedacht, dass wir es langsam angehen.«

Nicht zu sagen, ob Mrs Weaver ihr zugehört hatte. Sie hängte etwas auf die Leine – ein abgetragenes Kinderkleid – und zupfte den Ausschnitt mit der Kordel glatt. Plötzlich sog sie scharf die Luft ein und kniff die Augen zusammen. Sie hielt sich die Hand an den Bauch, und alle Farbe wich aus ihrem Gesicht.

»Mrs Weaver! Ist alles in Ordnung?«

Sie nickte kurz und biss sich auf die zur Faust geballte andere Hand.

»Verzeihung, aber Sie sehen ganz und gar nicht gut aus! Wollen Sie sich nicht setzen? Kann ich Ihnen etwas bringen?« Martha sah ein Kind nach dem anderen an, doch keines sprang auf, um zu helfen. Keines schien beunruhigt zu sein.

»Es geht gleich vorbei. So ist es immer in den ersten paar Monaten.«

»In den ersten paar … Erwarten Sie noch ein Kind? So bald schon?« Hiob, der fast eingeschlafen war, stieß einen erneuten Schrei aus, wie um zu protestieren.

»Acht Monate, minus eine Woche oder so. Bald genug.« Sie drehte die Hand um und presste sich die Handfläche auf die Lippen.

*Acht Monate*. Martha horchte auf. Einen schändlichen Augenblick lang war sie wie zum Zerreißen gespannt, wie ein Jagdhund, der Moorhühner witterte. Ein Kind. In acht Monaten. Vielleicht ein Junge. Und diese Familie hatte bereits mehr, als sie gebrauchen konnte.

Wie tief sie gesunken war! Mr Mirkwoods Dekadenz oder die Tatsache, dass Mrs Weaver nicht zur Kirche ging, waren nichts im Vergleich zu diesem abscheulichen, habgierigen Plan. Sie zwang sich, an etwas anderes zu denken. »Aber Ihr Sohn kann doch noch kein Jahr alt sein.« Sie sprach leise, wegen der Kinder. »Sollten Sie nicht ein bisschen Zeit zum Erholen bekommen, bevor Sie wieder in diesen Zustand gebracht werden?«

Mrs Weaver schüttelte den Kopf und öffnete endlich die Augen. Die Farbe kehrte zurück, doch sie wirkte abgezehrter denn je. »Fragen Sie Ihren Pfarrer, weshalb es Gott gefallen hat, es so einzurichten. Weshalb Frauen, die nie darum gebeten haben, von Kindern heimgesucht werden. Falls dahinter ein göttlicher Plan steht, habe ich ihn noch nicht entdeckt.« Sie ließ beide Hände sinken und nahm dem kleinen Jungen, der am nächsten stand, ein ausgewrungenes Hemd ab.

Martha biss sich auf die Zunge. Es gab etwas, das gesagt werden musste, obwohl es unverschämt war, und vermutlich nicht in ihrem Interesse. Wenn sie Mrs Weaver kränkte, brauchte sie nicht zu hoffen, dass sie in acht Monaten –

Nein! Von *dieser* Hoffnung würde sie sich nicht leiten lassen. Sie würde aussprechen, was ausgesprochen werden musste. »Ich möchte meinen, dass Ihre Frage besser dem Ehemann gestellt werden sollte als dem Pfarrer.« Sie trat einen Schritt näher, um die Kinder vor dem skandalösen Gespräch zu bewahren. »Wenn Männer lernen würden, die Gesundheit und das Wohlbefinden ihrer Frauen vor ihren eigenen Appetit zu stellen, gäbe es weniger Tode im Kindbett, weniger arme Waisenkinder und weniger Frauen, die lange vor ihrer Zeit verbraucht sind. Ist es zu viel verlangt von einem Mann, sich ein bisschen zu beherrschen?« Männer kamen schließlich auch alleine klar. Sie hatte gesehen, wie das ging.

Mit grimmiger Konzentration zog und zerrte Mrs Weaver alle Falten aus dem Kleidungsstück, während sie antwortete. »Für Sie ist es sicherlich anders. Aber manche Frauen schätzen sich glücklich, überhaupt einen Mann zu haben. Es war sehr gut von Mr Weaver, mich zu heiraten. Er hat einiges auf sich genommen. Es steht mir nicht an, zu ihm von Beherrschung zu sprechen.« Sie wischte sich die Hände an der Schürze ab und sah Martha direkt in die Augen. »Ich danke Ihnen für Ihre Hilfe mit dem Baby. Wenn Sie so gut sein wollen, ihn jetzt in seine Wiege zu legen, dürfen Sie Carrie selbst begrüßen. Passen Sie aber auf das Schwein auf, wenn Sie dann vorne rausgehen.«

Die Frau hatte sich immerhin bedankt, dachte Martha auf dem Weg zurück nach Seton Park. Das musste man als Fortschritt werten. Vielleicht konnte sie in dieser Kate und in anderen mehr ausrichten, jetzt, wo die Tage ihr allein gehörten. Falls Mr Mirkwoods Anwesenheit in ihrem Bett sie heute Nacht verunsicherte, würde sie sich mit dem Gedanken an all das, was sie morgen erreichen konnte, Mut machen.

Er kam kurz nach Mitternacht, auf einer Welle männlichen Tatendrangs, die sie bis in ihr Bett spüren konnte. Sie hatte noch gelesen; jetzt legte sie ihr Buch beiseite und sah zu, wie er die Tür abschloss und den Schlüssel einsteckte, mit einer einzigen fließenden Bewegung, erfüllt von der Zufriedenheit eines Mannes, der den Tag ehrenhaft verbracht hatte und ihn nun liederlich zu beenden gedachte.

Ihre nackten Schultern bemerkte er sofort. »Schon ausgezogen? Hervorragend.«

Sie zog die Knie an und legte die Arme darum, sorgfältig darauf bedacht, das Laken nicht von ihrem Oberkörper rutschen zu lassen. »Ich dachte, Sie würden zu müde sein, um mir dabei zu helfen.«

»Müde? Pah. Sehen Sie sich vor!« Er ließ sich in den Sessel fallen und begann, mit seinen Stiefeln zu kämpfen.

Sie zog das Laken etwas höher. »Wie war das Dreschen?«

»Die Menschen sollten dringend die Finger davon lassen, sobald jemand eine fähige Maschine entwickelt. Gütiger Gott!« Er vergaß seine Stiefel und ließ sich im Sessel zurückfallen. »Haben Sie mal gesehen, wie es gemacht wird? Das ist Knochenarbeit! Die ganze Zeit drischt man gebückt den Flegel auf den Boden, und die Spreu fliegt überall herum und dringt allen in die Augen. In die Lungen auch, nehme ich an, trotz der Tücher, die sie sich vor Mund und Nase binden. Es ist ein wahres Wunder, dass meine Männer noch nicht allesamt die Schwindsucht haben!« Er lehnte sich vor und zerrte wieder am ersten Stiefel.

»Dennoch geht vermutlich ein gewisser Stolz mit der Arbeit der eigenen Hände einher, der verloren ginge, wenn eine Maschine sie übernehmen würde.«

»Zum Henker mit dem Stolz, zum Henker mit der Arbeit der eigenen Hände!« Der erste Stiefel löste sich. »Einer der Männer ist alt genug, mein Großvater zu sein! Das kann ich ganz und gar nicht gutheißen.« Der zweite Stiefel löste sich, und er ließ ihn halb über dem Fuß hängen. »Brauchen Sie noch mehr von dieser Konversation, oder vielleicht zu einem anderen Thema, oder können wir jetzt?«

In was für einer sonderbaren Stimmung er war. Sie gestattete sich ein Lächeln. »Ich denke, das genügt für heute. Ziehen Sie sich aus.«

Sofort war er bei den Kerzen. »Sie möchten das Licht aus haben, nehme ich an? Dann müssen Sie nicht hierhin und dorthin starren, um mich nicht ansehen zu müssen.« Kerzenschein tanzte über sein helles Haar wie Sonnenlicht auf der gekräuselten Oberfläche eines Sees. Seine Haut schien von innen zu leuchten, und seine Augen verrieten ihr nicht mehr, als wenn sie aus Glas gewesen wären.

»Ganz wie Sie möchten. Ich glaube, ich bin inzwischen an Ihren Anblick gewöhnt.«

»Worte, die jeden Mann in Wallung bringen würden.« Er leckte sich die Finger und drückte die Kerzen eine nach der anderen aus. Das Löschhütchen ließ er liegen, wo es war. »Dann versuchen wir es im Dunkeln. Der Abwechslung halber.«

Noch ein feuchtes Zischen, und noch eins, und alle Kerzen waren aus. Er war nicht mehr als ein Schatten, ein Schatten unter vielen im dunklen, dunklen Zimmer. Stoff flüsterte und raschelte, als er sich entkleidete, und etwas klirrte leise und metallen – ein Manschettenknopf gegen einen anderen Knopf vielleicht. Durch den schmalen Spalt, den sie zwischen den Vorhängen gelassen hatte, damit sie merkten, wenn der Morgen graute, sickerte nur schwaches, von Wolken verschleiertes Mondlicht. Vielleicht genug, um seine Silhouette ausmachen zu können, wenn ihre Augen sich an die Dunkelheit gewöhnt hatten, doch nicht genug, um von seinem Gesicht Gemütsverfassung und Absichten ablesen zu können.

Nicht, dass sie das gebraucht hätte. Sie kannte sein Gemüt und seine Absichten. Sie hatte sie oft genug gesehen. Sie blieb liegen und wartete.

*Abwechslung*. Ha! Bei Dunkelheit und mit gedämpfter Stimme könnte er jeder Mann sein. Sie könnte sich vorstellen, er sei ein anderer, falls ihr dergleichen Vorstellungen gefielen. Vielleicht würde sie sich diesen Pfarrer vorstellen, schüchtern und eifrig in seiner Hochzeitsnacht.

Darauf würde sie vielleicht ansprechen.

Theo zögerte und legte die Finger um den Bettpfosten. Durch die Dunkelheit drang ihr leiser, geduldiger Atem an sein Ohr. Er umklammerte den Pfosten und lockerte seinen Griff dann wieder.

Wie würde ein unschuldiger Mann auf sie zukommen? Ein Mann, der sich bis zu seiner Hochzeitsnacht aufgespart hatte, musste völlig ausgehungert sein. Vielleicht würde er völlig den Kopf verlieren, vor allem wenn seine Braut eine Witwe war, die die sanfte Einführung nicht brauchte, die ein Bräutigam einer Jungfrau bei ihrem ersten Mal schuldig war. Schnell zur Sache kommen und sich die Nettigkeiten für die zweite Runde aufsparen. Stellte sie es sich so vor?

Mit einem Bein kniete er sich auf die Matratze und verlagerte langsam sein Gewicht. Jetzt würde sie wissen, dass sie nicht mehr allein im Bett war. Wenn ein Mann sich bis in seine Zwanziger hinein zurückgehalten hatte, musste er andererseits eine erstaunliche Selbstbeherrschung besitzen und würde sie vielleicht in dieser Nacht zur Anwendung bringen. Vielleicht würde er es langsam angehen wollen, um jedes gelüftete Geheimnis in Ruhe auszukosten. Seine Finger glitten das Laken empor bis zum Saum; er ergriff ihn und zog das Laken langsam zurück bis zum Fußende. Jetzt trennte seine Haut nichts mehr von ihrer.

Er würde zum ersten Mal nackte Schultern erleben, der selbstdisziplinierte Mann. Er schob das zweite Knie auf die Matratze, direkt neben ihrem Kissen. Seine freie Hand wanderte – schüchtern, fast nicht imstande zu glauben, dass sie das Recht besaß – hinab von ihrer schwebenden Position und traf auf ihren weichen Oberarm. Er legte die Finger darum. Ließ sie aufwärtswandern. Sein Daumen tastete sich bis zu ihrem Schlüsselbein vor und erfühlte es. Die Kuhle darüber. Den graziösen Kamm. Bald, wenn er Mut geschöpft haben würde, würde seine Hand sich abwärtsstehlen. Er bückte sich und legte die Lippen auf ihre geschwungene Schulter.

Sie hielt mehrere Sekunden lang den Atem an, bevor sie wieder Luft holte. Verwirrtheit vielleicht. Vielleicht auch etwas anderes. Er hob das Knie und brachte es sanft zwischen ihre Beine, um eine bessere Balance zu haben.

Sie hatte es nie gemocht, wenn er sie geküsst hatte, auf den Mund oder anderswohin. Doch vielleicht waren die Regeln heute Nacht anders. Vielleicht gab es andere Regeln für einen Mann, der alles von ihr lernen musste. Er fuhr mit dem Mund über ihr Schlüsselbein. Dann über das zweite.

Wieder hielt sie den Atem an, diesmal nicht so lange. Eine Hand kam hervor und fasste ihn unsicher am Arm. Sollte sie doch unsicher sein. Das würde er auch. Er wagte es, die Lippen auf ihren Hals zu legen, und verweilte, um ihren warmen Puls zu spüren. Seine Hand wanderte zurück zu ihrem Arm und seine Finger streichelten ermutigend zwischen Schulter und Ellbogen hin und her. *Du bist nicht unsicherer als ich*, sagte die Berührung, und die Vorstellung, sich einer Frau mit zitterndem Staunen zu nähern, wurde unerträglich erotisch.

Er brachte sein anderes Knie zwischen ihre Beine und ließ sich ganz vorsichtig hinunter, um sie nicht zu erdrücken, bis er auf ihr lag und sein Geschlecht ihre warme, zarte Haut berührte. Denn er war nicht so kühn, gleich in sie einzudringen. Und wenn er genau so auf ihr lag, würde womöglich ihr Innerstes zerschmelzen.

Der Druck ihrer Hand auf seinem Arm verstärkte sich beinahe unmerklich. Ihre andere Hand landete leicht wie ein Schmetterling auf seiner Schulter. Sie machte eine winzige Bewegung mit der Hüfte, die ihn fester an die Stelle brachte, an der ihre Freude wohnte – ihr erstes kleines Zugeständnis an die Lust. Er bewegte sich leicht gegen sie, wie versehentlich, oder wie ein Anfänger, der gerade erst herausfand, was er tun musste. Sie zuckte und wurde wunderbar weich.

Gütiger Gott. Er hatte endlich den Weg gefunden! Alles, was nötig war, war Dunkelheit und unendliche Zurückhaltung. Nichts, was ihm unmöglich war.

Er küsste ihren Kiefer in einer gepunkteten Linie zwischen Ohr und Kinn. Ihr Körper erschauerte unter ihm. Sein Daumen fuhr ihre Mundwinkel entlang, dann lösten seine Lippen ihn ab. Sie lud seine Zunge nicht ein, und er drängte sie nicht auf. Das hatte Zeit. Er wandte sich wieder ihrem Kiefer zu, auf der Seite, die er beim ersten Mal vernachlässigt hatte. Irgendwo zwischen seinen Atemzügen und ihren hörte er, wie sich ihre Lippen öffneten, vielleicht sogar wie ihre Zunge hervorkam und kostete, wo er gewesen war.

»Sie riechen nach Schnaps!« Überall, wo sie sich berührten, spürte er, wie ihre Muskeln sich verkrampften.

»Ja, Branntwein.« Er flüsterte, damit seine Stimme die Stimme eines jeden Mannes blieb. »Ich musste mir für heute Abend Mut antrinken.«

»Mirkwood!« Ihr Flüstern wurde ein Zischen. »Sind Sie betrunken?«

»Trunken von deinem Duft! Trunken vom Gefühl deiner Haut.« Während er versuchte, das Spiel aufrechtzuerhalten, spürte er bereits, wie sie in ihre kühle, spröde Schale zurückwich. Ihre vorgebeugte Hüfte sank wieder in eine rein passive Haltung und ihre Empfänglichkeit verflüchtigte sich wie ein Traum.

»Sie kennen meinen Duft und meine Haut sehr gut. Ich glaube, der Branntwein hat Ihnen den Kopf verdreht.« Sie musste wahrhaft verzweifelt nach einem Fluchtweg aus ihrer eigenen Erregung gesucht haben, wenn sie eine so fadenscheinige Ausrede wie ein Glas Branntwein ergriff.

Er kannte sie allerdings. Er hätte es besser wissen sollen, als sich einzubilden, er könne sie durch gespielte Tugendhaftigkeit zur Lust locken. Dafür war sie einfach nicht die Frau, und er nicht der Mann. Kein Wunder, dass sie ihm die Rolle nicht abgenommen hatte. Was wusste er schon von Unschuld? Er hatte seine mit fünfzehn weggeworfen, noch am selben Tag, an dem er endlich die eindringlichen Blicke verstanden hatte, die die unzufriedene Frau eines Nachbarn ihm zugeworfen hatte. Längst unwiederbringlich verloren war seine Unschuld, und bisher war er nie darauf gekommen, das zu bereuen.

Auch jetzt würde er das nicht. »Also an die Arbeit?« Er gab sich keine Mühe mehr, zu flüstern.

»Wann immer Sie möchten.«

So viel dazu. Er stemmte sich auf seine Arme und verfolgte sein eigenes Vergnügen, ein Lump wie eh und je. Zum Teufel mit der Schüchternheit. Zum Teufel mit schüchternen Männern. Mit einer Hand stützte er sich auf das Kopfende des Bettes, klammerte sich daran fest und keuchte oder stieß Luft durch die Zähne, wenn er aufschreien wollte. Der Höhepunkt stürzte ihm entgegen; er warf den Kopf in den Nacken und zitterte wie ein junger Spross in einem Windstoß, denn die Dienstboten durften nichts hören, und er würde ihr zeigen, dass auch ein schamloser Mann sich beherrschen konnte.

*Närrin*, schalt sie sich im Rhythmus seiner Begierde. *Närrin. Närrin. Närrin.* Vor nicht allzu langer Zeit waren ihr noch all die Gründe gegenwärtig gewesen, einem Mann zu widerstehen. All die großen und kleinen Weisen, auf die man verraten werden konnte. Die Lust konnte eine Frau dazu bringen, sich wegzuwerfen, bis nichts mehr übrig war außer einer leeren Hülle der Reue. Alles, was ihres gewesen war, würde dem Mann gehören, dem sie es schenkte, und sie würde es niemals zurückbekommen. Noch würde er es wertschätzen.

List, branntweingetriebene List wäre ihr heute Nacht um ein Haar zum Verhängnis geworden, zusammen mit dem perfiden Schwung seiner Lippen an ihrem Hals und den hinterlistigen Intrigen seiner Hüfte. Doch sie war gerade noch rechtzeitig zu sich gekommen, und nun hatte sie Zeit, sich in Erinnerung zu rufen, was sie wollte und was nicht.

Er war fertig und lag keuchend neben ihr. Sie wartete nur so lange, bis sie sicher sein konnte, dass er sie über seine angestrengten Atemzüge hinweg hören konnte. »Ich hoffe sehr, dass Sie nicht noch einmal betrunken in mein Bett kommen werden.« Ihre Stimme klang steif und brüchig. Natürlich tat sie das. »Ich finde diese Angewohnheit äußerst anstößig.«

»Ich bin nicht betrunken.« Er holte Luft. »Nur angenehm gestärkt. Und es ist keine Angewohnheit. Man kann ab und an ein Glas Branntwein trinken, ohne es zur Regelmäßigkeit werden zu lassen.«

Sie unterdrückte das bittere Lachen, das in ihr aufwallen wollte. »Männer glauben immer, dass sie ihre Gewohnheiten beherrschen, und erkennen nie, dass es genau umgekehrt ist.«

»Wenn ich's Ihnen doch sage, es ist keine Angewohnheit.«

Jetzt wurde er langsam ungehalten. »Ich habe Granville auf ein Glas eingeladen. Ich wollte nur nett sein. Das war das erste Mal, dass ich mir etwas gegönnt habe, seit wir uns kennengelernt haben. Wenn Sie mir nicht glauben, werde ich morgen abstinent bleiben, bevor ich zu Ihnen komme. Würden Sie jetzt bitte aufhören, mit mir zu sprechen, als sei ich der öffentlichen Ausschweifung angeklagt?«

Sie ließ sich seine Worte durch den Kopf gehen. Vielleicht sagte er die Wahrheit. Zugegeben, sie war nicht ganz unvoreingenommen in dieser Sache. Und er hatte ihr noch nie Anlass zu der Annahme gegeben, dass er betrunken sei, obwohl es natürlich Männer gab, die so etwas gut verbergen konnten. Vielleicht sollte sie ihr Urteil bis morgen aufschieben und abwarten, ob er Wort hielt oder nicht. Sie holte Luft. »Es tut mir leid. Ich habe sehr wenig Verständnis für jegliche Art des Rausches.«

»Was Sie nicht sagen.« Seine Stimme wurde sanft, als er sich zu ihr umdrehte. »Wer hatte denn diese entsetzliche Angewohnheit? Ihr Vater? Ihr Mann? Der Bruder, bei dem Sie es vorziehen, nicht zu wohnen?«

Sie schrak vor der indiskreten Frage zurück, doch ihre Zunge hatte bereits begonnen, zu antworten. »Andrew? Das ist absurd! Er ist so streng, dass ich daneben geradezu nachsichtig wirke.«

»Dann hoffe ich, dass ich ihm niemals begegnen werde«, sagte er in einem angenehm ruhigen Plauderton. »Ist sein Charakter – und Ihrer – dann vielleicht eine Reaktion auf ein trunksüchtiges Elternteil?«

Nichts davon ging ihn etwas an. *Nichts*. Sie presste die Lippen steif zusammen. Doch wenn sie jetzt schwieg, würde er zu einer Schlussfolgerung gelangen, die ihrem Vater Unrecht tat. »Wie können Sie etwas Derartiges annehmen?« Die Ungerechtigkeit war unerträglich. »John Blackshear war ein ernster, bibeltreuer, enthaltsamer Mann.« Jetzt müsste sie Mr Russell verteidigen. Das käme logischerweise als Nächstes. Sie schwieg.

»Ah.« Die Silbe war bedeutungsschwanger. Er dachte, er wüsste jetzt alles. Sie spürte, wie seine Gedanken in der Stille arbeiteten. Vor diesem geheimen Hintergrund ließ er jede Szene, die sie miteinander gespielt hatten, Revue passieren. So als könnte diese eine Tatsache alles erklären, was ihm bisher an ihr unerklärlich gewesen war. »Möchten Sie darüber sprechen?«, fragte er nach einer Weile.

»Nein.«

»Haben Sie schon mal mit jemandem darüber gesprochen?«

»Nein.«

Sie hörte, wie sein Mund sich bewegte. Vielleicht hatte er zu etwas angesetzt und es dann doch nicht gesagt. »Hat er Sie geschlagen?«

»Nein.« Um Himmels willen. »Ich sagte doch, ich möchte nicht darüber reden.«

»War er jähzornig?«

»Nichts dergleichen! Nichts von alledem, was man in Romanen liest.« Er würde sich ihre Geschichte in den schaurigsten Farben ausmalen, wenn sie ihm keine bessere Vorstellung von der Wahrheit gab. »Es war vor allem eine Art Abwesenheit. Das hat es mir schwer gemacht, das Maß an Respekt aufzubringen, das eine Frau für ihren Mann empfinden sollte. Denn ich denke, ein Mann sollte verlässlich sein und sich selbst unter Kontrolle haben.«

»Relativ unwahrscheinlich, wenn der Mann ein Sklave der Flasche ist.« Seine Worte unterstrichen ihren Standpunkt und ermutigten sie, fortzufahren.

»Richtig. Der Alkohol hat ihn unberechenbar gemacht. Er hatte große Gedächtnislücken. Manchmal hat er die Ereignisse mehrerer Stunden einfach vergessen.«

»Aber nicht den Weg in Ihr Bett.«

Ihr stockte der Atem. Er hatte genau ins Schwarze getroffen, so sicher, als hätte er sie aufgeschnitten und den Finger in die Wunde ihres klopfenden Herzens gelegt. Wenngleich sie Mr Russells Angewohnheit gern als lästiges Ärgernis abtat, etwas, das sie nicht wirklich berühren konnte, blieb die Tatsache, dass *er*, ihr Mann, sie hatte berühren können. Wann immer er wollte. Ein Mann, der ein Fremder für seine Frau geworden war, hatte dennoch das Recht. Eine Frau hatte kein Recht, sich zu weigern.

*Es hätte schlimmer kommen können. Er hat dich nicht geschlagen. Er war nicht grausam.* Diese strenge Selbstmaßregelung hatte einfach nie den stärkenden Effekt, den man sich gewünscht hätte. Ihre Augen blinzelten mit abscheulicher Geschwindigkeit; glücklicherweise wurde ihr Versuch, ihre Verletzlichkeit bloßzustellen, von der Dunkelheit vereitelt. Sie holte tief Luft und krallte die Fingernägel in die Handflächen.

»Martha.« Seine Fürsorglichkeit strömte über das Kissen hinweg zu ihr herüber wie ein warmes, lebensfrohes Bad, das sie einlud, zu bleiben.

»Mr Mirkwood.« Sie ließ die Worte wirken wie eine ausgestreckte Hand in einer Geste der Abwehr. »Ihre Freundlichkeit und Anteilnahme ehren Sie, da bin ich mir sicher. Aber ich habe alles gesagt, was ich zu diesem Thema sagen möchte. Ich schlage vor, dass wir jetzt schlafen.«

Die Luft war voller Bewegung. Zielsicher kam seine Hand durch die Dunkelheit und legte sich an ihren Kopf, die Handfläche an ihrem Ohr, die Finger in ihrem Haar vergraben. Nur einen Augenblick lang blieb sie da, nur gerade lange genug, um sie zu halten, während er seine Lippen auf ihre Stirn legte. »Dann gute Nacht.« Sie spürte seinen warmen Atem an ihrem Haaransatz. Er legte sich zurück und hatte nichts mehr zu sagen, und sie lauschte seinen Atemzügen, während sie länger wurden und sich in ein leises Schnarchen verwandelten.

Irgendwann in der Nacht drehte sie sich um und stieß mit einem Teil von ihm zusammen. Sofort schlängelte sich sein Arm zu ihr hinüber und zog sie an sich, so als sei das der Platz im Bett, wo sie hingehörte und von dem sie sich nur versehentlich im Schlaf entfernt hatte. Sie hielt den Atem an und wartete ab, was als Nächstes passieren würde, doch nichts geschah. Sein Arm hatte eigenmächtig gehandelt, vielleicht hatte er sich diesen Reflex in zahllosen Nächten mit einer Frau in greifbarer Nähe angewöhnt. Oder vielleicht deckte sich ihre Anwesenheit an seiner Seite zufällig mit einem Traum von irgendeiner anderen Geliebten.

Das ging sie nichts an. Er durfte träumen, was immer er mochte. Nur wäre sie lieber nicht wie ein Ersatz mit hineingezogen und an so vielen Stellen von seinem Körper umschlungen worden. Seine Beine mit ihren verheddert. Sein Arm über ihrem Schlüsselbein. Die Kuhle zwischen seinem Kinn und Hals in genau der richtigen Größe für ihren Kopf. Durch ihre Kopfhaut und durch ihre Schulter, die auf seiner Brust lag, spürte sie seinen Puls. Und seinen Atem: das leise Heben und Senken seines Brustkorbs, den langsamen, schwachen Luftzug irgendwo über ihrem Kopf. Bestimmt würde er sich gleich umdrehen und sie freilassen, doch vorläufig war sie in ihm gefangen und konnte nichts tun, als sich ihrer misslichen Lage bewusst zu sein.

Wenn man einen Mann liebte, wünschte man sich das vermutlich. Welch ein seltsamer Gedanke. Man würde sich wünschen, von seinem Arm festgehalten zu werden. In der Kuhle zu liegen, die sein Körper für ihren machte. Das leise Lied zu hören, gedämpft und rhythmisch, das sein Puls und sein Atem für sie sangen, damit sie einschlafen konnte.

Doch welche Dame würde so schlafen können, auf allen Seiten von so viel Mann umgeben? Sie spürte das Anhängsel an ihrer Hüfte schlummern. Ihr Atem und seiner waren vielleicht bereits Bewegung genug, um es aufzuwecken.

Vorsichtig befreite sie ihr Bein von seinem und schob sich seitwärts zurück in Richtung Bettkannte. Doch sie hatte noch keine zwanzig Zentimeter geschafft, bevor sein Arm sie zurückzog und er sie nur noch fester an sich drückte. Er murmelte etwas Unzusammenhängendes und wand seine Beine wieder um die ihren. Seine Lippen berührten ihren Scheitel. Das Anhängsel regte sich nicht.

»Mirkwood«, flüsterte sie. Das konnte er doch unmöglich alles im Schlaf tun?

Er gab keine Antwort, und in der Stille formte sie ihren Mund, ihre Lippen, ihre Zunge und ihren Gaumen, zu etwas Neuem. »Theophilus.« Der Name schwebte in der Luft wie von der Handfläche gepustete seidig weiße Löwenzahnsamen, flüchtig und unberechenbar.

Er murmelte wieder etwas – sie spürte das Brummen in seiner Brust – und verstummte dann bis auf die Atemzüge. Ein und aus.

Sie schloss die Augen und wartete auf den Schlaf oder den Sonnenaufgang. Wahrscheinlich Letzteres. Wenn sie nicht einschlief, würden sie zumindest nicht die Stunde im Morgengrauen verpassen, in der er aufstehen und leise gehen musste. Dann würde sie ihn bitten, seinen Gliedern etwas mehr Disziplin anzugewöhnen.

*Frau*. Irgendein niederer, animalischer Teil seines Gehirns gab ihm die Information. *Frau, keine zwei Fuß entfernt.*

Seine Nase bestätigte die Nachricht. Der süße Duft einer nackten Frau, überlagert von etwas Blumigem. Flieder. Fliederpuder. Ach ja. *Diese* Frau.

Langsam öffnete er die Augen. Schwaches Grau drang durch den Spalt zwischen den Vorhängen. Noch kein Sonnenlicht und keine Farben, doch sie würden bald kommen. Dann musste er los.

Er hatte Zeit. Er brauchte sie nicht einmal aufzuwecken.

Sie hatte ihm den Rücken zugewandt, das Haar war auf dem ganzen Kissen ausgebreitet und eine Schulter war entblößt, wo die Decke von ihr gerutscht war. Er zog daran und deckte sie wieder anständig zu. Geübt schloss er zu ihr auf und vermied jeden Zentimeter Zwischenraum. Mit der Brust berührte er – ganz leicht – ihren Rücken und legte einen Arm über ihre Rippen, um sie festzuhalten. Sein Knie schob sich – ganz langsam – zwischen ihre Knie. Mit der Hand hob er ihre Wade hoch und legte sie auf sein Bein. Sein Geschlecht berührte sie und verweilte auf der Schwelle, und dann – leise wie Schnee – glitt er hinein.

»Was tun Sie?« Augenblicklich war sie hellwach. »Das haben Sie schon gestern Nacht getan.«

Er fluchte leise. »Können Sie nicht einfach weiterschlafen?«

»*Weiterschlafen?* Sind Sie wahnsinnig? Mit dem Ding könnten Sie einen ganzen Friedhof aufwecken!«

»Herrje. Wenn ich geahnt hätte, dass Sie morgens Humor haben, wäre ich schon viel früher über Nacht geblieben.« Er stieß einmal zu, dann zweimal. Gott, das sollte er nicht tun. Die Dinge, die sie letzte Nacht gesagt hatte, kamen ihm wieder in den Sinn, und mit ihnen eine vage, innbrünstige Entschlossenheit, die Zurückhaltung ihres Körpers zu respektieren und zu beweisen, dass er ein besserer Mann war als Mr Russell.

Und da war er nun, drängte sie, drängte *in* sie, und verlangte, dass sie wieder einschliefe. Trotzdem, sie hatte ihn nicht abgehalten. Das würde sie doch, wenn sie wirklich nicht wollte. Oder?

Er stieß noch einmal zu und zog sich fast ganz aus ihr zurück. »Wollen Sie wirklich, dass ich aufhöre?« Er keuchte, als sei er gerade einen Marathon gelaufen.

Ihre Rippen hoben sich gegen seine Brust, während sie darüber nachdachte. »Ich schätze, es kann ja nicht schaden. Vielleicht ist gerade das jetzt der richtige Samen.«

»Guter Gedanke. Vielleicht ist das jetzt der richtige.« *Ich werde mein Bestes tun, damit er es wird.* Er hatte durchaus ehrenvolle Absichten. Bevor er fortfuhr, hielt er kurz inne und legte die Lippen an ihre Schulter, ganz vorsichtig, damit seine raue Wange ihre zarte nicht berührte.

# 11

Ein zweiter Tag des Dreschens festigte seine Meinung. Wie sollte er je wieder eine Scheibe Toast genießen, jetzt, da er wusste, was für eine Knochenarbeit dahintersteckte? Welches besessene Urwesen war mit der irdischen Fülle an Früchten und Wild so unzufrieden gewesen, dass es seinen gierigen Blick auf Kornähren geworfen hatte? Wenn er dieses Subjekt in die Finger bekäme, würde er ihm einen ordentlichen Faustschlag an den zottigen Kopf verpassen. Falls er noch schnell genug war. Die knapp vier Wochen ohne sein übliches Boxtraining hatten vielleicht schon irreparable Schäden bei ihm angerichtet. Er nahm erst die eine, dann die andere Hand langsam vom Riemen, um die Finger auszustrecken und wieder zur Faust zu ballen.

»Soll ich die Zügel übernehmen, Sir?« Mr Quigley, ein etwas nervöser Mann, war völlig perplex gewesen, als der junge Herr darauf bestanden hatte, den Wagen zu lenken, anstatt nebenherzureiten, wie es Granville anständigerweise tat. Nun wartete er jeden Augenblick auf ein Anzeichen dafür, dass er wieder übernehmen sollte.

»Nein, nein. Sie haben beim Dreschen diese Woche bereits genug getan! Lehnen Sie sich zurück und genießen Sie die Aussicht, bis wir bei der Mühle ankommen.«

Quigley legte die Fingerspitzen seiner großen Hände auf die Knie und starrte stirnrunzelnd auf die Straße. Irgendetwas an seiner Haltung erinnerte Theo an Mrs Russell. Die Bewohner von Sussex waren wohl nicht besonders erpicht darauf, das Leben zu genießen.

Doch die Landschaft zog vorbei, und wer konnte, erfreute sich daran, bis endlich die Stadt in Sicht kam und an ihrem diesseitigen Rand ein Bach mit einer Mühle aus grauen Ziegeln.

Das Wasser, das über das Mühlrad floss, hatte offenbar genug Kraft, einen Mühlstein zu drehen. Das hatte etwas mit einem Getriebe zu tun, hatte Granville gesagt. Große und kleine Zahnräder sorgten auf mysteriöse Weise dafür, dass der Stein sich schneller drehte als das Mühlrad. Und seitwärts. Das Mühlrad drehte sich vertikal, die Mühlsteine jedoch, der feste und der, der sich drehte, lagen horizontal. Granville hatte eine Skizze angefertigt und Theo hatte weise genickt und sich dabei einem Tagtraum von der Witwe hingegeben.

An der Mühle angekommen, luden sie die Getreidesäcke ab – mochte Quigley ihn ruhig skeptisch beäugen; in Sachen Muskelkraft konnte er es mit jedem Arbeiter aufnehmen – und sahen zu, wie eine radbetriebene Winde sie einen nach dem anderen auf die Mahlbühne zog, wo ein Müllergeselle schon an der Schütte bereitstand. Jetzt gab es nichts mehr zu tun als zu warten, bis sie den Weizen in Form von Mehlsäcken zurückbekämen.

Er sah sich um und griff nach seinem Hut, den er zum Entladen abgesetzt hatte. »Ich mache einen Spaziergang durch die Stadt, wenn Sie mich entbehren können«, sagte er zu Granville. »Ich gehe ja um diese Tageszeit viel spazieren, aber in einer Stadt war ich hier noch nie.« Vielleicht eine überflüssige Lüge. Soweit er wusste, hatte Granville das Muster seiner nachmittäglichen Abwesenheit noch gar nicht bemerkt. So oder so konnte er ihn gut entbehren, und auch Quigley hatte keine Einwände, also machte er sich auf und schritt auf die ersten Häuser zu.

Es war eine hübsche Stadt, ein Sammelsurium aus gemauerten, getünchten und halb gezimmerten Häusern, die sich alle fröhlich aneinanderschmiegten und die moderne Zeit völlig ignorierten. Die gewundene Hauptstraße rumpelten unzählige

Wagen entlang: Es war Markttag. Ein strohblondes Kind lehnte sich aus einem Fenster im ersten Stock und nahm das Getümmel auf der Straße mit großen Augen auf. Theo lüftete im Vorbeigehen seinen Hut, als das Kind ihn erblickte, und wurde mit einem freudigen Winken belohnt, wie ein geliebter Onkel, der mit Taschen voller Geschenke von einer Seereise heimkehrt.

Geschenke. Er befühlte die Münzen in seiner Tasche. Vielleicht konnte er hier ein oder zwei Dinge besorgen. Vernünftigen Käse für Mr Barrow, zum Beispiel. Vielleicht etwas für Mrs Russell. Er ging zum Ende der Straße, um sich auf dem Rückweg genauer anzusehen, was so alles angeboten wurde.

Mehr als ein hübsches Mädchen blickte auf, als er vorüberging. Das Angebot war nicht schlecht. Sogar in den schlichteren Kleidern, die er für die heutigen Arbeiten angelegt hatte, fiel er in dieser Stadt offenbar positiv auf. Er zog seinen Mantel zurecht und lächelte das nächste Mädchen an, an dem er vorbeikam.

Das konnte leicht zu etwas führen. *Hatte* oft genug zu etwas geführt. Ein Blick, eine halbe Sekunde länger ausgehalten, als es sich gehörte; ein Lächeln, in das sie alles hineinlesen konnte, was sie wollte, oder auch gar nichts.

Verflucht sei seine seichte Seele! War er nicht besser als das? Hatte er nicht in letzter Zeit gemeint, bei sich beinahe so etwas wie eine … eine gewisse Zuneigung zu Mrs Russell entdeckt zu haben? Ein gewisses Etwas, das solch spekulatives Interesse an anderen Frauen ausschloss? Diese ganzkörperliche Würdigung der kastanienbraunen Locken, die der einen unter der Haube hervorquollen? Oder der Lippen der anderen, in den Mundwinkeln schelmisch, dazwischen üppig?

Nun, sein Körper war eben auch auf sein Wohlergehen bedacht, nicht wahr? Sein Körper hatte nichts von zärtlichen Empfindungen für Mrs Russell. Wenn er so töricht sein sollte, sich zu verlieben – und der Himmel wusste, er war töricht genug für so manches –, würde das eine einsame Reise werden. Wie aus den Tiefen eines Brunnens, in den nur er unvorsichtigerweise gefallen war, würde er blinzelnd zu ihr aufblicken, während sie ihn missbilligend von oben herab ansah, da sie verlässliche Männer bevorzugte und man ihm ja offenbar nicht einmal zutrauen konnte, einen Fuß vor den anderen zu setzen.

Dennoch würde er ihr treu bleiben. Er hatte der Witwe für einen Monat das exklusive Recht an sich zugesichert, und das Wort eines Mannes musste schließlich etwas gelten. Entschlossen wandte er sich einem Marktstand zu, an dem es nur eine einzige, wenig verführerische Frau gab, eine stämmige Matrone in lavendelgrauer Halbtrauertracht. Vermutlich ebenfalls eine Witwe. Umso besser. Würdevoll ging sie die Auslage durch. Salate. Brunnenkresse. Der Himmel wusste, was noch alles. Sie warf ihm einen kurzen, aufmerksamen Blick zu, und er wandte sich ebenfalls dem Blattgemüse zu.

»Entschuldigen Sie bitte.« Warum sollte er sich nicht mit ihr anfreunden, wenn auch nur für die eine Minute oder zwei, die sie miteinander verbrachten? Er sprach leise, um den Gemüsehändler aus dem Gespräch herauszuhalten. »Ich verstehe ganz und gar nichts von Salat. Sind die dunkleren Blätter besser?«

Sie sah ihn wieder an, diesmal abschätzend. Dann tippte sie einen Salat an. »Der da ist wohl der beste, den Sie hier finden werden,« murmelte sie ebenso leise. »Aber bezahlen Sie nicht mehr als zwei Pence, egal, was er verlangt!«

Jetzt musste er den Salat kaufen. Mit einer Hand hob er ihn an, mit der anderen fischte er ein paar Münzen aus der Tasche.

»Und bei Ihnen ein Salat, Sir?«, fragte der Verkäufer zuckersüß. »Das macht fünf Pence.«

Vermutlich sollte er das Gemüse beleidigen und den Verkäufer gleich mit, in der Hoffnung, drei Pence zu sparen. Er warf seiner Nachbarin einen Seitenblick zu, doch sie ging konzentriert die Petersilie durch und reagierte nicht. Er bezahlte die fünf Pence.

»Das war dumm«, raunte sie, als der Mann sie nicht mehr beachtete. »Er hat Ihre feinen Kleider gesehen und den Preis erhöht. Sie beuten einen immer aus, wenn man sie lässt.«

»Es sind doch nur drei Pence. So viel schmeiße ich manchmal einfach weg, wenn ich meine Taschen ausleere.«

»Das hat er Ihnen vermutlich sofort angesehen. Ihnen steht deutlich auf die Stirn geschrieben, dass Sie keine Ahnung haben, was die Preise sind, wenn Sie mir die Bemerkung verzeihen wollen.«

»Wie wahr!« Inzwischen fand er es beinahe anheimelnd, sich von einer Frau in Trauertracht belehren zu lassen. »Ich wollte etwas Käse kaufen, und ich habe nicht die leiseste Ahnung, was ein vernünftiger Preis ist.«

Bei diesem Thema wurde sie noch gesprächiger. »Kaufen Sie sich lieber gleich eine Kuh! In dieser Gegend gibt's weit und breit nur eine einzige Meierei, und deren Käse ist minderwertig. Außerdem würden Sie Ihn zu teuer bezahlen, wie den Salat.«

»Die drei Pence werde ich nicht bereuen. Ich kann es dem Mann nicht übel nehmen, wenn er ein bisschen Profit macht. Hilft es nicht, die Preise für alle niedrig zu halten, wenn er hie und da ein paar Pennys extra an denen verdient, denen es nicht wehtut?« Das war doch alles in allem ein recht bodenständiges Argument.

Sie taxierte ihn kritisch. »Ich mache mir ehrlich Sorgen, wie es Ihnen am Käsestand ergehen wird. Die werden Ihnen das Geld aus der Tasche ziehen, ehe Sie wissen, wie Ihnen geschieht.«

»Könnte ich Sie dann möglicherweise dazu überreden, mich zu begleiten, um diese Gefahr abzuwenden? Ich gebe Ihnen diesen schönen Salat für Ihre Mühen.« Eine Idee war ihm gekommen, eine vage Idee, wie diese Frau ihm vielleicht bei mehr als einer guten Tat von Nutzen sein könnte.

»Behalten Sie Ihren Salat! Bei dem Preis könnte ich ihn ohnehin nicht genießen, auch wenn jemand anderes ihn bezahlt hat. Die fünf Minuten kann ich wohl erübrigen.«

Sie gingen die Hauptstraße entlang. Er stellte sich vor. Die Frau war eine Mrs Canning, die seit einigen Jahren verwitwet war und bislang offenbar keine Veranlassung dazu gesehen hatte, ihre Halbtrauertracht abzulegen. »Ich habe eine Witwe zur Nachbarin«, sagte er. »Allerdings ist sie es erst seit Kurzem.. Kennen Sie Mrs Russell von Seton Park?«

Er sah, wie sie ihre Meinung von seiner Intelligenz erneut zu seinen Ungunsten revidierte. Ja, auch das war er von einer Frau in Trauertracht gewöhnt. »Sie ist Grundherrin«, kam die Antwort. »Da verkehren wir wohl kaum in denselben Kreisen.«

»Ja, natürlich. Es ist nur, dass Sie so viel Ähnlichkeit mit ihr haben, in Ihren Manieren, Ihrem gesunden Menschenverstand und Ihrer unverblümten Ausdrucksweise, und natürlich in dem Ernst, mit dem Sie beide das Witwentum angehen. Deswegen dachte ich, dass Sie sich vielleicht kennen könnten.« Dieser Schachzug brachte ihn bis zum Molkereistand, wo er mit verschränkten Armen stehen blieb und so tat, als begutachte er einen Käselaib.

»Den würde ich nicht essen, selbst wenn ich am Verhungern wäre.« Mrs Canning tat den Käse mit einer einzigen Handbewegung ab. »Wollen Sie damit sagen, dass Sie Mrs Russell einen Besuch abgestattet haben?«

»Ein-, zweimal, ja. Wie viel wird er für diesen ungenießbaren Käse verlangen?«

»Acht bis zehn Pence das Pfund, habe ich gehört. Eine Unverschämtheit. Ich verwette meine Seele, dass die Hälfte Sägemehl ist.« Sie warf dem Käse einen bitterbösen Blick zu. »Es gehört sich nicht, dass ein Mann, der nicht zur Familie gehört, eine Witwe besucht.«

»Ganz meine Meinung! Ich wünschte, ich hätte eine Schwester mitgebracht, um mir den Haushalt zu führen, dann könnte ich sie schicken. Ein Gentleman ist allein kein besonders nützlicher Nachbar in solchen Fällen. Und außerdem mache ich nicht die richtige Konversation.« Zerknirscht fuhr er sich mit der Hand übers Kinn.

»Sie sollten überhaupt keine Konversation machen! Hat sie denn keine Familie, die zu ihr kommen kann?«

»Ich fürchte, nein. Die sind alle mit Berufen beschäftigt.« Er schritt den Stand ab. »Anwalt und Soldat und so. Und sie war zu kurz verheiratet, habe ich mir sagen lassen, um anständige Freundschaften in der Nachbarschaft zu schließen. Muss Butter diese Farbe haben?«

»Von der Butter will ich lieber gar nicht erst anfangen!« Ihr erboster Blick fand ein neues Opfer. »Wissen Sie, was die da reintun, um diese Farbe zu bekommen? Kupfer!«

»Kupfer? Tatsächlich? Kurios. Wissen Sie, Mrs Russell interessiert sich sehr für diese Dinge. Die Ernährung der Leute, die zu arm sind, sich eine Kuh zu kaufen und so weiter. Ich muss ihr unbedingt erzählen – doch nein, es ist besser, wenn ich sie nicht besuche. Sie haben völlig recht. Obwohl sie ganz vorzüglichen Kuchen serviert. Würden Sie jetzt so freundlich sein, für mich einige Preise in Erfahrung zu bringen? Ich wage nicht, selbst zu fragen, sonst kaufe ich am Ende von allem etwas.«

Mrs Canning folgte seinem Wunsch auf gar furchteinflößende Weise. Sie verlangte, den Preis eines jeden Artikels zu erfahren, und wiederholte alles in einem immer ungläubigeren Tonfall, um ihm Gelegenheit zu geben, mitzuschreiben. Die Idee in seinem Kopf nahm langsam Gestalt an. Er steckte Notizbuch und Bleistift wieder ein, dankte der Frau und bestand darauf, ihr den Salat zu überlassen, und wenn sie ihn an ihre Schweine verfütterte.

Eigentlich hatte er Geschenke kaufen wollen. Doch vermutlich war ihm etwas weit Besseres eingefallen. Dennoch sollte ein Gentleman zu Ende bringen, was er angefangen hatte, also ging er am Bäckereistand vorbei und kaufte ein Rosinenbrötchen. Am Ende der Straße warf er es dem strohblonden Kind zu, das es lachend beim ersten Versuch auffing.

»Ich habe nicht die leiseste Idee, wie ich das Thema anschneiden soll.« Martha stand in der Fensternische ihres Ankleidezimmers und sah zu, wie Sheridan frische Wäsche in den Schrank legte. »Ihre Art ist nicht ermutigend. Und sobald sie weiß, dass ich auf der Suche nach einem Kind bin, wird sie sicherlich den Grund erraten, und dann werde ich ihrer Diskretion und ihrer Sympathie ausgeliefert sein. Und Letztere ist außerordentlich knapp bemessen.«

Sheridan strich mit der Hand über das Trauerkleid, das an der Schranktür hing. »Ich bezweifle, dass sie sich so viele Gedanken machen würde. Ich glaub' nicht, dass Bauersleute sich besonders für die Intrigen der Herrschaft interessieren. Vermutlich ist es ihr völlig einerlei, wem Seton Park gehört.«

*Ich bezweifle … Ich glaube nicht … Vermutlich …* Auf solch einer Grundlage wollte Martha das Risiko lieber nicht eingehen. Sie stützte die Hände in die Hüften und legte den Kopf in den Nacken, um die Decke zu betrachten. »Ich wünschte, ich wüsste, wie lange Mr James Russell zu bleiben gedenkt. Wenn er zur Zeit der Niederkunft hier sein will, sehe ich nicht, wie es zu bewerkstelligen ist.«

»Wenn Sie einen Sohn bekommen, gibt es nichts zu bewerkstelligen.« Das Mädchen kniete sich hin, um eine Falte aus dem Saum des Kleids zu streichen.

»Ja, aber sich einzig und allein darauf zu verlassen, wäre unklug.« Allerdings erschien ihr das ganze Unterfangen mit der Zeit immer unklüger. Mrs Weavers Kind konnte auch sehr gut ein Mädchen werden. Was sollte eine verzweifelte Witwe tun? Mit einem Dutzend verschiedener Frauen um das Recht an ihren ungeborenen Kindern feilschen, um sicherzugehen, dass wenigstens ein Junge dabei war?

Und dennoch würde sie den Weg, den sie eingeschlagen hatte, nicht bereuen. Nicht, wenn die Alternative gewesen wäre, tatenlos zuzusehen, wie alles Mr James Russell in die Hände fiel. »Erst einmal muss ich den guten Willen dieser Frau gewinnen.« Sie verschränkte die Arme und blickte aus dem Fenster. »Das wird schon schwierig genug; zweifellos wird es all meine Kräfte kosten. Über den Rest kann ich mir dann immer noch den Kopf zerbrechen.«

»Genau. Aber sparen Sie sich ein paar Ihrer Kräfte für Mr Mirkwood auf.«

Sheridan blickte völlig ungerührt drein, als Martha ihr einen Blick zuwarf, doch in ihren Worten hatte ein Lächeln mitgeschwungen.

»Mr Mirkwood ist viel vernünftiger geworden.« Sie blickte wieder aus dem Fenster, zu dem Wald, durch den er heute Abend kommen würde. »Und er hat mehr Verstand, als ich ihm am Anfang zugetraut habe. Alles in allem mache ich mir über ihn im Augenblick am wenigsten Sorgen.«

»Martha! Sprich zu mir wie an jenem ersten Morgen!« Sein Gesicht, über ihr, lag halb im Schatten, halb im unsteten Licht. Nach zwei Nächten im Dunkeln hatte er an diesem Abend eine einzelne Kerze brennen lassen. Ihr Schein jagte über seine aristokratischen Wangenknochen, wärmte seine Haut und ließ seine Augen diabolisch funkeln.

»Ich weiß nicht, was Sie meinen.« Widerstand hatte einen ganz eigenen Reiz; einen, den sie sich erlauben durfte, und der ihm ebenfalls zu gefallen schien.

»Doch, das tust du. *Mit dem Ding könnten Sie einen ganzen Friedhof aufwecken!*« Er legte den Kopf in den Nacken und blickte mit halb geschlossenen Augen auf sie herab. »Aber diesmal nennst du es beim Namen. *Womit* könnte ich einen Friedhof aufwecken?«

»Mit Ihrem männlichen Anhängsel natürlich.« Um Himmels willen.

»*Anhängsel*«, stöhnte er. »Herrje, hat dein Mann dir denn nie ordentliche Wörter beigebracht?«

»Mein Mann war ein respektabler Gentleman. Er kannte den Unterschied zwischen einer Ehefrau und einer obszönen Dirne.«

»Kein Wunder, dass du nie Spaß mit ihm hattest.« Er glitt bis zum Heft hinein, die Arme aufgestützt und den Rücken gebuckelt. Kerzenlicht tanzte über die Muskeln auf seiner Brust, die Bänder und Sehnen über seinem Bauch. Er könnte eine ganze Weile so verharren, ehe sie des Anblicks überdrüssig werden würde. Auch nicht des leichten, süßen Drucks dort, wo ihre Körper sich berührten. Sie wusste, was sie tun würde und was nicht. Doch man konnte sich ja *vorstellen*, wie er seine Hüfte gegen sie bewegen würde, vielleicht mit einer kreisenden Bewegung, und mit welchen Bewegungen sie antworten würde.

Er hob den Kopf und sah ihr direkt in die Augen. »Sag mir, was ich tun soll.«

Gleißende Panik flammte in ihr auf. Er wusste es! Er konnte ihre Gedanken lesen. »Ich will nur den Samen. Das wissen Sie doch. Sind Sie wieder betrunken?« Ein hastiger, unbedachter Wortschwall.

Er antwortete, indem er seinen Mund auf ihren legte. Seine Zunge streifte über die Linie zwischen ihren Lippen, von einem

Mundwinkel zum anderen. »Probier«, befahl er und wich ein paar Zentimeter zurück. »Schmecke ich danach?«

»Das war nicht nötig.« Sie probierte, während sie versuchte, zum festen Halt des Widerstands zurückzufinden.

»Vielleicht nicht für dich.« Er sollte sich nicht so viel herausnehmen. Zweifellos hatte sie ihn ermutigt an jenem ersten Morgen, an dem sie ihm erlaubt hatte, sich selbst zu befriedigen. Und am zweiten Morgen auch. Doch, zugegeben, er schmeckte nicht nach Alkohol. »Ich warte.« Seine Stimme war weich wie ein Frühlingsregen, der sie dazu verführen wollte, ihren sicheren Unterschlupf aufzugeben und sich ins Freie zu wagen. »Sag etwas Schmutziges, Martha. Etwas, das du zu deinem Mann niemals sagen würdest.«

Sie wand sich, obwohl Flucht natürlich nichts nützen würde. »Ich habe keine Ahnung, was Sie hören möchten.«

»Wirklich nicht?« Allein mit seinem Blick hielt er sie gefangen. Das Gewicht seines Körpers war völlig überflüssig. »Dann gebe ich dir einen Tipp: Es beginnt mit *F*.«

Sie spürte, wie sie bis zu den Haarwurzeln errötete. Verflucht sei die brennende Kerze, die es preisgab. »Das kann ich nicht sagen.«

»Nein?« Sein Grinsen wurde breiter, der Inbegriff der Sündhaftigkeit. »Zuerst musst du die Unterlippe an deine oberen Schneidezähne legen und pusten.«

»Sie wissen, was ich meine! Ich sage keine vulgären Dinge. Und sinnlose Dinge übrigens auch nicht.«

»Sinnlos.« Er legte den Kopf schief und zog eine Augenbraue hoch.

»Allerdings.« Ja, hier kam ein bisschen Selbstbewusstsein. »Warum um alles in der Welt sollte ich Sie um etwas bitten, das Sie bereits tun?«

»Also gut.« Er zog die Lippen zurück, und das Anhängsel verschwand aus ihr und drückte aufdringlich gegen ihre Schenkel. »Wie du möchtest. Jetzt musst du mich bitten. Oder betteln, falls ich mich sträuben sollte.«

Sie würde vergessen, dass er das gesagt hatte. Sie würde ihrem Phantom-Mann nicht erlauben, es später zu wiederholen, auch wenn es ihr eine sündhafte Gänsehaut über den Rücken laufen ließ. Sie erwiderte Mr Mirkwoods eigensinnigen Blick für mehrere Sekunden. Dann ließ sie ihre rechte Hand emporwandern und strich ihm leicht über die Brustwarze.

Er zitterte. »Was tust du?« Sofort wurde seine Stimme heiser.

Alberne, respektlose Genugtuung wallte in ihr auf, und durch seine Haut hindurch konnte sie spüren, wie auch ihm die Ironie der Situation bewusst wurde. Dass *er* es diesmal war, der diese Frage stellte. Dass *er* derjenige war, der ins Stocken geriet und sich fragte, was sie wohl vorhatte. »Ich berühre Sie.« Sie ließ den Finger andersherum wandern. »An dieser einen Stelle.«

»Es gibt zwei.« Seine Wimpern warfen Schatten, übertriebene Kerzenschein-Schatten auf seine Wangenknochen. »Zwei solche Stellen. Falls es dir entgangen sein sollte.«

Wie eine Katze, die gestreichelt werden wollte. Aber warum nicht? Sie setzte ihre andere Hand auch ein. Er schloss die Augen und lehnte sich ihrer Berührung entgegen. Ja, wirklich wie eine Katze. Seine Atemzüge wurden tief und regelmäßig, als ob jedes bisschen Energie in ihm dafür aufgebracht werden müsste, das Gefühl aufzunehmen. Sein Kopf sank nach links, dann nach rechts. »Ich nehme nicht an …« Er kräuselte leicht die Stirn, die Augen immer noch geschlossen. »Kann ich dich überreden, deinen Mund zu benutzen?«

Ihren Mund. Auch das noch. Wenn sie ihren Mund dorthin legte, würde er ihn bald noch anderswo haben wollen. Jede Frau, die einmal verheiratet gewesen war, wusste, wozu das führte.

Na gut. Wenn er unverschämte Forderungen stellte, würde sie einfach *Nein* sagen. Sie ließ ihre Finger um seine Rippen wandern und zog ihn zu sich herab. Ihre Lippen berührten seine Haut, den strammen, münzgroßen Kreis, und er stieß heftig die Luft aus.

Sie würde ihn völlig vergessen lassen, dass er von ihr ungehörige Dinge hatte hören wollen. Ihre Lippen beschrieben einen engen Kreis und sie hörte, wie sein Atem stockte. Männer. Männer und ihre Schwäche für Frauenmünder. Ihre Zunge wagte sich vor und fand seinen Geschmack nicht unangenehm. Er stieß ein tiefes Brummen aus und zuckte zurück; die Haare auf seiner Brust strichen kitzelnd über ihre Lippen. »Stärker«, flüsterte er, also ließ sie ihn ihre Zähne spüren.

Ein erstickter Laut entfuhr ihm. Er glitt aus ihr heraus und musste erst wieder die richtige Stelle finden. »Hexe«, knurrte er und stieß zu. »Zauberin. Du willst wohl nicht ruhen, bis du mich gänzlich entmannt hast!«

*Zauberin. Hexe.* Sie war nichts dergleichen. Doch sie legte die Lippen wieder auf ihn, sodass er nicht verlangen konnte, dass sie sie zum Bitten oder Betteln benutzte, und durch ihre Lippen, ihre Zunge und ihre Zähne fühlte sie das Beben seiner bedingungslosen, frohlockenden, ungezügelten Kapitulation.

»Gütiger Gott«, keuchte er, als er wieder zu Atem kam. »Ich hatte vorhin schon den Eindruck, dass heute der beste Tag ist, seit ich nach Sussex gekommen bin, aber jetzt fehlen mir die Worte, um ihm gerecht zu werden.« Er hievte sich von ihr herab und sank wie ein Mehlsack neben sie.

»Der Ausflug zur Mühle was also schön? Wollen Sie mir davon erzählen?« Dieser Teil des Tages versprach das ungefährlichere Gesprächsthema.

»Um ehrlich zu sein, hoffe ich, die Mühle früher oder später loszuwerden.« Er zog die Decke über sie beide und legte seine Hand auf ihr Bein. »Mir ist eine Idee gekommen.« Seine Augen glitzerten hoffnungsvoll und ein wenig nervös im schwachen Licht, so als sei ihm ihre Meinung wichtig und er fürchtete, sie könnte nicht gut sein. »Ich möchte das Weizenfeld aufgeben und stattdessen eine kleine Molkerei eröffnen. Nicht so einen modernen Konzern mit Kuhställen und so weiter, sondern etwas kleines Bescheidenes, um die Gegend mit besseren Milchprodukten zu versorgen als dem Zeug, das jetzt hier verkauft wird.«

Einen Augenblick lang war sie sprachlos. Zu ihrer eigenen Schande hatte sie ihm nicht zugetraut, solch einen Einfall zu haben. »Was auf dem Markt in der Stadt verkauft wird, ist wirklich nicht gut«, sagte sie schließlich. »Die Milch ist gestreckt, habe ich gehört.«

»Ja, ich weiß.« Gütiger Himmel. Er hatte sich informiert. »Und wenn ich Kühe hätte statt des Getreides, könnte ich sie auf der Allmende grasen lassen und bräuchte nichts einzuhegen. Nur habe ich leider noch keine Ahnung, wie so etwas funktioniert.« Abwesend umgriff seine Hand ihr Bein. »Ich weiß nicht einmal, wo man Milchkühe herbekommt, oder was sie kosten.«

»Ich helfe Ihnen. Wir können erst mal meinen Verwalter fragen.« So viele arme Leute in der Nachbarschaft könnten von besserer Milch profitieren.

»Und ich schätze, ich müsste Granville von der Idee überzeugen. Und meinen Vater von den Ausgaben.« Seine Hand zuckte wieder und stahl sich weiter nach oben.

»Wir stellen eine Kalkulation auf. Sie werden ihm vorrechnen, dass es mehr einbringen wird als Weizen.« Jetzt, wo er die Idee gehabt hatte, würde sie nicht ruhen, bis er sie ausführte.

»Vermutlich sollten wir das besser prüfen, bevor wir unser Plädoyer darauf aufbauen.« Er lächelte und freute sich ganz offen über ihren Enthusiasmus. »Immerhin kenne ich die Preise für alles in der Stadt. Ich habe sie mir aufgeschrieben. Und mindestens einer meiner Arbeiter hat Erfahrung mit einer Molkerei im alten Stil.«

»Das ist ja wunderbar! Das ist ein hervorragender Anfang. Was tut Ihre Hand da?« Sie hätte es übergehen können. Sie hätte das Gespräch weiterführen können, ohne die Aufwärtsbewegung seiner Finger zur Kenntnis zu nehmen, bis sie plötzlich mitten in irgendeinem Satz über Butter keuchen musste. Wenn sie schwach und töricht wäre, hätte sie das tun können.

»Martha.« Seine Stimme wurde leiser, und sein Finger beschrieb einen köstlichen kleinen Kreis. »Gib mir acht Minuten.«

Wieder List, diesmal unter dem Mantel der Art von Unterhaltung, die sie am liebsten hatte. Sie fühlte sich kalt in ihrem Inneren, während gleichzeitig ein Teil von ihr wünschte, er würde diesen Kreis noch einmal beschreiben. »Das haben wir doch schon besprochen.« Ihre Stimme klang nicht kalt. Sie klang panisch und verzweifelt. »Ich habe doch schon gesagt, dass ich das nicht will.«

»Und ich glaube, du willst es vielleicht doch.« Er wählte seine Worte mit Bedacht. Seine Finger fuhren mit absoluter Leichtigkeit über die beiden Kanten der empfindlichsten Stelle ihres Körpers. »Du bist feucht. Spürst du es nicht?«

»Das waren Sie.« Er vergoss immer einen Überfluss an Samen.

»Ohne Zweifel. Aber nicht so, wie du es meinst.« Einer seiner Finger drang in sie. Zwei. Es machte nichts. Was etwas machte, war sein Daumen, der beständig kreiste, entschlossen, nicht zu ruhen, bis sie völlig am Ende war. »Kannst du deinem Körper nicht vertrauen? Er weiß, was er will.«

»Mein Körper gehorcht meinem Verstand. Nicht umgekehrt.« Das war kein *Nein*. Warum hatte sie nicht *Nein* gesagt? Ihre Hüfte zuckte, wie um ihre Worte Lügen zu strafen.

»Deinen Verstand befriedige ich auch. Ich spreche die ganze Zeit über Landwirtschaft.«

»Sie sind noch verdorbener als in meinen schlimmsten Befürchtungen.« Auch das war kein *Nein* gewesen. Weshalb war sie nicht mehr imstande, diese eine kurze Silbe hervorzubringen?

»Morgen besuchen wir deinen Verwalter, damit er mich über Dächer und Kühe beraten kann. Vielleicht spreche ich sogar mit deinem Pfarrer über die Kinder meiner Landarbeiter.« Zu viel Triumph lag in seiner Stimme. Er hatte ihre Schwäche entdeckt, und jetzt beobachtete er sie wie ein eingebildeter Löwe ein lahmes Beutetier. »Lass es mich tun, Martha.« Sein Daumen war unnachgiebig. »Lass mich. Auch wenn das wie eine Bitte klingt, ist es eigentlich ein Befehl.«

»Sie sind nicht in der Position, mir Befehle zu erteilen.« Die Flamme hatte begonnen zu flackern und fantastische Schatten züngelten durch den Raum. Etwas Ähnliches ging in ihrem Inneren vor. Sie zuckte noch heftiger.

»Ganz im Gegenteil. Ich würde sagen, ich bin in genau der Position.« Er grinste, völlig siegessicher, und endlich hatte sie den nötigen Grund zum Widerstand.

»Nein. Halt. Hören Sie auf.«

Seine Finger hielten augenblicklich still, doch er ließ sie, wo sie waren. Törichte Enttäuschung durchfuhr sie und war ebenso schnell wieder verschwunden. Die Kerze verlosch, und er sprach in der Dunkelheit weiter. »Martha.« Seine Stimme war sanft und voller Mitleid, voller unerträglichem Mitleid. »Warum sträubst du dich nur so dagegen?«

Sie hatte Antworten. Sie hatte sie auswendig gelernt. »Sie sind quasi ein Fremder. Mein Gewissen erhebt Einwände. Und Sie sind kein Mann, den ich …«

»… bewundern kann.« Seine Zunge sprach aus, woran die ihre gescheitert war. »Musst du das denn unbedingt? Tu doch so, als wären es deine eigenen Finger.« Er erhöhte ganz sanft den

Druck seines Daumens. »Gib dem Verlangen deines Körpers für acht Minuten nach. Komplizierter muss es nicht sein.«

Jetzt belog er sie beide. »Es ist alles andere als unkompliziert. Sie wollen mir befehlen.« Warum versuchte sie überhaupt noch, es ihm zu erklären? »Sie wollen, dass ich mich Ihnen ausliefere.«

»Nur für eine kleine Weile. Und ich würde dich zurückgeben.« Doch er nahm die Hand weg, und sie hörte, wie er aufs Kissen sank.

»Es tut mir leid«, sagte sie in die Dunkelheit.

»Macht nichts. Vielleicht änderst du ja eines Tages deine Meinung.« Welch unverbesserlicher Optimismus. Sie konnte nur hoffen, dass er weiterhin selbstsicher genug sein würde, dass sie es als Arroganz auslegen und ihren Widerstand darauf gründen konnte.

# 12

Es war nicht gut, inkonsequent zu sein. Es war nicht gut, zugeben zu müssen, dass ein unbeteiligter Beobachter die eigenen Worte und Taten unlogisch finden musste.

*Ausliefern. Befehlen.* Wie vehement sie auf der Hut davor war, sich einem Mann hinzugeben, der sich ihr jeden Tag hingab. Jede Nacht inzwischen, und jeden Morgen auch. Sie hatte ihm nicht verboten, sie auf diese Weise zu wecken. Sie hatte auch kein Wort darüber verloren, was seine Glieder taten, wenn er schlief, wie sie ihren Körper umschlangen und festhielten.

*Ein Grund mehr*, sagte Martha sich, während Mr Smith all sein Wissen über Milchkühe und ortsansässige Dacharbeiter preisgab und Theo sich eifrig Notizen machte. Neuerdings pflegten ihre Gedanken abzuschweifen. *Du hast schon so weit nachgegeben. Verteidige deine Stellung, so gut du kannst.*

Wem aber hatte sie nachgegeben? Er war ja nicht ihr Gegner. Wenn er sie in seiner Gewalt haben wollte, nur für eine kleine Weile – war das denn schlimmer als das, was sie sich mit ihm erlaubt hatte? In diesem Punkt machte sie sich nichts vor: Bis zu einem gewissen Grad hatte sie es genossen, wie er die Fassung verloren hatte. Seine hilflose Reaktion auf das, was sie mit ihrem Mund getan hatte. Seine bedingungslose Aufgabe des Versuchs, sie vulgäre Dinge sagen zu lassen. Sie hatte über ihn triumphiert, gänzlich, und jetzt nahm sie es ihm übel, dass auch er von diesem Triumph kosten wollte?

Für einen Mann war es natürlich etwas anderes. Ein Mann konnte sich im Spiel ausliefern, in der Gewissheit, dass er immer noch stärker war als die Frau, mit der er spielte. Körperlich war er ihr jederzeit überlegen. Er hatte mehr Einfluss in der Welt. Für einen Mann – vor allem für einen Mann wie Mr Mirkwood – war das, was im Bett geschah, alles ein großes Spiel.

Er sagte etwas und kritzelte mit seinem Bleistift. Irgendeine Frage über Kühe. Sein Kopf war über das Blatt Papier gebeugt, und er sah Mr Smith durch diese Wimpern an, die man auch noch sechs Kirchenbänke weiter hinten bemerkt hätte. Beflissene Aufmerksamkeit sprach aus seinem Profil. Die Londonerinnen fanden ihn zweifellos schön. Die armen Londonerinnen waren ganz schön zu kurz gekommen, wenn sie ihn niemals so gesehen hatten.

Ein Gentleman hielt Wort. Sogar, wenn er sein Wort achtlos im Zuge eines erfolglosen, äußerst anrüchigen Verführungsversuchs gegeben hatte. Also ließ er sich am Samstag mit ihrem Verwalter bekannt machen und setzte sich am Sonntag nach der Kirche im provisorischen Klassenzimmer mit dem Pfarrer zusammen.

»Ein Junge, der heutzutage auf einem Bauernhof aufwächst, kann nicht, wie sein Vater und sein Großvater vor ihm, damit rechnen, ebenfalls Bauer zu werden.« Mr Atkins hockte an der Tischkante, wo er vermutlich thronen würde, wenn die Schule begann. Er hatte seine Soutane gegen einen schwarzen Rock vertauscht. Vermutlich sah er in weiblichen Augen ziemlich flott aus. »Jetzt, wo so viele neue Maschinen entwickelt werden und immer mehr kleine Höfe verschwinden, werden viele solche Jungen ihr Zuhause verlassen und für Lohn arbeiten gehen müssen.«

»Mädchen ebenfalls. Die älteste Cheatham-Tochter ist erst dieses Frühjahr nach Lancashire gegangen.« Mrs Russell saß auf einem Stuhl zu Theos Rechten, die Hände im Schoß gefaltet, die Füße flach auf dem Boden.

»Richtig.« Der Pfarrer schickte eine Verbeugung in ihre Richtung. »Mrs Russell ist eine feurige Verfechterin der jungen Damen. Zu ihrem Teil kommen wir gleich.« Ein Lächeln, ein völlig unnötiges Lächeln, schwebte zwischen den beiden, bis Mr Atkins fortfuhr. »Schulbildung ist wichtiger denn je, um die Chancen eines Jungen vom Land zu verbessern. Wenn der Tag kommt, an dem er sich einen Beruf suchen muss, dann findet er so vielleicht irgendwo Arbeit als Schreiber oder Sekretär und kann sich emporarbeiten, anstatt in einer Mühle oder Mine zu enden.« Jetzt kam das Lächeln in seine Richtung, mit einem zerknirschten Unterton. »So in etwa argumentiere ich gegenüber den Familien hier, und so werde ich auch ihren Familien gegenüber argumentieren, wenn Sie es wünschen. Ich habe jedoch keinerlei Argumente, um *Sie* davon zu überzeugen, dass das Unterfangen Ihre Mühe wert ist. Mrs Russell wird ihnen bestätigen, dass ich bei Mr Russell gar keinen Erfolg hatte, bis sie es auf sich genommen hat, ihn zu überzeugen.«

»Mr Russell war ein vielbeschäftigter Mann.« Sie sprach mit gesenktem Blick zu ihren Fingernägeln. »Den Wert der Sache hat er von Anfang an gesehen, davon bin ich überzeugt; er brauchte nur eine ihm nahestehende Person, die ihm dieses Projekt vor allen anderen potenziellen Investitionen nahegelegt hat.«

»Ich lasse mich gern von Mrs Russell überzeugen.« *Sie weiß genau, wovon und mit welchen Worten …* Er verbarg diesen Gedanken hinter einem nachdenklichen Blick. »Wollen Sie mir erzählen, was Sie sich für die Mädchen erhoffen? Für sie werden Sie ja wohl kaum die Anstellung als Schreiberin im Auge haben.«

»Eines Tages vielleicht schon. Wer weiß, was als Nächstes kommt, jetzt, wo junge Frauen bereits in Mühlen arbeiten.« Sie wandte sich ihm zu, und in ihren Augen loderte grimmige Entschlossenheit. »Doch vor allem möchte ich diesen Mädchen alles für eine Heirat mit einem gebildeten Mann mitgeben.

Wenn solch ein Mann sich eine Frau sucht, dann wird er doch sicherlich eine Frau, mit der er alles besprechen kann, was ihm im Kopf herumgeht, einer Frau vorziehen, mit der er nur über das Abendessen und das Wohl des Kindes reden kann.«

»Mrs Russell hat ein sehr nobles Bild der Ehe.« Mr Atkins Mundwinkel zuckten, und seine Hand strich über die Tischkannte.

»Im Gegenteil, ich habe ein praktisches Bild.« Sie sprach zu beiden Männern, obwohl ihr Körper noch immer ihm zugewandt war. »Ich denke auch an jene Fälle, in denen die Ehe die Hoffnungen, mit denen sie begann, nicht erfüllen kann. In einer solchen Ehe kann der Mann in der Welt dennoch ein erfülltes Leben führen, vielleicht in einem Beruf, der ihm guttut. Doch was wird aus der Frau, die nichts hat außer der Ehe und dem Haushalt? Wenn sie auch keinen Beruf haben kann, so wird eine solide Bildung es ihr immerhin erlauben, sich für Dinge außerhalb ihrer kleinen häuslichen Sphäre zu interessieren. Das würde sie sicherlich ein wenig über ihre weniger erfüllten Stunden hinwegtrösten.«

Sie war schön gewesen, als er sie zum ersten Mal erblickt hatte, in der Kirche, entfernt und missbilligend. Sie war jedes Mal schön, wenn er sie aus ihren Kleidern schälte, wenn sie in seinen Armen lag, und wenn ihre Umrisse undeutlich wurden, weil er sich verlor. Doch sie war nie schöner, als wenn sie so redete, ganz erfüllt von dem Feuer, mit dem sie den Übeln dieser Welt zu Leibe rücken wollte.

»Ich glaube, Sie verstehen, wie sie mich überzeugt hat.« Der Pfarrer beobachtete ihn und hatte vermutlich viel zu viel gesehen.

»So einfach war es nun auch wieder nicht.« Sie warf beiden Männern ein Lächeln zu. »Ich musste auch den Nutzen hervorheben, den es haben wird, wenn die älteren Mädchen in dem

Schulzimmer anwesend sind, in dem ihre jüngeren Schwestern unterrichtet werden.«

»Wir wollen uns ein wenig nach dem Madras-System richten, falls Sie mit den Methoden von Mr Bell und Mr Lancaster vertraut sind. Eine Schule, in der die älteren Schüler beim Unterricht der jüngeren mithelfen.«

»Nur nicht an ihren Züchtigungsmethoden.«

»Nein, kein schwarzes Buch, in dem jede noch so kleine Übertretung festgehalten wird. Keine Netze, in denen Übeltäter aufgehängt werden. Ich glaube nicht, dass ich mich bei einem solchen Anblick auf den Unterrichtsstoff konzentrieren könnte.«

»Und natürlich werden die älteren Mädchen am Anfang noch gar nicht dabei sein. Wir hatten schon alle Hände voll zu tun, zumindest einige Eltern von einer Stunde Unterricht am Sonntag zu überzeugen. Damit fangen wir an und arbeiten uns langsam vor.«

»Mrs Russell hat Wunder gewirkt.« Der Mann verbeugte sich abermals. »Ich glaube, wir können fast sicher damit rechnen, dass die Farris-Kinder nächste Woche kommen.«

Wie sie strahlte! Dieser vertraute Umgang zwischen den beiden, wie der eine beinahe die Sätze des anderen vollendete; offensichtlich die Frucht vieler Stunden intellektuellen Diskurses – und das in einer Zeit, in der ihre Ehe ganz gewiss keine angenehme Zweisamkeit zu bieten gehabt hatte. Dabei konnte einem regelrecht schlecht werden, wenn man noch viel mehr ertragen musste. Theo fuhr sich mit der Hand über die gerunzelte Stirn und massierte sie in einen lediglich gedankenverlorenen Ausdruck. »Es gibt da ein Kind, für das ich besonders gern etwas tun würde, auch wenn ich mir nicht vorstellen kann, dass sie überhaupt jemals heiraten wird.«

Er spürte die warme Aufmerksamkeit der Witwe wie eine Fackel am ausgestreckten Arm. »Die älteste Weaver-Tochter«, sagte sie.

Er nickte. »Einer meiner Landarbeiter hat eine schwachsinnige Tochter. Ein junges Mädchen von fünfzehn oder sechzehn Jahren. Ich habe keine Ahnung, ob man ein solches Kind unterrichten kann, aber vielleicht haben Sie darüber zufällig etwas gelesen?«

Mrs Russells Blick ruhte noch ein oder zwei Sekunden auf ihm, bevor er freudig und hoffnungsvoll auf den Pfarrer schwenkte, der sich mit der Hand durchs Haar fuhr. »Ich kenne keine Forschungsarbeiten darüber, was man in Sachen Bildung für solche Kinder tun kann.« Im Geiste schien er alles durchzugehen, was er zu diesem Thema gelesen hatte. »Aber warum sollten wir es nicht versuchen? Wenn sie den Verstand eines jüngeren Kindes hat, kann sie vielleicht in der ersten Klasse mitlernen. Ich würde gern ihre Eltern kennenlernen und hören, wie sie ihre Fähigkeiten einschätzen.« Die neue Herausforderung schien Mr Atkins überglücklich zu machen. Kein Wunder, dass die Witwe ihn mochte.

Doch selbst Theo missfiel er nicht in dem Maße, wie dieser es sich vorgenommen hatte. »Sie könnten in zwei Tagen auf meinem Besitz vorbeischauen«, sagte er. »Wir erneuern ihr Dach, und noch ein zweites, und da die beiden Familien den Nachmittag im Freien verbringen müssen, habe ich mir überlegt, ein kleines Picknick für sie zu veranstalten. Es soll ein festliches Ereignis werden; eine gute Gelegenheit für Sie, die Familien kennenzulernen und den Grundstein für Ihre Rekrutierungsarbeiten zu legen. Ich hoffe, Sie kommen auch, Mrs Russell. Dann können Sie sich ein Bild von den jungen Mädchen machen.«

Sie starrte ihn an, als wolle sie mit ihrem Blick seine Haare versengen, zweifellos völlig überrumpelt davon, dass er das Dachdecken selbst organisiert hatte, und das Picknick ebenfalls. Sie musste wirklich eine sehr schlechte Meinung von ihm haben, wenn sie geglaubt hatte, dass er ohne sie keinerlei Verantwortungsbewusstsein besaß. Er würde ihr zeigen, dass er das eine oder andere auch selbst bewerkstelligen konnte.

»Mr Mirkwood«, sagte sie spät am Abend, als er gerade am Einschlafen gewesen war. »Ich möchte Ihnen etwas erzählen. Wollen Sie mir zuhören?«

»Natürlich.« Er drehte sich auf die Seite und konnte gerade eben ihre Silhouette in dem wenigen Mondlicht ausmachen, das durch die Vorhänge sickerte. Sie hatte nicht vorgeschlagen, in die alten Räumlichkeiten umzuziehen und ihre Treffen wieder bei Tageslicht abzuhalten. Am Nachmittag hatten sie Mr Smith und Mr Atkins besucht, also konnte sie davon ausgehen, dass er tagsüber wieder Zeit hatte. Dennoch hatte sie nichts gesagt, und er auch nicht.

»Mr Russell hat der Schule nie zugestimmt.« Er hörte, dass sie nach oben blickte und den Betthimmel ansprach. »Erinnern Sie sich, wie ich Ihnen erzählt habe, dass er manchmal Gedächtnislücken hatte?«

»Ich erinnere mich.«

»Ich habe gewartet, bis ein Tag kam, an dem er besonders neben sich stand. Am Tag danach habe ich ihm gesagt, wie löblich sein Entschluss, die Schule zu stiften, gewesen sei.

»Hervorragend gemacht.« Irgendetwas sagte ihm, dass er sie jetzt nicht streicheln sollte, wie es seine Hand gern wollte.

»Ich schätze, es sollte mir leidtun, aber das tut es nicht. Jemand musste dafür sorgen, dass seine Mittel nutzbringend angelegt wurden.«

Ihm fiel etwas ein. »Die Dächer auch?«

»Ganz genau. Ich sagte ihm, wie großzügig es von ihm sei, jedes einzelne Dach bis zum letzten Balken erneuern zu wollen. Und er konnte sich nicht gut genug erinnern, um mir zu widersprechen.«

»In der Tat äußerst großzügig. Wir ersetzen lediglich eine Schicht Stroh oder so.« Seine Finger, die unruhig nach ihr lechzten, beschrieben kleine Muster auf der Decke. Das leise Rascheln füllte die Gesprächspausen. »Weiß der Pfarrer davon?«

»Er hat nicht die leiseste Ahnung.« Am Klang ihrer Stimme erkannte er, dass sie sich ihm zugewandt hatte. »Er wollte das Projekt abbrechen, als er erfuhr, was im Testament steht, und dass wahrscheinlich alles Mr Russells Bruder zufallen würde. Also habe ich behauptet, ich würde Mr James Russell schreiben und sein Einverständnis einholen.«

»Und, haben Sie das?« Ein Finger, nur einer, legte sich in die Krümmung ihres Ellbogens.

»Mr Atkins glaubt es. Aber ich habe es nie getan.« Sie wandte sich wieder dem Betthimmel zu. »Er wird mich dafür verachten, falls es je herauskommt. Sobald es herauskommt. Es muss ja herauskommen.«

»Ein Jammer. In *meiner* Achtung steigen Sie.«

»Sie sind ja auch ein Freund ehrlosen Verhaltens.« Ihre Worte hatten die Form eines Lächelns.

»Vielleicht. Aber in Ihrem Fall ist es etwas anderes.« Sein Finger beschrieb ein Muster auf ihrem Innenarm. »Sie riskieren viel für Dinge, die Ihnen etwas bedeuten. Sie riskieren die gute Meinung der Leute, deren gute Meinung Ihnen so wichtig ist. Das bewundere ich.«

Sie atmete ein und atmete aus. Vermutlich sann sie über seine Worte nach. »Mr Mirkwood«, sagte sie schließlich – und zögerte. »Theo. Ich kann dir nicht sagen, was es mir bedeutet, dass dir die Schule nicht egal ist. Meine Hoffnung ist, falls ich es nicht schaffen sollte …« Ihre Stimme zitterte plötzlich, und er legte alle Finger um ihren Ellbogen, während sie tief durchatmete. »Wenn das Haus doch an Mr James Russell fällt, oder wenn Mr

Atkins sich entschließen sollte, falls er herausfindet, dass er hintergangen worden ist …«

»Du möchtest, dass ich mich an deiner Stelle um die Schule kümmere, meinst du. Falls du nicht mehr die Möglichkeit hast, diese Rolle selbst zu spielen.«

»Ich weiß, es ist sehr viel verlangt.«

»Eigentlich nicht. Nicht zwischen einem Mann und seiner Geliebten.« Endlich erlaubte er sich, sie an sich zu ziehen. »Und außerdem wird es nicht nötig sein, denn wir werden deinen Mr James Russell enttäuschen. Das darfst du nicht vergessen.« Seine Arme zogen sie an seine Brust, sein Bein umschlang das ihre, und sein Kinn schmiegte sich an ihren Scheitel. Ihr Atem blieb ruhig und ihr Puls ungestört; man hätte meinen können, sie habe nur darauf gewartet, dass seine Glieder sie genau so umfingen.

Der Montag brachte eine Überraschung. Der Hausdiener fand sie in der Bibliothek vor, wo sie sich gerade nach Büchern umsah, die Informationen über Milchwirtschaft enthalten könnten, und überreichte ihr die Karten dreier Damen, deren Namen ihr nichts sagten.

Mrs Canning. Mrs Kendall. Miss Leigh. »Haben Sie gesagt, in welcher Angelegenheit sie mich zu sprechen wünschen?« Sie drehte ein Buch auf die Seite, um die Stelle zu markieren, bis zu der sie gekommen war.

»Sie möchten Sie besuchen.« Der Diener räusperte sich. »Einen Anstandsbesuch machen«, fügte er hinzu, so als fürchte er, sie sei mit dem Konzept gänzlich unvertraut.

Was beinahe zutraf. Martha klopfte sich den Staub von den Fingern. »Ist Kuchen da?«

»Kuchen, Madame?« Eine einzige dünne Linie zeichnete sich auf seiner ansonsten ausdruckslosen Stirn ab.

»Ja, Kuchen. Mr Mirkwood war ganz begeistert von dem Zitronenkuchen, als er mir einen Besuch gemacht hat. Lassen Sie am besten auch Tee bringen. Tee und Kuchen.« Je länger sie sie mit dieser Neuheit beschäftigen konnte, desto weniger würde sie sich mit ihnen unterhalten müssen. Jetzt wäre ihr Mr Mirkwoods Souveränität gelegen gekommen. Er hätte unbekannte Besucherinnen lediglich als eines der vielen wundersamen Abenteuer der letzten Zeit betrachtet. »Dann werde ich zu ihnen gehen. Im Pfingstrosenzimmer oder im großen Salon?«

Mrs Canning, Mrs Kendall und Miss Leigh waren in den formellen Empfangssalon von Seton Park geführt worden, wo sie in einer Reihe auf einem Sofa aus weißem Samt mit goldenen Füßen und Armlehnen saßen und sich die Hälse verdrehten, um den Moorfield-Teppich, die schweren Kronleuchter und den vergoldeten Stuck zu betrachten. »Was für ein entzückendes Zimmer!«, sagte Mrs Canning, als sie einander vorgestellt waren und sich gesetzt hatten. Mit ihrer stämmigen Statur und ihren Luchsaugen kam sie darin recht eindrucksvoll zur Geltung.

»Wirklich entzückend.« Mrs Kendall war eine unscheinbare Person mit wachen Augen und schnellen Bewegungen. »Genau das wollte ich auch gerade sagen.«

Miss Leigh, groß und gertenschlank, sah sich um. »Haben Sie es gestalten lassen?«

»Oh nein.« Martha spülte die Teekanne mit heißem Wasser aus. *Entzückend* hätte sie diese Prunkhöhle nun wirklich nicht genannt. »Das war jemand aus der Familie meines Mannes. Im Stil von Robert Adam, habe ich mir sagen lassen.«

»Aha.« Mrs Canning inspizierte die Decke aufs Neue. »Und was genau bedeutet das?«

»Na ja, der Stuck, vermute ich. Die Gestaltung der Wände. Die gewölbten Tür- und Fensternischen, vermutlich, und …« Ihre Stimme verebbte, während sie das Wasser in der Kanne schwenkte. Sie blickte auf. »Ehrlich gesagt habe ich keine Ahnung.« Sie goss das Wasser aus. »Ich bin in einem schlichten Landhaus aufgewachsen und hätte vermutlich nie von Robert Adam gehört – ebenso wenig wie von Capability Brown –, wenn ich nicht geheiratet hätte und hierher gezogen wäre.«

Dieses Eingeständnis schien die Damen unbefangener zu machen, Gott sei Dank. Mrs Russell und Mrs Canning wurde Beileid ausgesprochen, wenngleich Letztere ihren Mann bereits vor einer ganzen Weile verloren hatte, und es wurden Ratschläge für den Anfang der Trauerzeit gegeben, während Martha Tee aus der Büchse nahm, in der Kanne mit heißem Wasser übergoss und den Deckel aufsetzte.

»Sie wohnen also in der Stadt?« Acht Minuten musste der Tee ziehen, acht Minuten, in denen sie das Richtige sagen musste. Abermals wären Mr Mirkwoods umgängliche Manieren und seine Schlagfertigkeit wünschenswert gewesen. »Ich fürchte, ich habe wenig Zeit dort verbracht, und jetzt kann ich natürlich nicht ausgehen. Dabei bin ich sicher, dass in der Stadt viel Nützliches getan werden kann.«

Und ob. Die drei Damen hatten dezidierte Ansichten darüber, was in der Stadt verbessert werden könnte, angefangen bei den überschwänglichen Predigten des Pfarrers über die Landschaftspflege des Angers bis hin zu dem einen oder anderen jungen Mann, der eine junge Frau hinhielt und endlich zur Sache kommen sollte.

»Solch ein Verhalten kann ich nicht billigen.« Es ging sie zwar nichts an, doch die anderen Damen hatten schließlich davon angefangen. »Wenn ein Mann nicht die Absicht hat, einer Frau einen Antrag zu machen, sollte er seine Aufmerksamkeiten ganz einstellen, damit sie sich anderen Aussichten zuwenden kann. Das würde ich jedem jungen Mann sagen, der sich erdreistete, so mit einer meiner Pächter-Töchter umzuspringen.«

»Ich glaube fast, ich werde selbst etwas sagen bei unserer nächsten Versammlung.« Mrs Canning reckte das Kinn und sprach mit königlicher Autorität. »Wenn der junge Nelson und der junge Warrender bis dahin nicht zu Potte gekommen sind, dann können sie sich darauf gefasst machen, dass ich ihnen zwischen den Tänzen die Leviten lesen werde.«

»Sehr gut.« Martha ergriff Sieb und Teekanne. »Ich wette, solch leichtfertige junge Männer sind sich gar nicht bewusst, wie viel Kummer sie mitunter verursachen. Es ist nur recht und billig, sie darauf hinzuweisen.« Was für eine äußerst vernünftige Frau. Die jungen Damen der Stadt konnten sich glücklich schätzen, sie zur Gönnerin zu haben.

»Wir würden uns freuen, Sie eines Tages bei einer unserer Versammlungen begrüßen zu dürfen.« Mrs Kendall sprach mit plötzlicher Schüchternheit, als sie Tee und Kuchen entgegennahm. »Es geht sehr respektabel zu. Manchmal kommen die vornehmen Herrschaften auch.«

»Mrs Rivers und Miss Atcheson haben schon wiederholt am Kartenspiel teilgenommen.« Miss Leigh nahm ebenfalls Tee und Kuchen entgegen.

»Im nächsten Jahr vielleicht.« Mrs Canning beäugte Martha, so als würde sie Maß für ein neues Kleid nehmen. »Bis dahin werden Sie auch Lavendel tragen, nehme ich an, und ebenso vornehm wie respektabel aussehen.«

»Das wäre bestimmt wunderbar. Vielen Dank.« *Vornehm und respektabel*. Es war gut, wenn die Leute so von einem dachten. Martha war seltsam gerührt von dieser freundlichen Einladung und verspürte einen nie gekannten Hunger danach, bei einer bescheidenen Stadtversammlung ihren Platz im Kreise dieser Matronen einzunehmen und sich mit ihnen darüber zu beraten, welchem jungen Mann oder welcher jungen Dame man diskret ins Gewissen reden musste, oder auf welche Weise man die

Landschaftsplanung verbessern oder den Pfarrer zu mehr Subtilität inspirieren könnte.

Die Unterhaltung wurde von Minute zu Minute vernünftiger. Welche eigensinnige Laune des Schicksals hatte sie wohl zu ihr geführt? Drei vollkommen Fremde, und ihr Witwentum ihre einzige Empfehlung. Was immer es für eine Laune gewesen sein mochte, sie war ihr dankbar.

»Mein Sohn ist bei der Infanterie, wissen Sie, und wir hoffen jeden Tag, Nachricht von seiner Rückkehr zu erhalten.« Mrs Kendall jagte den letzten Kuchenkrümel über ihren Teller. »Haben Sie irgendetwas von Ihrem Bruder gehört?«

Sie hielt inne, die Tasse auf halbem Wege zum Mund, und spürte, wie sie errötete. Es gab nur eine einzige Person in Sussex, die wusste, dass Will Soldat war. Nur eine einzige Person, die überhaupt von der Existenz ihres Bruders wusste. Die Laune des Schicksals nahm Gestalt an: groß und blond. Sie senkte den Blick und stellte die Tasse auf ihre Untertasse. Was genau hatte die Frau sie gerade gefragt?

»Oh, es tut mir so leid!« Sie hörte, wie Mrs Kendall sich vorbeugte. »Er schwebt doch nicht in Gefahr? Ich hätte das Thema nie erwähnt, wenn …«

»Nein, nein, ganz und gar nicht.« Sie blickte auf und zwang sich trotz ihrer Verwirrtheit zu einem Lächeln. »Sein Regiment liegt in Antwerpen, soweit ich weiß, und erwartet den Heimreisebefehl, jetzt wo Napoleon sich in Gewahrsam befindet. Ich hoffe, ihn bald wiederzusehen. Und Ihr Sohn?«

Irgendetwas wurde über Mrs Kendalls Sohn gesagt. Eine Reihe von Bemerkungen folgte, einige davon von ihr selbst beigesteuert. Von anderen Dingen wurde gesprochen. Über den Tee und den Kuchen sicherlich. Vielleicht das Wetter. Doch wenn man sie eine Minute oder auch sechs Stunden später gefragt hätte, was in den letzten zehn Minuten des Besuchs gesagt worden war, hätte sie es beim besten Willen nicht sagen können.

Als er abends zu ihr kam, saß sie im Schneidersitz in ihrem Morgenmantel am Fußende des Bettes, mit einem Teller Zitronenkuchen und einer Gabel, und einem unwahrscheinlich strahlenden Lächeln.

Hätte sie ihn doch nur öfter an ihr Lächeln gewöhnt, dann hätte es ihm vielleicht nicht völlig die Sprache verschlagen. Doch sie war sparsam damit, unterdrückte es oft oder versteckte es hinter einer kunstvoll platzierten Hand, und die Folge war, dass er diesem Lächeln so wehrlos gegenüberstand wie einem Fieber aus dem Dschungel der hintersten Ecke der Fidschiinseln. Stumm lächelte er zurück, so als würde er den Grund ihrer Freude kennen. Und dann, plötzlich, kannte er ihn.

Er nahm ihr den Kuchen ab, den sie ihm entgegenstreckte, und wich dann wieder aus ihrem strahlenden Glanz zurück. »Und?«, fragte er, während er einen Bissen auf die Gabel nahm. »Was hast du heute für gute Taten vollbracht?«

»Nicht eine.« Ihr Lächeln vertiefte sich, süß und erfrischend wie ein Stückchen Zitronenkuchen. »Ich hatte Besuch.«

Im Klassenzimmer war Mr Atkins ganz eindeutig in seinem Element. Hier hielt er keine Predigten, die ein bisschen zu lang gerieten, sondern stellte immer wieder Zwischenfragen und entlockte seinen Schäfchen mit großer Freude Antworten. Er ging im Raum auf und ab, mal zu einer Landkarte, mal zu einer großen Buchstabentafel und oft in den Gang zwischen den Bänken, auf denen die Schüler saßen. Martha saß an einem freien Platz ganz hinten und lauschte seit einer halben Stunde dem fleißigen Kratzen der Griffel auf den Schiefertafeln.

Alles wandte sich zum Besseren. Alles. In ein paar Monaten

würden vielleicht schon doppelt so viele Schüler angemeldet sein, wenn die Kinder von Mr Mirkwoods Besitz dazukämen und – man durfte die Hoffnung nicht aufgeben – die älteren Mädchen. Mit ein bisschen Zeit würde sie vielleicht sogar direkt auf dem Nachbarbesitz eine Molkerei ins Leben rufen helfen, und dann würde sie sich überlegen, was man in der Stadt so alles tun konnte. Wenn sie nur in Seton Park bleiben konnte, würden die bevorstehenden Tage und Jahre sehr erfüllt werden.

Heute Nachmittag, während sich Mr Atkins den ersten Arbeiterfamilien in Pencarragh vorstellte, würde sie sich darum bemühen, die Freundschaft von Mrs Weaver zu gewinnen. Irgendwie musste sie es schaffen.

Die gute Laune des Pfarrers hielt an, nachdem er die Schüler entlassen und nach den Zügeln seines Ponywagens gegriffen hatte. Auf der ganzen Fahrt sprach er von nichts anderem als diesem oder jenem Kind, lobte die rasche Auffassungsgabe des einen oder runzelte die Stirn über die Abneigung des anderen stillzusitzen. Nachdem er den Wagen abgestellt hatte, wandte er sich den Kindern der Tagelöhner zu und überlegte, inwiefern es anders sein würde, sie zu unterrichten. Es hatte den Anschein, als hätte man ihn mit einer Pfarre von eintausend Pfund *per annum* nicht glücklicher machen können.

Sie näherten sich der Kate der Weavers, die sich gegenwärtig in einiger Unordnung befand. Männer saßen auf dem Dach, Stroh lag überall im Hof verstreut und das halbe Mobiliar schien auf die Wiese gezerrt worden zu sein. Kleine Weavers jagten mit kleinen Mitgliedern anderer Familien umher. Ältere Kinder hatten Teller auf dem Schoß und aßen sich an Geflügelbraten und Kartoffeln satt. Klein Hiob schluchzte an der Schulter einer Frau, die sie nicht kannte. Aus alter Gewohnheit sah sie sich nach dem Schwein um und entdeckte es am Fuße der Leiter, den Kopf erhoben, so als beaufsichtige es die Eindringlinge über sich.

Mr Granville, der mit einem Bierkrug bei den anderen Erwachsenen gesessen hatte, erhob sich, als er sie kommen sah. »Ist Mr Mirkwood nicht hier?«, fragte sie, nachdem Mr Weaver und Mr und Mrs Quigley ihr vorgestellt worden waren. »Als er uns eingeladen hat, habe ich angenommen, er würde auch anwesend sein.«

Anstelle einer Antwort deutete der Mann mit dem Arm himmelwärts und lenkte ihre Aufmerksamkeit auf das halb abgedeckte Dach.

Barhäuptig saß er ganz oben auf dem First; sein Haar leuchtete wie eine neue Münze in der Sonne. Mit dem Rücken lehnte er am Kamin, ein Knie hatte er vor sich angewinkelt, den Fuß auf dem Dachfirst, so, als säße er entspannt an einem Flussufer. In den Händen mit den groben Handschuhen hielt er ein Bündel gespaltener Zweige. Während sie ihn betrachtete, bog er einen davon und hielt die Enden aneinander. Dann schwang er sich das Dach hinunter, um ihn einem der Dachdecker zu reichen, der damit zwei Bündel Stroh aneinanderband. Sicheren Fußes, so, als habe er den größten Teil seines Lebens auf Dächern verbracht, kletterte er an einem Sparren zurück auf den First.

Drei Wochen und drei Tage waren es nun, seit sie ihn das erste Mal gesehen hatte. Nicht genug für eine Frau, um einen Mann wirklich zu kennen. Dieses Hindernis bestand noch immer. Die Einwände ihres Gewissens hatten auch nicht an Gültigkeit verloren. Und was Bewunderung betraf – Ihre Gedanken stoben plötzlich davon, als er sich umwandte und sie erblickte. Sie und Mr Atkins. Er grinste wie ein Junge auf einem Baumhaus und fuhr sich mit einer Hand an den Hut, bevor er bemerkte, dass er keinen trug.

»Ich glaube, ich habe endlich herausgefunden, wie man ihn anpacken muss.« Der Verwalter stand an ihrer Seite und blickte hinauf. »Wenn man *Pflicht* und *Verantwortung* aus einer Sache heraushält und ihm die Möglichkeit gibt, selbst Hand anzulegen, ist er durchaus lernwillig. Ich muss gestehen, ich habe ihn anfangs für einen Faulenzer gehalten.«

Mr Granville war nicht der Einzige, der sich dessen schuldig gemacht hatte. »Sogar Pflicht- und Verantwortungsbewusstsein können noch kommen, denke ich. Er ist noch jung.«

»In der Tat. Und wenn er sich eine Frau aussucht, bei der diese Qualitäten stark ausgeprägt sind, kann sie ihn vielleicht darin festigen. Alles in allem bin ich recht zuversichtlich, dass noch etwas aus ihm wird.«

Mr Mirkwood war inzwischen die Leiter hinabgestiegen und hatte seine Zweige einem der Dachdecker gegeben. Leichtfüßig umging er das Schwein und kletterte über den Zaun, um sie zu begrüßen. »Setzen Sie sich doch und essen Sie etwas.« Er deutete auf einen Tisch voller Speisen. »Ich habe meiner Köchin einiges zugemutet. Und es hat jemand nach Ihnen gefragt«, sagte er zu ihr. »Eins von diesen Mädchen.« Er sah sich um. »Ah, da bist du! Jetzt wird sich nicht mehr hinter der älteren Schwester versteckt! Hier ist Mrs Russell, ganz wie du verlangt hast. Jetzt komm her und erzähl ihr von deiner Katze!« Mit etwas, das man beinahe als Augenzwinkern bezeichnen konnte, ließ er sie allein und schwang sich zurück über den Zaun, um wieder aufs Dach zu steigen.

Die kleine Carrie hatte allerhand über das Kätzchen zu sagen, das offenbar das volle Repertoire an Mätzchen beherrschte, die typisch für junge Katzen und beliebt bei Katzenfreunden sind. Carrie war ein reizendes Mädchen und würde sicherlich von einer breiteren Bildung sehr profitieren. Ein- oder zweimal spürte Martha Mrs Weavers Blick auf sich, doch sobald sie sich umdrehte, um ihr zuzulächeln, in der Hoffnung, sie ins Gespräch einzubeziehen, hatte Mrs Weaver den Blick abgewandt.

Mr Weaver kam jedoch soeben herbei und nahm seine Tochter auf den Schoß. Er war ein wahrer Waldschrat mit entsetzlich knubbeligen Händen und einer sehr tiefen Stirn. »Das mit der Katze war wirklich sehr nett von Ihnen«, sagte er. »Er hat schon eine Maus gefangen, und mein Mädchen hat ihn ins Herz geschlossen.«

»Es freut mich sehr, dass er sich nützlich macht. Ob wohl noch mehr Familien Bedarf haben? Wir haben Katzen im Überfluss – ich könnte vermutlich so viele zur Verfügung stellen, wie gebraucht werden.«

»Mrs Russell wohnt in Seton Park«, warf das Kind ein.

»Was du nicht sagst, du kleiner Wildfang!« Liebevoll zog er seine Tochter am Zopf. »Meine Livia hat dort eine Weile lang gearbeitet. Hat sie das mal erwähnt?«

»Mrs Weaver, meinen Sie?« Sie drehte sich um, um die Frau anzusehen, die ihr den Rücken zugewandt hatte. »Nein. Ich hatte keine Ahnung, dass sie einmal in Stellung war.« Konnte diese ausgezehrte, verhärmte Gestalt wirklich einst eine gestärkte Haube und Schürze getragen haben und betriebsam hin- und hergeeilt sein?

»Das war sie. Bevor sie mich geheiratet hat, natürlich.« Er betrachtete seine Frau, während er sprach, und plötzlich warf sie ihm einen eindringlichen Blick über die Schulter hinweg zu. Er seufzte und setzte das Kind ab. »Lauf und geh mit den anderen spielen! Ich muss gleich wieder an die Arbeit. Mrs Russell«, sagte er, als Carrie verschwunden war, »Sie würden mir einen großen Gefallen tun, wenn Sie dieses Thema meiner Frau gegenüber nicht anschneiden würden. Vermutlich hätte ich es gar nicht erwähnen sollen.«

»Verzeihung, aber ich verstehe nicht.«

»Ich verstehe es auch nicht ganz. Allein wir sind uns nicht einig, was erzählt werden sollte und was nicht.« Er tippte sich an den Hut und stand auf, und wenig später begab er sich mit Mr Quigley zusammen wieder auf die Felder.

Die Sonne wanderte stetig westwärts, während die Leute sich einen Nachschlag an Geflügelbraten holten oder zu Obst und Kuchen übergingen. Ab und zu sprach sie mit den Leuten in ihrer Nähe, ab und zu lehnte sie sich zurück und sah zu, wie andere sich unterhielten. Mr Mirkwood kam vom Dach herunter und spielte mit einigen Jungen Boxen. Mr Atkins erzählte drei kleinen Kindern und der ältesten Weaver-Tochter eine Geschichte über Ziegen und Riesen. Eine Art Ball wurde hervorgeholt, und sogar Mr Granville wurde von seinem Platz gezerrt, um ihn mit den Kindern und jungen Männern zusammen herumzuschießen.

Martha streichelte Klein Hiob, der endlich auf ihren Arm und in den Schlaf gefunden hatte. Sie und die anderen Frauen saßen friedlich beieinander und schwiegen, während die Rufe und das Gelächter des Ballspiels an ihr Ohr drangen. Immer wieder wanderte ihr Blick jedoch zu Mrs Weaver zurück. Um des Mannes willen sagte sie nichts, das auch nur im Entferntesten dem verbotenen Thema nahekam. Doch es blieb ihr im Gedächtnis haften wie eine Spinnwebe.

Am frühen Abend begab sie sich zu Mrs Kearneys Zimmer. Ungewöhnlich. Eine Haushälterin ließ man in die Stube kommen und drang nicht in ihr eigenes Zimmer ein. Dennoch war sie hier.

Die Frau hielt Seidengarn und einen dünnen Haken in den Händen. Sie mache Spitze für ein Taufkleid, sagte sie. Martha bewunderte das aufwendige Schlaufenmuster und bestand darauf, dass Mrs Kearney sich während ihres Gesprächs nicht von ihrer Arbeit abhalten ließe.

Ein zweiter Sessel stand Mrs Kearney gegenüber. Martha ließ sich hineinsinken. Licht drang noch durchs Fenster und erwärmte den herbstfarbenen Teppich unter ihren Füßen. Alle Metalloberflächen glänzten – ein Spiegel, die Einfassung einer

Uhr auf dem Kaminsims, ein silbernes Tablett mit Tee-Geschirr. Martha holte Luft. »Ich habe eine Frau kennengelernt, die angeblich mal hier im Hause gearbeitet hat.« Sie verschränkte die Hände im Schoß. »Ob Sie sich wohl noch an sie erinnern?«

»So viele sind gekommen und gegangen!« Mrs Kearney verzwirnte ihren Haken und warf einen Blick auf die Reihe von Bestandsbüchern, die auf einem Regal standen und von ihrer langen Zeit als Haushälterin von Seton Park kündeten. »Aber vielleicht. Hat sie gesagt, wann sie hier gearbeitet hat?«

»Mit ihr selbst habe ich leider gar nicht darüber gesprochen. Ihr Mann hat es erwähnt. Aber sie haben eine Tochter von fünfzehn oder sechzehn Jahren, also muss es mindestens so lange her sein.«

Sie sah, wie Mrs Kearney im Geiste eine Reihe von Namen ausschloss. Die Haushälterin schürzte die Lippen und blickte auf. »Wo haben Sie sie getroffen?«

»Auf dem Gut direkt östlich von hier. Sie sind Landarbeiter dort. Ich weiß nicht, was ihr Mädchenname gewesen ist, aber sie hat einen Mr Weaver geheiratet, und ihr Vorname ist Livia oder vermutlich Olivia.«

Mrs Kearney nickte bereits. »Das ist eine von den beiden. Von den beiden, über die Schande gebracht worden ist. Die andere ist nach London gegangen und nie wiedergekommen. Aber sie ist in der Gegend geblieben, in der sie aufgewachsen ist.«

Ja. Diese Vermutung hatte in einer dunklen Ecke ihres Bewusstseins herumgespukt. Sie hatte sie nicht ans Tageslicht gelassen. Ihre Finger verkrampften sich. »Weiß ihr Mann davon?«

»Oh ja.« Sie nickte abermals, während ihre Hände unbeirrt weiterarbeiteten. »Er hat sie schon als Mädchen gekannt und sie fast ebenso lang geliebt, schätz ich. Aber nachdem sie hier eine Stelle gefunden hat, wäre es für sie ein Abstieg gewesen, einen Bauernsohn zu nehmen.«

»Das kann ich ihr nicht verübeln.« Sonderbar, dieser Drang, eine Frau zu verteidigen, der ihre Wohltätigkeit bestimmt nicht willkommen gewesen wäre. »Wir sind keine Männer, wir haben nicht so viele Möglichkeiten, in der Welt emporzukommen. Eine Frau hat die Pflicht, so vorteilhaft wie möglich zu heiraten.«

»Sie kann von Glück sagen, dass sie überhaupt noch geheiratet hat, nach dem, was ihr passiert ist. Keiner hat gedacht, Mr Weaver würde seinen Antrag erneuern. Keiner hätte es ihm verübelt, wenn er sich von ihr abgewandt hätte. Aber er hat sie halt so geliebt.«

»Das war … sehr lobenswert von ihm.« Es war mehr als lobenswert, doch sie konnte nicht die richtige Bezeichnung dafür finden. »Sprechen Sie je mit ihr?«

»Kein Wort in sechzehn Jahren!« Mrs Kearney seufzte und ließ ihre Hände ruhen. »Ich habe ihr nie die Schuld gegeben. Keiner vom Gesinde hat das getan. Aber wenn ich ihr auf der Straße begegne oder in der Stadt dann starrt sie bloß geradeaus und kennt mich nicht.«

Sessel und Tische und Tee-Geschirr verschwammen, als die Welt sich auf zwei Worte verengte. »Sechzehn Jahre.« Natürlich. *Dennoch entlassen, wegen des Zustands, in dem sie sich befanden.* Das hatte Sheridan gesagt. »Doppelt gestraft war sie.« Der Haken nahm seine Arbeit wieder auf. »Jedes Kind wäre eine schmerzhafte Erinnerung an die ganze Geschichte gewesen, schätze ich. Aber ein schwachsinniges Kind, wo man sich sein ganzes Leben drum kümmern muss …« Sie schüttelte den Kopf und verzog das Gesicht. »Ich weiß nicht, wie sie das aushält. Ich könnte es nicht.«

Doch man ertrug, was man ertragen musste. Die Frage nach dem *Könnte* stellte sich nicht. Obwohl man vielleicht manchmal sein Leid mit Freunden und Wohlgesinnten teilen und halbes Leid daraus machen konnte. Es hieß, dass das helfen sollte.

Selbst einer so kühlen und unnachgiebigen Frau wie Mrs Weaver würde etwas Mitgefühl vielleicht guttun.

Und wieso sollte es bei Mitgefühl bleiben? »Seton Park schuldet dieser Frau Wiedergutmachung. Wir schulden dem Mädchen etwas.« Ihre unvorsichtige Zunge hielt mit ihren Gedanken Schritt. »Wenn die Vorsehung jemanden vernachlässigt, ist es an uns, einzuspringen.« Hinter den Fehlern der Vorsehung aufwischen! Wenn Mr Atkins sie jetzt hören könnte, würde er die Hände über dem Kopf zusammenschlagen.

So sei es. Sie war der Gerechtigkeit etwas schuldig. Die Gerechtigkeit war Mrs Weaver und ihrer Tochter etwas schuldig, mit hohen Zinsen inzwischen. Sie bedankte sich bei Mrs Kearney und verabschiedete sich. Mehr denn je musste sie jetzt eine Möglichkeit finden, Seton Park zu behalten.

# 13

Vielleicht hätte sie es Mr Mirkwood erzählt. So, wie er sich für die Landarbeiterfamilien interessierte, hätte er diese traurige Geschichte vermutlich gern gehört. Doch als er an jenem Abend hereinkam, so erfüllt von all dem, was er über das Dachdecken gelernt hatte, und von dem gelungenen Picknick, da erschien es ihr grausam, ihn mit düsteren Geheimnissen zu belasten.

Dann, nachdem er seine Befriedigung gehabt hatte und sie ihren Samen, wollte er über das Molkereiprojekt sprechen.

»Das Hauptproblem ist, dass es Profit abwerfen muss.« Er lag auf dem Rücken, die Arme hinter dem Kopf verschränkt, eine undeutliche Form im Mondschein. »Granville und mein Vater würden sich nicht dazu hergeben, Pencarragh in ein gemeinnütziges Unternehmen zu verwandeln. Obwohl wir weiß Gott genug Einkommen von unseren anderen Ländereien haben, vom Familienvermögen mal ganz abgesehen. Verzeihung.« Er wandte ihr das Gesicht zu. »Ich sollte wirklich nicht davon sprechen, was wir wert sind.«

»In Anbetracht der Art und Weise, wie unsere Bekanntschaft begonnen hat, kann eine kleine Anspielung auf Geld wohl durchaus verziehen werden.«

Seine Hand wanderte durchs Halbdunkel und zwickte ihr in die Nase, dann zog sie sich wieder zurück. »Wenn ich Kunden haben will, muss ich die Preise niedrig halten. Aber die größeren Hersteller können sich im Gegensatz zu mir Sparmaßnahmen leisten. In Ställen zusammengepfercht kann man mehr Kühe halten als auf einer Weide, wo jede Einzelne so viel Platz braucht.«

»Dadurch, dass sie die Milch mit Wasser verdünnen, werden ihre Ausgaben auch geringer sein.« Gemeinsam starrten sie gedankenverloren in die Ferne. Man bekam eine nicht unangenehme Ahnung davon, wie sich ein Ochse fühlte, der mit einem Gefährten gemeinsam das Joch zog. Oder ein angeschirrtes Pferd neben seinem Mitstreiter.

»Wenn der Markt anders wäre, könnte ich hoffen, dass die Leute bereit wären, für höhere Qualität mehr zu bezahlen. Aber Familien wie die Weavers können sich diesen Luxus nicht leisten.«

»Und eine Familie, die sich diesen Luxus leisten kann, hat vermutlich eine eigene Kuh.« Das war das Problem. Er würde ein wertvolles Produkt haben, aber am falschen Ort. »Was du brauchst, ist ein Haufen wohlhabender Leute, die keine Kühe halten.«

»Londoner auf Erholungsreise.« Sie hörte, wie er sich über das fantasievolle Bild freute, dass sie sich gemeinsam ausmalten. »Wir könnten für Ausflugsfahrten ins ländliche Mittel-Sussex werben. Vielleicht wird das eine neue Mode.«

»Wir preisen die heilende Wirkung irgendeines Brunnens an und gründen ein Kurbad.«

»Ja, und wir locken den Prinzregenten auf einen Besuch. Dann wird der Adel schon folgen.«

»Theo!« Sie drehte sich zu ihm um und stützte sich auf einen Ellbogen. »Der Prinzregent kommt bereits nach Sussex! Und der Adel folgt.«

»Nach Brighton!« Er war ihrem Gedankengang gefolgt und am richtigen Ziel angelangt. »In Brighton gibt es so viele reiche Leute, wie es sich ein Kaufmann nur wünschen kann.«

»Und nicht viele Kühe.« Ihr Puls beschleunigte sich. »Wenn du nun deine Erzeugnisse dort auf dem Markt verkaufen würdest – vielleicht ein- oder zweimal im Monat – zu solchen Preisen, wie sie wohlhabende Leute zu zahlen bereit sind?«

»Dann könnte ich meine Preise hier in der Gegend niedrig halten.« Seine Hand erhob sich vom Kissen und vergrub sich in ihrem Haar, jedoch ohne besonderes Ziel. Seine Gedanken waren anderswo. »Aber vielleicht ist es zu viel verlangt von meinen Arbeitern, die weite Reise auf sich zu nehmen. Ich glaube, ich muss mal mit ihnen sprechen. Nachdem ich mit Granville gesprochen habe. Vielleicht nachdem ich meinen Vater auf das Startkapital angesprochen habe. Oder nein, vielleicht sollte ich mit den Arbeitern lieber zuerst sprechen. Ich weiß es nicht. Wie sollte ein Mann solch ein Unterfangen am besten angehen?«

Ernst und gewissenhaft ersuchte er sie um ihre Meinung. In diesem Augenblick hätte er alles von ihr bekommen können, was er wollte. Sie presste die Lippen zusammen. Großmut wollte mit Großmut belohnt werden. »Überleg es dir. Schlaf darüber. Du wirst die richtige Entscheidung treffen.«

Sie spürte seine Freude so deutlich wie zuvor seinen erschaudernden Körper. Er war völlig unerfahren in dieser Hinsicht, völlig unerfahren darin, ernst genommen zu werden. Vielleicht hatte keine Frau – vielleicht hatte niemand ihn jemals mit ruhigem Vertrauen angesehen und ihn dazu ermutigt, an seine eigenen Fähigkeiten zu glauben.

Sie sollte ihn jetzt nicht berühren. Sie sollte ihm Zeit geben, sich in dieser Zufriedenheit zu sonnen und sie nicht mit etwas anderem verpfuschen.

Dennoch hob sich ihre Hand und legte sich um sein Handgelenk, und vorsichtig, ganz vorsichtig, lehnte sie sich vor und legte die Lippen auf seine Stirn. Mehr nicht. »Gute Nacht, Mr Mirkwood«, sagte sie und drehte sich um, um zu schlafen.

Am nächsten Morgen erwachte sie in einem halb leeren Bett. Er war schon auf und bewegte sich im trägen Grau vor dem Sonnenaufgang. »Habe ich dich geweckt?«, fragte er, als er aus ihrem Ankleidezimmer zurückkam. Er musste sich das Gesicht gewaschen haben. Angezogen hatte er sich jedenfalls nicht, er war splitterfasernackt. In diesem Licht sah sein Körper aus wie aus Marmor gehauen. Eine zum Leben erwachte Statue, die jetzt nach Kleidern griff, ihrer Nacktheit überdrüssig. Diese Nacktheit war so ganz anders als die bei Kerzenschein, an die sie inzwischen gewöhnt war. Bei Kerzenlicht war er alles andere als eine Statue: Seine Haut war warm und lebendig unter der züngelnden Beleuchtung, und er voller Appetit und Leben.

»Du hast mich nicht geweckt.« Sie rieb sich mit der Faust die Augen. Die Gedanken kamen unzusammenhängend. »Aber das tust du normalerweise.«

»Das vermisst du wohl, was?« Er warf Hemd und Hose auf den Sessel und trat in seine Unterhosen. »Dann werde ich darauf achten, es morgen nicht zu versäumen.«

*Natürlich vermisse ich es nicht.* Sie brauchte es gar nicht zu sagen. Er wusste es schon, und er machte nur Spaß.

Sie sah ihm beim Anziehen zu. Nach und nach bedeckte er seinen Marmorkörper, und schließlich setzte er sich in den Sessel, um sich die Stiefel anzuziehen. Als das erledigt war, kniete er sich vor das Bett, verschränkte die Arme auf der Matratze und legte das Kinn darauf. Wortlos betrachtete er sie. Seine Augen verrieten zu wenig Schlaf. Sein Haar stand in sonderbare Richtungen ab. Er war unrasiert. Ihre Hand wanderte, ohne auf die Erlaubnis zu warten, von der Matratze an seine Wange und schmiegte sich an, um ihre Beschaffenheit zu erkunden. Er drehte den Kopf und legte die Lippen auf ihre Handfläche. Weich, unsagbar weich war sein Kuss, dort, wo ihre Haut noch von der rauen Berührung mit seinen winzigen Bartstoppeln kribbelte. Mit geschlossenen Augen verharrte er mehrere Sekunden, so als atme er den ganz besonderen Geruch ihrer Hand ein. »Sind Sie heute Nachmittag abkömmlich, Mrs Russell?«, fragte er dann.

Er hielt ihre Hand in seiner und legte ihre Handfläche wieder an seine Wange.

»Ich nehme es an. Es sei denn, Sie haben weitere Besucherinnen angeheuert.«

»Noch nicht.« Seine Wange kratzte angenehm über ihre Hand, als er seinen Kopf hin- und herbewegte. »Und heute würde ich dich gern auf einen Besuch mitnehmen. Ich möchte dich schon lange einem meiner Arbeiter vorstellen. Einem älteren Herrn, der sich in der Milchwirtschaft auskennt.«

»Mr Barrow. Du hast ihn erwähnt.«

»Richtig.« Seine Finger verschränkten sich um ihre, so als wolle er ihre Hand für immer an seinem Gesicht behalten. »Um die Mittagszeit sollte er zu Hause sein. Wir könnten ihm einen kurzen Besuch abstatten.«

»Das wäre schön.«

»Sehr gut. Dann hole ich dich ab.« Er drehte ihre Hand um und küsste die Knöchelchen, einen nach dem anderen. Als er beim letzten angekommen war, verspürte sie Bedauern.

Wenn jemand ihm an jenem ersten Tag in der Kirche erzählt hätte, was sich zwischen ihm und der Frau auf der anderen Seite des Gangs abspielen würde, hätte er sich vor Lachen gekugelt und wäre hinausgeworfen worden. Wenn man ihm gesagt hätte, er solle sich auf Verführung einstellen, hätte er angenommen, dass er dabei den Verführer spielen würde, der sie langsam dazu überredete, ihr Mieder aufzuschnüren, die Haare aufzumachen und zu lernen, sich der Lust hinzugeben.

»Ist er ein Witwer, dieser Mr Barrow?« Sie ging neben ihm und stellte systematisch Fragen, um sich auf die Begegnung vorzubereiten und einen guten Eindruck machen zu können. Inzwischen kannte er ihre Angewohnheiten.

»Hat nie geheiratet und keine Familie in der Nähe. Umso

besser, dass wir ihn besuchen.« Mit einem Finger zerstörte er die unangenehmen Rüschen seiner Krawatte und ließ seitlich etwas Luft an seinen Hals. Noch vor einem Monat wäre ihm seine Krawatte heilig gewesen.

Der August neigte sich endlich seinem Ende zu, und die Luft versprach kühleres Herbstwetter. Er würde davon vielleicht nicht viel zu spüren bekommen. Je mehr er unternahm, um die Dinge in Pencarragh zu verbessern, desto höher stieg er in Granvilles Ansehen, und desto eher würde man ihn für wert befinden, nach London zurückzukehren. Das war sein Ziel gewesen, vor gar nicht allzu langer Zeit.

Die Gänse und das Schwein in ihren getrennten Pferchen vor Mr Barrows Kate befanden sich in Aufruhr, als er und Mrs Russell sich näherten, und der Aufruhr wurde lauter, als sie durchs Tor traten. Ein ungutes Gefühl beschlich ihn und jagte ihm Schauer über den Rücken wie ein Steinchen, das über die Oberfläche eines Sees springt. »Stimmt etwas nicht mit den Tieren?«, fragte die Witwe. Noch ein Steinchen, genau auf der Bahn des ersten.

Er klopfte. Keine Antwort. »Vielleicht hat er sich sein Essen mit aufs Feld genommen«, sagte er. »Schließlich hat er keinen, der es fertig hat, wenn er nach Hause kommt.« Diese Erklärung klang ganz vernünftig. Dennoch legte er die Hand um den Türknauf und drehte.

Aus der Türöffnung drang ein so überwältigender Gestank, dass er zurückwich und sich eine Hand über Mund und Nase legte. Die Witwe keuchte neben ihm, und sein Arm schnellte eigenmächtig vor sie wie eine Eisenstange und hielt sie zurück. Gott. Die Tiere. Wie lange waren sie wohl schon nicht mehr gefüttert worden? »Versorg das Vieh«, sagte er mit einer Stimme, die sie nicht wiedererkannte.

»Später, um Himmels willen! Wir müssen da rein und herausfinden –«

»Nein!« Sie erschrak über seinen Tonfall, und das wäre er sicher selbst, hätte er sich durch das Blut, das jetzt in seinen Ohren pochte, hören können. »*Ich* gehe. Warte hier.«

Sie nickte und verschränkte fröstelnd die Arme vor der Brust. Blass und starr trat sie zur Seite und ließ ihn durch.

Während der sechs Schritte, die ihn durch die Küche zur Schlafzimmertür brachten, atmete er durch den Mund und ersparte sich den Gestank, schmeckte die widerliche Luft aber dennoch. Er war noch nie dem Tod begegnet. Hatte noch nie dessen Geruch eingeatmet. Vielleicht – der Gedanke hielt dem Nebel der Panik stand – vielleicht war es nicht dieser Geruch. Irgendein entlegener Teil seines Gehirns begann, ihn in seine Bestandteile zu zerlegen. Mehrere Gerüche, faulige Krankenzimmer-Gerüche, waren hier verwoben.

Er trat ins Schlafzimmer. Mr Barrow lag regungslos da, ein zusammengeschrumpeltes Häufchen Unrat auf einem besudelten Laken. Theo blickte instinktiv weg. Welcher Mann würde schon gern in diesem Zustand gesehen werden. Doch sofort zwang er seine Augen, wieder hinzusehen, da Mr Barrow vielleicht für immer jenseits solcher Überlegungen war. Er trat ans Bett.

Er hatte gelitten. Mr Barrow hatte auf jede erdenkliche Weise gelitten. Offenbar war er zu schwach gewesen, um den Nachttopf zu erreichen. Gütige Mutter Gottes, wie lange lag er wohl schon hier, unvermisst und unversorgt? Hatte denn kein Feldarbeiter seine Abwesenheit bemerkt und nach ihm gesehen?

Eine zitternde Hand legte sich an den altersschwachen Hals, befühlte die pergamentartige Haut nach einem Puls, und … ja. Kein Zweifel. Abrupt taumelte er gegen die Wand, lehnte sich an und beugte sich dann vor, die Hände auf die Knie gestützt. Die Erleichterung hatte ihr eigenes Gewicht, so überwältigend wie die Sorge, doch unendlich willkommener.

»Theo?« Sie klang auch nicht wie sie selbst, jetzt, wo er darauf achtete. Ängstlich. Zaghaft. Schwach. Alles, was die Witwe nicht war.

»Bleib, wo du bist«, rief er. »Es ist nicht das Schlimmste – jedenfalls noch nicht. Aber komm nicht herein!«

Mr Barrow regte sich bei dem Geräusch seiner Stimme. Theo kniete sich an die Bettkante. Die Lippen des alten Mannes bewegten sich, bewegten sich wieder, und beim dritten Mal konnte er endlich das Wort ausmachen: *Wasser*.

Um Gottes willen, natürlich! Der Mann brauchte etwas zu trinken. Wie konnte er nur so dumm sein, nicht von selbst darauf gekommen zu sein? Drei Mal hatte er es ihm sagen müssen! Er sprang auf und eilte in die Küche. Wo bewahrte ein Kätner sein Bier auf? War Bier ungefährlich, in seinem Zustand? Vielleicht wäre Cider bekömmlicher, so geschwächt, wie er war. Das wusste der Teufel.

Aber die Frage erübrigte sich. Es gab überhaupt keine Flasche von irgendwas in der Speisekammer, und in der Küche fand er nur einen leeren Krug. Er würde Wasser aus dem Bach holen, und dann … würde er es abkochen oder so, damit man es trinken konnte. Das machten die Leute mit Tee, oder nicht? Ja. Das musste er tun.

Kein Feuer im Ofen. Er würde eines machen müssen. Gott. Er musste Feuer machen, zum Bach laufen, Wasser holen, ein Gefäß finden, in dem er es kochen konnte, und wie lange würde es brauchen, bis es kochte, und wie lange danach, bis es weit genug abgekühlt war? Vermutlich musste er es auch filtern, aber womit? Verzweiflung überkam ihn, er stellte den Krug ab und legte sich die Hand an die Stirn.

Nein. Das konnte er vergessen. Er würde einen Arzt holen. Zum Teufel mit ihm, warum hatte er auch nur eine Sekunde mit dem Wasser vergeudet, anstatt sofort einen Arzt zu holen?

Verflucht sei seine nutzlose, unbrauchbare Seele. Er war dieser Sache in jeder Hinsicht nicht gewachsen.

»Theo!« Je länger er da drinnen blieb, desto enger schnürte ihr die Panik die Kehle zu. »Bitte sag mir, wie ich helfen kann!«

Und plötzlich stand er in der Tür, blass, aber entschlossen. »Er braucht einen Arzt. Ich weiß nicht, wo ich einen herkriegen soll.«

»Ich weiß es.« Endlich konnte sie etwas tun! »Ich weiß, wo ich mehr als einen finden kann.«

»Gut. Lauf und finde einen Jungen. Er soll zum Stall laufen und jemanden zu Pferde nach einem Arzt schicken, so schnell wie möglich.« Er hielt inne, um Luft zu holen, und sie sah, was es ihn kostete, Ruhe zu bewahren. »Wenn einer von den Kätnern Cider oder schwaches Bier hat, das brauchen wir. Sag dem Jungen, dass er es herschicken lassen soll.«

»Soll er dem Arzt ausrichten, dass du ihn bezahlen wirst? Manchmal kommen sie nicht zu den Armen.«

Er fluchte und legte die Faust an die Stirn, halb abgewandt. »Lass den Arzt zu meinem Haus kommen. Dann kann kein Zweifel bestehen. Ich bringe Mr Barrow dorthin. Er muss sowieso aus dem Zimmer raus.«

»Ich sage dem Jungen, dass man dir einen Wagen schicken soll.« Sie wollte los.

»Nein.« Seine Stimme riss sie zurück wie ein harter Zügelzug ein Pferd. »Ich will nicht, dass er durchgeschüttelt wird. Ich trage ihn. Ich wasche ihn, so gut es geht, und trage ihn.«

*Bis du wahnsinnig? Das ist fast eine Meile!* Sie sagte die Worte nur zu sich selbst, während sie bereits rannte. Sie rannte, wie sie noch nie in ihrem Leben gerannt war, die Röcke mit beiden Händen gerafft, die Stiefel hart auf dem unebenen Boden. Sie fand einen Jungen, einen Burschen von vielleicht zwölf Jahren, und gab ihm ihre Anweisungen: Getränk und Arzt. Als er mit der begnadeten Flinkheit eines Jungen davongestoben war, eilte sie zurück zu Mr Barrows Kate. In den Seiten stach sie der Schmerz der Anstrengung.

Mr Mirkwood blieb unnachgiebig und ließ sie nicht hinein. »Er würde nicht wollen, dass eine Dame ihn so sieht«, sagte er, und damit hatte sich die Sache. Aber wenigstens konnte sie sich um die Tiere kümmern. Die armen hungrigen, winselnden Geschöpfe. Vielleicht könnte sie im Garten ein bisschen Gemüse ernten, und vielleicht würde sie in der Küche einen Kanten Brot finden, den sie zerkrümeln und den Gänsen geben konnte. Zuerst aber Wasser. Hinter dem Haus gab es einen Eimer, und Mr Mirkwood konnte ihr beschreiben, wo der Bach entlangfloss. Wasser, Gemüse, Brot. Einen Plan aufzustellen, wenn auch nur einen ganz kleinen, und dann auszuführen, hatte wie üblich eine stärkende Wirkung. Sie würde die Krise überwinden, eine Aufgabe nach der anderen.

Offenbar würde Mrs Weaver ihr dabei helfen, denn als Martha das Wasser herbeischleppte, stand sie da und verteilte bereits Brotkrümel an die Gänse. »Im Haus könnte ich mehr ausrichten«, sagte sie anstelle eines Grußes. »Garantiert weiß er nicht das Geringste über ein Krankenlager, aber er hat mir den Cider weggenommen und darauf bestanden, dass ich draußen bleibe.«

Was für ein Augenblick, um endlich einen Funken Kameradschaft zu finden. »Zu mir hat er dasselbe gesagt. Als ob Anstand in einem solchen Moment eine Rolle spielen würde. Können Sie die Gänse zurückhalten, während ich ihnen das Wasser eingieße?«

Die gemeinsame Anstrengung war tröstlich. Sie gaben den Gänsen und dem Schwein Wasser und warfen die schlechtesten Früchte im Garten in den Trog, bis Mr Mirkwood in der Tür erschien. »Ich habe ihm ein sauberes Nachthemd angezogen und bringe ihn jetzt zum Haus.« Sein Hut fehlte, und sein Haar stand etwas ab, so als habe er es nervös mit den Fingern durchkämmt. »Ich glaube, wir müssen die gesamte Bettwäsche und die Matratze verbrennen und alle Fenster öffnen, die aufgehen. Gibt es genug Feuerholz?«

Mrs Weaver schüttelte den Kopf. »Besser wär's, die Sachen zu waschen. Ich sehe sie durch und schaue, was gerettet werden kann.«

»Nein.« Sein Blick war der eines Fremden, resolut und furchteinflößend. »Verbrennt sie. Verbrennt sie alle.«

»Ich glaube nicht, dass er mehr als einen Satz Bettwäsche besitzt.« Ob resolut oder furchteinflößend – Mrs Weaver ließ sich nicht einschüchtern. »Ich weiß mit Sicherheit, dass er keine zweite Matratze hat. Wo soll er denn schlafen, wenn wir alles verbrennen?«

Sein Gesicht verzog sich. »Ich bringe ihm eine verdammte Matratze aus meinem eigenen verdammten Haus!« Er lehnte einen Unterarm gegen den Türrahmen und seine Stirn gegen den Arm. Sie erkannte die Pose von jenem scheußlichen Tag, an dem er sie eine Leiche genannt hatte. »Bitte verbrennen Sie einfach alles. Oder sagen Sie es mir, wenn Sie es nicht können, dann beauftrage ich jemand anderen.«

»Wir können. Ich kann.« Was sagte sie da? Sie hatte noch nie im Leben ein Lagerfeuer gemacht.

»Danke, Mrs Russell«, erwiderte er, erschöpft und dankbar, und verschwand im Haus.

Aber wo sollte sie anfangen? Irgendwo in Windrichtung, und weit genug vom Haus entfernt, sodass keine Funken das Dachstroh in Brand stecken konnten. Sie brauchte Feuerholz und eine Zunderbüchse oder irgendein anderes Gerät, um ein Feuer in Gang zu bringen. Wenn sie Glück hatte, würde Mrs Weaver Mitleid mit ihr haben und ihr helfen. Wenn nicht, würde sie allein zurechtkommen, wie sie es immer –

Eine Bewegung im Türrahmen riss sie aus ihren Gedanken, und dann blieb sie wie angewurzelt stehen und dachte gar nichts mehr.

Mr Mirkwood mit einem Kranken in den Armen. Mit diesem Anblick hatte sie gerechnet. Aber damit zu rechnen und es zu sehen, waren zwei völlig verschiedene Dinge. Die Erwartung bereitete einen nicht auf die Einzelheiten vor. Auf das aschfahle Gesicht des alten Mannes. Auf seine Arme, die schlaff wie bei einem Baby auf seiner Brust lagen. Auf das traurige Geflatter seines Nachthemds. Auf die entsetzliche Leichtigkeit, mit der der jüngere Mann ihn trug. So, als wäre er nur ein Säckchen Knochen.

So hatte Vater in den letzten Monaten ausgesehen. Obwohl er zwanzig Jahre jünger gewesen sein musste, war er genauso abgemagert gewesen. Und genauso fahl. Vielleicht hatte Mr Russell ähnlich ausgesehen; vielleicht hatten seine Glieder auch so herabgehangen, als man ihn gefunden und seinen gebrochenen Körper aufgehoben hatte.

Etwas … zerbrach in ihr, donnernd wie ein Eisschelf im Frühlingstau. Sie sog erschaudernd die Luft ein und spürte, wie ihr Tränen die Wangen hinabrannen.

Mr Mirkwood stolperte einen halben Schritt vorwärts. »Martha.« Oh, er klang, als hielte jemand seine Eingeweide in der geballten Faust! Und er machte einen entsetzlichen Fehler, indem er ihren Vornamen benutzte. Sie rieb sich mit dem Handrücken über die Wangen und wandte das Gesicht ab.

»Das wird schon wieder.« Eine unerwartete Hand auf ihrer Schulter. »Das ist bloß der Schock, der sie eingeholt hat, und der Schreck bei dem Anblick.« Eine unerwartet beruhigende, stärkende Stimme. »Gehen Sie. Ich helfe ihr mit dem Feuer. Das wird schon wieder.«

Sie wagte einen verstohlenen Blick. Er nickte Mrs Weaver

zu und errötete – zu spät hatte er seinen Fehler bemerkt – und schritt mit seiner Last davon.

Herr im Himmel! Was sollte sie jetzt sagen? »Es tut mir leid.« Sie presste sich beide Fäuste auf die Augen. »Es war der Schreck bei seinem Anblick, wie Sie sagen, und dann hat er mich an meinen Vater erinnert, bevor er starb.«

»Das geht vorbei.« Die Hand verschwand von ihrer Schulter. »Ich sehe nach, was wir an Feuerholz haben.«

»Mrs Weaver.« Was um Himmels willen tat sie? Sie sah die Worte, die sie sagen würde, vor sich wie Steine, die einen steilen Hang hinunterkullerten, weiter und weiter fort aus ihrer Reichweite, während sie ihnen hinterherlief. »Ich weiß, was Ihnen in Seton Park zugestoßen ist. Was Ihnen angetan worden ist. Was Mr James Russell Ihnen angetan hat.« Unter Riesenanstrengung zwang sie ihr Gesicht herum und ließ die Fäuste sinken.

Mrs Weaver stand steif und ausdruckslos da. Sie schwieg. »Es tut mir so leid, so leid.«

»Es hat nichts mit Ihnen zu tun.« Ihr Blick floh zu dem Pferch, wo das Schwein soeben seine Mahlzeit beendet hatte und sich jetzt am Zaun den Rücken schubberte.

»Ich gedenke, Sie eines Tages dafür zu entschädigen. Und Mr James Russell daran zu hindern, jemals Seton Park zu erben und in diese Gegend zu kommen. Ich werde alles tun, was notwendig ist, um das zu verhindern.«

Mrs Weaver starrte jetzt durch das Schwein hindurch; ihre Augenbrauen zogen sich zusammen und ihre Mundwinkel zuckten, während sie über Marthas Worte nachsann. Oder vermutlich, während sie sich an Szenen aus den vergangenen sechzehn Jahren erinnerte. »Was Sie tun, geht mich nichts an«, sagte sie schließlich. »Und was die Entschädigung betrifft, so wüsste ich nicht, wie sie aussehen sollte. Wir sollten besser das Feuer machen.«

Sie erwähnten das Thema nicht mehr, sondern arbeiteten in zügigem Einklang, schichteten das Feuer auf und zerrten jedes trostlose Zeugnis von Mr Barrows Krankheit aus dem Haus. Nach einer Stunde oder sechs – sie konnte sich nicht erinnern, jemals so erschöpft gewesen zu sein – kehrte Mr Mirkwood zurück, noch zerzauster als zuvor, um zu sagen, dass der Arzt da gewesen sei und bezeugt habe, dass Mr Barrow nicht mehr in Lebensgefahr schwebe. »Ich wusste nicht, ob Sie noch hier sein würden«, sagte er, »aber ich habe den Rauch gesehen. Ich wollte Ihnen Bescheid geben und Ihnen beiden für Ihre Hilfe und Ausdauer danken.« Er streckte Mrs Weaver die Hand entgegen.

Sie ergriff sie, den Blick abgewandt, und ließ sie nach einem kurzen Schütteln wieder los. »Wenn er das nächste Mal nicht zur Arbeit kommt, schicke ich einen meiner Jungen, um nach ihm zu sehen.«

»Wir werden ein System organisieren. Die Aufgabe soll nicht nur an Ihrer Familie hängen bleiben.« Dann drehte er sich zu Martha um, und in seinen Augen wimmelte es von Dingen, die er vor Mrs Weaver nicht sagen konnte. »Ich hoffe, es geht Ihnen wieder besser, Mrs Russell?«

Als ob Mrs Weaver vergessen würde, wie er sie vorher angesprochen hatte. Die Absurdität zerrte an ihren Mundwinkeln, und sie hob eine Hand, um es zu verbergen. »Viel besser, haben Sie vielen Dank, Mr Mirkwood. Ich hoffe, es wird sich bald eine andere Gelegenheit ergeben, bei der ich Mr Barrow kennenlernen kann.«

»Selbstverständlich.« Er blickte zwischen den beiden zu Boden und schwieg einen Augenblick lang, wie ein junger Mann, der einer Dame gegenüberstand, die es ihm angetan hatte, und sich nun den Kopf darüber zerbrach, wie er sie ansprechen konnte. »Soll ich jemanden schicken, der Sie nach Hause fährt? Ich würde meine eigenen Dienste anbieten, doch ich schätze, ich sollte erst ein Bad nehmen, bevor ich mich wieder in Gesellschaft wagen kann.«

»Natürlich. Nein danke, ich gehe zu Fuß.« Jetzt blickte sie ebenfalls zu Boden.

*Ein Bad nehmen.* Wenn sie seine Frau wäre – Herr im Himmel, wo kam dieser Gedanke auf einmal her? –, aber wenn sie seine Frau wäre, dann würden sie gemeinsam zu seinem Haus gehen, und sie würde ihm beim Baden zur Hand gehen. Auf den Fliesen oder auf dem Marmorboden würde sie knien, ihm die Seife aus den widerstandslosen Händen nehmen und ihn abschrubben, während er den Kopf hängen lassen und sie alle Sorgen des Tages wegspülen lassen würde. Mit ihren Daumen würde sie jeden Knoten wegkneten, den der Kummer in seine Rückenmuskeln getrieben hatte. Sein Atem würde sich entspannen, ihr ohne Worte sagen, welchen Trost sie spendete. Und ihre Hände würden ihm sagen, wie stolz sie war, wie unendlich stolz sie auf das war, was er heute getan hatte.

Das führte zu nichts. Sie würde niemals seine Frau sein. Selbst, wenn sie sich das irgendwann wünschen sollte, und er es sich ebenfalls wünschte, könnte es nicht sein. Die Sicherheit von Seton Park hing davon ab, dass ihr Kind – egal, wo sie eines herbekam – als Mr Russells Erbe bekannt war. An andere Männer im Bad durfte sie nicht denken.

Und doch dachte sie daran. Als sie ihm zum Abschied die Hand gab, auf dem langen Weg nach Hause und für große Abschnitte des Nachmittags stellte sie sich vor, wie er ins warme Wasser sank und sich träge hierhin und dorthin drehte. Er würde parfümierte Seife verwenden. Zitrus vermutlich, oder einen von diesen Moschus-Düften, die Männer bevorzugten. Sein Haar würde sich in der feuchten Luft noch stärker locken. Im Wasser würde er auf wieder andere Weise nackt sein. Nicht wie Marmor, nicht vom Feuer gewärmt, sondern subtil und obskur. Teile von ihm würden der Fantasie überlassen bleiben. Sie würde seine vage Gesamtheit bewundern und auf den Moment warten, da er sich offenbarte.

Er würde sich an beiden Seiten der Wanne festhalten, wenn der Moment kam, und sich zu seiner vollen Größe aufrichten. Wasser würde von ihm herabrinnen. Es würde aus seinem Haar tropfen, und die Tropfen würden im Sonnenlicht tanzen, das zufällig gerade den Raum durchflutete. Dann würde sein Blick zielsicher zu der Frau wandern, die ihm zusah.

In der Bibliothek stellte sie sich das vor, mit einem vergessenen Buch auf dem Schoß. Beim Abendessen, während sie Erbsen auf die Gabel spießte. Und im Schlafzimmer, bei grellem Sonnenlicht und dann abermals, als sie sich zurückzog, hing sie jedem opulenten Detail der Szene nach, zu ihrer wiederholten und erschütternden Zufriedenheit.

Was hatten die Römer sich nur gedacht, mit ihrer Venus? Die Liebe musste ein Mann sein, groß und breitschultrig und glitzernd, wenn er die Oberfläche durchbrach; nicht, um auf einer faden Muschel herumzutreiben, sondern um aus eigener Kraft aus den Wellen an Land zu schreiten und die Fülle des Ozeans jeder Frau im Umkreis von fünfzig Meilen deutlich vor Augen zu führen.

Es gab so vieles zu tun; tausendundeine produktivere Art, seine Zeit zu verbringen, als in sündiger Tagträumerei. Doch sie war nicht völlig sündig. Das Bild des Liebesgottes, der dem Meer entstieg, wich zurück und verschmolz mit der Erinnerung an Mr Mirkwood auf der Türschwelle, an seine muskulösen Arme, die einen gebrechlichen alten Mann wiegten. Er hatte nie so stark ausgesehen. So kraftvoll. So erfüllt von Anmut und Stärke.

Heute Nacht würde er anbieten, sie zu berühren. Sie würde Signale aussenden, die ihn dazu aufforderten, und wenn er es anbot, würde sie es ihm erlauben, nur für eine kleine Weile. Er kannte die richtige Stelle. Er wusste, was er tun musste. »Pass auf, dass ich mich nicht verliere«, könnte sie sagen, und er würde wissen, wann er aufhören musste. So weit konnte sie ihm vertrauen.

*Und warum nicht auch weiter?* Ungebeten trat die Frage aus irgendeinem verruchten Teil ihrer Gedanken hervor. Selbst ihr eigener Kopf hatte sich inzwischen gegen sie verschworen. Sie ließ die Frage unbeantwortet in der Luft stehen und überließ sich wieder ihren Fantasien von langen Gliedmaßen im Wasser.

»Wie war Ihr Bad?«, wollte Mrs Russell sofort wissen, als er eintrat. Sie saß im Bett, ein Laken vorsichtig an die Schultern gehalten.

Doch er hatte keine Zeit für höfliche Kommentare über die Nebensächlichkeiten seines Tages. Er schritt auf sie zu, legte die Hände seitlich an ihren Kopf und küsste sie, voll auf den Mund.

Sie war offensichtlich überrascht. Aber sie schrak nicht zurück, versteifte sich nicht einmal. Ihr Mund ließ sich von seinem führen, weich und stetig, bis er Luft holen musste.

»Es tut mir leid, was du heute alles durchmachen musstest.« Er kniete halb auf dem Bett, ein Fuß noch auf dem Boden, die Hände noch immer an ihrem Gesicht. »Aber ich bin froh, dass du dabei warst. Dein Beistand hat mir unglaublich geholfen.«

»Ich bin auch froh. Du warst sehr mutig.« Sie ergriff seine Handgelenke. Das Laken fiel herab und entblößte sie, und sie schien es nicht einmal zu bemerken.

»Mutig? Du machst wohl Witze!« Er hob ihr Kinn an und küsste sie dort. »Ich war fast wahnsinnig vor Angst.«

»Ja.« Ihre ernsten, dunklen Augen betrachteten ihn. »Angst und Mut. Ich war stolz auf dich.«

»Genug davon.« Er ließ sie los und begann, seine Knöpfe zu öffnen. »Kümmern wir uns um deinen Samen, und dann möchte ich wissen, was du über eine neue Idee von mir denkst.«

Der Samen wechselte noch unverzüglicher den Besitzer als sonst. Sie half mit, liebenswerte, großmütige Frau, die sie war, streckte sich ihm entgegen und vergrub ihre Finger in seinem Haar. Andererseits hatte sie immer schon gewollt, dass es schnell ging. Er tat ihr den Gefallen gern, eilte dem Höhepunkt mit einer Hast entgegen, die ihn vor jeder anderen Partnerin als Mrs Russell beschämt hätte.

»Jetzt kommst du auf deine Kosten«, sagte er anschließend. »Ich hatte eine Idee, wie ich das Molkereiprojekt finanzieren kann.«

»Das Molkereiprojekt?« Er hatte die Kerzen nicht gelöscht, und an ihrer Miene konnte er erkennen, dass sie überrascht war. »Ich wollte wissen, wie du über eine neue Idee von mir denkst, weißt du noch? Aber vielleicht bist du zu erschöpft von den Anstrengungen heute. Ich kann bis morgen früh warten, wenn du möchtest.«

»Nein …« Einen Augenblick lang presste sie die Lippen zusammen. Ihr ganzes Gesicht nahm einen Ausdruck entschlossener Konzentration an, wie eine Viehtreiberin, die ein Dutzend Ochsen die Richtung wechseln lassen musste. »Nein, ich möchte es gern hören. Ist es eine neue Überzeugungsstrategie für deinen Vater?«

»Zum Teil, ja, weil es seinen Anteil der Ausgaben verringern wird. Ich denke daran, Investoren zu suchen.«

»Investoren.« Sie schob die Hand unter ihre Wange und stützte sich halb auf. Da war sie, die eifrige Ungeduld, nach der ein Mann sich zu sehnen lernen konnte. »So wie Leute, die in ein Handelsschiff investieren, meinst du, und dann einen Teil des Gewinns bekommen?«

»Ganz genau. Es wird sowieso Zeit, dass ich einigen der besseren Familien in der Gegend mal wieder einen Besuch abstatte. Wenn ich sie mit einer Beteiligung an den Erfolg des Unternehmens binde, nehme ich an, dass sie ein Interesse daran hätten, all ihre kuhlosen Pächter zu uns zu schicken. Vielleicht würden sie sogar selbst bei uns kaufen, wenn wir eine besondere Sorte Käse herstellen würden, oder irgendetwas anderes, das es nicht überall gibt.«

»Betone den Aspekt der Wohltätigkeit gegenüber unseren ärmeren Nachbarn. Insbesondere, wenn du mit Damen sprichst.« Jetzt waren ihre Ochsen auf dem rechten Weg, und er hatte ihre volle Aufmerksamkeit. »Das wird ihnen eher zusagen als rein wirtschaftliche Argumente. Sprich von der harten Arbeit, die es erfordert, und wie dadurch die Tugendhaftigkeit unter der Landbevölkerung gefördert wird.«

»Tugendhaftigkeit. Selbstverständlich.«

»Und hast du daran gedacht, die Anteile klein zu halten? Auf diese Weise können deine wohlhabenden Investoren ein Dutzend oder mehr kaufen, während auch eine Person von bescheidenem Vermögen einen kaufen und sich ebenso an deinem Erfolg beteiligt fühlen kann. Deine Molkerei könnte in jedem Haushalt in der Nachbarschaft Verfechter haben.« Aber niemals eine bessere Verfechterin als die, die ihm gegenüberlag, die Augen warm und voller Genugtuung darüber, ein Luftschloss auf solidem Grund verankert zu haben.

Glücklich der Mann, der sie davon überzeugte, wieder zu heiraten. Er könnte mit einer nebulösen Idee nach der anderen durchs Leben gehen, und sie würde einer jeden mit Hammer und Meißel praktische Form geben. Seine Hand wanderte über das Kissen und zwei Fingerspitzen strichen über ihre weiche Wange. »Ich werde das vermissen, weißt du. Wenn ich wieder in London bin.« Die Worte regelmäßig laut auszusprechen –

sich daran zu erinnern, dass er zurückkehren musste –, war eine würdige Übung in Selbstdisziplin. »Dieses Planen und Reden. Ich hätte nie gedacht, dass man seine Zeit im Bett so verbringen kann, aber ich werde es dennoch vermissen.«

Sie strahlte. Hätte er sie gerade erst kennengelernt, dann hätte er ihr glühendes Erröten fälschlicherweise für eine sinnliche Einladung gehalten. Und den Fehler bitter bereut.

Stattdessen legte er die Fingerspitzen zuerst an seine eigenen Lippen, dann an ihre. Ein keuscher Gutenachtgruß, absurd zwischen einem Mann und seiner Geliebten, lächerlich zwischen einer Frau und ihrem gekauften Hengst, aber vielleicht nicht unpassend für zwei ungleiche Fremde, die jeder Wahrscheinlichkeit zum Trotz Freundschaft geschlossen hatten.

# 14

»Sind Sie sicher, dass sie verstanden hat, was es bedeutet, dass er Sie so genannt hat?« Sheridan saß am Frisiertisch und blätterte in einem Musterbuch für Trauerkleidung im Herbst und Winter.

»Sie hat auf jeden Fall verstanden, dass es etwas Despektierlicheres bedeutet, und den Rest habe ich ihr mehr oder weniger gesagt. Ich habe gesagt, dass ich die Absicht habe, Mr James Russell am Erben zu hindern.« Martha ging zum Fenster hinüber und legte eine Handfläche an die Scheibe. Sie war viel kühler als noch vor einem Monat. »Hoffen wir, dass auch sie sich das wünscht.«

»Und die ganze Zeit wohnt sie auf dem Nachbargut!« Sie stellte sich vor, wie das Mädchen den Kopf schüttelte. »Mrs Kearney hat nie ein Sterbenswörtchen gesagt.«

»Ihre Diskretion ehrt sie.« Sie drehte sich um und nahm die Hand von der Scheibe. »Weißt du, Sheridan, so unangenehm die letzten Wochen gewesen sind, so habe ich doch viel Größe in den Menschen um mich herum gesehen. Mr Keene zum Beispiel. Erst heute Morgen habe ich einen höchst liebenswürdigen Brief von ihm erhalten, in dem er mir versichert, dass er weiterhin daran arbeitet, Mr James Russell von einem Besuch abzubringen. Warum sollte er sich die Mühe machen? Er kennt mich kaum. Seine Freundlichkeit ist viel mehr, als mir zusteht.«

»Denken Sie, dass er es schaffen wird?« Sheridan markierte eine Seite mit einem kleinen Papierstreifen.

»Langsam beginne ich, mir Hoffnung zu machen.« Martha

durchschritt ein weiteres Mal den Raum und ließ ihre rastlose Hand über die Tapete wandern. »Wenn ein mutmaßlicher Erbe sich wirklich Sorgen darüber machen würde, dass eine Witwe ihn betrügen könnte, würde er doch sicher im ersten Monat kommen, um sie daran zu hindern, solche Ränke zu schmieden, wie ich es getan habe, oder?«

»Oder er könnte zur Niederkunft kommen, wie Sie gesagt haben, um Sie an anderen Ränken zu hindern.«

»Stimmt. Aber das würde Mr Keene mehrere Monate verschaffen, um ihn zu bearbeiten.« Mit einem Finger fuhr sie an einem Tablett mit selten getragenem Schmuck entlang, das auf dem Tisch stand. »Ich bin trotzdem zuversichtlich, ich kann nicht anders. So vieles ist in letzter Zeit nach meinen Wünschen gegangen.«

Das Mädchen sah kurz auf und blickte dann wieder ins Buch. »Sie achten auf den Kalender, oder?« Sie sprach leise und unverbindlich, so als sei sie nicht sicher, ob sie das Thema anschneiden durfte.

»Ich wünschte, ich könnte an etwas anderes denken.« Martha spießte einen Achatring auf und drehte ihn ein-, zweimal um den Finger. »Heute sind es vier Wochen seit dem Beginn meiner letzten Regel.« Sie hätte es gar nicht laut zu sagen brauchen. Ein Kammermädchen kannte die Privatangelegenheiten seiner Herrin so gut wie die eigenen.

»Weiß es Mr Mirkwood?« Sheridan blätterte eine Seite um, ohne sie zu markieren.

»Nicht das genaue Datum. Aber es sind dreieinhalb Wochen, seit er zum ersten Mal gekommen ist. Er muss eine ungefähre Vorstellung haben.«

»Denken Sie, er wird Sie drauf ansprechen? Oder wird er warten, bis Sie ihm sagen, dass seine Dienste nicht mehr benötigt werden?«

Das war noch etwas, woran sie nicht gern denken wollte. Wie ihr Verhältnis enden würde. Sie klopfte mit dem Fingernagel an den Achat und schüttelte dann den Kopf. »Ich habe es längst aufgegeben, vorherzusagen, was Mr Mirkwood tun wird.« Mit einer einzigen Bewegung streifte sie den Ring ab und warf ihn zurück auf das Tablett, wo er mehrere Sekunden lang kreiselte, bevor er scheppernd zur Ruhe kam. »Musst du so viele Stoffe markieren? Ich brauche nur zwei Kleider und einen Spenzer, so schlicht wie möglich.«

»Mr Barrow verdankt Ihnen sein Leben, schätze ich.« Granville saß ihm mit gefalteten Händen am Tisch gegenüber; sein Tee und Toast waren völlig vergessen. »Ich werde dafür sorgen, dass Sir Frederick davon erfährt.«

Theo löffelte Himbeermarmelade auf seinen eigenen Toast. »Er verdankt sein Leben purem Glück. Ich kann nur mit Scham und Abscheu daran denken, dass wir uns keine halbe Meile entfernt beim Picknick vergnügt haben, während es ihm so schlecht ging.«

»Diese Schande trifft auch mich.« Die Sonne fiel schräg ins Frühstückszimmer ein und tauchte den Verwalter in ein weiches Licht. »Für Sie ist die Gutsverwaltung ein ganz neues Feld; ich aber hätte wissen sollen, in welchem Zustand er sich befand. Das ist mein Beruf.«

»In Zukunft werden Sie das.« Theo verteilte die Marmelade mit einem Buttermesser bis in die Ecken seines Toasts. »Ich habe die Absicht, ein System einzurichten, bei dem andere Familien nach ihm sehen, sobald er wieder einmal nicht zur Arbeit erscheint, und Sie davon unterrichten. Gerade jetzt kann ich es mir nicht leisten, ihn zu verlieren.« Das Blut rauschte und kitzelte, so als schwärmten gutwillige Hornissen durch seinen Körper. Der Moment war gekommen. »Ich habe eine Idee, wie man dieses

Land nutzbringender verwenden kann, und ich werde seine Erfahrung dabei fast ebenso nötig haben wie Ihre.«

Granville war ganz Ohr. Er saß auf der Stuhlkante, hörte zu und zückte sofort seinen unvermeidlichen Bleistift, um Notizen machen zu können. Er stimmte Theo darin zu, dass die Milch und Butter, die man in der Gegend kaufen konnte, von miserabler Qualität waren. Er war der Meinung, dass alle außer den allerwohlhabendsten Weizenbauern immer im Nachteil sein würden, weil sie nicht die Möglichkeit hatten, ihr Getreide zurückzuhalten, bis die Preise wieder stiegen. Er nickte nachdenklich bei der Idee, in Brighton zu verkaufen, wandte aber ein, dass sie erst in Erfahrung bringen mussten, welche Produkte dort bereits auf dem Markt verkauft wurden. Und als Theo zu dem Teil mit den Investoren kam, wollte er sofort Tabellen aufstellen und ausrechnen, was ein Anteil kosten würde und wie bald ein Teilhaber Profit erwarten konnte.

»Ich denke an fünfundzwanzig Kühe für den Anfang, sowie zwei Bullen, und ich hoffe, sie für höchstens acht Pfund das Stück zu bekommen.« Sein Löffel klopfte flink im Kreis um die Eierschale herum, ein angenehm emsiges Geräusch zur Untermalung des Bleistiftkratzens und der gemurmelten Berechnungen des Verwalters. »Wir könnten sie im Dezember auf dem Viehmarkt in East-Grinstead erwerben, aber ich habe gehört, dass die meisten Rinder dort aus Wales stammen. Die Kühe aus Jersey halte ich für erfolgversprechender: gute Milchkühe, und klein, also werden sie nicht so viel Futter brauchen wie die größeren Rassen.«

Granville legte den Bleistift weg und lehnte sich zurück. »So.« Endlich wandte er sich seinem Tee zu. »Sie haben sich wohl wirklich schon Ihre Gedanken gemacht.«

Theo köpfte sein Ei und begann zu löffeln. »Mrs Russells Verwalter – der Kerl, der die Sache mit den Dächern ins Rollen gebracht hat – hat mich beraten. Ich habe auch ein paar Unterlagen. Mein Vater wird zweifellos tausend Fragen haben, wenn ich ihn um das nötige Startkapital bitte, und ich möchte so viele Antworten für ihn haben wie möglich.«

»Es liegt mir fern, Sie davon abhalten zu wollen, sich zu bilden.« Der Verwalter nahm noch etwas Tee und stellte seine Tasse ab. »Sir Frederick werden Sie jedoch gar nicht überzeugen müssen. Als er Ihren Aufenthalt hier arrangiert hat, hat er mich autorisiert, eine gewisse Summe für derartige Projekte, auf die Sie vielleicht kommen könnten, zu verwenden.«

»Tatsächlich?« Der Löffel hielt auf halbem Wege zwischen Teller und Mund inne. »Davon hat er mir ja gar nichts gesagt.«

»Nein, und ich sollte es auch nicht erwähnen. Er wollte nicht, dass Sie nach einer Möglichkeit suchen, das Geld auszugeben. Er zog es vor, dass die Idee zuerst käme, und die Finanzierung später.«

»Meine Güte.« Silber klapperte gegen Porzellan, als er den Löffel ablegte. »Wie um alles in der Welt ist er denn auf die Idee gekommen, dass ich mir irgendwelche Projekte ausdenken könnte?«

Granville zuckte mit einer Schulter; der Anflug eines Lächelns lag auf seinen Lippen. »Er hatte sechsundzwanzig Jahre Zeit, Sie zu beobachten. Vermutlich hat er sich ein Bild von Ihren Fähigkeiten gemacht.«

»Meine Güte«, sagte Theo abermals. Hinter Granville schwebte Staub träge in einem Sonnenstrahl und verleitete dazu, die Gedanken abschweifen zu lassen. Er hätte wetten mögen, dass er genau wusste, was Sir Frederick von seinen Fähigkeiten hielt. Und er hätte der Einschätzung zugestimmt. Selbst jetzt fühlte sich die gute Meinung seines Vaters – falls es denn so war – seltsam und unpassend an wie ein geliehener Mantel.

Ein von einer Frau geliehener Mantel auch noch. Nichts von

alledem wäre ohne den Einfluss von Mrs Russell geschehen. Oder? Vielleicht hätte er den Leuten auf seinem Land unverbindlich ein besseres Leben gewünscht, aber er hätte es niemals selbst in die Hand genommen, ihr Los zu verändern. Oder?

»Ihnen stehen sogar genug Mittel zur Verfügung, um gänzlich auf die Sponsoren zu verzichten.« Granville sägte seinen Toast in Streifen. Jetzt endlich meldete sich sein Appetit, während Theos vergessen war. »Doch ich muss gestehen, mir gefällt die Idee zu gut, um Ihnen dazu zu raten, sie aufzugeben. Es scheint mir charakteristisch dafür zu sein, was für ein Gutsherr Sie sein werden.«

Einen Augenblick lang wollte er loslachen. Aber der Augenblick verging. Es war schließlich nichts Lächerliches dabei, sich ihn als eine bestimmte Art von Gutsherrn vorzustellen. Die Art von Gutsherr, die wusste, wie man unterschiedliche Interessen zum allgemeinen Vorteil verwob. Dieses Talent besaß er vielleicht tatsächlich.

»Dann möchte ich Sie um Ihre Meinung zu einer weiteren möglichen Verwendung für Sir Fredericks Mittel ersuchen.« Er griff nach seiner Teetasse. »Der Pfarrer Atkins von Seton Park hat mich auf die Schule angesprochen, die er gerade eröffnet. Was würden Sie davon halten, wenn wir unsere Landarbeiter dazu ermutigten, ihm ihre Kinder zu schicken?«

Mehr Besucher kamen. Der Friedensrichter Mr Rivers und seine Frau am Nachmittag desselben Tages, eine Miss und Mrs Landers am nächsten. Die Besuche hatten die richtige Länge und die Konversation war genau von der richtigen Art. Alle lobten Mr Mirkwoods wohltätige Ziele. Alle freuten sich, sie kennenzulernen. Sie bestanden darauf – welch unerwartete Freundlichkeit –, dass sie nach ihnen schickte, wenn sie Hilfe mit Pächtern, Bediensteten oder in irgendwelchen anderen Angelegenheiten bräuchte, die für eine junge Dame schwer zu bewältigen waren.

Bis Mr Mirkwood die Nachbarn mobilisiert hatte, waren sie für Martha Fremde gewesen; jetzt, plötzlich, sorgten sie sich um ihr Wohlergehen – und vielleicht nicht nur aus Pflichtgefühl.

»Ich habe noch nie einen Mann getroffen, der es so wie du versteht, Zuneigung zu wecken«, sagte sie am Abend nach dem Besuch der Landers zu ihm. »Nicht nur zu dir selbst, meine ich, sondern unter den Leuten im Allgemeinen. Ich bin sicher, diese Gemeinde hat dir viel zu verdanken.« Wieder hatte sie nicht die richtigen Signale ausgesandt, und er hatte allein Befriedigung erlangt. Jetzt versuchte sie, sich mit diesem Thema abzulenken.

»Wie war das noch mal mit der Zuneigung zu mir selbst?« Er lag befriedigt neben ihr, und seine Hände flochten gedankenverloren eine Strähne ihrer Haare. »Tue ich das wirklich?«

»Natürlich tust du das. Alle, die zu Besuch gekommen sind, haben in den wärmsten Tönen von dir gesprochen. Sie haben dich jetzt schon ins Herz geschlossen.« Feigling. Das war weder was er hören noch was sie wirklich sagen wollte.

*Du kennst ihn keine vier Wochen. Jedwede Gefühle, die eine Dame in dieser Zeit entwickeln kann, können nur Einbildung sein.* Die Ermahnung enthielt eine gewisse Wahrheit, und doch … Was, wenn nicht Zuneigung, konnte sie wünschen lassen, Worte zu finden, die ihnen beiden mehr bedeuteten?

*Berühre mich*, könnte sie sagen. *Erwecke Gefühle, welche auch immer du willst.* Die Signale funktionierten nicht, und sie würde nicht mehr viele Gelegenheiten haben. Dreißig Tage waren es nun seit dem Beginn ihrer letzten Blutung. So etwas kam vor. Der Misserfolg konnte sich jederzeit ankündigen. Genug vergangene Tage würden ebenfalls das Ende ihrer Beziehung bedeuten.

Sie schloss die Augen und rief die nach Zitrus duftende Dunkelheit herbei, die kleine Spitzen der Freude brachte: die tausend winzigen Züge an ihrer Kopfhaut, während er eine Haarsträhne über oder unter die andere legte. Ab und zu kamen seine Finger selbst versehentlich in köstlichen Kontakt mit ihrer Haut.

*Berühre mich*. Die Oberlippe auf die Unterlippe, das wäre der Anfang. Sie konnte es mit geschlossenen Augen sagen, wenn sie wollte.

»Du kommst doch morgen mit, oder?« Plötzlich verließen seine Hände ihr Haar. »Wenn ich mich mit den Arbeitern treffe? Ich habe Granville auch gebeten, mitzukommen, und ich hätte dich gern dabei, da du ja von Anfang an an der Sache mitgewirkt hast.«

Als sie die Augen öffnete, sah sie, wie er auf die Ellbogen gestützt dalag und sie eindringlich ansah, wie um ihre Zustimmung zu erkämpfen.

Welch absurde Qual. Nie führte er sie so sehr in Versuchung, wie wenn er vergaß, lüstern zu sein, und all seine Aufmerksamkeit auf das eine oder andere Anliegen richtete. Doch sie musste seiner ehrbaren Führung folgen und andere Gedanken sein lassen. »Natürlich komme ich mit«, sagte sie. »Das möchte ich um nichts in der Welt verpassen.«

»Tatsache ist: Ich weiß nichts über Molkereien als das, was ich gelesen oder von anderen gehört habe.« Theo saß am Kopf seines riesigen Esstischs, die Ellbogen auf die Tischplatte gestützt, und seine Hände beschrieben Gesten, die seine Worte untermalten. Im Stehen hätte er vermutlich mehr Autorität ausgestrahlt, doch im Sitzen ermunterte er seine Zuhörer zu mehr Ungezwungenheit. »Wir dürfen auch nicht vergessen, dass ich nicht hier sein werde, um mich darum zu kümmern. Ich hoffe, dass ich in absehbarer Zeit wieder nach London ziehen werde.« Er warf Granville am anderen Ende des Tisches ein kurzes Lächeln zu. Das Exil fühlte sich ganz anders an, jetzt, da er wusste, dass sein Vater Geld beiseitegelegt hatte, im Vertrauen darauf, dass er sich gut machen würde. »Der Erfolg des Unternehmens wird also nicht in meinen, sondern in Ihrer aller Hände liegen. In Anbetracht dessen würde ich gern hören, wie Sie darüber denken. Keine Ehrerbietigkeit, bitte! Wenn Sie der Meinung sind, es sei eine Schnapsidee, dann müssen Sie es sagen. Mr Barrow, fangen Sie bitte an.«

Er ergriff seine Teetasse und lehnte sich zurück. Zu seiner rechten saß Mr Barrow, eine Decke um die Schultern, in einem Sessel, der aus dem Salon hereingebracht worden war. Er war noch nicht vollständig wiederhergestellt, aber es ging ihm von Tag zu Tag besser.

Hinter dem alten Mann, der nun begann, von verschiedenen Molkereimethoden zu sprechen, hatte er einen freien Blick auf Mrs Russell am anderen Tischende, die in einem weiteren Sessel saß. Sie hatte einen Platz an der Tafel abgelehnt, denn sie wollte lieber vom Rande aus beobachten. Aufmerksam sah sie zu, die Hände im Schoß gefaltet, aufrecht wie ein Schürhaken. Sie war nicht wirklich eine Sesselfrau, diese Witwe.

Vor drei Wochen – Teufel noch mal, vor zweien – hätte er gar nicht bemerkt, wie sehr sie es genoss. Ihre Freude sah anders aus als die jeder anderen Frau, die er kannte. Meistens jedenfalls. Über ihre Besucher hatte sie sich ganz unreserviert gefreut, soweit man das aus der Art schließen konnte, wie sie später davon erzählt hatte.

»Haben Sie daran gedacht, eine Eselin oder zwei zu halten, zusätzlich zu den Kühen?«, fragte Mrs Rowlandson und lenkte seine Aufmerksamkeit wieder auf die Runde am Tisch. »Ihre Milch ist am besten für schwächliche Kinder oder mutterlose Kinder, und ich glaube, niemand hier in der Nachbarschaft hat eine.«

»Ich wusste doch, dass es etwas bringen würde, die Damen ebenfalls einzuladen.« Er legte die Ellbogen wieder auf den Tisch und beugte sich vor. »Davon habe ich noch nie etwas gehört. Können Sie mir mehr erzählen?« Aus den Augenwinkeln sah er, wie Mrs Russell dem Austausch folgte. Hatte er ihre Anerkennung im Sinn gehabt, als er sich dazu entschlossen hatte, die Landarbeiterinnen einzubeziehen? Vermutlich. Und er würde es nicht bereuen. Wie könnte er irgendetwas bereuen, während er einen Raum voller einfacher Leute vor sich sah, die im Begriff waren, die eigene Bedeutung zu erkennen?

Martha saß umso gerader; ihre Haltung reichte für sie und Mr Mirkwood zusammen. Wenn er sie gefragt hätte, hätte sie ihm gesagt, dass er nicht so dasitzen sollte. Die Ellbogen auf dem Tisch. Vor- und zurückwippend und mit den Händen fuchtelnd, so als wolle er seinen Freunden im Gentlemen's Club zeigen, wie man am besten eine Krawatte band. Sie hätte ihm gesagt, dass die Autorität das Gewand gesitteter Zurückhaltung trug.

Sie hätte sich geirrt.

Wann war er dieser Mann geworden? So vertraut mit der Führungsrolle, als sei er in sie hineingeboren. Mit offenen Armen teilte er Respekt aus, ohne zu befürchten, dass seine eigene Geltung dadurch Einbußen erleiden könnte – und in der Tat war das nicht der Fall. Je mehr er sich fremdem Sachverstand unterordnete, desto weiter würden sie ihm folgen, egal wohin. Das konnte man daran erkennen, wie die Leute sich anboten, diesen oder jenen Teil des Vorhabens zu übernehmen. Mr Quigley und Mr Weaver würden nach Brighton fahren und sich den dortigen Markt ansehen. Mr Tinker würde einem verwandten Viehhändler schreiben und sich nach Jersey-Kühen erkundigen. Und mehrere der Frauen hatten bereits Ideen, welche Käsesorten man am besten herstellen sollte. Er war ausgezeichneter Laune, als das Treffen zu Ende war, und hätte zweifellos mit ihr gesprochen, wenn er nicht ausgerechnet von Mrs Weaver in Beschlag genommen worden wäre. Sie gab ihm die Hand und sagte etwas zu ihm, das er sich mit ernster Miene anhörte, bevor er ihr lächelnd und kopfschüttelnd antwortete.

»Was hatte Mrs Weaver zu sagen?«, musste sie einfach fragen, als er endlich den Spießrutenlauf durch den Raum voller zu schüttelnder Hände und guter Wünsche erfolgreich absolviert hatte. Sie musste unweigerlich daran denken, was die Frau mit fast völliger Gewissheit über sie beide wusste.

»Oh, nichts Besonderes.« Sie spürte seine Fröhlichkeit wie einen Blitz, der in einen Baum eingeschlagen war und ihm noch immer durch die Zweige schoss. »Es gab ein Missverständnis zwischen uns, kurz nachdem ich hier angekommen war, und jetzt haben wir es aus der Welt geräumt. Die Einzelheiten erzähle ich Ihnen bei Gelegenheit. Jetzt bringe ich Sie nach Hause, wenn Sie mögen, dann können Sie mir erzählen, was Ihr Eindruck ist.«

Und ja. Das war genau das, was sie gern mochte.

Wie gut das Treffen doch verlaufen war! Niemand hatte seinen Plan lächerlich gefunden, und, mehr noch, er war sich dessen schon vorher gewiss gewesen. Das mit dem Verwalten war wohl doch keine Aufgabe, der er nicht gewachsen war. Womöglich gab es an diesem Tag nichts, dem er nicht gewachsen gewesen wäre.

Mit einem Schritt, der Subkontinente hätte durchqueren können, ließ er das Haus hinter sich. Mrs Russell hielt mit ihm Schritt und warf ihm verstohlene Blicke zu, die er alle bemerkte. »Was ist?«, fragte er schließlich und drehte sich zu ihr um. »Warum siehst du mich so an, als wäre mir ein zweiter Kopf gewachsen?«

Obwohl sie versuchte hatte, es unauffällig zu tun, schaute sie jetzt nicht weg. »Du bist der geborene Anführer, Mirkwood. Ich hätte es niemals gedacht.«

Es waren die erregendsten Worte, die je eine Frau zu ihm gesagt hatte. Wie sollte er darauf eine angemessene Antwort finden? Er lachte, schüttelte den Kopf und schritt wieder aus, um vor ihr zu gehen. »Wenn das so ist, bin ich das gerade erst geworden. Also hättest du es auch nicht wissen können.«

»Nein, ich glaube, du warst es immer schon.« Sie schloss zu ihm auf, sie wollte nicht zurückbleiben. »Du brauchtest lediglich eine Gelegenheit, es zu zeigen.«

Jetzt waren *das* die erregendsten Worte, die er je von einer Frau zu hören bekommen hatte. Er fühlte, wie sein Kopf leicht wurde und seine Knie weich; wer hätte gedacht, dass man von der hohen Meinung einer Dame berauscht sein konnte?

Der Waldweg tauchte vor ihnen auf, und sobald sie im Schutze der Bäume waren, streckte er die Hand nach ihr aus. Er würde ihr sagen, ohne schwache Worte, wie sehr er –

»Bitte nicht.« Sie entwand sich seinem Griff. »Nicht, wo wir gesehen werden könnten.«

»Dann eben dort, wo wir nicht gesehen werden können.« *Lass mich um Himmels willen nicht bis heute Nacht warten.* »Obwohl das Bett im Blauen Zimmer noch gemacht ist, was meinst du?«

Sie ließ den Blick an ihm herabwandern, wie um die Dringlichkeit der Frage einzuschätzen. Dringlichkeit war gar kein Ausdruck. Dann, wie durch ein Wunder, nickte sie. »Ich habe heute nichts weiter vor. Hättest du Lust, mich zu besuchen?«

»Du hast doch gerade geguckt. Wonach sieht es denn aus?«

Ein noch größeres Wunder: Sie lächelte, ein köstliches, verschwörerisches Lächeln, und dann ging sie wortlos voraus.

Mit einer Geschwindigkeit, die jede Kammerfrau vor Neid hätte erblassen lassen, zog er sie bis auf Hemd und Strümpfe aus, doch mit dem Haar ließ er sich Zeit. Sie genoss es, das hätte jeder Mann erkannt, also gab er ihr viel davon, löste jeden Zopf ganz langsam und durchkämmte die Locken mit den Fingern. Er hatte sie mitten ins Zimmer gesetzt, auf einen Hocker, den er aus dem Ankleidezimmer geholt hatte, und nun konnte er ihr entspanntes Spiegelbild mit den geschlossenen Augen in zwei verschiedenen Spiegeln betrachten. Sein Spiegelbild ebenfalls. Eine fast ausgezogene Frau und ein Mann, der Absichten auf sie hatte. Die Szene wurde von einer Handbreit Abendsonne gewärmt und vergoldet.

Aus dem Handgelenk schleuderte er eine Haarnadel auf einen entfernten Tisch; das sanfte, perkussive Geräusch zierte die träge Stimmung des Moments. »Einmal möchte ich dich im Sonnenlicht ohne Haube sehen«, murmelte er, so leise, dass sie die Worte für undeutliche Musik halten konnte, wenn sie das vorzog. »All diese Zöpfe hochgesteckt, wie Honig in einem Wabenglas. Und dann offen, wie ausgegossener Honig.«

»Du weißt doch, dass du mich nicht mit Komplimenten zu verführen brauchst.« Sie lächelte, die Augen immer noch geschlossen. »Ich habe meine Einwilligung doch schon gegeben.«

»Einwilligung schließt Verführung nicht aus. Was du nicht alles noch lernen musst!« Er vergrub die Finger an ihren Haarwurzeln und massierte ihre Kopfhaut. »Soll ich dir heute etwas Neues beibringen?«

»Ja.« Beeinflussbares Kind. Wozu würde sie sich nicht bereit erklären, mit seinen Händen in ihrem Haar?

»Ich rate dir, vorher zu fragen, was ich vorhabe. Oder wenigstens einige Dinge festzulegen, die du nicht tun wirst.«

»Das ist nicht nötig.« Sie schlug die Augen auf, Augen wie frisch umgegrabenes Erdreich, und fand seine im Spiegel. »Ich vertraue dir, Mirkwood.« Und keine Frau würde jemals noch erregendere Worte zu ihm sagen als diese.

Als hätte er alle Zeit der Welt – und vielleicht hatte er das –, zog Mr Mirkwood seine Hände von den Wurzeln ihrer Haare zu den Spitzen und ließ die Locken an ihren Hals fallen. Die Liebkosung ließ ihr eine Gänsehaut über den Rücken wandern. Dann ging er von ihr weg und setzte sich in den Sessel.

Er würde sie bitten, etwas zu tun. Sie würde *Ja* sagen. Vielleicht würde er ihr befehlen wollen, und vielleicht würde sie auch dazu *Ja* sagen.

Er legte den Kopf leicht schräg, so als betrachte er eine Kurtisane, die er sich gemietet hatte. Er ließ sich im Sessel zurückfallen, die Hände auf den Armlehnen. Ein Finger trommelte spekulativ. »Zieh deine Strümpfe aus«, sagte er.

*Ja*. Sie beugte sich vor und tastete nach dem ersten Strumpfband.

»Nicht so.« Weich und dämmerig schwebte seine Stimme durch den Raum zu ihr. »Wende mir dein Profil zu. Heb den Fuß vor dir an. Jetzt zieh den Strumpf langsam herunter, und sieh mich dabei an.«

Wahrhaftig wie eine Kurtisane. Sie wandte ihm ihr Profil zu. »Ihre Frau wird nie Langeweile verspüren.«

»Erwähne meine Frau nicht. Sonst fühle ich mich untreu.«

»Einer Frau untreu, die Sie noch gar nicht kennengelernt haben?« Das gelöste Strumpfband fiel um ihren Schenkel und sie schob den Strumpf hinunter.

»Euch beiden untreu. Etwas langsamer, wenn ich bitten darf.«

Sie ließ den Strumpf ihre Wade hinabkriechen, während er mit einem wollüstigen Lächeln auf den Lippen zusah. Zweifellos hatte er diese Szene mit unzähligen Frauen durchgespielt – doch daran würde sie jetzt nicht denken. Der Strumpf glitt über ihre Zehen und fiel herab. Sie faltete ihn lose und warf ihn ihm zu.

Das Grinsen nahm wölfische Züge an. »Ich wusste, dass du gut darin bist! Jetzt den anderen, bitte.«

Er verwirrte sie heillos, instruierte sie in Lüsternheit und pfefferte seine Befehle mit *bitte*. Von Augenblick zu Augenblick wurde es schwerer, zu sagen, wer das Sagen hatte.

»Wirf mir den auch zu.« Er fing den zweiten Strumpf einhändig aus der Luft. Dann stand er auf und ging zum Bett, wo er beide Strümpfe über ein Kissen legte.

Jetzt beschleunigte sich ihr Puls erstmalig. Womöglich hatte er Dinge im Sinn, denen sie nicht gewachsen war. »Was hast du mit denen vor?« Sie verschränkte die Arme vor der Brust.

»Ich? Nichts.« Er drehte sich zu ihr um, bereits mit seiner Krawatte zugange. Seine Augen leuchteten dunkel und schamlos. »Du, jedoch, wirst sie benutzen, um meine Handgelenke ans Kopfende zu fesseln, bevor du mich dir zu Willen machst.«

Einen Augenblick lang fühlte sie sich, als habe ihr jemand bei lebendigem Leibe die Haut abgezogen. Sie wurde von Kopf bis Fuß feuerrot. Tat man so etwas wirklich …? Und wie sollte sie …? Nein. Nein! Das wollte sie nicht tun. Sie stand auf und stemmte unnachgiebig die Hände in die Hüften. »Sie müssen mich mit jemandem verwechseln. Mit einer abenteuerlustigeren Dame.«

»Ich glaube nicht.« Die Krawatte fiel unbeachtet zu Boden. »Denk einen Augenblick darüber nach, Liebling.« Er zog sich das Hemd aus der Hose. »Ich werde nicht in der Lage sein, irgendetwas zu tun, das du nicht gutheißt, richtig?« Das Hemd wanderte über den Kopf. »Ich werde dir voll und ganz ausgeliefert sein.«

Verflucht sei seine gutaussehende, hemdlose Gestalt! Er zweifelte nicht eine Sekunde lang daran, dass sie sich fügen würde. Und verflucht sei sie dafür, dass sie etwas Neuem zugestimmt hatte.

*Weigere dich. Sag ihm, er soll etwas anderes vorschlagen. Er wird es verstehen.* Doch Trotz wallte neuerdings zu sonderbaren Gelegenheiten in ihr auf, und jetzt ergriff er Besitz von ihrer Zunge. »Das klingt nicht besonders … unterhaltsam für Sie.« Mehr Einwände brachte sie nicht zustande.

»Oh Mrs Russell, Sie werden überrascht sein, was für mich so alles unterhaltsam ist.« Er setzte sich aufs Bett und zog sich die Stiefel aus. »Komm her, ich zeige dir, wie man die Knoten macht.«

Er zeigte ihr die Folge von Schlaufen und Windungen an einem gedrechselten Mahagonipfosten – besser, nicht zu fragen, wo er dieses Wissen erworben hatte – und ließ sie den zweiten Strumpf selbst knoten, während er sich die Hosen auszog. »So«, sagte er, und sie fühlte, wie die Matratze unter seinem Gewicht nachgab, »jetzt machst du die gleichen Knoten an meinen Handgelenken. Nicht zu fest. Nicht zu locker.« Mit der Anmut eines herumstreifenden Tigers kletterte er in die Mitte des Bettes. Er ließ seinen Körper auf das Laken sinken, drehte sich um und schlängelte die Arme über den Kopf.

Sie wand die Strümpfe einen nach dem anderen um seine Handgelenke und verknotete sie. Das war Wahnsinn. So nackt und gefesselt er auch war, sah er nicht im Mindesten gefügig aus. Seine Armmuskeln allein verhöhnten ihre schwachen Hände. Wie eine Kreatur von katastrophaler Kraft lag er vor ihr, eine Kreatur, die einzufangen sie sich lieber zweimal hätte überlegen sollen. »Zieh dein Hemd aus«, sagte er, als sie ihn gefesselt hatte, und seine Stimme klang alles andere als bittend.

Doch ihre Strümpfe hielten ihn. Sie brauchte nur zu gehorchen, wenn sie es wollte. Wollte sie? Ja. Sie zog das Kleidungsstück aus und ließ es zu Boden fallen.

»Gut so.« Er sog ihre Nacktheit in sich auf, fiebernd wie ein Verdurstender in der Wüste. Sein Blick, lodernd vor unheiligen Absichten, ruhte auf ihr. »Und jetzt fick mich.«

Der Befehl schmetterte sie zurück wie eine Handvoll Staub ins Gesicht. Aber nur für einen Moment. *Er* war derjenige, der gefesselt war. Sie verschränkte abermals die Arme. »Wenn Sie möchten, dass ich kooperiere, sollten Sie mich etwas höflicher ansprechen.«

»Fick mich.« Wie der boshafteste Schüler beim Sprechunterricht artikulierte er die Wörter, gebrauchte Lippen, Zähne und Zunge auf solch schändliche Weise. »Fick mich, bis ich unter dir um mich schlage und schreie.«

»Beim ersten Mal war es schockierend. Jetzt ist es das nicht mehr.«

»Fick mich wie die Hure, die ich bin.«

»Das ist auch nicht schockierend.« Gott helfe ihr, es hatte durchaus seinen Reiz, ihm auf diese Weise Widerstand zu leisten. »Und ich hatte Ihnen doch bereits gesagt, dass Ihre Rolle eher der eines Deckhengsts gleichkommt.«

»Tu mir dieses eine Mal den Gefallen.« Sein ganzer Körper wand und krümmte sich wie der einer Schlange. »Lass mich deine Hure sein, wenn ich will.«

*Lass mich*. »Das soll vermutlich ein Befehl sein.« Sie ließ die Arme los und berührte ihn mit dem Finger in der Nähe der Hüfte.

»Aber immer doch. Benutze mich, Martha.« Seine Stimme lud sie zu unaussprechlichen Dingen ein. »Reite mich, bis du deinen Samen hast, und dann hol dir deine Befriedigung von meinem Mund.«

Na ja. Offenbar nicht so unaussprechlich für ihn. Und eigentlich auch nicht so besorgniserregend. Je tiefer man in die Schamlosigkeit abrutschte, desto größere Reserven an störrischer Gelassenheit bekam man.

»Du überlegst es dir, oder?« Hoffnungsvoll bis zum Letzten, so war Mr Mirkwood. »Du stellst dir vor, wie es wäre. Ich bin dein Gefangener.« Er streckte die Finger, um sie daran zu erinnern. »Du könntest den ganzen Nachmittag brauchen, wenn du wolltest. Und dich am Kopfende festhalten, wenn das Gefühl zu stark wird.«

»Ich überlege es mir gerade *anders*.« Gemächlich ließ sie ihren Finger über seinen Hüftknochen wandern, in die sich daran anschließende Kuhle, und unter seine rauen, krausen Haare. »Ich glaube nicht, dass ich zugestimmt hätte, Sie zu bändigen, wenn ich geahnt hätte, dass Sie es als Freibrief für derartige Boshaftigkeiten auffassen würden.«

»Boshaftigkeiten, richtig.« Er wiederholte das Wort, so als müsse er es erst schmecken. Sein Blick folgte jetzt ihrem Finger. »Vielleicht sollten Sie mich bestrafen.«

Großer Gott, was jetzt? »Sie bestrafen!« Sie ließ ihren Finger bis kurz vor seine Erektion wandern und hielt inne. »Mal angenommen, ich würde den Raum verlassen und Sie hier allein lassen, bis Sie Ihre Manieren wiedergefunden haben. Wäre das eine hinlängliche Strafe?«

Er lächelte, so als sei er ihr Schachlehrer und sie hätte soeben einen klugen Zug ausgeführt. »Vielleicht.« Sein Blick erreichte ihr Gesicht und wanderte gemächlich und gründlich ihren ganzen Körper herab und zurück zu ihrem bewegungslosen Finger. »Oder vielleicht solltest du dich selbst berühren. Dich befriedigen und mich dabei zusehen lassen.«

»Jetzt steht es außer Frage, dass Sie mich mit jemandem verwechseln.« Die Gelassenheit bekam Gesellschaft: Jede seiner schamlosen Äußerungen rief seltsame – oder auch nicht so seltsame – Empfindungen hervor, die sich von ihrem Innersten aus ausbreiteten. »Und ich bezweifle, dass du das wirklich als Strafe auffassen würdest.«

»Liebling, es wäre eine *Qual*.« Wieder wand er sich in seinen Fesseln; so viel Kraft ihr ausgeliefert. »Denn du würdest mich damit verhöhnen, nicht wahr? Du würdest dich so platzieren, dass ich dich fast erreichen könnte. Und du würdest Dinge sagen, die mich wahnsinnig machen, ohne mich je zu berühren. Ich müsste hilflos daliegen und dir dabei zusehen, wie du dir gibst, was du von mir nicht annehmen willst.« Er rang nach Luft. »Fang jetzt an, wenn es dir beliebt.«

Welch ein entsetzlicher Mann er doch war. Maßloser Appetit und keine nennenswerten Manieren. Und welch närrische Zuneigung sie zu seinem lüsternen Exzess empfand. Sie strich mit dem Finger und einem zweiten und einem dritten sein Anhängsel empor, während er zusah und bei ihrer Berührung die Augen zusammenkniff. »Nein«, sagte sie. Ihre Hände wanderten aufs Kissen, zu beiden Seiten seiner gefesselten Arme. Sie ließ ihn ein oder zwei Sekunden lang sehen, wie sie über ihm schwebte. Dann beugte sie die Ellbogen und legte ihren Mund auf seinen.

Hölle und alle Teufel! Sie hatte ihn noch nie geküsst. Auf die Stirn, einmal. Aber nie aus Lust – und um wessen Lust ging es hier? Egal. Egal! Ihre Lippen strichen über seine, und er legte den Kopf in den Nacken, um den Kuss aufzunehmen. Auch ohne seine Hände hätte er vielleicht die Kontrolle übernehmen können, hätte sie durch den Kuss führen können wie durch einen Tanz. Doch nicht heute. Heute würde er erfahren, was geschah, wenn sie die Führung übernahm.

Ihr Mund war klein. Ihre Lippen waren vorsichtig und ihr Atem warm. Um seine Lust. Mit ziemlicher Sicherheit. Minutiös arbeitete sie sich seine Unterlippe entlang, bedachte jeden Millimeter mit zarter Berührung und sanfter Liebkosung. Sein Mund ließ sich von ihr führen. *Einladen. Nicht fordern.* Er öffnete seine Lippen, nur andeutungsweise, und – wie ein Sonnenstrahl im Londoner Nebel – spürte er das süße Eindringen ihrer Zunge. Er erzitterte. Ihre Lippen spannten sich, als ihre Mundwinkel sich lösten. Ihre rechte Hand verließ das Kissen und tastete sich zu seiner Brustwarze, um ihn dort zu quälen.

Zu viel. Er *musste* seine Hände auf ihr haben. »Ich habe meine Meinung geändert«, sagte er gegen ihren Mund. »Binde mich los.«

Sie hob den Kopf gerade weit genug, um ihm in die Augen sehen zu können, endlich ganz und gar die entsetzliche entblößte Fee. »Nein«, sagte sie und beugte sich vor, um ihn erneut zu küssen.

Zum Teufel mit ihr. Sie genoss das. Sie genoss das Spektakel seiner vereitelten Begierde mit wahrer Wollust. Mit einer Hand scharrte er am Knoten am Bettpfosten. Er würde sich ohne ihre Hilfe befreien, und dann würde sie schon sehen, was sie –

»Nein!« Ihre Finger legten sich um sein Handgelenk. »Es war deine eigene Idee. Das hast du jetzt davon.« Sie sah ihn an wie die Gouvernante aus einer perversen Kindheitsfantasie. Um nicht zu sagen: aus seiner. »Vielleicht überlegst du es dir das nächste Mal besser, bevor du so ein Spiel vorschlägst.«

Großer Gott. Sie genoss es in der Tat. Sie hatte etwas rutschen müssen, um an sein Handgelenk zu kommen, und jetzt konnte er ihre Brustwarzen schaukeln sehen, keine dreißig Zentimeter über seinem Mund, reif und schwer wie Früchte, die reif zum Probieren waren. Er könnte – nein. Noch nicht. »Dann mach weiter.« Er ließ die Worte träge durch die Luft zu ihr schweben. »Tu mit mir, was du willst.«

Sie ließ sein Handgelenk los. Ihre Fingerspitzen fuhren seinen Arm entlang bis zur Schulter und dann zurück aufs Kissen. Sie kniete an seiner linken Seite; jetzt hob sie ihr Knie und setzte sich rittlings auf ihn. Sein Atem wurde flach. Sein Herz hämmerte in seiner Brust wie bei einem ungleichen Boxkampf. Was war nur los mit ihm? Atemlos wie ein jungfräulicher Bräutigam – dabei hatte er diese Frau wie oft besessen?

Nun, noch nie, um genau zu sein. Sooft er seinen Samen in ihr vergossen hatte, hatte er sie doch noch nie besessen. Das war los mit ihm.

Sie hielt seinen Blick, tastete sich mit einer Hand seinen Bauch entlang und umgriff sein Glied. Sie hielt es fest und glitt –

Dank sei der Gottheit, die es ihr eingegeben hatte – über ihn. Ihre weichen Teile gaben wundervoll nach, umfingen ihn mit einer Wärme und Feuchtheit, die er einst bei Frauen erwartet hatte und nie, nie mehr für selbstverständlich halten würde.

Er atmete ein. Atmete aus. Hielt ihren Blick.

»Du willst mich«, flüsterte er.

»Ja«, sagte sie.

Sie konnte immer noch *Nein* sagen. Man konnte einen Weg zur Hälfte beschreiten und abbrechen. Und vermutlich würde sie das auch tun, denn ohne Hilfe von seinen Fingern war ein anderes Ergebnis unwahrscheinlich. Sie nahm die Hand von seinem Anhängsel – seiner Männlichkeit – und stützte sich mit beiden Handflächen auf die Matratze, um die richtige Balance zu finden. Das war nicht … war es für ihn auch so? Wenn er oben war, fühlte es sich doch bestimmt nicht so riskant an.

»Stimmt etwas nicht?« Sie hatte den Blick von seinem abgewandt, um zu sehen, wohin sie ihre Hände legen konnte, doch er hatte offenbar nichts, wo er sonst hinsehen konnte.

»Es ist nur … Ich weiß nicht, wie …« Ihre Selbstsicherheit verflog wie Luft, die aus einem Ballon ausströmte. Vor ihrem inneren Auge sah sie immer deutlicher, wie ihr nackter Körper auf seinem herumhopste und das Anhängsel die Hälfte der Zeit verfehlte. »Die Winkel sind ganz falsch.«

»Nein, nur anders.« Seine Stimme war unendlich sanft, wie um für die ermutigenden Liebkosungen einzutreten, die er nicht ausführen konnte. Sein Gesicht würde, wenn man es aushielte, hinzusehen, vermutlich gütiges Verständnis ausstrahlen. »Soll ich die Augen zumachen?«

*Ja.* »Nein.« Der feigen Mutlosigkeit durfte man sich nicht beugen. Und außerdem hing seine Freude zu einem großen Teil davon ab, die Dinge zu sehen; das würde sie ihm nicht nehmen.

»Ich würde sie gern zumachen. Nur für eine Minute oder so. Der Abwechslung halber.« Stück für Stück ließ er dahinschmelzen, was von ihrem Widerstand übrig war. Er schloss tatsächlich die Augen, und die starken, geduldigen Linien seines Gesichts fachten ihre Entschlossenheit an wie ein Streichholz billiges Papier.

Sie bewegte sich. Sie würde ihre Dankbarkeit zeigen, indem sie sich ganz seiner Lust verschrieb. Der Winkel war gar nicht so schwer, wenn man sich einmal daran gewöhnt hatte. Sie sah vielleicht nicht gänzlich unansehnlich aus. Und er half, bäumte sich ihr entgegen, zeigte ihr die Geschwindigkeit und die Tiefe, die er am liebsten mochte.

*Benutze mich*, hatte er gesagt. Ihr Körper nahm, was er konnte, von den langen Stößen seiner Männlichkeit und schrie nach mehr. Seinem Mund. Seinen Händen. Seinem sengenden Blick, das war das Mindeste. Sie holte Luft. »Mirkwood! Mach die Augen auf.«

Seine Augen öffneten sich. Er wusste genau, was sie brauchte, und gab es ihr. Wenn Augen eine Person hätten verschlingen können, wäre nichts von ihr übrig geblieben als ein oder zwei zerborstene Knochen. Sie saß gerader, sodass er bis hinab zu den verstreuten Haaren sehen konnte, wild, primitiv und intim, wo ihre Körper sich trafen. Sie würde nichts vor ihm verbergen.

»Martha.« Ihr Name *war* Musik – dunkle, sinnliche Musik – so, wie er ihn aussprach. Seine Arme spannten sich, würden jede Minute ihre Fesseln vergessen. »Martha, berühre dich. Leg deine Hände auf deine Brüste.«

Sie legte sich eine Hand auf die Schulter und ließ ihre Finger langsam … doch nein. Sie war nicht seine Marionette. Wozu hatte man einen Mann in seinem Bett, wenn man sich um sich selbst kümmern musste? »Nein«, sagte sie. In einer einzigen wogenden Bewegung beugte sie sich zu ihm hinab und hielt ihm ihre Brust hin. »Nimm sie in den Mund.«

Ein Stöhnen entfuhr ihm, als sein Kopf vom Kissen emporschnellte, um zu gehorchen. Gut. Sie hatte ihm eine Freude gemacht. Jetzt konnte er ihr eine Freude machen.

Und das tat er. Mit der Zunge ließ er ihre Brustwarze hart werden und reizte sie dann mit der Zungenspitze, und nichts auf der Welt war wichtig, außer dass er weitermachte. Flammende Linien liefen von dort, wo sein Mund am Werk war, nach dort, wo seine Männlichkeit – sein Glied – sie erfüllte. Sie fuhr auf ihn herab; ihre Hände verließen die Matratze, um die Bettpfosten zu umklammern, an denen er angebunden war, und ihre Finger verschränkten sich mutwillig mit seinen.

»Martha«, keuchte er. Die Brustwarze glitt ihm aus dem Mund und sein Kopf fiel zurück. »Binde mich los.«

*Jetzt?* Sie japste verdattert und versuchte, ihn klar zu sehen.

»Der Samen.« Er verzog das Gesicht. »Du musst auf dem Rücken liegen.«

Ja. Ja, richtig. Mit großer Anstrengung riss sie sich von ihm los – er sog gequält die Luft durch die Zähne ein – und zog am ersten Knoten.

»Schnell«, keuchte er. Das erste Handgelenk kam frei. Bevor sie das zweite erreichen konnte, war er selbst dabei, und seine Finger arbeiteten mit Feuereifer. Dann fiel auch dieser Strumpf ab, er benutzte beide Arme, um sie unter sich zu rollen und stieß wieder in sie hinein.

Er hielt seine Stöße flach, als hielte er sich zurück. Seine Hand, nicht länger gefangen, fand den Weg hinab zu der Stelle, wo ihre Körper sich trafen, und seine Finger richteten dort köstliches Unheil an. Sein Gesicht war voll umsichtiger, ausgehungerter, ungläubiger Hoffnung.

»Ja«, sagte sie, um ihn vom Zweifel zu erlösen. Sie legte den

Kopf in den Nacken, drückte Arme und Schultern in die Matratze und streckte ihm ihre Hüfte entgegen, wand sich, um der Berührung seiner Finger hinterherzujagen, sein Glied anzuspornen. Sein Rhythmus begann zu flattern – seine Atemzüge waren nur noch ein Keuchen und Japsen – undeutlich drangen sie über die achtlosen Geräusche, die ihr eigener Mund machte, hinweg an ihr Ohr, und sie sah ihn nackt über sich, und sah ihn bekleidet an seiner Tafel, den anmutigen Anführer. Da drehte sie den Kopf weg und biss in eine Ecke ihres Kissens, während die ganze Welt sich in weiße Flammen auflöste.

# 15

Er fiel neben ihr auf die Matratze, die Augen geschlossen, weil der Raum sich noch immer drehte. Er hatte sich in sie ergossen. Er hatte nichts, aber auch gar nichts mehr übrig. Er war nur noch die leere Hülle eines Mannes, und eine stumme Euphorie tobte an der Stelle, wo Lunge und Leber sich hätten befinden sollen.

Teufel noch mal! *Orgasmus*. Was für ein entsetzlich unzureichendes Wort. Wie für irgendeinen langweiligen wissenschaftlichen Prozess, der etwas mit Pflanzen zu tun hatte, ein abstruses Thema für einen Humphry-Davy-Vortrag. Es drückte nicht annähernd diese mitreißende Herrlichkeit aus. Wie seine innerste Seele seinen Körper verließ und in den ihren überging. Den wilden, überirdischen Triumph in ihren vom Kissen erstickten Schreien.

Kissen. Er öffnete die Augen. Er sollte ihr auf das Kissen helfen. Andererseits, wozu? Entweder war sie inzwischen guter Hoffnung oder nicht. Sie würde es früh genug erfahren, und er dann auch. Dann würde alles zu Ende sein. Doch er musste den Moment ja nicht mit dem Gedanken daran verbringen.

»Bitte sag mir nicht, dass es die ganze Zeit so einfach gewesen ist.« Zwischen seinen mühsamen Atemzügen sandte er die Worte in Richtung Betthimmel. »Mich fesseln. Dich nach oben.«

Sie drehte sich auf die Seite und wandte ihm ihren ganzen Körper zu. Ihre Hand fand seine und spielte mit seinen Fingern. »Das hat vielleicht auch geholfen. Aber hauptsächlich musste ich dich kennen, schätze ich. Wissen, was du wirklich bist.«

»Ah. Mhm.« Gott helfe ihm, er würde sich nie daran gewöhnen, dass sie solche Dinge sagte. Seine Kehle fühlte sich an, als habe er einen pflaumengroßen Stein verschluckt. »Wahrhaftig, wenn du gesagt hättest, dass ich die nötigen Mittel die ganze Zeit zur Hand gehabt hätte, ich glaube, dann müsste ich mich in Schande aus deinem Fenster stürzen.«

Sie lachte, das wundervolle wissende Lachen einer befriedigten Frau. Ihre Augen waren dunkel und köstlich wie türkischer Kaffee, jetzt, wo er sich gestattete, hinzusehen. »Aber bitte nicht heute.« Ihr Daumen strich über seine Handfläche. »Weder aus meinem Fenster noch aus einem von deinen. Ich will, dass du heute Abend wiederkommst.«

»Ich kann in fünfzehn Minuten wieder kommen, wenn du magst.« Mit der freien Hand ergriff er ihr Handgelenk und zog sie näher. »Du auch.«

»Unverbesserlicher Mann!« Ihre Stimme war voll nachsichtiger Zärtlichkeit. »Ich wusste, du würdest diesen Scherz machen!«

Einunddreißig Tage. Zu früh, um siegesgewiss zu sein. Zu früh, um einer Hoffnung nachzugeben, die mit immer verheerenderer Wirkung zerstört werden konnte, je mehr Tage vergingen. Obwohl sie in letzter Zeit vormittags eine leichte Übelkeit verspürte oder sich einbildete zu verspüren.

Martha saß hinten im Schulzimmer, eine Hand gedankenverloren auf dem Bauch, und sah zu, wie ein weiteres ihrer Vorhaben Früchte trug. Sieben junge Damen. Die beiden Farris-Mädchen, Jenny Everett und ihre Schwester, zwei Mädchen aus zwei weiteren Pächterfamilien und – was für eine wundervolle Überraschung es gewesen war – Carrie Weaver, die Zöpfe hochgesteckt und die Augen hell vor Wissbegierde.

Sie konnte kaum lesen. »Denken Sie, wir sollten ihren Eltern sagen, dass sie in die Wochentagsklasse zu den jüngeren Kindern muss?« Mr Atkins war mit besorgt gerunzelter Stirn zu ihr nach hinten gekommen. Er hatte die angenehme Angewohnheit beibehalten, sie in allem, was die Mädchenklasse betraf, zu Rate zu ziehen.

Ansichten meldeten sich wie üblich prompt zu Wort, doch sie brachte sie zum Schweigen. »Was denken Sie?« Sie hatte sich vorgebeugt, die Ellbogen unfein auf der Tischplatte. »Schließlich werden Sie es sein, der im Unterricht mit ihr fertigwerden muss.«

»Ich würde sie sehr ungern versetzen.« Er blickte über die Schulter nach den sieben über ihre Tafeln gebeugten Köpfen, während die Mädchen ihre Namen darauf schrieben. »Das würde sie gewiss beschämen, und außerdem wird ihre Mutter sie vielleicht nicht öfter als einmal in der Woche entbehren können.«

»Dann müssen wir einen Weg finden, wie wir sie in dieser Klasse behalten können. Sie muss gleichzeitig lesen lernen und Geschichte.«

»Vielleicht, wenn eins der Mädchen von Seton Park einverstanden wäre, ihr zu helfen …«

»Fragen Sie Jenny. Sie ist eine hervorragende Leserin, und sie hat vielleicht Zeit, während sie ihre Schafe hütet.«

»Sehr gut.« Mit einem kurzen Nicken ging er wieder durch die Reihen nach vorn. »Heute beginnen wir mit den Königen und Königinnen.« Er stand neben seinem Schreibtisch, eine Hand auf der Tischplatte. »Rückwärts von unserem derzeitigen König George aus. Kann mir jemand sagen, in welchem Jahr er auf den Thron gekommen ist?«

Die Stimmen des ernsten Lehrers und der jungen Schülerinnen verwoben sich zu einer beruhigenden Decke, die sich über sie legte, während sie sich ihren Gedanken überließ.

Sie bereute das, was sie gestern getan hatte, und letzte Nacht wieder, kein bisschen. Und heute Morgen abermals, schnell und direkt, auf dass Mr Mirkwood nach Hause gehen und vor der Kirche noch ein paar Stunden Schlaf bekommen konnte.

Er hatte sie nur mit einem knappen Nicken zur Kenntnis genommen, bevor er in seine Bank geglitten war. Seine Miene hatte keinerlei unangemessene Erinnerung oder Vorstellung verraten; dennoch hatte sie die Augen sofort niedergeschlagen und gespürt, wie ihr Gesicht heiß geworden war. Den ganzen Gottesdienst hindurch hatte jede seiner Bewegungen sie abgelenkt, sich wie eine warme Hand an ihrer Wange ihrer Aufmerksamkeit aufgedrängt. In vielerlei Hinsicht war sie recht lästig, diese ganze Angelegenheit. Und dennoch tat es ihr nicht leid.

Es tat ihr gewiss nicht leid. Aber es machte sie vielleicht etwas melancholisch, nachdem eine weitere Nacht auf ähnliche Weise vergangen war und ein weiterer Tag im Kalender abgestrichen. Das sollte ja ein Symptom sein. Unerklärliche plötzliche Sentimentalität. Sie nahm die Möglichkeit zur Kenntnis und ignorierte sie.

Die Stimmung hielt jedoch an und trieb Martha am Nachmittag auf einen langen Spaziergang in alle Ecken des Guts. Bergauf, bergab, die längste Hecke entlang, vorbei an Bauernkaten und endlich ans Ufer eines Baches, wo sie sich hinsetzte und Zweige vom Boden aufhob, um sie in die Fluten zu werfen. Einige trieben davon, und sie stellte sich vor, wie sie bis dorthin schwammen, wo der Bach in den Fluss mündete, und von dort aus den langen Weg bis zum Meer. Viele blieben jedoch an Steinen hängen oder liefen in den Untiefen auf Grund, sodass ihre Reise ein schmachvolles verfrühtes Ende nahm.

Dinge gingen eben zu Ende. Manchmal früher, als einem lieb war. Mr Russell musste im Laufe seines Lebens zahllose Male über sein Land gegangen sein und sich vorgestellt haben, wie es in direkter Linie weitergegeben werden würde. Ohne sich je träumen zu lassen, dass eine böse Intrige ihn zu früh von der Bühne holen und sein geschätztes Gut in die Hände eines verwerflichen Bruders oder einer treulosen Witwe fallen lassen würde.

*Ich habe mich einem Mann hingegeben, wie ich mich dir, meinem Ehemann, niemals hingegeben habe.* Die Worte drängten sich auf und verlangten, laut ausgesprochen zu werden; für wessen Ohr war kaum zu sagen. Sie war nicht reumütig. Wenn es Verrat an dem Toten war, sich Mr Mirkwood hinzugeben, dann würde sie diese Sünde wieder begehen, bei jeder Gelegenheit, die ihr noch blieb.

Dennoch warf sie den letzten Zweig ins Wasser und stand auf, klopfte sich die Röcke ab und wandte sich in Richtung des Friedhofs, auf dem Generationen von Russells aufgereiht lagen. Mr Russell lag neben seiner ersten Frau, ein Stück vom Eisenzaun entfernt. Kurze, grüne Schösslinge überzogen den Boden über ihm wie das unrasierte Kinn eines Mannes. Wenn ihr Kind geboren wurde – falls sie denn mit einem gesegnet war –, würde sein Grab aussehen wie all die anderen.

Er hatte sich einen Sohn gewünscht. Er hatte die Untaten seines Bruders nicht hingenommen, als so viele nur die Schultern gezuckt hatten, und er hatte versucht, Mr James Russell am Erben zu hindern.

Sie kniete vor dem Grabstein nieder und fuhr mit dem Finger die Linien entlang, die sein Leben einrahmten. *Das Kind wird nicht dein Blut haben.* Stumm formte sie die Worte. *Vielleicht nicht einmal meins. Aber es wird als Russell aufwachsen, und es wird deine Linie ehren.* Sonderbar, wenn man es sich überlegte. Selbst eine lieblose, kaum erwähnenswerte Ehe konnte etwas Würdiges hervorbringen. Mr Russell hatte sie in der Hoffnung auf einen Erben geheiratet, und sie würde dafür sorgen, dass er einen bekam.

»Ich habe mich schon gefragt, wann ich Sie hier finden würde.« Da stand Mr Atkins, der soeben mit einer Heckenschere durchs Tor getreten war. Die Nachmittagssonne fiel hell auf ihn und ließ seinen Umriss und seine Züge in besonderem Glanz erstrahlen. So, als wäre er ein Engel, der auf Erden unter den Toten arbeiten musste.

Martha hockte sich hin. »Ich bin nachlässig gewesen.« Sie klopfte sich die behandschuhten Hände ab.

»Das wollte ich damit nicht andeuten. Vergeben Sie mir meine Wortwahl.« Seine Füße kamen näher, bis nur noch eine Grabreihe sie trennte. Sie hörte, wie er zögerte, dann umkehrte und sich dem Grab eines Rodney Russell zuwandte, vor dem er sich hinkniete und ein wenig Unkraut abschnitt.

Ihr Blick auf ihn wurde zum Teil durch den nächsten Grabstein versperrt, auf dem – wie auch eines Tages auf dem ihren – der Name Mrs Richard Russell eingraviert war. *Geliebte Ehefrau* stand auch darauf. Diese Worte würden bei ihr vielleicht weggelassen werden. »War seine erste Ehe glücklich?« Die Frage drängte sich ohne Umsicht hervor.

Mr Atkins wandte sich nach ihr um, bevor er sich wieder seiner Arbeit zuwandte. »Ich glaube schon. Ihr Tod war jedenfalls ein entsetzlicher Schlag für ihn.« Die Heckenschere sang in der folgenden Pause weiter. »Ab jenem Zeitpunkt … wurden seine Angewohnheiten deutlich schlimmer.« Auch er sprach beinahe unfreiwillig; der Gedanke stahl sich hervor, ergriff von seiner Zunge Besitz und brachte die bisher stille Friedhofsluft in Unruhe.

»Mir war nicht bewusst, dass Sie davon wussten.« Sie kniete sich wieder hin; ihre Beine brauchten plötzlich alles an festem Grund unter sich, was sie bekommen konnten.

»Ich habe früh gelernt, die Symptome zu erkennen.« Er hielt die Schere still, saß einfach da und betrachtete sie eine Sekunde lang oder auch fünf. »Wenn ich Sie etwas sehr Zudringliches fragen darf …« Er blickte auf und erwiderte ihren Blick, die Augenbrauen schräg wie jener Akzent, mit dem die Franzosen ihren Buchstaben E markieren. »Ich habe ihn nie für gewalttätig gehalten. Ich habe mich hoffentlich nicht geirrt?«

»Er war nicht gewalttätig.« Ihr Körper war wie steif gefroren, unbeweglich wie die Steine auf den Gräbern und jene, die unter ihnen lagen.

»Gut.« Er ließ den Blick wieder auf das Werkzeug sinken und nahm es gedankenverloren in die andere Hand. »Keine Frau sollte gezwungen sein, das zu ertragen.« Sie konnte beinahe die Erinnerungen hinter seinen Worten sehen, wie eine böswillige Wolke um seine Schultern. So eifrig hatte sie Dinge vor ihm verborgen und nie innegehalten und sich gefragt, welche Geheimnisse er seinerseits haben mochte. »Ich hätte Ihnen ein besserer Freund sein sollen, da ich Ihre Umstände kannte.«

»Sie waren ein wunderbarer Freund.«

Er verzog den Mund und schüttelte den Kopf. »Ich bin davor zurückgeschreckt, ein Thema zur Sprache zu bringen, bei dem Sie sicherlich etwas Mitgefühl hätten gebrauchen können.«

»Das sind wir beide. Wir haben beide die Schicklichkeit einer unschicklichen Vertrautheit vorgezogen. Sie haben sich nichts vorzuwerfen.« Und die Schicklichkeit stellte jetzt weniger harte Anforderungen. In Zukunft würden sie offener miteinander sprechen können. »Es tut mir leid, was Sie gelitten haben müssen. Haben Sie je zu jemanden davon gesprochen?« Das hatte Mr Mirkwood sie gefragt, ohne viel Erfolg.

»Mein Bruder und ich sprechen davon, wenn wir uns treffen.« Er strich sich das Haar aus der Stirn, das ihm immer wieder ins Gesicht fiel. Er hatte seinen Hut nicht wieder aufgesetzt. »Inzwischen können wir sogar über manche Dinge lachen, ehrlich gesagt.« Mit der anderen Hand benutzte er wieder die Schere und bückte sich, um das Gras neben dem Grabstein zu kürzen. »Unsere Mutter hatte Mittel und Wege, zurechtzukommen. Mein Bruder wollte nach Oxford gehen, obwohl alle männlichen Atkins in Cambridge gewesen waren. Allein hätte er Vater niemals herumgekriegt. Genau genommen hat er das auch nicht.« Er erzählte die Geschichte mit derselben sorgfältigen Liebe zum Detail, mit der er das Gras schnitt. »Eines Tages sagte Mutter Vater einfach, er habe Oxford zugestimmt. Und sein Erinnerungsvermögen war derart, dass er nie erkannte, dass er das nicht hatte.«

Ihre Handschuhe fühlten sich an, als würden sie aus den Nähten platzen, so fest ballte sie die Fäuste. Ihr Herz brach ihr fast die Rippen. Von jetzt an würde sie aufrichtig sein. Sie würden eine bessere Freundschaft aufbauen, eine wahre Freundschaft, voller Offenheit und Aufrichtigkeit, wo Täuschung und Unaufrichtigkeit gewesen waren. »Mr Atkins.« Ihre Stimme klang hoffnungsvoll.

»Mrs Russell.« Seine Handfläche streckte sich ihr abwehrend entgegen. Sein Gesicht wandte sich ihr nicht zu. »Ich darf es nicht wissen. Sie verstehen doch, oder? Ich darf es nicht wissen.« Langsam, als Antwort auf ihr Schweigen, senkte sich seine Hand wieder auf das Gras und die Schere schnippte weiter.

Aber ganz offensichtlich wusste er es. Und die Botschaft war eindeutig: Offenheit zwischen ihnen konnte nur so weit gehen.

Enttäuschung wirbelte ihre Eingeweide auf wie den Sand eines aufgewühlten Flussbetts. Ohne guten Grund. Verschwiegenheit war etwas Respektables. Man konnte ja nicht wie Mr Mirkwood alles unverblümt aussprechen, was einem in den Sinn kam.

Ihre Fäuste lösten sich, sie verschränkte die Finger und ließ das Klappern der Schere und die entfernten Rufe von Schafen die Pause füllen, bis er wieder sprach.

»Sie sollten wissen, dass ich darüber nachdenke, die Kirche zu verlassen. Als Beruf, meine ich«, fügte er auf ihren offenbar erstaunten Blick hastig hinzu. »Ich glaube, ich möchte mehr Zeit in die Schule stecken.«

»Das Unterrichten liegt Ihnen.« Ja, davon konnten sie frei sprechen.

»Ich habe das Glück gehabt, die Arbeit zu finden, für die Gott mich geschaffen hat.« Ein spitzbübisches Grinsen breitete sich in seinem Gesicht aus. »Das ist meine Antwort für alle, die meine Entscheidung missbilligen. Ziemlich schwer zu bestreiten, oder?«

»Ich würde den Versuch niemals wagen. Aber werden Sie zurechtkommen?« Sie lehnte sich vor, um ihn an Mrs Richard Russells Grabstein vorbei besser sehen zu können. »Ich werde Ihr Gehalt selbstverständlich erhöhen, wenn ich kann, doch bis die Nachfolge von Seton Park geklärt ist, steht das nicht in meiner Macht.«

»Das wird nicht nötig sein. Mr Mirkwood ist äußerst freigiebig gewesen. Wenn Sie mir eine Kate zu dem Preis verpachten wollen, den die anderen Pächter genießen, dann werde ich mit dem Gehalt von Seton Park und Pencarragh und mit ein bisschen Landwirtschaft sicherlich zurechtkommen.« Mit der Zufriedenheit eines Mannes, der seine Zukunft kennt, fuhr er fort, das Gras zu schneiden.

Wann hatte Mr Mirkwood ihm ein Stipendium angeboten? Er musste ihm ohne sie einen Besuch abgestattet oder ihm geschrieben haben. So oder so war es sehr großzügig von ihm. Das würde sie ihm sagen. Er würde sie am Nachmittag besuchen, unter irgendeinem Vorwand, der etwas mit Milchwirtschaft zu tun hatte, und sie würde dafür sorgen, dass er erfuhr, wie sehr er sie erfreut hatte.

Keine Lust, so hatte es sich gezeigt, befriedigte einen Mann so sehr wie die Lust, die erst erblühte, nachdem die Wertschätzung Wurzeln geschlagen hatte. Vielleicht hätte er das sein ganzes Leben lang nie erfahren, wenn er nicht nach Sussex ins Exil geschickt worden wäre. Jetzt erlaubte er sich, wenn er seinen Gedanken nachging, die Vorstellung, diese Köstlichkeit für den Rest seines Lebens zu genießen.

Lincolnshire würde ihr gefallen. Sie würde dort all die Annehmlichkeiten von Seton Park vorfinden – Getreide, Vieh, Pächter, eine zu vergebene Pfarre –, und wenn sie jemals Heimweh nach Sussex bekam, bräuchten sie bloß für eine Weile nach Pencarragh zu kommen. Vielleicht würde ihr sogar London gefallen, mit seinen Vorträgen und Bibliotheken und großen Enklaven der Armut, die nur darauf warteten, dass fleißige Frauen von nobler Gesinnung die Ärmel hochkrempelten und die Dinge in Ordnung brachten.

Über das leider äußerst anschauliche Pamphlet über die Symptome von Kuhpocken hinweg sah er sie an. Hinter ihren *Mitteilungen an das Landwirtschaftsministerium* betrachtete sie ebenso oft diesen oder jenen Teil von ihm. Sein Besuch war höchst angenehm verlaufen, und nun lümmelte er nackt auf dem Bett im Blauen Zimmer herum, das Kissen gegen einen der Bettpfosten gelehnt. Sie saß mit dem Rücken zum Kopfende, die Überdecke bis unter die Achseln gezogen. Ein immerwährendes Lächeln umspielte dieser Tage ihre Lippen, und das sollte es wohl.

Am Anfang hatte sie seinen Anblick nicht ausstehen können. Noch ein Triumph. Ein wenig schadenfrohe Selbstgefälligkeit würde sie ihm wohl verzeihen. »Siehst du etwas, was dir zusagt?«, fragte er, während er nachlässig umblätterte.

Sie errötete. »Dein Körper ist so anders als meiner.« Ihr Blick wanderte zu seinem Gesicht. »Ich fand dich anfangs seltsam, doch jetzt erkenne ich eine gewisse Logik in deinem Aufbau.«

»Ich bin froh, das zu hören.« Er ließ das Kuhpocken-Pamphlet ein oder zwei Zentimeter sinken. »Hat deine Ehe dich denn nicht mit der männlichen Anatomie vertraut gemacht?«

»Oh doch.« Ihre geschürzten Lippen verrieten ihm, wie sie darüber dachte. »Aber wie es aussieht, kann ein Mann sich in nicht unerheblicher Weise von einem anderen unterscheiden.«

»Der eine könnte ein größeres Anhängsel haben, meinst du?«

»Das ist überhaupt nicht das, was ich meinte.« Ihre Mundwinkel zuckten dennoch. »Obwohl es dich sicher freuen wird, zu hören, dass du meinen verstorbenen Mann darin übertriffst.«

»Liebes, ich übertreffe die meisten Männer darin.«

»Herzlichen Glückwunsch.« Sie legte ihre Lektüre ganz beiseite. »Was ich meinte, hat eher etwas mit der Reaktion der Frau zu tun. Ob Glieder ansehnlich oder unansehnlich sind, hängt hauptsächlich davon ab, wer sie bewohnt.« Ihre Augen wanderten kurz zur Überdecke. »Manche … Akte … scheinen bei dem einen Mann geschmacklos, aber nicht gänzlich unangemessen bei einem anderen.«

»Akte.« Plötzlich musste er sich räuspern. »Und was für Akte wären das genau?«

»Frag doch dein Anhängsel.« Ihr Gesicht nahm einen boshaften Ausdruck an. »Es scheint ein paar Ideen zu haben.«

In der Tat schoss sein Blut jetzt mit vereinten Kräften dorthin, wo es am meisten ausrichten konnte. »Mein Anhängsel hat immer Ideen, und es ist noch nie mit einem Akt konfrontiert worden, der ihm nicht gefallen hätte.« Vorsichtig legte er das Kuhpocken-Pamphlet beiseite. »Ich bin immer noch gespannt.«

Ihr Blick enthielt jedes weibliche Geheimnis, das die Welt je gekannt hatte. Ihre Lippen täuschten ein Lächeln an, gaben ihm aber doch nicht ganz nach. Ohne Eile drückte sie ihre Schultern vom Kopfende des Bettes weg und setzte sich auf. Die Decke wogte wundervoll, als sie sich hinkniete. Dem Schicksal sei Dank.

Sie blickte auf und nieder. »Du badest es hin und wieder, hoffe ich?« Mrs Russell mit Leib und Seele.

»Täglich. Mit genau diesem Zweck im Sinn.«

»Weil du jederzeit einer Dame begegnen könntest, die es in den Mund nehmen will?«

»Ich bin ein optimistischer Mensch.« Er streckte eine Hand aus und berührte sie am Arm. »Hast du das schon mal gemacht?«

Sie nickte.

»Aber nicht mit Freuden, vermute ich?« Als sie den Kopf schüttelte, schloss er die Finger um ihren Arm. »Martha, wenn du es unangenehm findest, dann tu es nicht. Ich brauche es nicht.«

Ihre Stirn runzelte sich. Eine Weile lang starrte sie ihn an, der gewohnte Ernst in einem ungewohnten Kontext. Dann lehnte sie sich vor, die Decke noch immer unter den Armen, und legte die Lippen an seine empfindlichste Stelle.

Hölle. »Martha.« Sie drehte den Kopf, noch immer gebeugt, und blickte zu ihm auf wie eine Bittstellerin aus seinen schmutzigsten Träumen. »Ich werde nicht wollen, dass du aufhörst, wenn du einmal angefangen hast.«

»Das kann ich mir auch nicht vorstellen.«

»Das musst du aber. Wenn du es unangenehm findest, musst du aufhören, auch wenn ich dich anflehe, weiterzumachen. Versprich es mir.«

»Ich verspreche es.« Ganz rehäugiger, nackter Gehorsam, seine Bittstellerin. Die Decke bedeckte ihre Vorderseite, aber die entzückende Kurve ihres Rückens lag frei vor seinen Augen.

»Also dann.« Er ließ sich etwas tiefer in sein Kissen sinken und schloss die Augen, lauschte mit dem ganzen Körper auf den Augenblick, in dem sie – *Da!* Ihre Lippen berührten ihn und hinterließen eine funkelnde Spur unter seiner Haut. Dann eine schmalere Berührung, die nur von ihrer Zungenspitze herrühren konnte. Dann nichts. Ihr Atem. Er spürte ihren Atem, ruhig und warm, wo ihre Zunge seine Haut befeuchtet hatte.

Er wartete. »Ist es …?« Die Worte kamen rau und unsauber. »Hast du es dir anders überlegt?«

Sie antwortete mit der Zunge. Er zuckte unter ihr. Dann glitt er den Bettpfosten hinab, bis er flach auf dem Bett lag. Wieder hielt sie inne und atmete.

Gütiger Himmel. Sie würde ihn umbringen. »Bitte«, flüsterte er. Er hatte nicht erwartet, schon so bald zu betteln.

Ihr Atem erreichte ihn ungleichmäßig. Gelächter. »Ist das ein Befehl?«

»Was immer deinen Mund am schnellsten zurückbringt, Frau! Ich hatte an ein Flehen gedacht. Aber wenn dir ein Befehl lieber ist, dann ja. Beglücke mich unverzüglich. Ich befehle es.«

Mehr brauchte er nicht zu sagen. Still wie ein See lag er da und spürte die Berührung ihres Munds, hier und da, wie vereinzelte Regentropfen auf der ruhigen Wasseroberfläche, der sanfte Anfang von etwas, das zu einer Sintflut werden würde. »Am Ende ist es am besten«, murmelte er. »Da, wo es rund ist. Vor allem an der Unterseite. Da fühlt es sich am besten an.«

»Geduld.« Sie sprach gegen seine Haut, und er spürte die Silben. Verspielt und ohne Eile arbeitete sie sich vom Ansatz seines Geschlechts zu dessen Kopf und erforschte ihn mit Lippen und Zunge. Geduld! Sein Körper stand bereits in Flammen, reckte sich um den knappen Zentimeter, der fehlte, wenn sie so grausam war, ihren Mund wegzunehmen. Er würde es nicht überstehen. In dem Augenblick, wo sie ihn in den Mund nahm, würde es ihn zerstören – oder – ah – vielleicht doch nicht. Vielleicht würde er es noch ein paar Sekunden aushalten. Zur Hölle. Hatte Mr Russell ihr das beigebracht? Diese schnellen, boshaften Muster, die ihre Zunge beschrieb? Die Art, wie ihre Lippen sich über ihm schlossen und ihn willkommen hießen? Er würde dem Mann im Jenseits dafür danken müssen. Vor allem dafür.

Er hob seine Hände und vergrub die Finger in ihrem offenen Haar, spielte mit den Fingerspitzen über ihre Kopfhaut, so wie sie es mochte. Sie würde noch mehr Freuden erleben, in ein paar Minuten. Dafür würde er sorgen. Hiernach konnte sie kaum ablehnen.

Eine Sekunde noch konnte er aushalten. Nein, zwei. Und drei. Und – Nein. Hier war die Grenze. Seine Hände glitten hinab und hielten ihren Kiefer, legten sich dann auf ihre Schultern. Verwirrt blinzelte sie ihn an, als er versuchte, sie unter sich zu bekommen, die Decke wegzuzerren, sich an die richtige Stelle zu bringen. »Samen«, erklärte er heiser und gab ihn ihr, nur eine halbe Sekunde, bevor er ihn dem Laken hätte geben müssen.

Sonderbare Bilder kamen und gingen auf dem langen Weg zurück ins Bewusstsein. Ein Kind. Mehr als eins. Sie kamen nach ihm und nach ihr, in allen möglichen Kombinationen. Ein Junge, groß und blond, aber mit kaffeefarbenen Augen. Ein Mädchen mit tadelloser Haltung, die Strenge seines Gesichts gemildert durch einen Mund, der zum Lachen aufgelegt war. Ein Kind nach dem anderen, eins hübscher als das andere.

Er stieß sich von ihr ab und sank an ihrer Seite auf die Matratze. Eine Hand hob sich, streichelte ihre Wange und klemmte eine lose Haarsträhne hinter ihr Ohr. Er hatte ihr etwas zu sagen. Doch zuerst hatte er etwas zu tun.

Ihre Stirn kräuselte sich, als er sich aufsetzte und die Arme unter sie schob; einen hinter ihre Schultern, den anderen unter ihre Knie. Sie runzelte die Stirn, als er aufstand und sie hochhob, doch sie sagte keinen Ton. Erst, als er sie in den Sessel setzte und ihn vor den größten Spiegel im Raum zog, sprach sie. »Was tust du?« Ja, das würde den Rest seines Lebens die einzig angemessene Antwort einer überraschten Frau bleiben.

»Sieh zu und entdecke! Leg dein Bein über die Lehne. Egal welches.«

Ein Beben durchfuhr sie. »Das will ich nicht. Ich möchte nicht hinsehen.«

Weniger Befehl. Mehr Überredung. Er veränderte seine Stimme. »Ich zeige dir etwas Sehenswertes. Versprochen. Aber lass dich solange ansehen.« Er stellte sich hinter den Sessel, einen Arm auf der Rückenlehne, und lehnte sich vor, um ihr ins Ohr zu sprechen. »Wie gebieterisch du aussiehst, wenn du so dasitzt! Sieh dein Gesicht an. Oder meins.« Im Spiegel lauerte er hinter ihr, und eine Hand schlängelte sich die Rückenlehne hinab, die Armlehne entlang. Er lehnte sich nach links, griff weiter und erreichte ihr Knie. Ihre Lippen pressten sich zusammen. »Ich wünschte, ich hätte eine Krone, die ich dir aufsetzen könnte. Du musst dich jetzt wie eine Königin fühlen.«

»Bist du mein König?« Ihr Blick, im Spiegel, haftete fest auf seinem.

Er schüttelte den Kopf. »Stallbursche.« Sie sträubte sich nicht, als er ihr Knie anhob und ihr Bein über die Stuhllehne legte. »Großer, bärenstarker Stallbursche, der der Königin aufgefallen ist, und dessen Dienste in ihren Gemächern benötigt werden.«

»Das ist ja schockierend von mir.« Ein weiteres Beben durchfuhr sie, ein besseres diesmal.

»Du bist eine entsetzlich schockierende Königin.« Er ließ sie sehen, wie sein Blick ihr Spiegelbild hinabwanderte, ihren nackten Körper hinab, bis dorthin, wo sie am allernacktesten war. »Jeder Mann im Palast, vom Premierminister bis hin zum Rattenfänger, kennt deine Vorlieben und lebt in der Hoffnung, eines Tages auserkoren zu werden.«

»Ich bin nicht sicher, ob ich das gutheiße. Bin ich verheiratet?«

Sie dachte zu viel nach. Wie immer. »Nur auf dem Papier.« Er drückte seinen Mund auf ihre Schulter, auf die empfindsame

Haut in ihrem Nacken. »Der König kümmert sich um seine eigenen Angelegenheiten, solange du ihm keine Bastarde schenkst. Und das werden wir nicht.« Er bedeckte ihre Schulter und ihren Arm mit Küssen, während er sich hinter dem Sessel hervorwand und mit teuflischer Anmut seinem Vorhaben entgegenschritt.

»Jetzt kommt der Teil, den du sehen solltest«, sagte er und sank vor ihr auf die Knie. Hin und zurück wanderte ihr Blick, von seinem Gesicht zum Spiegel. Sie war erblasst; vor welchem Gefühl, vermochte nur sie selbst zu sagen. Noch blasser waren die Innenseiten ihrer Schenkel, auf die er seine aufgefächerten Finger legte. Und dazwischen, natürlich, das errötete Rosa ihres süßesten Fleisches.

Er neigte den Kopf und legte seinen Mund auf sie. Sie sog überrumpelt die Luft ein. Gut. Dann war er der Erste. »Schande über deinen nachlässigen Mann!« Er zog sich gerade weit genug zurück, um es sagen zu können, und dann gab es nichts mehr zu tun, als sie wahnsinnig zu machen, während er sich in ihr verlor, in diesen zarten Körperteilen, so geheim, so vorzüglich, so offensichtlich für seine Zunge gemacht.

Ihr Körper öffnete sich ihm wie eine exotische Blume. Sie legte eine Hand auf seinen Hinterkopf und schob sich an die Sesselkante, um mehr von ihm zu bekommen, um alles zu bekommen, was er zu geben hatte.

Und er hatte jede Menge. Er schob ihr zweites Bein über die Armlehne, um sie weiter zu öffnen – sie leistete nicht mehr den geringsten Widerstand – und legte die Hände auf ihre Hüften, um sie festzuhalten, wenn sie sich bewegen wollte. Vermutlich würde sie darüber entrüstet sein, doch je besser er Geschwindigkeit und Druck beherrschte, desto länger konnte er es aufrecht, erhalten.

Sie wehrte sich gegen seinen Griff, gab ihrer Frustration mit kehligen, animalischen Lauten Ausdruck. Er trieb sie stärker an, höher, seine gnadenlose Zunge war an drei Orten zugleich, seine gnadenlose Hand hielt sie fest. Jede Bewegung, die er vereitelte – jede Drehung, jeder Stoß –, lief wie eine Welle durch ihren ganzen Körper. Sie trat und strampelte, nicht länger Mensch, nicht einmal Tier, sondern Element, pur und wütend unter seiner Berührung. Luft, Feuer, Erde, Wasser: sein Wirbelwind, seine Feuersbrunst, seine Lawine, sein Taifun.

Was war er doch für ein selbstsüchtiger Mann. Selbstsüchtig hielt er sie in ihrer eigenen Lust gefangen, selbstsüchtig, denn es war sein eigenes aufkeimendes Bedürfnis, das ihn schließlich veranlasste, seinen Griff zu lockern und sie von dem Höhepunkt, auf dem er sie festgehalten hatte, über den Rand hinunterließ.

Sie rang nach Luft. Mit wildem Blick sah sie in den Spiegel, und dann hinab, dorthin, wo er noch immer zwischen ihren Beinen kniete. »Das war …« Wieder in den Spiegel. »Das war …« Wieder in sein Gesicht. »Was war das?«

»Der Frauen größtes Kunststück. Ich wünschte, bei Gott, du könntest es mir beibringen.« Er kam auf die Füße, hob sie dabei auf und trug sie zum Bett. »Und nun, Mylady, bin ich Euer König. Der königliche Samen muss eingepflanzt werden, und die königliche Lust duldet keinen Widerspruch.«

In diesem Augenblick war sie nicht die Frau, einem Mann irgendetwas abzuschlagen. Sie legte sich aufs Bett und nahm ihn, alles von ihm, zum dritten Mal an jenem Nachmittag. Verdammt noch mal, er fühlte sich wirklich wie ein König. Sie gab ihm das Gefühl, dass er das immer schon gewesen war, dass er sich durchs Leben geschlagen und nur darauf gewartet hatte, dass sie ihn mit ihrem Kuss aus irgendeiner Verzauberung erlöste und ihm zu seinem Geburtsrecht verhalf. Er ergoss sich in sie – der Atem blieb ihm im Halse stecken, die Zeit stand still – und rollte von ihr herab, zog sie an seine Brust und legte das Kinn auf ihren Scheitel.

»Martha«, sagte er mit dem ersten ruhigen Atemzug, »ich liebe dich.«

Sein Puls pochte an seinem Hals, keine zwei Zentimeter von ihren Augen entfernt. Die Halsschlagader, oder? Oder die Drosselvene? Innere Anatomie kam im Schulstoff für Mädchen nicht vor. Aber sie könnte es nachschlagen. Jedenfalls sah der Puls beschleunigt aus.

Sie schloss die Augen.

Damit hatte man rechnen müssen. Es hatte gewisse Anzeichen gegeben. Und er war von Natur aus warmherzig. Ein Monat in der ausschließlichen Gesellschaft egal welcher Frau hätte vermutlich zu diesem Ergebnis geführt. Zweifellos würde es vorübergehen, wenn er sich wieder unter den schönen Zerstreuungen Londons befand.

Ihr Herz, das ihm so zugetan war, wie es ein vernünftiges Herz nach nur einem Monat der Bekanntschaft überhaupt sein konnte, verlangte, dass sie sprach. Sie hatte selbst eine wichtige Neuigkeit.

Behutsam zog sie sich so weit zurück, dass sie ihn anständig ansprechen konnte. »Ich muss dir etwas sagen.«

Wie standen die Chancen, dass das der Auftakt zu *Ich liebe dich auch* war? Nicht gut. Er nickte und wartete ab.

»Meine Periode ist seit fünf Tagen überfällig. Ich glaube langsam, dass ich guter Hoffnung bin.« Ihr Gesicht glühte, wie es in letzter Zeit häufig vorgekommen war. *Das* war also die ganze Zeit der Grund gewesen.

»Martha, ich liebe dich.« Das hatte er bereits gesagt. »Ich will dich heiraten.«

Sie legte eine Hand, sanft und mitfühlend, an seine Wange. Er verspürte den entsetzlichen Drang, sie wegzustoßen. »Du hast mich gern.« Wie eine weise Erwachsene, die einen irrenden Jungen korrigierte. »So wie ich dich. Aber wir haben beide von Anfang an gewusst, wie weit diese Abmachung gehen darf. Sie kann nicht in so etwas wie Hochzeit enden.«

»Ich spreche nicht von so etwas *wie* Hochzeit.« Nur mit Mühe behielt er die Ruhe. »Es gibt nichts *wie* Hochzeit. Es gibt nur Hochzeit, und ich wüsste nicht, was in unserer Abmachung sie ausschließen sollte. Das kann nur dein Herz.«

»Mein Herz hat dabei nichts zu sagen.« Die Worte hätten einem Fiebernden eine Gänsehaut verursachen können, wenngleich ihr Tonfall warm und ernst wurde. »Ich habe geschworen, Seton Park nicht in Mr James Russells Hände fallen zu lassen. Ich kann nicht heiraten und es aufgeben.«

»Warum, um alles in der Welt? Wird er es dem Erdboden gleichmachen? Was befürchtest du von ihm?«

Sie zögerte, presste die Lippen zusammen. Würde sie ihm noch nicht einmal das verraten? »Ich habe nichts zu befürchten«, sagte sie abrupt. »Aber ich fürchte, die Hausmädchen schon. Ich weiß, dass er sich in der Vergangenheit der Niedertracht schuldig gemacht hat.«

Aha. Das hatte sie also dazu bewogen, etwas zu tun, was ihr anfangs völlig zuwider gewesen war. Er hätte sich denken können, dass es ein derartiger Kreuzzug gewesen war. »Aber du kannst nicht sicher sein, was er in Zukunft tun wird. Und muss die Verantwortung für die Sicherheit der Mädchen ganz allein auf dir lasten?«

»Wer wird sie tragen, wenn nicht ich?« Mit jedem Wort wurde ihr Entschluss, ihre Pflicht zu erfüllen, fester. »Niemand interessiert sich für das Wohlergehen dieser Frauen. Frag deine Mrs Weaver. Und ich werde das Risiko nicht eingehen. Der Einsatz ist zu hoch.« Jedes Wort trieb ihn weiter von ihr fort. Sie hatte diese zentrale Mission vor ihm verborgen. Offenbar hatte

Mrs Weaver ihr etwas anvertraut, und sie hatte ihn nicht eingeweiht.

»Martha.« Er würde jetzt nicht nachfragen, was es war, und sich von seinem Ziel ablenken lassen. »Ich glaube, ich könnte mit dir glücklich werden.« Am besten sagte er es rundheraus. »Ich hoffe, dass du mit mir glücklich werden könntest. Du und ich und das Kind sind eine Familie. Willst du das wirklich alles wegwerfen?«

Sie schluckte. Er sah – er fühlte tief in der Magengrube, wie sie die Hoffnung aufgab, dass er sie je verstehen würde. »Es gibt wichtigere Dinge, als glücklich zu sein.« Die Familie erwähnte sie nicht.

Er rollte sich auf den Rücken. Der Betthimmel füllte sein Blickfeld, blauer Brokat, kaum schwerer zu beeinflussen als die Frau neben ihm. Er hatte es kommen sehen, dieses absurde Ende. Was er nicht hatte kommen sehen, war, dass der Brunnen brusttief mit eisigem Wasser gefüllt sein würde, das jeden Atemzug zu einem Kampf machte. »Willst du nicht wenigstens sagen, dass du mich nimmst, wenn es ein Mädchen wird?« Das Bild kehrte mit schmerzhafter Klarheit zurück, ein Mädchen mit ihrer Haltung und seinem Lächeln.

»Das kann ich nicht.« Etwas Neues färbte ihre Worte. Scham. »Wenn ich keinen Jungen bekomme, beschaffe ich mir auf anderem Wege einen.«

»Herrgott!« Sie zuckte zusammen, doch er konnte nicht anders. »Bist du dazu wirklich fähig?«

»Ich bin zu allem fähig, was nötig ist, um das Vertrauen aufrechtzuhalten, das diese Frauen in mich haben.« Ihre Stimme bekam einen scharfen Beigeschmack, wütend und verzweifelt. »Ich hatte gedacht, dass wenigstens du weißt, dass das die Wahrheit ist.«

Natürlich. Jetzt würde sie ihr gesamtes Verhältnis einschließlich der himmlischen letzten paar Tage als etwas umdeuten, das sie zähneknirschend und stolz für andere ertragen hatte.

Erschöpfung überkam ihn wie eine triefende Wolldecke. Er hatte keine weiteren Fragen. Wo genau sie einen Jungen herzubekommen gedachte – nicht sein Problem. Was sie über Mrs Weaver wusste – das ging ihn nichts an. Es war ihm nahegegangen, bis zur Erschöpfung, und jetzt würde es ihn nicht mehr kümmern.

»Dann bleibt mir nichts, als dir Glück zu wünschen.« Noch ein gemeiner Gedanke kam ihm und landete wie ein scharfes Geschoss in seiner Wurfhand. »Und dem Pfarrer, vermutlich.«

»*Wie bitte?*« Gott im Himmel, das stachelte sie mehr an als alles, was vorangegangen war. Sie drehte sich zu ihm um, die Augen zusammengekniffen, die Stirn gerunzelt.

»Darauf wird es doch wohl hinauslaufen.« Er zuckte die Schultern und setzte sich auf. »Mehrere Jahre der keuschen Gespräche und sehnsüchtigen Blicke, dann, nachdem eine anständige Trauerzeit verstrichen ist, die Erfüllung der romantischen Träume, die du vermutlich seit – was würdest du sagen? – einem Monat nach deiner Ankunft hier hegst.«

Sie schnellte hoch, doch er war ebenso schnell auf den Füßen, griff nach seinem Hemd und sah sie nicht an.

»Du tust Mr Atkins und mir entsetzliches Unrecht.« So hatte ihre Stimme noch nie geklungen. Interessant. »Pure Freundschaft zwischen einer Dame und einem Gentleman ist dir wohl völlig fremd, aber –«

»Freundschaft.« Er zerrte sich das Hemd über den Kopf. »Wenn du es so nennen willst.«

»Du hast ja keine Ahnung, wovon du sprichst.« Aus den Augenwinkeln konnte er sie sehen, blass, starr und kalt wie Alabaster. »Mr Atkins ist ein würdiger, ehrenwerter Mann. Ich halte es für ein Privileg, ihn zu beschäftigen.«

Beschäftigen. Zum Teufel damit. »Du beschäftigst seine rechte Hand vermutlich einen ganzen Abend lang, das glaube ich dir.« Er schnappte sich seine Hosen.

Ihr Schweigen hatte Gewicht und Textur; es erstreckte sich über mehrere Sekunden. Zweifellos rang sie um Fassung. »Glaub nicht, dass ich auf solch eine gemeine, niederträchtige Bemerkung antworten werde«, sagte sie schließlich. »Wenn du dich wieder respektabel gemacht hast – wenn du dich angezogen hast, besser gesagt –, darfst du gehen. Ich werde für dich nicht mehr zu sprechen sein, weder morgen noch an irgendeinem anderen vorstellbaren Tag.« Sie würdigte ihn keines Blicks.

Zorn und – verdammt, er sollte es besser wissen – törichte Trauer zerrissen sein Innerstes. In einer Zeitspanne von fünf Minuten hatte er das wenige zerstört, das sie gehabt hatten. Sie hätten noch ein paar Tage weitermachen und sich wenigstens in Freundschaft trennen können.

Nein. Kein Quäntchen Bedauern mehr, keinen Tropfen Gefühl an eine Frau verschwenden, die es niemals würde erwidern können. Verdammt noch mal, ein Mann hatte schließlich auch seinen Stolz. Ohne Eile knöpfte er sich die Hosen zu, sperrte den Körper weg, der sie so beleidigte. Krawatte. Weste. Strümpfe. Stiefel. Stück für Stück bedeckte er sich, so ruhig und methodisch, als sei er allein im Raum.

Als er vor dem Spiegel innehielt, ergriff ihn ein letzter grausamer Impuls. Mit einer ausladenden Geste, die sie nicht übersehen konnte, zog er sein Taschentuch hervor und wischte sich ihren Geschmack von den Lippen. Dann warf er das verkrumpelte Leinen weg – so endete es also – und verließ das Zimmer, ohne sich noch einmal umzudrehen.

# 16

Tage vergingen. Zwei Tage, vielleicht auch drei. Sie gab sich Mühe, so wenig wie möglich an Mr Mirkwood zu denken, selbst wenn ihre Besucher ihn namentlich erwähnten. Er beschäftigte sich offenbar, verfolgte sein Molkereiprojekt ohne ihre Hilfe weiter, und trotz ihrer grausamen letzten Minuten zusammen schickte er ihr nach wie vor Besucher.

Nicht, dass das die hässlichen Dinge, die er über Mr Atkins gesagt hatte, entschuldigen würde. Hässlich und ohne ein Körnchen Wahrheit. Wenn hier jemand eine schuldige rechte Hand hatte, dann ganz bestimmt nicht der Pfarrer. Vielleicht hätte sie das sagen sollen, Schäbigkeit mit Schäbigkeit vergelten.

Vielleicht auch nicht. Mechanisch nickte sie Mr Tavistock und seiner Frau auf dem Sofa im Vorzimmer lächelnd zu. Sie meinten es gut, doch ihre komischen Anekdoten, deren Pointen nicht direkt offensichtlich waren, ermüdeten sie. Unablässig musste man die Frau im Auge behalten, während der Mann sprach, und lachen, wenn sie lachte. Mr Mirkwood hätte immer an der richtigen Stelle gelacht, und an der falschen auch, und es hätte ihn nicht im Geringsten belastet. Doch sie musste aufhören, an ihn zu denken.

Tatsächlich passierte, als die Tavistocks gegangen waren, etwas, das ihre ganze Aufmerksamkeit erforderte und all die kleinen Sorgen, die sie gehabt hatte, vertrieb. Der Hausdiener brachte einen Brief in Mr Keenes sorgfältiger Handschrift. Er hatte Mr James Russell doch nicht von seinem Vorhaben abbringen können. Sie musste innerhalb von einer Woche mit seiner Ankunft rechnen.

»Als Erstes sorgen wir dafür, dass alle Frauen eine verriegelbare Tür haben.« Martha ging am Kopf der großen Tafel auf und ab. Die weibliche Dienerschaft war vor ihr versammelt wie einen Monat zuvor. »Ein Schloss allein ist nicht genug. Bitte heben Sie die Hand, wenn Ihre Tür keinen Riegel hat, und Mrs Kearney wird Ihre Namen aufschreiben.« Ihr Puls schlug unregelmäßig, wie er es beinahe seit dem Moment getan hatte, in dem sie Mr Keenes Brief gelesen hatte. So sei es. Wenn sie ihren Körper nicht zur Ordnung rufen konnte, dann würde sie eben auf seinem Ungehorsam reiten wie auf einem trabenden Pferd.

Was hatte eine Krise doch für eine wunderbar klärende Wirkung. Man wusste, was zu tun war – die Dienstbotinnen vor Mr James Russell beschützen –, und jede noch so kleine Tat oder Entscheidung kam ihr wie von selbst. »Seien Sie versichert, dass Sie ihm keinen Gehorsam schulden.« Sie fuhr im Gehen herum und blickte die Tafel hinab. »Wenn er sich irgendwelche Vertraulichkeiten mit Ihnen erlauben sollte, antworten Sie ihm so energisch, wie Sie möchten, und dann informieren Sie mich unverzüglich.«

Sheridan rutschte auf ihrem Stuhl nach vorn, ihre Augen leuchteten bei der Vorstellung. »Dürfen wir ihn auch schlagen?«

Irgendjemand sollte das auf jeden Fall tun. Sie ging wieder auf und ab. »Diese Entscheidung überlasse ich Ihnen. Aber achten Sie auf Ihre eigene Sicherheit.«

»Solche Männer geben einem nicht die Gelegenheit, sie zu schlagen«, sagte ein ernstes Dienstmädchen. »Sie halten einen zuallererst an den Armen fest.«

»Dann müssen Sie einen Diener rufen.« Sie legte die Hände flach auf das Leinentischtuch und nickte Mrs Kearney zu, die am anderen Ende der Tafel saß. »Würden Sie bitte Mr Lawrence von der Sache in Kenntnis setzen, damit er die Diener anweisen kann?« Jetzt würden die männlichen Dienstboten auch davon erfahren. Das ganze Haus würde sich gegen die Bedrohung verschwören.

»Ich würde nur gern wissen, wie ich es verhindern kann, dass er mich überhaupt festhält.« Sheridan blickte bedrückt auf das Stück Tischtuch zwischen Marthas Händen. »Wenn wir lernen könnten, wo man einen Mann am besten schlägt oder stößt, um ihn unschädlich zu machen ... wenn wir jemanden hätten, der sich aufs Boxen versteht, zum Beispiel, dann könnte er uns einweisen ...«

»Das haben wir aber nicht, also müssen wir mit den Mitteln auskommen, die wir haben.« Knapp überging sie, was für Unfug Sheridan auch immer hatte andeuten wollen, und das Mädchen lehnte sich zurück, die leicht hervorstehende Unterlippe das einzige Zeichen des Widerspruchs.

Irgendwie hatte Sheridan gemerkt, dass es böse geendet hatte. Obwohl Martha behauptete, die Abmachung habe ihren Zweck erfüllt und sei nun beendet, erwischte sie Sheridan immer wieder dabei, wie sie sie mitleidig ansah, während sie sie anzog oder frisierte. Und bisweilen machte sie wenig subtile Andeutungen, kaum verhohlene Winke, dass sie etwas tun könnte, um den Bruch zu kitten. Als ob sie oder Mr Mirkwood das jetzt noch wollten.

Sie hatte ihn verletzt. Natürlich. Er hatte ihr sein Herz zu Füßen gelegt, und sie hatte es abgelehnt wie eine zweite Portion Rüben. Welcher Mann würde das mit Gleichmut ertragen?

Doch er war nicht der Einzige, der enttäuscht war. Sie hatte sich ihm von ihrer besten Seite gezeigt – von der, die fähig war, sich für einen guten Zweck aufzuopfern – und gesehen, dass er sie nicht wertschätzte. Sie spürte den stechenden Schmerz der Enttäuschung, sooft sie es sich gestattete, daran zu denken. Wie konnte er behaupten, sie zu lieben, wenn er das nicht liebte, was ihr Wesen ausmachte?

Nicht, dass es von Bedeutung gewesen wäre. Da eine Heirat außer Frage stand, musste Liebe ohne Bedeutung sein. »Wir fangen morgen mit den Riegeln an.« Sie achtete wieder auf ihre Haltung und verschränkte die Hände hinter dem Rücken. »Wenn Sie noch andere Ideen haben, wie wir diesen Haushalt vorbereiten können, will ich sie gern hören.«

»Ich habe gehört, dass wir Mrs Russell vielleicht verlieren werden. Wussten Sie davon?« Granville streute die Bemerkung ein, während er die verschiedenen Molkereigerätschaften durchging, die in einem der Nebengebäude von Pencarragh aufbewahrt wurden.

Eine Woche war es her, seit er zuletzt mit ihr gesprochen hatte, und als würde sie ihn nicht schon oft genug in seinen Träumen heimsuchen, musste sie jetzt auch noch hier eindringen. »Gab es Schwierigkeiten mit dem Testament?« Theo stupste eine Käsepresse an. Die Käseherstellung hatte einen Großteil ihres Reizes verloren. Das mit dem Kälbermagen hatte er erst kürzlich gelesen. Arme, unschuldige, todgeweihte Kälber.

»Es hat sich herausgestellt, dass der Besitz Mr Russells Bruder zufallen könnte. In dem Fall stünde ihr laut dem Anwalt der Familie nicht einmal eine Witwenwohnung zu.« Der Verwalter hielt inne, um sich etwas zu notieren. »Vier gute Eicheneimer. Haben Sie hier irgendwo einen Milchseiher gesehen?«

»So ein Sieb-Ding? Ist es das hier vielleicht? Schauen Sie mal.« Er hielt Granville das sonderbare Gerät hin; es sah aus wie eine Schüssel ohne Boden. »Wie kommt der Kerl dazu, Mrs Russells Privatangelegenheiten auszuplaudern? Von meinem Anwalt erwarte ich aber etwas mehr Diskretion.«

»Gewiss. Das Thema kam deswegen auf, weil jener Bruder – der jetzige Mr Russell – noch diese Woche in Seton Park eintreffen wird. Mr Keene wollte mich davon in Kenntnis setzen, da

Seton Park ja dann gegebenenfalls sein fester Wohnsitz werden wird.«

»Er kommt jetzt?« Nicht sein Problem. Nicht sein Problem! Sollte Mrs Russell sich doch an ihren verfluchten Pfarrer wenden, wenn sie männliche Hilfe wollte.

»Keine besonders vornehme Geste, nicht wahr? Es sieht so aus, als könne er seine Erbschaft und Mrs Russells Enttäuschung gar nicht erwarten. Es war offensichtlich, dass Mr Keene die Idee nicht gutheißt. Ah – sehr gut. Die Formen sind mit Zinn beschichtet. Die aus Eisen rosten leicht, habe ich gehört.«

Er schuldete ihr nichts. Im Gegenteil schuldete sie ihm fünfhundert Pfund. Das Vierfache, sollten die Dinge sich zu ihren Gunsten entwickeln.

Doch er hatte im vergangenen Monat einige lästige Neigungen entwickelt, und jetzt wandten sich seine Gedanken dem Gesinde von Seton Park zu. Er konnte nicht tatenlos zusehen und so tun, als wüsste er nichts von der Bedrohung. Er musste zumindest vorstellig werden und herausfinden, was Mrs Russell zu tun gedachte.

Zum Henker mit seinem Verantwortungsbewusstsein. Er seufzte und tastete nach seiner Taschenuhr. Wenn er Granville etwas schneller durch diese Inventur scheuchen könnte, hätte er vielleicht am Nachmittag Zeit, den Besuch zu machen.

Martha saß in der Bibliothek und tippte mit einer trockenen Schreibfeder auf ein Blatt Papier. Vor vier Tagen hatte sie ihre Ansprache vor dem Gesinde gehalten, und seitdem hatte es Sheridan an jedem einzelnen Tag für nötig befunden, in irgendeiner Weise auf Mr Mirkwood anzuspielen. Wie sollte er nur ohne Marthas vernünftigen Rat mit seinem Molkereiprojekt vorankommen? Wie geschickt er sich angestellt hatte – für einen Gentleman –, wenn er Marthas Haare selbst hochgesteckt hatte.

Jede Menge Unsinn, dessen Zweck so offensichtlich war, dass man gar keine Notiz davon zu nehmen brauchte.

Und dennoch saß sie jetzt vor Papier und Tinte. Sie könnte ja wenigstens eine kurze Nachricht schicken. Vermutlich würde er von Mr James Russells bevorstehender Ankunft unterrichtet werden wollen.

Aber weshalb? Er hatte seine Sorgen von den ihren getrennt. Oder vielleicht hatte sie das getan. Jedenfalls konnte sie wohl kaum erwarten, dass ihn eine Entwicklung kümmern würde, die ihn gar nicht betraf. Sie warf die Feder hin und wollte gerade aufstehen, als ein Hausdiener in der Tür erschien.

»Mr Mirkwood wünscht, Sie zu sprechen, Madame. Ich habe ihn ins kleine Zimmer gebracht.«

Sie erstarrte mitten im Aufstehen. Ihr Herz raste und setzte aus wie ein unentschlossenes Eichhörnchen. *Ich werde für dich nicht mehr zu sprechen sein, weder morgen noch an irgendeinem anderen vorstellbaren Tag.* Welches Anliegen konnte ihn dazu veranlasst haben, trotz dieser Worte zu kommen? »In Ordnung. Danke. Ich komme.« Mechanisch kam sie auf die Füße und ließ sich von ihnen taumelnd Schritt für Schritt aus der Bibliothek den langen Flur entlang zum Pfingstrosenzimmer im vorderen Teil des Hauses tragen.

Er stand am Fenster. Eine Hand hielt den Vorhang zur Seite, um ihm den weitesten Blick zu ermöglichen. Er würde wohl immer dieser Mann bleiben – angezogen von Aussichten, Vergnügungen und Unbeschwertheit, seinem Namen auf absurde Weise zum Trotz. Als er ihre Schritte auf dem Eichenfußboden vernahm, ließ er den Vorhang fallen und wandte ihr das Gesicht zu.

Diese Augen hatten alles gesehen, was ihr Kleid jetzt verbarg. Dieser Mund hatte Unbeschreibliches getan. Dieses Kinn hatte Nacht für Nacht ihren Kopf in seinen Schutz genommen, während sein Puls und sein Atem leise im Einklang mit ihrem vor sich hin gemurmelt hatten.

Sie errötete, während sie auf ihn zutrat und die Hand ausstreckte. Er ergriff sie und verbeugte sich; dann ließ er wieder los und verschränkte die Arme hinter dem Rücken. »Ich habe gehört, dass Sie Mr Russells Bruder hier erwarten.« Er neigte den Kopf; sein ernster blauer Blick suchte den kürzesten Weg in ihre Augen.

»Das ist richtig. Noch diese Woche. Wollen Sie sich nicht setzen?« Sie hatte ihm verboten zu kommen. Er war dennoch gekommen. Und jetzt lud sie ihn zu bleiben ein.

Er schüttelte den Kopf. »Ich bin nur gekommen, um mich zu erkundigen, was Sie zu tun gedenken und welche Hilfe Sie vielleicht brauchen können.« Bewusst formell sprach er sie an. »Ich möchte mich nicht aufdrängen.«

Flatterhaftes Eichhörnchenherz! Er sprach von Liebe, sie antwortete mit Gleichmut. Er schleppte sich aus Pflichtgefühl herüber, und sie bekam weiche Knie. »Danke der Nachfrage.« Sie schob sich ein oder zwei Schritte zur Seite, um an einer Sessellehne Halt zu finden. »Wir kommen schon zurecht. Wir haben Riegel an allen Schlafzimmertüren angebracht, und ich habe das Personal instruiert, sofort um Hilfe zu rufen, sollte er sich am helllichten Tage irgendetwas erlauben.«

»In Ordnung.« Er nickte. Jetzt würde er gehen.

Nein. Das durfte er nicht. Er hatte seine Hilfe angeboten, trotz ihrer wütenden Worte. Er hatte all seine Empfindungen für sie um eines größeren Guts willen zurückgestellt und vermutlich eine Menge Stolz dabei hinuntergeschluckt. Abrupt ließ sie den Sessel los und versperrte ihm mit einem großen Schritt den Weg. »Doch, wir brauchen Hilfe. Die Frauen wollen wissen, wie man einen Mann am effektivsten schlägt. Ich brauche jemanden, der es ihnen beibringt.«

Ein spitzbübisches Grinsen wollte sich auf seinem Gesicht ausbreiten. Er unterdrückte es und verbeugte sich. »Selbstverständlich, Mrs Russell. Ich stehe zu Diensten.«

»Was ist der größte Schwachpunkt einer Frau, verglichen mit einem Mann?« Wie ein Feldherr, der die Truppen inspiziert, schritt Mrs Russell vor den versammelten Frauen auf und ab. Sie saßen, eifrig und nervös zugleich, auf Stühlen im Ballsaal von Seton Park. Theo stand an der Wand, zusammen mit einer Handvoll Diener und Knechte, die für die Aufgabe rekrutiert worden waren.

»Körperliche Schwäche.« Das war Mrs Russells Kammerfrau, das Mädchen, das sich jetzt um das An- und Ausziehen kümmerte. »Geschwindigkeit auch. Männer sind stärker und schneller als wir.«

»Das ist richtig, und dennoch können diese Nachteile überwunden werden.« In einer Notlage gewann sie offenbar an Selbstsicherheit. Merkwürdige Frau. »Die Schwäche, die wir besiegen müssen, ist unsere Neigung zur Milde.« Sie warf ihm einen Blick zu. Sie hatten eine gute Stunde lang ihre Strategie ausgearbeitet und sich auf diesen Ansatzpunkt geeinigt.

»Hat jemand von Ihnen schon mal einen Mann geschlagen?« Sie stand still; ihr Zeigefinger schwebte vor den Reihen, wie um die Antworten zu zählen. Doch keine Frau meldete sich.

»Ist jemand schon mal von einem Mann beleidigt worden und hat sich später gewünscht, ihn geschlagen zu haben?« Jetzt nickten fünf oder sechs Bedienstete und hoben die Hände. Mrs Russell verschränkte die Finger hinter dem Rücken und richtete sich auf. »Würde jemand von Ihnen wollen, dass eine Tochter – wenn wir alle mit einer gesegnet wären – solche Beleidigungen ertragen würde, ohne sich zu verteidigen?« Triumphierend ob der Gewalt ihres Arguments ließ sie den Blick eindringlich durch ihr Publikum schweifen, bevor sie wieder das Wort ergriff.

»Wir müssen uns ebenso heftig zur Wehr setzen, wie wir es uns für unsere Töchter wünschen würden. Unser Nachbar Mr Mirkwood hat freundlicherweise angeboten, uns zu zeigen, wie wir einem Mann am besten zusetzen können. Wir werden uns erkenntlich zeigen, indem wir ihm versprechen, nicht davor zurückzuschrecken, das anzuwenden, was er uns zeigen wird.« Sie trat zurück und hielt die Handfläche hoch, um ihm das Wort zu erteilen.

Er stieß sich von der Wand ab und trat vor. »Selbst die kleinste Dame kann einen Mann außer Gefecht setzen, jedenfalls lange genug, um ihm zu entkommen, indem sie ihn an einer von mehreren empfindlichen Stellen schlägt. Ich werde Ihnen zeigen, wo diese Stellen sind und wie Sie sie erfolgreich angreifen.« Das Zimmermädchen der Witwe und auch einige andere Frauen waren ganz offensichtlich gespannt. »Aber zuerst werde ich Ihnen mit Mrs Russells Hilfe verschiedene Möglichkeiten zeigen, sich aus dem Griff eines Mannes zu befreien. Wenn ich bitten darf, Mrs Russell.«

Sie hatten alles am Vortag durchgespielt. Mit vorsichtiger Höflichkeit hatten sie zusammengearbeitet, und die Witwe hatte darauf bestanden, denjenigen Frauen, die Hemmungen haben würden, derartige Bewegungsabläufe mit einem Mann zu üben, als Beispiel zu dienen. Wieder und wieder hatte er sie am Handgelenk oder am Ellbogen ergriffen, wieder und wieder hatte er die Arme um sie geschlungen, behutsam, zuerst wegen ihrer verlorenen Vertrautheit, und dann wegen des Kindes, winzig und ungeformt, das irgendwo in den Tiefen seiner Umarmung schlummerte.

Sie war ihm jedes Mal entschlüpft, mitsamt Kind, dank seiner eigenen Anleitung. Das tat sie auch jetzt, ließ sich wie ein Senklot fallen und durchbrach seine Umklammerung zur Freude des Gesindes. Über ihrer düsteren Kleidung glühten ihre Wangen vor Verausgabung und Begeisterung. Ihre Augen leuchteten wie geöltes Mahagoni. »Wenn Sie jetzt bitte aufstehen würden, und wenn die Herren sich zu uns gesellen würden, werden Sie sehen, wie schnell Sie das meistern werden.« Sie nickte ihm zu – ihrem Partner bei dieser Mission –, und sie begaben sich einzeln unter die Dienstboten.

Falls er jemals eine Stunde seines Lebens nutzbringender eingesetzt hatte, konnte er sich nicht daran erinnern. Sicher, er hatte in Sachen Milchwirtschaft einiges erreicht, und vielleicht war er auch Mr Barrow von Nutzen gewesen, aber nur mit Mühe und Not. Diesen Frauen mit etwas, das ihm so leichtfiel, zu Diensten zu sein, war eine unbezahlbare Freude.

Er machte die Runde durch den Raum, zeigte dem Küchenmädchen, wo es seine Füße hinsetzen musste, erklärte der Wäscherin, wie fatal ein Zögern sein konnte. Zwischendurch konnte er sehen, wie Mrs Russell herumging, die Frauen ermutigte und den Zögerlicheren gut zuredete, es ebenfalls zu versuchen. Sie stellte sich mit einem Diener zusammen als Beispiel zur Verfügung, um zu demonstrieren, wie man sich unter einem Arm hindurchdrehte und so dem Griff am Handgelenk entkam.

Irgendwann kreuzten sich ihre Wege. Etwas abseits blieben sie beide stehen, holten Luft und überlegten, wo sie als Nächstes gebraucht wurden. »Ich glaube, bisher läuft es ganz gut«, sagte sie verstohlen. Die Schleife ihrer Haube hatte sich gelöst und ihr Haaransatz rahmte ganz uncharakteristisch ihr Gesicht ein. »Was denken Sie?«

Das war neu. Sie ersuchte ihn ernsthaft um seine Meinung. Er nickte, die Arme verschränkt, den Blick auf die nächste Magd und den nächsten Knecht geheftet. »Sie lernen schnell, die Frauen von Seton Park.«

»Und willig. Ich zähle nur drei Mädchen, die ich nicht davon überzeugen konnte, es zu versuchen.«

»Die kriegen Sie im Laufe des Nachmittags auch noch rum.«

»Glauben Sie wirklich?« Er sah, wie gern sie es glauben wollte.

»Kein Zweifel.« Er drehte den Kopf ganz leicht in ihre Richtung. »Sie sind die geborene Anführerin, Mrs Russell. Ich habe es mir schon lange gedacht.« Mit einer schnellen Verbeugung entschuldigte er sich und machte sich wieder nützlich.

Drei Tage später stand er in einem von Seton Parks ungenutzten Salons am Fenster und beobachtete einen Vierspänner, der in die Einfahrt bog. »Keine Kosten gescheut bei den Pferden, was?«, murmelte er. Hinter seiner rechten Schulter reckte sich Mr Perry, einer der Stallmeister, um einen Blick zu erhaschen. »Hat er ein eigenes Vermögen?«

»Ich habe gehört, dass er Geld geheiratet hat.« Eines der älteren Hausmädchen, eine Miss Morehouse, stand am nächsten Fenster.

»Soso, verheiratet ist er? Mieser Hund. Ob seine Frau davon weiß?«

»Sehen Sie sich Mrs Russell an!« Miss Sheridan, zu seiner Linken, stellte sich auf Zehenspitzen. »Sieht sie nicht aus wie eine Königin, die einen Feind empfängt?«

»Um ihn im Schlaf enthaupten zu lassen, hoffe ich.« Er verspürte den vertrauten kleinen Schmerz – nur noch halb so schlimm, inzwischen –, während er die schmale, schwarze Gestalt aufrecht und entschlossen über die Einfahrt schreiten sah. Es war ein kühler Morgen, und sie trug einen Schal um die Schultern, den sie jetzt wie einen Königsmantel fester um sich zog.

»Da kommt das Treppchen«, sagte Perry, und alle drückten sich die Nasen an der Scheibe platt, um den ersten Blick auf Mr James Russell zu erhaschen.

Aus dieser Höhe sah er recht unscheinbar aus, von mittlerer Größe und unauffällig gekleidet. »Ist das alles?« Miss Sheridans

Stimme schrillte eine Oktave höher als gewöhnlich. »Ich hatte ein grobschlächtiges Ungetüm erwartet.«

»Sie werden ihn verdreschen, falls er sich an Sie heranmachen sollte.« Ein Jammer, dass er es nicht selbst tun durfte.

»Aber hallo!« Sie trommelte mit der Faust auf eine rautenförmige Fensterscheibe. »Wenn Mrs Russell mal nicht schneller ist.«

Die Witwe sah aus, als sei sie dazu durchaus fähig. Sie ging ihm nicht entgegen, sondern blieb königlich und abweisend in der Einfahrt stehen. *Ich weiß, was du bist*, sagte alles an ihr, sogar aus dieser Entfernung.

»Da kommt die Frau«, meldete sich Miss Morehouse. Eine beleibte, kostspielig gekleidete Gestalt stieg aus der Kutsche. Dann eine unscheinbare dünne. Eine Gouvernante vermutlich, denn es folgten zwei Jungen, vielleicht zehn und acht Jahre alt.

Er sah Mrs Russell zusammenzucken. Besorgnis schlich seinen Rücken hinauf. »Sie hat nicht gewusst, dass er Kinder hat.« Er fuhr zu Miss Sheridan herum.

»Sie hat nicht gewusst, dass er Söhne hat«, sagte sie im gleichen Moment.

Er hatte Söhne. Wieso war sie nie auf diesen Gedanken gekommen? Sie schlug die Augen nieder, tat so, als müsse sie ihren Schal zurechtzupfen, und zwang sich dann, wieder hinzusehen.

Sie hatten helle Augen, beide. Der Jüngere war blass wie seine Mutter, der Ältere – der, den sie um sein rechtmäßiges Erbe bringen würde – dunkelhaarig und rotgesichtig wie sein Vater. Aufrecht wie kleine Soldaten standen sie neben ihrer Gouvernante, die zweifellos viel Zeit darauf verwandt hatte, ihnen diese Haltung anzuerziehen. Vermutlich war sie überzeugt von der Verwendung von Brettern, so wie Miss York.

Nein. Solch teilnahmsvolle Grübeleien waren ihrer Entschlossenheit abträglich. Dass sie diese Kinder enterben musste, war bedauerlich, aber nicht zu ändern. Die Sünden der Väter, und so weiter.

Der Vater selbst war eine überraschend unscheinbare Erscheinung. Er war kleiner, als es sein Bruder gewesen war, sein Gesicht wurde von einem unterschwelligen Grinsen bestimmt und seine Haltung war voller Andeutungen. Seine boshafte Silhouette würde nicht, wie sie es sich ausgemalt hatte, furchteinflößend im Türrahmen eines armen Dienstmädchens lauern und das ganze Licht aus dem Korridor schlucken. Wenn überhaupt, würde er wie ein Wiesel hineingeschlichen kommen und die Tür ganz leise hinter sich schließen, und das Einschnappen des Riegels würde mehr Bedrohung ausdrücken als seine Person selbst.

Wäre das schlimmer? Von einem so unbedeutenden Mann Gewalt angetan zu bekommen? Ihr Magen grummelte leicht, als er näher trat. Es war schlimm genug gewesen in der Hochzeitsnacht, zu der sie eingewilligt hatte. Den Schmerz, die Überraschung, dieses entsetzliche Gefühl der Entblößtheit erhöht um das machtlose Grauen, das Mrs Weaver verspürt haben musste, konnte sie sich beinahe gar nicht vorstellen.

»Mrs Russell.« Auch seine Stimme enthielt kein Anzeichen von Niedertracht. Es war leicht, sie auszublenden und sich während der offensichtlich geheuchelten Nettigkeiten, die er von sich gab, auf seine Frau zu konzentrieren.

Mrs James Russell war mollig und vielleicht einmal hübsch gewesen. Sie trug ein blaues Wollkleid, das üppig mit Borten verziert war, und stand zwischen der Kutsche und ihrem Mann. Mit verschränkten Armen betrachtete sie das Haus. Als wenn sie Marthas Blicke gespürt hätte, schlug sie plötzlich die Augen nieder und schien die Pflastersteine zu betrachten.

Die Geste ging Martha zu Herzen. Wie sie dastand, abseits sowohl von ihrem Mann, der sie nicht geholt hatte, um sie vorzustellen, als auch von den Kindern, die bei ihrer Gouvernante ausharrten und offenbar auf Anweisungen warteten. Welch entsetzliche Einsamkeit inmitten ihrer Familie!

Himmel, kein Mitleid mehr! »Ich sehe mir sehr gern an, was Richard so alles verbessert hat«, sagte Mr James Russell gerade. Wie sich herausstellte, gehörte er zu den Männern, die die Hälfte ihrer Bemerkungen an ihren Busen richteten. Sie musste sich möglichst oft mit ihm unterhalten, damit seine Vulgarität sie an ihren Zweck erinnern und ihre Entschlossenheit stärken konnte.

»In der letzten Zeit hat er sich mehr um die Pächterkaten als um Haus und Garten gekümmert. Ich bin überzeugt, Sie werden von dem Ergebnis ebenso begeistert sein wie ich. Aber Sie müssen alle erschöpft von der Reise sein.« Sie schob sich an ihm vorbei und sprach seine Frau an. »Kommen Sie doch bitte herein und trinken Sie mit uns Tee, während ich ein paar weitere Zimmer herrichten lasse. Sie alle hier zu haben, ist ja so eine wundervolle Überraschung.«

Als sie sich am Abend zurückzog, war sie sehr müde. Selbst eine freundlich gesinnte Gesellschaft auch nur einen halben Tag lang zu unterhalten – besser gab man sich keinen düsteren Spekulationen darüber hin, wie viele solcher Tage noch folgen würden –, hätte ihre Reserven deutlich geschwächt. Doch Mr James Russell ständig im Auge zu behalten, während er mit jeder Magd Blickkontakt aufnahm, die zufällig den Raum betrat, ständig auf Anzeichen für hinterhältige Gedanken oder Absichten zu lauern, erschöpfte sie mehr, als sie sich hätte vorstellen können.

Falls er sich in den vergangenen sechzehn Jahren überhaupt geändert hatte, dann nicht so weit, dass er ein guter Mensch geworden wäre. Seiner Frau schenkte er so gut wie keine Beachtung; stattdessen hatte er ein ganzes ungemütliches Abendessen damit verbracht, Mr Russells besten Claret hinunterzukippen und Martha mit immer wortreicheren Geschichten aus seiner Kindheit in Sussex zu beglücken, während Mrs James Russell ihren Hasenpfeffer so konzentriert verspeiste, dass ihr keine Zeit für Unterhaltung blieb. Die Schritte, mit denen er im Haus umherging, waren so überheblich, als betrachte er es bereits als sein Eigentum. Was natürlich nicht ganz unverständlich war. Er war hier aufgewachsen und hatte die Räume länger bewohnt als sie. Ein unbeteiligter Beobachter, der nichts von seinen Missetaten wusste, hätte ihm vielleicht sogar das größere Recht auf Seton Park zugesprochen.

Und ein Beobachter würde nichts von seinen Missetaten wissen. Wenn Männern ihre Schuld doch nur ins Gesicht geschrieben stünde oder sie danach riechen würden! Wenn sie doch bloß keine Frauen und Kinder hätten, die die Strafe für ihre Vergehen mittragen mussten. Wie viel einfacher war alles doch gewesen, solange er in der Ferne geblieben war, das unzweifelhafte Ungeheuer ihrer Vorstellung, und nicht dieser völlig normal wirkende Ehemann und Vater. Nichts an seiner Erscheinung deutete darauf hin, dass er die Bedrohung war, gegen die sie den ganzen Haushalt mobilisiert hatte.

Als sie jedoch Stunden später mit einer Hand über dem Mund aufwachte, verkrampfte sich ihr ganzer Körper vor Entsetzen. »Keine Angst«, sagte eine Stimme an ihrem Ohr. »Ich bin's, Mr Mirkwood. Theo. Es ist alles in Ordnung.«

»Was ist los? Was ist passiert?«, fragte sie, sobald er seine Hand wegnahm. Ihr Herz galoppierte wie ein durchgegangenes Pferd. Sie konnte nichts sehen.

»Nichts. Schscht.« Seine Finger klemmten ihr eine Haarsträhne hinters Ohr. Das hatte er oft getan, als sie noch das Bett geteilt hatten, und sie kämpfte gegen den Impuls, sein Handgelenk zu ergreifen und festzuhalten. »Es tut mir leid, dass ich dich so wecken musste, aber ich wollte nicht, dass du später von selbst aufwachst und dich erschreckst.«

»Ich verstehe nicht.« Die Panik legte sich, doch die Verwirrung wirbelte umso stärker in ihr. Sie setzte sich auf, weg von seiner Hand. »Wie bist du hier hereingekommen?«

»Du hast mir einen Schlüssel gegeben, weißt du nicht mehr?« Der Ursprung seiner Stimme bewegte sich; er musste aufgestanden sein. »Und ganz, wie ich erwartet habe, hast du Riegel an allen Türen anbringen lassen außer an deiner eigenen.« Jetzt hörte sie, wie er etwas anhob. »Ich werde in diesem Sessel sitzen, direkt hinter der Tür, bis zum Morgen. Heute Nacht und jede Nacht, bis der Bruder deines Mannes wieder verschwunden ist.«

Sie rieb sich mit der Faust das Gesicht. Langsam wurde ihr der Sinn seiner Worte klar. »Diesen Dienst schuldest du mir nicht.«

»Nein. Vermutlich nicht.« Er klang so entfernt, obwohl nur wenige Meter sie trennten.

»Ich frage mich, ob du nicht besser das Treppenhaus zum Dienstbotentrakt bewachen solltest, sodass wir ihn ertappen können, falls er etwas versucht.«

»Hawkins und Perry kümmern sich darum.« Sie hörte, wie er sich ausstreckte und es sich im Sessel gemütlich machte.

»Wer?«

»Henry Hawkins. Zweiter Hausdiener. Jack Perry. Stallmeister.« Offenbar war er inzwischen der Busenfreund von Leuten, die für sie namenlose Dienstboten waren. »Sollte Mr Russell sich auch nur in die Nähe dieses Treppenaufgangs begeben, wird er geschnappt und zur Rechenschaft gezogen. Sollte er versuchen, hier einzudringen, wird ihm noch Schlimmeres widerfahren.«

»Ich kann mir wirklich nicht vorstellen, dass ich in Gefahr schweben sollte.« Ja, sie konnte wieder klar denken. »Er hat bisher nie –«

»Martha.« Er hätte auf dem Mond sitzen können, so entfernt klang seine Stimme. »Ich möchte das wirklich nicht diskutieren, du verschwendest deine Zeit. Du wirst mich hier nicht wegholen, es sei denn, du schlägst Alarm und trommelst den ganzen Haushalt in deinem Schlafzimmer zusammen. Alles in allem bezweifle ich, dass du das möchtest.«

Sie legte sich wieder hin. Wenn sie den Atem anhielt, konnte sie seinen hören. Ein anderes Geräusch machte er nicht.

»Es tut mir leid«, sagte er nach einer Minute oder zweien.

»Das braucht es nicht. Du versuchst, mir einen Gefallen zu tun, und ich bin unfreundlich.« Zum hundertachzigsten Mal.

»Nicht das.« Er sprach so leise, dass sie seine Worte kaum noch vernehmen konnte. »Ich habe Dinge gesagt, die ich wünschte, nicht gesagt zu haben.«

Ein seltsamer Gedanke kam ihr: ob *Ich liebe dich* dazugehörte? »Vergiss es. Du hast mir so viel mehr Freude als Leid bereitet. Irgendwie musste es ja enden, oder nicht? Warum also nicht in Wut? Ich schätze, es macht keinen großen Unterschied.«

»Mrs Russell.« Sein leises Lachen trug durch den Raum. »Sind Sie betrunken?«

»Was?« Sie stützte sich auf einen Ellbogen. »Hat dir noch nie jemand vergeben?«

»Unzählige Male.« Sie hörte, dass er ihr das Gesicht zugewandt hatte. »Nur von dir hätte ich es niemals erwartet.«

Das hatte sie zweifellos verdient. Sie legte sich wieder hin.

»Alles in allem bist du ein hervorragender Mann.« Sie unterdrückte ein Gähnen. »Es war sehr gut von dir, die Männer das Treppenhaus bewachen zu lassen.«

»Das war ich gar nicht.« Er sprach jetzt in eine andere Richtung und klang so, als müsse er ebenfalls gähnen. »Das war ihre eigene Idee.«

Der Sessel knarrte, als er tiefer hineinsank. »Du hast mehr Verbündete, als du weißt. Wenn du ihnen doch nur vertrauen würdest! Aber schlaf jetzt. Ich wecke dich schon, wenn es nötig ist.«

Er ging kurz nach Tagesanbruch. Schlief vier oder fünf Stunden, bevor er zum Arbeiten zu Granville ging. Und wenn die Nacht ganz Sussex in ihrer dunklen Umarmung hielt, saß er wieder in seinem Sessel hinter ihrer Zimmertür.

»Er hat Söhne.« Ohne sie zu sehen, konnte er nicht sicher sein, ob sie mit ihm oder mit sich selbst sprach. Als er zu seiner zweiten Nachtwache erschienen war, hatte er eine brennende Kerze vorgefunden, doch die hatte er längst gelöscht. Ihr Rauch hing noch schwach in der Luft.

»Ich habe sie gesehen. Ich war im Haus und habe mit einigen Dienstboten aus dem Fenster zugesehen, als sie angekommen sind.« Gedankenverloren tastete er nach seiner Uhr, obwohl er das Zifferblatt natürlich nicht würde lesen können. Es musste gegen ein Uhr sein.

»Ich wusste nicht, dass es Söhne gibt.« Ihre Worte schwebten in den Raum hinaus, gedämpft wie der verweilende Geruch der Kerze, die sie für ihn hatte brennen lassen.

»Hättest du irgendetwas anders gemacht, wenn du es gewusst hättest?«

»Ich wüsste nicht, was.«

»Aber du bedauerst es.« In den Pausen hörte sie das leise Pfeifen des Winds im Kamin.

»Jetzt kann ich meinen Plan nicht mehr ändern. Alle verlassen sich auf mich.« Ihre Stimme hatte einen verzweifelten Klang, so als läge sie schon seit einer ganzen Weile im Zwist mit sich selbst.

»Allerdings. Aber du kannst entschlossen sein und es dennoch bedauern. Du kannst deinen Plan weiterverfolgen, obwohl es dir leidtut, was er diese Jungen kosten wird.«

»Das tut es.« Ihre Hand tat irgendetwas mit dem Laken; das Leinen flüsterte in der Dunkelheit. »Danke.«

»Wofür?« Er drehte sich in ihre Richtung, obwohl er sie nicht sehen konnte.

»Du findest Worte für Dinge, die ich nicht aussprechen kann.«

Das konnte man nicht leugnen. *Ich liebe dich* zum Beispiel.

Er tilgte den unwürdigen Gedanken. »Was ist mit der Frau? Konntest du dir ein Bild von ihr machen?«

»Kaum. Ich bin sicher, dass sie unglücklich ist. Sie sagt nicht viel und isst umso mehr.«

»Ja, das sieht man ihr an.«

»Das ist unhöflich.« Gnadenlose Zuchtmeisterin, sogar im Liegen.

»So war es nicht gemeint.« Er streckte die Beine aus und legte einen gestiefelten Fuß über den anderen. »Ich habe mich mehr als einmal mit Damen von ähnlicher Statur vergnügt. Es war äußerst anregend.« Das würde er vielleicht in Kürze wieder.

Er würde nach London zurückgehen. Sich seine nächste Geliebte suchen. Und die Witwe würde, ob sie es nun wollte oder nicht, nur eine von vielen Frauen aus seiner Vergangenheit sein. Die erste Frau, die er je geliebt hatte, nicht die einzige. Diese Wahrheit rollte durch den Raum wie eine Murmel auf einem baufälligen Fußboden.

Das Laken flüsterte wieder. Vielleicht grub sie ihre Finger hinein. »Ich werde dich nie vergessen«, sagte sie.

»Natürlich nicht. Du wirst ja auch ein kleines Andenken haben, oder nicht?« Wenigstens einer von ihnen.

»Klein, und dann nicht mehr so klein. Wenn wir mit guter Gesundheit gesegnet werden.« Ihr Haar rauschte auf dem Kissen, als sie sich umdrehte. »Aber ich würde dich auch sonst nicht vergessen.«

Vier Schritte würden ihn zu ihrem Bett bringen. Er könnte ein letztes Mal bei ihr liegen, ihr Fliederparfüm zum letzten Mal einatmen, um sich den Geruch einzuprägen.

Er sank tiefer in den Sessel. »Wie geht es dir in letzter Zeit? Leidest du unter Unpässlichkeiten?« Falls er sie zum Erröten brachte, konnte er es nicht sehen.

»Ein bisschen, am Vormittag. Nicht schlimm.«

»Ah. Gut.« Selbst ein Ehepaar sprach manchmal nur schüchtern und stockend von diesen Dingen. Eines Tages würde er heiraten, und wenn seine Frau guter Hoffnung war, würde er es erfahren. Dann hätte er ein anderes Kind, an das er denken konnte. Um sich von diesem abzulenken, dem kleinen Wesen, das in Liebe und Entschlossenheit gezeugt worden war, und ihn niemals kennenlernen würde.

Gott! Er legte den Kopf in den Nacken und blinzelte in der Dunkelheit. »Du wirst ihn lieben, oder? Oder sie?« Er klang, als stünde er am Boden eines Brunnens. Und natürlich war es so.

Eine Pause, während der sie die Frage aufnahm. »Ich weiß, warum du fragst. Ich bin nicht von Natur aus liebevoll, und das Kind wurde im Dienste einer Intrige gezeugt, nicht um seiner selbst willen.« Sie holte Luft. »Aber ich liebe Kinder, und dieses …« Wieder eine Pause. Ein Atemzug. »Es ist mein Sohn. Oder meine Tochter. Ich werde dieses Kind lieben, wie ich noch nie im Leben jemanden geliebt habe.«

»Dann …« Er schluckte stumm. »Dann ist es gut.« Jetzt gab es wirklich nichts mehr zu sagen.

Mr James Russell stand nicht rechtzeitig auf für die Kirche, was man als Zeichen göttlicher Zustimmung ansehen konnte. Je länger sie ihn davon abhalten konnte, Mr Atkins zu begegnen, desto länger konnte sie den endgültigen Verlust der guten Meinung des Pfarrers hinauszögern. Sie saß in der ersten Reihe neben Mrs

James Russell, der Gouvernante und den beiden Jungen, und sie hörte eine langatmige aber dennoch ermutigende Predigt über jene Ehebrecherin, auf die sich niemand den ersten Stein zu werfen traute. Von Zeit zu Zeit schloss sie die Augen und atmete tief durch, um ihren Magen zu besänftigen.

Von Zeit zu Zeit unterdrückte sie auch das Verlangen, sich nach Mr Mirkwood umzudrehen, der an seinem gewohnten Platz drei Reihen weiter hinten saß. Beinahe hatte sie erwartet, dass auch er den Gottesdienst verpassen würde, nach zwei schlaflosen Nächten. Doch als sie durch die Reihen nach vorn geschritten war, war er da gewesen, etwas zerzaust trotz der frischen Kleidung. Und da war auch seine Stimme – eine gute, sichere Stimme, musste sie gestehen – und mischte sich bei jedem Lied unter die anderen, wie um zu beweisen, dass er nicht eingenickt war.

Vermutlich schlief er nach der Kirche. Sank in voller Montur auf sein Bett. Oder zog sich ein Nachthemd an. Oder gar nichts. Seine Kleider abzustreifen, war vielleicht alles, wozu er noch in der Lage war, bevor er unter die Decke schlüpfte und die kühlen Laken jeden Winkel seines grob gehauenen Körpers liebkosten.

Sie vermisste den Anblick seines Körpers. Da war nichts zu machen. Die Umstände hatten sie noch bestimmter voneinander getrennt, als jeder Streit es vermocht hätte.

»Das war eine wohlüberlegte Predigt«, sagte Mrs James Russell auf dem Rückweg. »Ein bisschen lang für die Kinder vielleicht, aber sehr gut durchdacht.« Es war das erste Mal, dass die Frau in ihrer Gegenwart eine Meinung äußerte.

»Nicht zu lang für Ihre Söhne, ihrem Betragen nach zu urteilen.« Im Gänsemarsch folgten die Jungen ihrer Gouvernante. Die beiden Frauen folgten in einiger Entfernung. »Sie haben zugehört wie perfekte Gentlemen.«

»Vielen Dank.« Die Worte waren leise gesprochen, so als sei sie Komplimente jedweder Art nicht gewohnt. »Miss Grey leistet hervorragende Arbeit mit ihnen.« Sie schlug die Augen nieder. »Ich hoffe, Sie fühlen sich jetzt besser, unterwegs an der frischen Luft?«

»Oh ja. Verzeihen Sie mir, falls ich Sie in der Kirche gestört habe. Ich fürchte, ich muss vielleicht doch früher aufhören, hinzugehen, als ich erwartet habe.«

»So war es bei meinem ersten Kind auch.« Ihre Augen, mit denen sie Martha jetzt betrachtete, waren hellblau und von dicken Wimpern umrahmt. Sie hätte wirklich hübsch sein können, wenn ihr Gesicht nicht so vom Kummer gezeichnet gewesen wäre. »Ich habe das bedauert. Die Kirche ist ein großer Trost.« Sie errötete, als hätte sie Martha ein Geheimnis anvertraut, und sah weg.

Ihre weiche, dicke Hand hätte Martha ebenso gut das schuldbewusste Herz herausreißen können. Mrs James Russell war mehr als unglücklich. Niedergeschlagen und verlassen war sie, und sie vertraute ihr winziges Geheimnis jemandem an, der ihre Söhne um ihr Geburtsrecht bringen würde. »Sicher vermissen Sie Ihre Kirche in Derbyshire. Bestimmt freuen Sie sich schon darauf, dorthin zurückzukehren.«

Skrupellosigkeit legte ihr die Worte in den Mund – Skrupellosigkeit würde eines Tages vielleicht alles sein, was von ihr übrig war – und die andere Mrs Russell machte auf dem restlichen Weg keine Anstalten mehr, Martha ins Vertrauen zu ziehen.

»Er will sich hier eine Geliebte zulegen, und sie soll in Derbyshire bleiben.« Miss Sheridan rutschte im blau-silber gestreiften Sessel vor, die Hände verschränkt. »Ihr Zimmermädchen sagt, er bringt sogar manchmal Geliebte mit nach Hause.«

»Aber dafür kann eine Frau sich scheiden lassen, oder nicht?« Mrs Russell, die neben ihm auf dem Sofa saß, krallte die Finger in die Armlehne, sodass die Knöchel weiß hervortraten. Ein Beobachter würde meinen, sie sei es, die zwei Nächte nicht geschlafen hatte, so verhärmt war ihre Miene. »Für eine Geliebte unter ihrem eigenen Dach?«

»Sie kann nirgendwo hin.« Welch ein beeindruckender Wissensquell, solch ein Zimmermädchen. »Ihr Vater nimmt sie nicht zurück, und sie hat keine Brüder, zu denen sie kann.«

Theo lehnte sich im Sofa zurück. Er vermisste dieses Zimmer, den Ort so vieler profitabler Studien, und auch einiger anderer Dinge. Von diesem Sofa hatte sie sich in jenem rosafarbenen Morgenmantel erhoben, an dem Tag, an dem er eine solche Geste am dringendsten nötig gehabt hatte.

»Ich wusste, dass sie unglücklich ist.« Arme Mrs Russell. Sie erkannte, dass sie nicht so herzlos war, wie es nötig gewesen wäre. »Aber ich wusste nicht, wie schrecklich ihre Umstände sind.«

Ohne darüber nachzudenken, hob er die Hand und legte sie ihr auf den Rücken, streichelte sie ermutigend. Miss Sheridan wandte instinktiv den Blick ab. Sie wusste, was zwischen ihnen gewesen war. Eine freundschaftliche Berührung konnte sie in Anbetracht dessen wohl kaum schockieren.

»Miss Gilliam sagt, er hat immer die eine oder andere Geliebte.« Das Mädchen sah wieder Mrs Russell an. »Sie sagt, er hat seine Frau nicht angerührt, seit der zweite Sohn geboren wurde.«

Theo spürte, wie die Wirbelsäule der Witwe weiter in sich zusammensackte. Er setzte sich auf. »Ihr Glück, würde ich sagen. Hat ihr Mädchen auch gesagt, ob er sich an die Dienstbotinnen herangemacht hat?«

»Niemandem gefällt die Art, wie er sie ansieht, aber sie hat nichts davon gehört, dass er sich irgendwelche Freiheiten herausgenommen hätte.«

Mrs Russell legte das Gesicht in die Hände. »Ich wünschte beinahe, er hätte es«, sagte sie zwischen ihren Fingern hindurch.

»Wenn er keine Bedrohung für die Dienstbotinnen ist, dann betrüge ich diese Kinder grundlos. Und wer sagt mir, dass es nicht besser für seine Frau und seine Söhne wäre, wenn er erben und mit seiner Geliebten hier einziehen würde?«

»Martha.« Was war aus ihrem eisernen Willen geworden? »Du weißt nicht, ob er keine Bedrohung ist, und das Risiko darfst du nicht eingehen. Das hast du mir selbst gesagt, wie ich mich erinnere. Du hast den Frauen von Seton Park die Treue geschworen. Du musst tun, was für sie das Beste ist, ohne Rücksicht auf irgendjemand anderen.«

»Ich weiß. Aber ich hatte erwartet, dass es sich glorreich und rechtschaffen anfühlen würde. Ich hatte keine Ahnung, dass es so entsetzlich verwirrend werden würde.«

Miss Sheridan räusperte sich, um sie an ihre Anwesenheit zu erinnern. Er nickte ihr zu. »Haben Sie noch mehr herausgefunden?«

»Nur, dass er vermutet, dass Mrs Russell ihre Umstände vortäuscht. Aber seine Frau glaubte nicht daran.«

Die Wirbelsäule der Witwe entfernte sich von seiner Hand; sie stand auf und strich sich die Röcke glatt. »Danke, Sheridan. Gut gemacht. Ich hoffe, du wirst uns beiden weiter Bericht erstatten, wenn du etwas Neues in Erfahrung bringst.« Sie hielt inne und drehte sich halb zu ihm um. »Kommst du heute Abend wieder?«

»Ich hatte eigentlich nicht vor, zu gehen.« Er lehnte sich vor und griff nach seinem rechten Stiefel. »Ich erinnere mich, dass dieses Sofa der perfekte Ort für ein Nickerchen ist. Miss Sheridan, würden Sie jemanden schicken, mich zu wecken, falls ich Mrs Russells Zubettgehzeit verschlafen sollte?«

Das Mädchen erhob sich und knickste. »Mrs Ware hat gesagt, Sie können in die Küche kommen, falls Sie zum Abendessen noch hier sind. Sie legt Ihnen was zurück.«

»Ah, Mrs Ware. Hervorragend.« Er zog den zweiten Stiefel aus und legte beide Füße aufs Sofa. Die Witwe starrte ihn an, zweifellos überrascht davon, dass er ihre Köchin beim Namen kannte. »Würden Sie wieder eine Kerze brennen lassen? Das war letzte Nacht recht hilfreich.« Sie nickte, und die Damen gingen.

Mr Mirkwood musste in der Nacht gekommen sein – die Kerze war gelöscht worden –, doch als sie aufwachte, war er nicht mehr da, so wie an den anderen beiden Tagen.

Ein Jammer, denn sie war mit einer Idee aufgewacht, die er ihr in den Kopf gesetzt hatte. *Du hast mehr Verbündete, als du weißt*, hatte er gesagt. Was, wenn sie sie zu Hilfe riefe? Auch andere Leute würden sich vielleicht für das Schicksal von Seton Park interessieren, wenn man ihnen die Gelegenheit gab. Oder für die Sicherheit ehrbarer Frauen. Auch anderen Leuten war Gerechtigkeit vielleicht nicht egal. Vielleicht würden sie einspringen, wenn ihre eigene Entschlossenheit ins Wanken geriet, und für sie weiterkämpfen. Ein Zusammenschluss von vielen solchen Leuten, sie selbst unter ihnen, würde vielleicht mehr erreichen, als sie allein.

Sie würde zu Ende bringen, was sie angefangen hatte, mit allen Mitteln, die dazu nötig waren. Wenn sie den Söhnen unrecht tat … Nein, sie würde den Söhnen auf jeden Fall unrecht tun. Aber für Schuldgefühle war immer noch genug Zeit, wenn sich Seton Park in Sicherheit befand.

An diesem Vormittag setzte sie sich in die Bibliothek und schrieb. An den vornehmen Mr Rivers und seine Frau schrieb sie, und an die geselligen Tavistocks. An den pflichtbewussten Mr Keene und den großmütigen Mr Granville und an die drei verständigen Damen in der Stadt. Die Worte, anfangs so unangenehm, wurden mit der Übung leichter: *Ich brauche Ihre Hilfe. Bitte verzeihen Sie, dass ich ein solches Thema anschneide …*

Und als die Briefe alle abgeschickt waren, machte sie ein paar Besuche.

»Ich hatte ja keine Ahnung.« Mr Atkins hatte soeben den Unterricht beendet; jetzt saß er auf der Kante seines Schreibtischs und zerknüllte abwesend ein Blatt Papier, das er gerade in der Hand gehabt hatte, als sie zu sprechen begonnen hatte. »Nicht die leiseste Ahnung. Sie?«

»Ich habe es erst kürzlich erfahren. Wir waren beide ahnungslos.« Martha saß ihm in der ersten Reihe gegenüber. Sie waren gleichermaßen ahnungslos gewesen. Es lag auf der Hand, dass sie sich verbünden mussten. Warum hatte sie ihn nicht längst um Hilfe gebeten? »Ich bin der Ansicht, dass diese Geheimhaltung seinen Verbrechen nur Vorschub leistet und ihn vor dem Tadel schützt, den er verdient. Ich gedenke, sie zu beenden.«

»Allerdings. Sie können sich auf meine Unterstützung verlassen.« Seine Augenbrauen stellten sich schräg. »Aber Mrs Weaver wird nicht namentlich erwähnt werden, hoffe ich doch? Für ihre Kinder, insbesondere für Christine, wäre Unwissenheit gewiss der barmherzigere Weg.« Wie schnell er zum Beschützer seiner Schüler geworden war, sogar derer, die nicht in seine Kirche kamen.

»Mein Gefühl sagt dasselbe.« Sie verschränkte die Arme. »Aber diese Entscheidung werde ich Mrs Weaver selbst überlassen.«

Wenigstens würden diese durchwachten Nächte ihn wieder auf seinen Londoner Lebenswandel vorbereiten. Wenn Mr James Russell allerdings noch viel länger blieb, würde er Granville erklären müssen, weshalb er so lange schlief und abends nicht auffindbar war.

Theo warf einen Blick auf die Uhr im Ankleidezimmer. Halb drei. Eine respektable Zeit für die meisten Unterfangen. Er hatte gerade seine Krawatte gebunden und an Frühstück gedacht, als ein Diener ihm eine Karte brachte, die er auf den Tag genau vor sechs Wochen das erste Mal gesehen hatte. Schlichte schwarze Buchstaben auf Weiß, kein Rahmen. Kein Hinweis auf die Besitzerin, außer ihrem Namen.

Sie saß in seinem Vorzimmer, auf dem unbequemsten Stuhl. Ihre behandschuhten Hände lagen, die eine auf der anderen, in ihrem Schoß. Ihr Blick, entschieden und bestimmt, fiel auf ihn, sobald er über die Schwelle trat. »Ich habe einen Plan«, sagte sie, »und ich brauche Ihre Hilfe.«

»Selbstverständlich. Sagen Sie mir, was ich tun kann.« Offenbar hatte sie irgendwie zu ihrer Entschlossenheit zurückgefunden. Er würde ihr helfen, sie nicht wieder zu verlieren.

Ein kurzes, dankbares Lächeln erleuchtete ihr Gesicht, bevor sie wieder die unbeirrte Miene aufsetzte, die er so gut kannte. »Zuerst hätte ich gern Ihre Begleitung für einen Besuch bei den Weavers.«

# 17

*Sagen Sie mir, was ich tun kann*, hatte Mr Mirkwood gesagt. *Sie können sich auf meine Unterstützung verlassen*, waren Mr Atkins' Worte gewesen. Aber das waren Freunde, die sich ihr vielleicht verpflichtet fühlten.

Wie war jedoch die bereitwillige Hilfe der anderen fünfzehn Leute zu erklären, die jetzt um ihre große Tafel versammelt waren?

Alle ohne Ausnahme waren ihrer Bitte nachgekommen. Da saßen Mrs Canning, Mrs Kendall und Miss Leigh und sahen sich die imposanten Porträts früherer Generationen von Russells an. Da waren Mr Rivers und seine Frau, vehemente Verfechter des Anstands, die jeder Form von Vergehen entschieden entgegentraten, und dort Mr Lawrence und Mrs Kearney, die am längsten im Hause waren und kein bisschen eingeschüchtert zu sein schienen von all den feinen Herrschaften, in deren Gesellschaft sie sich befanden. Alle waren sie ihrem Ruf gefolgt, so als hätten sie nur darauf gewartet, ihre Qualitäten unter Beweis stellen zu können.

Mr Mirkwood, mittig an der linken Seite des Tisches, suchte ihren Blick und nickte ihr verstohlen zu. Ihm verdankte sie die Bekanntschaft mit all diesen Nachbarn, und er hätte sich neben jeden von ihnen setzen können. Doch er hatte den Platz neben Mr Atkins vorgezogen, und nun waren die beiden in ein leises Gespräch vertieft, vermutlich über die Schule. Der Anblick ließ ihre Augen lästig feucht werden.

Sie durfte sich jetzt nicht durcheinanderbringen lassen. Sie musste den anderen ein Beispiel an Standhaftigkeit geben. Sie wandte sich der Person zu ihrer Rechten zu. »Sind Sie so weit?«, fragte sie, und Mrs Weaver nickte knapp, während ihr Mann seine grobe, knubbelige Hand auf die ihre legte. »Mr Lawrence.« Martha sprach laut, sodass auch der Rest der Anwesenden sie hören konnte. »Würden Sie bitte Mr James Russell holen lassen?«

Theo saß mit dem Rücken zur Tür, doch selbst wenn er taub gewesen wäre, hätte er Mr James Russells Ankunft nicht verpassen können. Mrs Cannings Augen und die ihrer beiden Freundinnen verengten sich gleichzeitig, als hätten sie das Manöver geprobt. Am ganzen Tisch war gespannte Aufmerksamkeit zu spüren. Er bemerkte, wie Mr Weavers gewaltige Schultern sich verkrampften. Mrs Russells rechter Arm verschwand seltsam angewinkelt unter dem Tisch, und plötzlich wurde ihm klar, dass sie Mrs Weaver vermutlich die Hand hielt. Mrs Weaver selbst war rot im Gesicht.

»Bitte setzen Sie sich, Mr Russell.« Die Witwe hatte nie königlicher geklungen. Zweifellos konnte sie Gerechtigkeit im Alleingang austeilen, wenn es nötig war. Doch es war nicht nötig. Siebzehn Mitstreiter standen bereit, das Ihre zu tun. Nein, achtzehn. Der Diener Pinnock positionierte sich hinter Mr James Russell, der am Fußende der Tafel auf einen Stuhl sank.

Erstaunlich, dass ein Mann, der sich eine solche Ungeheuerlichkeit hatte zu Schulden kommen lassen, so gewöhnlich aussehen konnte. Ein etwas schwaches Kinn, ein rotes Gesicht, tiefe Augenhöhlen und Zähne, die nur darauf warteten, von einem wohlplatzierten Fausthieb ausgeschlagen zu werden.

»Das hier sind Ihre Nachbarn.« Mrs Russell ließ Mrs Weavers Hand los und verschränkte die Finger auf dem Tisch. »Vielleicht kennen Sie sie, vielleicht nicht, aber seien Sie versichert: Sie wissen einiges über Sie.«

»Was zum Teufel geht hier vor?« Mr James Russells Blick zuckte rechts und links über die grimmigen Gesichter, die ihn umgaben.

Der Friedensrichter Mr Rivers, der langjährige Erfahrung als Autoritätsperson hatte, beugte sich leicht vor. »Leugnen Sie, dass Sie, als Sie in diesem Haus gelebt haben, grobe Schicklichkeitsvergehen gegen Frauen begangen haben, die nicht die Möglichkeit hatten, Wiedergutmachung zu verlangen?«

Eine volle Sekunde lang sah Mr Russell verwirrt aus. Dann wurde sein Gesicht ausdruckslos. »Das lasse ich mir nicht gefallen«, sagte er und stand auf. Theo war augenblicklich auf den Beinen, und auch Pinnock schnitt ihm den Weg ab. »Ich schlage vor, Sie setzen sich wieder.« War das seine Stimme? Gütiger Himmel! Beinahe hätte er sich selbst erschreckt. »Diese Leute haben große Mühen auf sich genommen, um hierherzukommen, und Sie werden sich anhören, was sie zu sagen haben.« Eines Tages sollte er sich Mr Rivers' unterschwellige Autorität zulegen. Heute würde er mit diesem Tonfall vorliebnehmen müssen, der von kaum gezügelter Gewalt sprach. Er wartete, bis Mr Russell sich wieder hingesetzt hatte, bevor er zu seinem eigenen Platz zurückkehrte.

»Gewisse Dinge werden wir nicht tolerieren.« Rivers fuhr fort, als hätte es keine Unterbrechung gegeben. »Das hier ist eine anständige Gemeinde. Diejenigen von uns, die Dienstboten unterhalten, sind an deren Wohlergehen interessiert. Dergleichen Abscheulichkeiten ungestraft zu dulden, würde unser aller Namen beschmutzen.«

»Ich sehe nicht, wie das, was in diesem Haus vor so langer Zeit passiert ist, irgendjemanden von Ihnen etwas angeht.« Russell ließ einen trotzigen Blick umherschweifen.

»Mich geht es zum Beispiel etwas an.« Ein erkahlender Mann mit Brille zu Mrs Russells Linken, den Theo nicht kannte, meldete sich zu Wort. »Sie haben ein Haus entehrt, dem ich lange Zeit stolz verbunden war. Ihre jetzige Anwesenheit hier, nachdem Sie es weder bei Mr Russells Hochzeit noch bei seiner Beerdigung für nötig befunden haben, zu kommen, bestärkt genau das habgierige Misstrauen, das Sie mir gegenüber bereits geäußert haben. Ich fürchte, es wird mir unmöglich sein, Seton Park weiterhin rechtlich zu vertreten, falls Sie sich hier niederlassen.«

»Die Sonntagspredigten werden Sie auch jemand anderem übertragen müssen, fürchte ich.« Teuflisches Schlitzohr, dieser Atkins. Als wenn er nicht ohnehin vorhätte, die Pfarre abzugeben. Das hatte er ihm erst vor einer Viertelstunde erzählt.

»Das *Misstrauen*, das hier angesprochen wird, bereitet mir Unbehagen.« Mrs Landers, zu seiner Linken, sprach sehr vornehm; akribisch drehte sie jedes Wort um wie ein Juwelier einen ungeschliffenen Edelstein. »Wagt er es, Zweifel an der Integrität der Witwe des verstorbenen Mr Russell anzudeuten?«

»Niemand kann einem Gentleman das Recht absprechen, seine Interessen zu schützen.« Die Unverfrorenheit des Mannes war erstaunlich. Mit verschränkten Armen lehnte er sich auf seinem Stuhl zurück und verhöhnte das Urteil sämtlicher Anwesenden. »Bisweilen betrügen Witwen den rechtmäßigen Erben. Wir alle haben davon gehört.«

»An die Rechte eines Gentlemans hätten Sie vor sechzehn Jahren denken sollen.« Der Anwalt ergriff wieder das Wort, und seine Brille glänzte im Sonnenlicht. »Bevor Sie sich dazu entschlossen, Untaten zu begehen, nach denen es Ihnen nicht gut ansteht, sich je wieder als *Gentleman* zu bezeichnen. Was Ihre Anspielungen im Hinblick auf Mrs Russell angeht, so will ich sie gar keiner Antwort würdigen.«

Natürlich kam Theo nicht umhin, einen Blick auf die Witwe zu werfen, um zu sehen, wie sie die Verteidigung aufnahm. Sie glich einer jener Märtyrerinnen, die in illustrierten Gebetbüchern abgebildet waren. Ihre Arme lagen in einem anmutigen Kreis über ihrem Bauch, die Finger verschränkt, und ihr niedergeschlagener Blick sprach von engelsgleicher Geduld, während das gereckte Kinn gleichzeitig rechtmäßigen Stolz zum Ausdruck brachte. Wenn er vor versammelter Tafel verkündet hätte, dass er mit dieser Frau im Bett gewesen war, hätte ihm nicht eine Menschenseele geglaubt.

Er räusperte sich und rang um so viel Unschuld, wie er konnte. »Wollen Sie damit sagen, dass Sie beabsichtigen, sich hier aufzudrängen und einer ehrbaren Frau zuzusetzen, bis das Ereignis eintritt, das die Erbfolge bestimmen wird?«

»Es ist mein Recht.« Er war ein wenig verdattert, wie ein Boxer mit einem übermächtigen Gegner. Seine Finger zuckten an den Ellbogen. »Es ist nicht ihr Haus. Sie kann mir den Zugang nicht verwehren.«

»Das kann niemand von uns.« Theo wechselte einen Blick mit Mr Rivers, Mrs Rivers, Granville und Mrs Canning und ihren Freundinnen. »Aber wir können Ihnen das Leben hier zur Hölle machen, solange Sie bleiben. Egal, wie Sie sich fortan verhalten, wird man Sie in dieser Gegend als jemanden ansehen, der unschuldigen jungen Frauen Gewalt angetan hat und nie zur Rechenschaft gezogen wurde. Und man wird Sie dementsprechend behandeln. Ihren guten Ruf als Gentleman haben Sie hier für immer verloren.«

»Und in der Stadt ebenso.« Mrs Canning lenkte ihren bitterbösen Blick ans Ende der Tafel. »Wir werden jedem im Umkreis von zehn Meilen erzählen, was Sie sind, verlassen Sie sich drauf.«

»Und wenn das alles wäre, was Sie zu befürchten haben, könnten Sie immer noch bleiben und einen Dreck drauf geben.« Mr Weavers leise Stimme verschaffte sich Gehör. Er hatte die meiste

Zeit die Tischdecke angestarrt, und das tat er auch jetzt, während er sprach. »Deswegen sage ich es jetzt klar und deutlich: Von mir haben Sie weit mehr zu fürchten.« Er war nicht sicher gewesen, ob er kommen würde, Mr Weaver. Am Vortag hatte er gesagt, er würde nicht kommen, wenn Mrs Weaver es nicht wünschte. Doch offensichtlich hatte sie beschlossen, dass sie es wünschte. »Sie haben meiner Frau Schande gemacht, die sie ihr Leben lang tragen wird. Sie konnte nichts dafür, aber sie hat sie seitdem getragen, während Sie das Leben eines Gentlemans geführt haben, ohne jemals einen Blick zurückzuwerfen. Glauben Sie nicht, dass ich das auf sich beruhen lassen werde.«

»Ich sage es noch deutlicher.« Mrs Weaver warf ihm einen Blick zu, der Albträume heraufbeschwören konnte. Ihre Stimme zitterte vor Empfindungen, die zu düster waren, um ihnen einen Namen zu geben. »Wenn Sie in dieser Gegend bleiben, stecke ich Ihnen ein Messer in die schmutzige Kehle. Und wenn ich am Galgen ende und meine Kinder im Waisenhaus, das garantiere ich Ihnen.«

Mr Russell rutschte auf seinem Stuhl hin und her, wie um ihrem Basiliskenblick zu entgehen. Falls er sie erkannte, ließ er sich nichts anmerken. »Sie bedrohen mich! Sie haben es alle gehört.« Er suchte ein Gesicht nach dem anderen nach Sympathie ab. »Will denn niemand etwas tun?«

*Doch, es scheint ganz so, als wolle Mrs Weaver etwas tun*. Er biss sich auf die Zunge, obwohl die Versuchung groß war.

Der Anwalt verneigte sich. »Sollten Sie doch erben und sich nach reiflicher Überlegung dazu entschließen, Ihren Wohnsitz nicht hierher zu verlegen, stelle ich gern einen Vertrag aus und helfe Ihnen, einen geeigneten Pächter zu finden.«

Niemand hatte mehr etwas zu sagen. Die Witwe nickte knapp. »In Ordnung. Mr Russell, ich danke Ihnen für Ihre Zeit und Aufmerksamkeit. Wir werden Sie nicht länger aufhalten.«

Ohne jemanden anzusehen, stand Mr Russell auf und verließ den Raum. Atkins wechselte einen Blick mit Mrs Russell und stand ebenfalls auf.

»Wollen Sie ihm folgen?« Gütiger Himmel. Zu welchem Zweck?

»Ich bin ein Mann der Kirche. Ich muss daran glauben, dass jeder den Weg zur Erlösung finden kann.« Er lächelte. »Und wenn ich ihn ebenfalls davon überzeugen kann, helfe ich Mrs Russell.« Mit einer Verbeugung verabschiedete er sich von den Anwesenden.

Andere erhoben sich ebenfalls. Der Anwalt begann ein Gespräch mit den drei Damen aus der Stadt. Die Haushälterin von Seton Park ging auf Mrs Weaver zu und bot ihr unsicher die Hand an. Sie wechselten ein paar Worte. Mr Weaver nickte beschämt, als Mr Rivers ihn ansprach. Er blieb an Mrs Weavers Seite.

Wie schwierig es doch war, Ehemann zu sein! Zu wissen, wann man seine Frau verteidigen musste und wann man sich zurückzuhalten hatte, damit sie für sich selbst eintreten konnte. So viele große und kleine Dinge galt es zu meistern, zusätzlich zu der Kunst, eine Frau im Bett zufriedenzustellen. Noch eine unerwartete Lektion, die er während seines Aufenthalts in Sussex gelernt hatte.

Über Mrs Tavistocks Schulter hinweg wechselte er einen Blick mit der Witwe. Sie lächelte schwach, aber sie sah erschöpft aus. Vermutlich hatte es sie ungewohnte Kräfte gekostet, Haltung zu bewahren, und vermutlich würde sie längst schlafen, wenn er heute Nacht kam. Auch gut. Sie hatten sich sowieso nicht mehr viel zu sagen.

Sie hatte es geschafft. Nein, sie alle hatten es geschafft. Unverhoffte Verbündete hatten sich um sie geschart, und mit etwas Glück würde Mr James Russell nun abreisen. Verderbt oder nicht, er besaß bestimmt nicht den Mut – oder die Dummheit –, trotz Mrs Weavers Drohung zu bleiben.

Martha griff nach dem losen Ende ihres Schals, das im Wind flatterte, und wand es enger um sich. All die liebenswürdigen Besucher waren gegangen, mit Ausnahme von Mr Atkins, der vermutlich irgendwo im Haus versuchte, Mr James Russell auf den Weg der Tugend zurückzuführen. Sie wünschte ihm Glück. Mehr nicht.

Aus dem Garten drang Gelächter an ihr Ohr. Als sie um eine Hecke kam, entdeckte sie die beiden Russell-Jungen, die für denselben Schäferhund Stöckchen warfen, den sie Mr Farris hatte abrichten sehen an dem Tag, an dem das Testament verlesen worden war. Ihre Mutter und die Gouvernante saßen auf einer Bank.

Sie blieb stehen und holte tief Luft. Es war nicht zu ändern. Sie hätte sie nicht enterbt, wenn es sich irgendwie hätte vermeiden lassen, aber es hatte einfach keine andere Möglichkeit gegeben.

Mrs James Russell erblickte sie und kam auf die Füße. »Sie haben doch nichts dagegen, dass die Kinder hier spielen? Wir haben aufgepasst, dass sie nicht in die Nähe der Beete gehen.«

»Nicht doch. Die meisten Beete sind sowieso schon abgeerntet.« Ein unangenehmes Schweigen folgte. Was um alles in der Welt sollte sie zu dieser Frau sagen? »Haben Ihre Jungen zu Hause auch einen Hund?«

Mrs James Russell schüttelte den Kopf. »Mr Russell hat Jagdhunde, aber er möchte nicht, dass man mit ihnen spielt oder sie wie Haustiere behandelt. Er sagt, es verdirbt ihren Charakter.«

»Oh. Dieser hier ist eigentlich auch ein Arbeiter, aber das scheint er oft genug zu vergessen.« Das Lächeln, mit dem sie die Bemerkung abschloss, fühlte sich unpassend an, wie ein zu enger Handschuh. »Setzen Sie sich doch. Sie können so lange bleiben, wie Sie möchten.« *Hier* bedeutete natürlich im Garten, an diesem Tag, an dem sie gerade mit aller Macht Ränke schmiedete, um den Mann dieser Frau mitsamt seiner ganzen Familie loszuwerden.

»Wollen Sie sich nicht auch setzen? Ich hoffe, man hat Sie vor Überanstrengung gewarnt.« Sie errötete hübsch, als sie die schüchterne Ermahnung aussprach. Die Gouvernante stand auf, um näher bei den Jungen zu sein, und Martha musste sich notgedrungen zu ihr setzen.

Schweigend sahen sie den Russell-Söhnen zu. Nach einer Minute hätte sie selbst sagen können, dass sie keinen Hund besaßen. Die Unermüdlichkeit, mit der sie ihn jagten, vor ihm wegliefen und ihn hinter den Ohren kraulten, zeigten ihr ganz deutlich, dass ein Hund für sie etwas völlig Neues war. Ihre fröhlichen Rufe kündeten von solch grenzenloser, ungekünstelter Freude, dass Martha sich immer mehr wie die böse Hexe in irgendeinem Märchen fühlte, die unschuldige kleine Kinder, die sich verlaufen hatten, zum Mittagessen verspeisen wollte.

»Darf ich Sie etwas fragen?« Und dann war da die Mutter, ein schüchterner Schatten von einer Frau, die sich beinahe für alles entschuldigte, was sie zu sagen wagte. Ihre hellblauen Augen erwiderten Marthas Blick nicht, sondern blieben auf den Jungen haften. »Ich glaube, Sie haben heute Vormittag mit meinem Mann gesprochen. Ist etwas vorgefallen?«

Ihr Magen wurde schwer und zerrte gnadenlos an ihrem Herzen. »Nichts Besonderes. Ich wollte ihn nur mit einigen Nachbarn bekannt machen.«

»Ich verstehe. Vielen Dank.« Mrs James Russell stellte keine weiteren Fragen.

Es war besser für sie, die Wahrheit nicht zu kennen. Sie musste ihr Mitleid hintenanstellen und ihren Weg weitergehen. Vermutlich war Mr Atkins soeben dabei, Mr James Russell zur

Umkehr zu bewegen. Daran würde sie denken, und hoffentlich würde das den giftigen Beigeschmack, der ihr durch die Adern rann und ihren Körper zersetzte, ein wenig mildern.

Auf dem Weg zurück ins Haus traf sie den Pfarrer. Der Ausdruck priesterlicher Zufriedenheit auf seinem Gesicht verriet ihr seine Neuigkeiten, ohne dass er etwas sagen musste. »Sie haben ihn dazu gebracht, abzureisen.«

»Mrs Weaver hat das getan.« Er lächelte voll großmütiger Bescheidenheit, während er sich den Frack anzog. »Aber ich hoffe, ich habe ihm geholfen, es mehr als sinnvollen Rückzug denn als feige Flucht anzusehen.«

»Dann hat er Ihnen zugehört?«

»Ich bilde es mir jedenfalls ein. Nicht, dass er kurz davor wäre, die Gelübde abzulegen. Aber ein mitfühlendes Ohr kann in diesem Zustand manchmal Wunder wirken.« Er ging Richtung Ausgang, und sie begleitete ihn. Sie hatte noch immer ihren Schal um, sie konnte ein Stück weit mitgehen. »Wir haben alle unsere Sünden begangen, Groß oder Klein, und mit ihnen konfrontiert zu werden, wenn man glaubt, man hätte sie hinter sich gelassen, ist immer eine schwere Prüfung.«

»Sie werden es mir nicht übel nehmen, hoffe ich, wenn ich mir mein Mitleid für die Frauen aufspare, gegen die die Sünden begangen wurden.«

»Das kann Ihnen niemand übel nehmen.« Er neigte den Kopf, als sie durch die Tür traten.

Ein ungebetener Gedanke kam ihr: Was, wenn sie in sechzehn Jahren vor ein ähnliches Gericht gestellt würde wie heute Mr James Russell? Nicht mit den Nachbarn um den Tisch, sondern mit den beiden jungen Russell-Söhnen, die sie des Betrugs, der Lüge und des Ehebruchs bezichtigten? *Ich hatte gute Gründe*, würde sie sagen. *Es war ja nicht für mein eigenes Wohl.* Doch ihre Gründe würden denen, denen sie unrecht getan hatte, vielleicht nichts bedeuten.

Und würde die Sache mit dem Gut der anderen irgendjemanden überzeugen? Gott helfe ihr, wenn man sie ins Kreuzverhör nehmen sollte! Wenn man Mr Mirkwood als Zeugen aufriefe.

»Er sagt jedenfalls, dass er morgen abreisen wird. Schicken Sie nach mir, falls sie glauben, dass er es sich anders überlegt.« Er steckte die Hände in die Taschen, als ein Windstoß ins Zimmer fegte. »Ich glaube aber wirklich nicht, dass das nötig sein wird. Ich glaube, die Angelegenheit ist hiermit beendet.«

»Ja.« Sie grub die Finger in die Falten ihres Schals. »Ich schätze, jetzt ist es wirklich vorbei.«

Als Theo an jenem Abend kam, fand er fünf brennende Kerzen vor, und Mrs Russell war noch auf. Sie hatte auf ihn gewartet.

»Ich würde sagen, das Treffen war ein voller Erfolg, nicht wahr?« Er schüttelte seinen Rock ab und warf ihn auf den Sessel, bevor er sich ans Fußende ihres Bettes setzte. Vermutlich würde sie den Vormittag in all seiner Herrlichkeit Revue passieren lassen wollen.

Sie nickte. Ihr Haar glänzte im weichen Kerzenlicht und umfloss ihre musselinbedeckten Schultern. »Die Russells reisen morgen ab.« Sie lächelte nicht.

Kein Wunder. Sie hatte sich nie gänzlich damit abgefunden, dass sie diese Kinder betrügen musste, und sie bedauerte die Mutter.

Er rutschte das Bett entlang und nahm ihre Hände in seine. »Zweifele nicht an dir. Denk an die Dienerinnen, die du beschützt hast. An die, die du gerächt hast. Denk an das Wohl der Nachbarschaft.«

Wieder nickte sie. Doch sie würde allein darüber hinwegkommen müssen, und er würde ihr den Freiraum dazu lassen. Er ließ ihre Hände los und wollte aufstehen.

Ihre Finger ergriffen seine und hielten ihn fest. »Theo. Bitte bleib.«

»Keine Sorge. Wenn er morgen abreisen will, bleibe ich heute Nacht vor deiner Tür.«

»Das meine ich nicht.« Ihr Mund zuckte entsetzlich. Ihre Augen glänzten verzweifelt. Und gerade als er die Bedeutung des Blicks, der Unruhe und der Tatsache, dass sie aufgeblieben war, zusammenfügte, lehnte sie sich vor und legte ihre Lippen auf seine.

Oh Gott. Wusste sie denn nicht, wie hart er daran gearbeitet hatte, das nicht zu wollen? Er ließ sie den Kuss beenden, bevor er ihr Gesicht in seine Hände nahm und sanft von sich wegschob. Dann ließ er die Hände sinken, leer, und saß ratlos da, gefangen zwischen einer Verzweiflung und einer anderen.

Oh Gott. Er wollte nicht. Sie hatte sich auf seine immerwährende Lust verlassen, und nun war sie weg.

Heiße Scham überkam sie. Sein Blick zuckte zu ihren Wangen, sah sie erröten, und machte es noch schlimmer. So sei es. Stolz würde ihr jetzt nicht helfen. »Bitte«, sagte sie verzagt. Feigheit kümmerte sie nicht mehr.

Er blickte weg, sah die Kerzen an. Sah wieder sie an. Unendliche Erschöpfung sprach aus seinen Zügen; Trauer und Resignation verdunkelten seinen Blick. Seine Hände erhoben sich, zögerten und fuhren an die Krawatte. Den Blick traurig auf sie gerichtet, machte er sich an die Knoten.

*Ich liebe dich* wäre grausam unter diesen Umständen. *Ich liebe dich, aber ich will dich nicht heiraten.* Grausam für sie beide. Vielleicht könnte sie es ihn aber spüren lassen. Ihre Hände legten sich auf seine, glitten dann hinab zu seinen Westenknöpfen. Mit der zärtlichen Fürsorglichkeit einer Ehefrau half sie ihm aus den Kleidern. Als wenn er einen anstrengenden Tag hinter sich hätte und nun bei ihr Erholung suchte. Sie hätte sie ihm gegeben, wenn die Dinge, viele Dinge, anders gestanden hätten.

Das Hemd glitt über seinen Kopf. Die Haare auf seiner Brust schimmerten golden im Kerzenlicht. Seine Oberarmmuskeln zeichneten sich ab, als er die Schleife des Nachthemds aufknotete.

Sie sprachen nicht. Ihre vorsichtigen Atemzüge und das Rascheln von Stoff auf Stoff, von Stoff auf Haut, waren die einzigen Geräusche im Raum. »Soll ich die Kerzen ausmachen?«, fragte er schließlich, gerade hörbar, als er seine letzten Kleidungsstücke abgestreift hatte und bereit war, mit ihr unter die Decke zu schlüpfen. Sie schüttelte nur den Kopf.

Er schlug nicht vor, ihr Stallknecht zu sein, verlangte nichts Exotisches und versuchte auch nicht, sie mit grober Sprache zu schockieren. Er legte die Hände unter sie, die Handflächen auf ihre Schulterblätter, und sah ihr in die Augen. Vermutlich – der Gedanke würde sie später verfolgen – vermutlich war die Beziehung zwischen einem liebevollen Mann und seiner Frau meistens so. Kein neu entzündetes Lauffeuer, sondern das beständige, warme Leuchten der Glut, das blieb, auch nachdem die Flammen in sich zusammengesunken waren. Vermutlich. Sie würde es nie erfahren.

»Weine nicht«, sagte er. »Bitte weine nicht.« Mehr als einmal hatte er es gesagt und sie geküsst, wo ihre Tränen flossen, und jedes Mal bemerkte sie erst dann, dass sie schon wieder angefangen hatte. Er fragte nie, was los war. Gewiss konnte er es sich denken.

Die Lust kam in süßen und bitteren Wellen, zu bald und zum letzten Mal. Auf der höchsten Wellenkrone klammerte sie sich an ihn, die Arme hinter seinem Rücken, die Beine um seine Hüften, so nah wie möglich an seinem Körper. Er zitterte bei seiner eigenen Befreiung, erstickte alle Laute bis auf seinen Atem, ein und aus, durch zusammengebissene Zähne. Und es war vorbei. Sie waren am Ende des Endes angelangt.

Danach lag er bei ihr, die Wange an ihrem Rücken, und ließ eine Hand über ihren Bauch wandern. »Man kann noch nichts fühlen«, sagte sie. Er würde ihr das Herz brechen.

»Das stimmt nicht.« Seine Fingerspitzen beschrieben einen Bogen von Hüfte zu Hüfte. »Hier bist du ein bisschen runder als vorher.« Er bildete es sich ein. So schnell konnte ihr Körper sich nicht verändert haben. Und irgendwie brach ihr das noch schlimmer das Herz. »Es tut mir so leid«, sagte sie tränenerstickt.

»Ich weiß.« Er seufzte und zog in ihrem Rücken die Knie an. »Aber egal, wie du dich entschieden hättest, hättest du auf jeden Fall etwas bereut. Und du hast getan, was du tun wolltest. Das muss dich doch trösten.«

Das hatte sie auch einmal gedacht. Doch jetzt, als sie in seiner Umarmung lag und einer Zukunft ohne ihn entgegensah, konnte sie sich nicht denken, wo Trost zu finden sein mochte.

Am nächsten Morgen erwachte sie mit einer letzten Idee. Einer brillanten, hoffnungsvollen Idee, die ihr nur dank der Liebe, dank ihres unermüdlichen Herzens gekommen sein konnte, während sie in Mr Mirkwoods Armen geschlafen hatte.

Er war gegangen, ohne sie zu wecken. Heute Nacht würde er nicht kommen, also würde sie nach Pencarragh gehen müssen, um ihm zu erzählen, ob ihre Idee Früchte trug. Dann würde sie ihm auch all das sagen können, was sie ihm aus Umsicht letzte Nacht nicht hatte sagen können.

Sie fand Mrs James Russell im Frühstückszimmer, eine verlorene Gestalt vor einem Teller Hering, allein bis auf den Diener. Martha setzte sich ihr gegenüber, ohne auch nur einen

Toast von der Anrichte zu nehmen. Die Frau grüßte sie mit verständlicher Vorsicht, und Martha holte tief Luft. »Ich möchte Ihnen einen Gefallen tun, Mrs Russell. Ich habe einen Plan, der Ihnen, glaube ich, zugutekommen wird. Natürlich wissen Sie selbst am besten, was Sie sich wünschen und was nicht.« Unter dem Tisch rang sie nervös die Hände. Das war erlaubt, solange die sichtbaren Teile von ihr ruhig erschienen. »Ich weiß, ich habe Ihnen bislang wenig Grund gegeben, mir zu vertrauen. Dennoch bitte ich Sie jetzt darum. Ich heiße übrigens Martha. Und zuerst möchte ich Ihnen versichern, dass ich weiß, was es heißt, unglücklich verheiratet zu sein, ohne Hoffnung auf Entkommen.«

Eine Stunde später saß Mr James Russell ihr am selben Tisch gegenüber und starrte grimmig in seine Kaffeetasse. Der Diener, Gott segne seine Seele, war direkt hinter seinen Stuhl gewandert. »Einen Vorschlag.« Er nahm einen Schluck Kaffee. »Weshalb wollen Sie mir einen Vorschlag machen? Sie haben doch bereits dafür gesorgt, dass ich keinen Fuß in diese Gegend setzen kann, egal, ob Sie einen Erben hervorbringen oder nicht.«

Irgendwo ganz tief in seinem Innersten schämte er sich, hatte Mr Atkins ihr versichert, und er verbarg diese Scham hinter einer Fassade der Wut, um das Gefühl abzuschwächen. So wie eine Auster eine Perle schuf. Sie hatte noch nie davon gehört, dass jemand eine Perle ausgewickelt hätte, um an den Fremdkörper in ihrem Inneren zu kommen, aber Mr Atkins würde schon wissen, wovon er sprach.

»Ich hielt es für richtig, Sie davon in Kenntnis zu setzen, wie Sie hier empfangen werden würden, falls Sie sich hier niederlassen sollten.« Ihre gefalteten Hände lagen ruhig auf dem Tisch. Seltsam, wie viel nervöser die Frau sie gemacht hatte. »Aber ich sehe ein, dass Sie weniger aus eigenem Interesse denn im Interesse Ihres ältesten Sohns Anspruch auf Seton Park erheben.« Sie sah nichts dergleichen ein. Aber Schmeichelei brachte einen mitunter weiter als die reine Wahrheit.

»Es ist nur natürlich, dass ein Mann das Interesse seines Sohnes verteidigt.«

»Natürlich und ehrenhaft. Das will ich gar nicht bestreiten. Ich bin sogar bereit, auf mein Recht zu verzichten und den Besitz ungeachtet des Ereignisses in acht Monaten zugunsten Ihres Sohnes an Sie fallen zu lassen.«

Er verschluckte sich an seinem Kaffee und stellte die Tasse ab. »Es steht doch gar nicht in Ihrer Macht, die Bedingungen des Testaments zu ändern.«

»Offiziell nicht. Ich könnte jedoch Mr Keene und anderen gegenüber behaupten, das Kind verloren zu haben. Wenn ich die Grafschaft dann verließe, würde niemand je Verdacht schöpfen.«

Er kniff berechnend die Augen zusammen. »Sie möchten etwas dafür haben.«

»Nicht mehr, als Sie selbst wollten.« Sie streckte die Finger aus und verschränkte die Hände dann wieder. »Ich weiß, dass Sie vorhatten, Ihrer Frau einen eigenen Haushalt einzurichten.«

Falls er überrascht war, dass sie das wusste, falls es ihn kränkte, dass sie das Thema anschnitt, so gelang es ihm, diese Gefühle zu unterdrücken, um an den Besitz zu kommen. »Möglich.« Er zuckte die Schultern. Dann dämmerte es ihm. »Ah! Jetzt wollen Sie auch sie vor mir beschützen.«

»Ich möchte lediglich eine kleine Änderung an dem vorschlagen, was Sie ohnehin im Sinn haben.« Sie lehnte sich leicht vor. So musste sich ihr Bruder vor Gericht fühlen. »Lassen Sie sie mit den Kindern hier wohnen. Sie können weiterhin von ihrem Vermögen leben, und von Ihrem Besitz in Derbyshire. Und das Russell-Vermögen wird auch in Ihren Händen sein.«

»Was ist mit den Einkünften aus diesem Besitz?« Gieriger, verachtenswerter Mensch.

»Ein Teil davon ist mein Wittum. Daran kann ich nichts ändern. Der Rest kann für Mrs Russells Unterhalt verwendet und ein etwaiger Überschuss für Ihre Söhne zurückgelegt werden. Ich bin sicher, Mr Keene würde sehr gern in Ihrem Auftrag einen Plan aufstellen.«

Sein Blick tanzte über den Tisch, wie um dort eine noch bessere Option zu finden. »Wenn Sie keinen Sohn bekommen, wird das alles sowieso mir gehören.«

»Richtig. Aber wenn doch, bleibt Ihnen nichts. Und jedes Mal, wenn Sie Ihren Ältesten ansehen, werden Sie daran denken, dass Sie die Möglichkeit hatten, ihm den Besitz zu sichern, und sie nicht ergriffen haben.« Sie drehte ihre Tasse um und griff nach der Teekanne. »Ich an Ihrer Stelle wüsste, was ich tun würde. Aber die Entscheidung liegt ganz bei Ihnen.«

Die Freude über ihr Opfer stach sie messerscharf, als sie über die Wiese schritt. Dieses Land, das sie so sehr liebte, die Hügel und das Haus, Gegenstand all ihrer Ränke, würden ihr nicht mehr gehören. Sie hatte sie jemandem überlassen, dessen Anspruch besser war, und noch dazu die Sicherheit der Dienstboten bewahrt.

Sie würde manchmal zurückkommen. Sie würden manchmal zurückkommen. Selbst wenn sie hauptsächlich in Lincolnshire wohnen würden, würden sie diese Gegend, in der sie sich kennengelernt hatten, besuchen wollen. Und sie würden ihren Kindern die Wege zeigen, auf denen sie spaziert waren, oder die Kirche, in die sie gegangen waren. Obwohl sie sich natürlich eine anständigere Geschichte darüber zurechtlegen mussten, wie sie einander kennengelernt hatten. Na ja, das hatte ja noch Zeit.

Auf der Treppe von Pencarragh zog sie ihre Karte hervor

und hielt sie zwischen Daumen und Zeigefinger bereit, als der Hausdiener zur Tür kam.

Er verneigte sich, ohne die Karte entgegenzunehmen. »Ich fürchte, Mr Mirkwood ist nicht mehr hier, Ma'am. Er ist heute Morgen nach London abgereist.«

»London?« Sie legte sich eine Hand auf die Brust, wo anstelle ihres Herzens plötzlich ein panischer Kolibri herumflatterte. »Ich hatte keine Ahnung, dass er uns verlassen wollte.«

»Das hatte er die ganze Zeit schon vor. Er war nur vorübergehend hier.«

»Natürlich. Mir war nur nicht bewusst –« Sie biss sich auf die Zunge. Was nützte es, diesen Diener erraten zu lassen, wie nah ihre Bekanntschaft mit Mr Mirkwood war? »Er war gestern mit ein paar anderen Nachbarn bei mir. Ich hätte ihm eine gute Reise gewünscht, wenn ich das gewusst hätte. Ich nehme nicht an, dass er erwähnt hat, wann er vielleicht wieder in die Gegend kommt?«

»Hat nichts gesagt. Hat einfach gepackt und ist frühmorgens abgereist.«

»Ich verstehe. Vielen Dank. Würden Sie ihm bitte meine Grüße ausrichten, falls er wieder nach Sussex kommt?« Endlich nahm er ihre Karte entgegen, und sie zog sich zurück, die Treppe hinunter. Auf der letzen Stufe trat sie ins Leere und fiel der Länge nach in die Einfahrt. Sämtliche Luft wurde aus ihren Lungen gepresst.

Einen Augenblick lang lag sie einfach da. Der hektische Kolibri schwoll zur Größe einer Schleiereule an; seine Flügel schlugen gnadenlos gegen ihre Rippen. Niemand kam – der Diener hatte bereits die Tür geschlossen – und niemand würde kommen. Mr Mirkwood wäre ihr zu Hilfe geeilt, wenn er da gewesen wäre. Aber er war abgereist, ohne sich von ihr zu verabschieden. Sie schloss die Augen. Sie hatte einen Plan ausgeheckt, der davon abhing, dass sie einen Ehemann hatte, doch sie hatte es versäumt, sich zuerst des Mannes zu versichern.

Stück für Stück kehrte ihr Atem zurück, und ihr Herz schrumpfte wieder auf Kolibri-Größe. Sie öffnete die Augen und blickte in den weiten Himmel von Sussex. Dann kam sie auf die Füße und begann den langen Weg zurück nach Seton Park.

# 18

Es war nicht so, dass London seinen Reiz verloren hätte. Die Geschäfte in der Bond-Street, Billard und Karten im White's, das zwielichtige nächtliche Gewimmel von Covent Garden gefielen ihm nach wie vor. Seine Wohnung hieß ihn mit den Strahlen einer schwermütigen Herbstsonne willkommen, wie gemacht, um einen Mann morgens sanft und behutsam aus dem Bett zu locken. Und die Oper war bewegend und verursachte auf mysteriöse Weise Gänsehaut und feuchte Augen, während er den Blick durchs Publikum schweifen ließ, um auszumachen, welche vornehmen Leute heute Abend anwesend waren.

Nein, das Problem war der wehmütige Beigeschmack, den er jetzt immer verspürte, wenn er sich fragte, wie ihr das alles wohl gefallen hätte. Gern wäre er zu ihr nach Hause gekommen und hätte ihr etwas Lustiges erzählt, was im Club geschehen war. Gern hätte er einen Grund gehabt, morgens länger im Bett zu bleiben. Er hätte auf dem Weg zur Oper den Arm um sie gelegt, um sie vor dem Gesindel von Covent Garden zu schützen, und sie hätte neben ihm gesessen und ihm mit dem gefalteten Fächer aufs Knie geklopft, wenn er unaufmerksam wurde.

Na ja, das hätte sie natürlich nicht. Ihre Umstände hätten es ihr eine ganze Weile lang gar nicht erlaubt, sich in Gesellschaft zu begeben.

Theo streckte sich unruhig in seinem Sessel, während der Dummkopf von Sopran eine Arie über den Verlust eines treulosen Geliebten anstimmte. Seit fünf Tagen war er nun schon in der Stadt, und in seltsamen Augenblicken traf ihn das Bewusstsein, dass er eine Frau verlassen hatte, die sein Kind trug, wie ein Schlag ins Gesicht.

Natürlich hatte sie es so gewollt. Es war ursprünglich so vereinbart worden. Und *verlassen* war wohl kaum das richtige Wort dafür, wenn ein Gentleman um die Hand einer Dame anhielt und abgewiesen wurde.

Dennoch. Jetzt war er hier in London, und wenn sein Kind oder die Mutter seines Kindes Hilfe brauchte oder in Not geriete, würde er es nie erfahren. Er würde nie die Möglichkeit haben, sie zu unterstützen. Liebe und Familie hin oder her, es blieb immer noch die Verantwortung, oder nicht? Sonderbar, dass er ausgerechnet diese Idee aus Sussex mitgebracht hatte, und doch war es so.

Andere Verpflichtungen lasteten ebenfalls auf seinem Gewissen. Andere Menschen. Granville, der ihn so sehr zu seinem Molkereiprojekt ermutigt hatte und sich jetzt allein um die Einzelheiten kümmern musste. Die Arbeiter. Er hatte ihnen von vornherein gesagt, dass er früher oder später nach London zurückkehren würde, aber sie hatten sicherlich erwartet, dass er wenigstens beim Kauf der Kühe noch dabei sein würde. Und um ehrlich zu sein, hatte er sich darauf gefreut. Mitzukommen und Mr Barrow oder einem anderen würdigen Mann das Kompliment seiner ungeteilten Aufmerksamkeit zu zollen. Zu lernen, wie man eine gute Kuh von einer schlechten unterschied. Warum sollte das nicht genauso interessant sein wie die Pferde von Tattersall?

»Mirkwood!« Die Stimme klang ungeduldig, so als habe ihr Besitzer schon seit einer Weile versucht, seine Aufmerksamkeit zu erregen. »Wo zum Teufel bist du heute mit deinen Gedanken? Ich dachte, du würdest hier in unserer Loge ein wenig aufleben, aber ich hätte besser daran getan, meine Großmutter einzuladen.« Sein Freund betrachtete ihn aus dunklen Augen, die Brauen in gespielter Strenge zusammengezogen.

*Ich habe eine Meisterin der dunkeläugigen Strenge gesehen. Sie, Sir, kommen nicht annähernd an sie heran.*

»Du hättest genauso gut in Sussex bleiben können. Hier ist ja doch nichts los mit dir. Was beschäftigt dich denn eigentlich so?«

Da war es, ganz unverblümt. Was zum Teufel machte er hier? Er hätte bleiben sollen. Er hatte gedacht, Sussex bedeute ihm nur wegen seiner Zuneigung zu Mrs Russell so viel, und er war abgereist, als diese Geschichte zu Ende gegangen war. Aber war er denn nicht mehr als die Summe seiner Gefühle? Zum Teufel mit allem, er hatte Dinge zu lernen und Vorhaben auszuführen. Er war nicht der Mann, der das Molkereiprojekt seinem Schicksal überließ, bevor es überhaupt richtig begonnen hatte.

»Kühe«, sagte er, während das Orchester einen anschwellenden Akkord spielte, wie um seine wachsende Entschlossenheit zu untermalen. »Kühe beschäftigen mich.« Ja, er wusste, was er zu tun hatte. »Rinder, sollte ich wohl sagen, wenn ich mich auf eine Menge davon beziehe.«

»Was du nicht sagst.« Die Augenbrauen schossen in den Himmel, die Augen weiteten sich vor Abscheu.

»Summerson.« Ohne nachzudenken, stand er auf, als hätte die Musik ihn auf die Füße gebracht. »Kennst du irgendwelche Gebete?«

»Einige. In der Schule habe ich mal einen Preis für das Aufsagen von Bibelversen bekommen.«

»Hervorragend.« Sein Puls raste. Er zog seinen Frack zurecht und schritt zum Ausgang der Loge. »Such dir ein paar gute aus und sprich sie für mich.«

»Was soll das heißen? Gütiger Gott. Mirkwood, wo willst du denn hin?«

Mit einer Hand bereits am Türknauf, drehte er sich um. »Heute Abend nach Hause, um möglichst viel Schlaf zu bekommen. Morgen –« Er hielt ganz kurz inne, als die Arie ihren Höhepunkt erreichte und wie wilde Ozeanwellen um ihn wogte. »Morgen begebe ich mich in die Höhle des Löwen.«

Martha trat von einem Fuß auf den anderen, die Arme eng um den Bauch geschlungen, als die Kutsche in die Einfahrt fuhr. Vier Pferde, und zweifellos hatten sie mehrmals gewechselt. Northumberland war weit weg.

Mit den Zehen ihres rechten Fußes tastete sie nach dem Rand der Stufe. Drei Stufen. Sie würde sie schwungvoll hinuntergehen und ihrer Schwester ein strahlendes Lächeln schenken. Sie würde als Erste die Hand ausstrecken. »Wie war die Reise?«, würde sie fragen, und dann zu all den Nettigkeiten übergehen, die man zu solchen Gelegenheiten sagte. Was ihr nicht spontan einfiel, würde mit der Übung kommen, und sie konnte ebenso gut gleich anfangen zu üben.

Der Vierspänner kam zum Stehen und ein Diener eilte hinzu, um die Tür zu öffnen. *Jetzt.* Er klappte das Treppchen aus. *Geh jetzt. Lächle!*

Sie zwang sich vorwärts, die erste Stufe hinab, als eine dunkelhaarige Gestalt ohne Zögern ausstieg. Und plötzlich war es das Natürlichste auf der Welt. Sie stürmte die übrigen Stufen hinab und über die Einfahrt, in ein Paar liebevoller warmer Arme. Kitty roch wie immer nach Jasmin.

»Du liebe Güte, Martha.« Was für eine elegante Stimme, und so wunderbar vertraut. »Ist alles in Ordnung mit dir?«

»Ja. Ich freue mich nur so, dich zu sehen.« Es stimmte.

»Ich bin sofort losgefahren, als ich deinen Brief bekommen habe.« Sie nickte in Richtung Kutsche. »Ich bin über London gekommen. Schau, wen ich mitgebracht habe!«

»Nick!« Martha wand sich aus einer Umarmung, um in die nächste zu sinken. »Ich hatte ja keine Ahnung, dass du mitkommst!«

»Gütiger Himmel!« Auch diese Stimme weckte so viele Kindheitserinnerungen, als Nick über ihren Kopf hinweg mit Kitty sprach. »Wer ist diese Person, und wo hat sie wohl unsere Schwester versteckt?«

Ganz bestimmt machte sie sich lächerlich, wenn sie in ihrem Alter plötzlich in kindische Sentimentalität verfiel. Und wenn schon. Ihr Herz hatte genug Mäßigung gehabt, und nichts – fast nichts – hätte ihr mehr Freude bereitet als der liebevoll scherzhafte Umgang mit diesen Menschen, zu denen sie gehörte.

»Ich bin wirklich erleichtert, dich zu sehen. Ich muss gestehen, dass ich nach der Beerdigung etwas in Sorge um dich war.« Nick ließ sie los und drehte sich abermals nach seiner Schwester um. »Du hättest sie sehen sollen. So blass und ausgezehrt, und fast kein Wort hat sie gesprochen.«

»Es tut mir leid, dass ich nicht da sein konnte. Arme Martha, und niemand, um sie zu trösten, außer einem Paar tollpatschiger Brüder.«

»Unsinn.« Die wenigen Diener waren aus der Kutsche gestiegen, und Martha ging auf eine Amme zu, um ihr ein kleines Bündel abzunehmen. »Du hattest die beste Entschuldigung der Welt.«

»Herzchen, ich hatte nicht einmal die beste Entschuldigung in der Familie. Hat jemand von euch von Will gehört?«

Nick hatte als Letzter einen Brief erhalten und konnte berichten, dass das Dreißigste Infanterieregiment noch immer in Antwerpen stationiert war.

»Was denken die sich nur dabei?«, war Kittys Kommentar. »Wenn sie ihn auf Elba stationiert hätten, um Napoleon persönlich zu überwachen, könnte ich es ja verstehen, aber der Krieg ist doch vorbei, mein Gott! Englische Soldaten gehören nach Hause!«

Nick war damit nicht ganz einverstanden, und die beiden zankten sich den ganzen Weg ins Haus, während Martha langsam folgte, den Kopf gesenkt, um den Geruch ihres neuesten Neffen aufzunehmen. Der kleine Charles würde im Laufe eines Jahres einen kleinen Cousin oder eine kleine Cousine bekommen – so Gott und ihre Gesundheit es wollten. Irgendwo in einer entfernten Ecke Englands, von wo keine Neuigkeiten nach Sussex und Mr James Russell zu Ohren kommen würden, um ihren Handel hinfällig zu machen.

Und irgendwann zwischen Jetzt und Dann – irgendwann bevor ihr Zustand unverkennbar würde – würde sie sich überlegen müssen, was genau sie Kitty und ihrem Mann erzählen sollte. Im Augenblick hatte sie allerdings noch keine Ahnung, was das sein könnte.

*Es ist ja nicht das erste Mal, dass du ihn enttäuschst. Es wird vermutlich auch nicht das letzte Mal sein.* Theo straffte die Schultern und erklomm die Treppe des Londoner Hauses der Familie. Er hatte natürlich eine Karte geschickt, als er in die Stadt gekommen war, doch bis jetzt war er noch nicht dazu gekommen, sich persönlich vorzustellen. Und mit was für Neuigkeiten!

Ein schweigsamer Diener führte ihn herein. Als ob er sich nicht auskennen würde! Im zweiten Stock links, dann rechts zum hinteren Teil des Hauses. Sir Frederick würde im Salon sein, vermutlich mit einer Reihe weiterer Familienmitglieder, was seine Schmach nur noch verschlimmern würde.

Und wenn schon. Die gute Meinung seines Vaters war ohnehin wenig wert, wenn sie auf Unwahrheiten oder auch nur auf Halbwahrheiten beruhte. Und wenn er Sir Fredericks Wohlwollen verspielte – nun, dann war er auch nicht schlechter dran als die meiste Zeit seines Lebens.

An der Salontür ging der Diener glücklicherweise nicht so

weit, ihn anzukündigen, sondern empfahl sich mit einer Verbeugung. Theo trat ein.

Trotz seines Anliegens wurde es ihm warm ums Herz, als er über die Schwelle trat.

Wie viele schöne Stunden er in diesem Raum verbracht hatte! Er hatte sein Taschengeld an jeden seiner Brüder verloren, der mit ihm Dame gespielt hatte, oder sich einfach nur dem Müßiggang hingegeben, während seine Schwestern an ihren Stickrahmen saßen und einer seiner gelehrigen jüngeren Brüder etwas vorlas.

Kein Bruder war an diesem Nachmittag anwesend, aber Sophia, seine älteste Schwester, legte ihre Handarbeit beiseite, stand vom Sofa auf und gab ihrem Entzücken darüber Ausdruck, dass sie gleichzeitig in der Stadt waren. Mutter war ebenfalls anwesend und ebenfalls entzückt. Vater begrüßte ihn mit einem Nicken, das möglicherweise herzlich war, von seinem Schreibtisch in der Ecke aus, wo er sich immer positionierte und mit wichtig aussehenden Papieren und anderen Zeichen seiner Bedeutung umgab.

Also los. Er entschuldigte sich von den weiblichen Nettigkeiten, durchquerte den Raum und nahm, den Hut in der Hand, vor dem Schreibtisch des Baronets Platz.

Was für ein wunderbarer Grübler sein Vater doch war, auch noch in reiferen Jahren. Dasselbe strenge Profil, dieselben schweren Augenlider wie auf den Porträts in der Galerie in Broughton Hall. Zu schade, dass er einer nordischen Prinzessin verfallen war und hatte mit ansehen müssen, wie die Mirkwood-Züge bei dem größten Teil seiner Nachkommen von blonder Muskelkraft verdrängt wurden.

»Ja?« Sir Frederick warf ihm einen Blick zu, aus dem halb widerwillige Aufmerksamkeit sprach; seine Feder schwebte noch über dem Papier. *Ich habe mir vorgenommen, ihn gernzuhaben, und bislang hat er es nicht geschafft, mich davon abzubringen.* Es lag in seiner Natur, Leute gernzuhaben. Da war nichts zu machen.

»Ich bin hier, um Ihnen mitzuteilen, dass ich mich in Pencarragh niederlassen werde. Ich habe meine Wohnung in der Stadt gekündigt, und ich beabsichtige, mindestens bis Ende nächsten Sommers in Sussex zu bleiben. Ich dachte, das sollten Sie wissen.«

Sein Vater griff nach dem Wischer und säuberte seine Feder mit penibler Sorgfalt, doch seine Mundwinkel drohten, sich jeden Moment zu einem aufrichtigen Lächeln zu verziehen. »Es gerät einem ins Blut, nicht wahr?«, sagte er endlich und legte die Feder in eine Vertiefung, die der Schreibtisch extra zu diesem Zweck besaß. »Die Arbeit auf dem Land. Ich hatte vermutet, dass es sich so ergeben würde.«

Dermaßen schlecht verhohlener Stolz und Freude waren wie ein Folterinstrument für Männer mit einem schlechten Gewissen. Er räusperte sich. »Granville hat Ihnen von unserem Molkereiprojekt geschrieben, glaube ich. Es gibt noch viel zu tun, bevor es anlaufen kann, und ich glaube, ich möchte es selbst durchziehen.«

Dabei durfte er es nicht belassen. Es waren keine vorgeschobenen Gründe für seine Rückkehr, sondern wahre. Doch nach sechsundzwanzig Jahren war er es leid, den Weg des geringsten Widerstands zu gehen. In letzter Zeit wollte er ein Mann sein, der vor nichts zurückschrak. Die Sorte Mann, die ein Kind zum Vater haben sollte.

»Es gibt aber noch einen anderen Grund. Eine andere Verpflichtung.« Er drehte seinen Hut um, eine ganze Umdrehung, und grub die Finger in die Krempe. »Die Sache ist: Ich habe eine Dame in Schwierigkeiten gebracht.« Ein Poltern drang vom anderen Ende des Raums an sein Ohr. Sophia hatte ihre Schere fallen lassen. Sie hörten also zu. Großartig.

Stolz und Freude wichen unverzüglich aus Sir Fredericks Gesicht. Er starrte auf die Tischplatte, als brächte er es nicht über sich, seinen Sohn anzusehen. Er presste die Lippen zusammen. Drehte die Schreibfeder eine Vierteldrehung weit in ihrem Fach. Abrupt sah er auf. »Doch nicht die benachbarte Witwe?«

Theo fühlte, wie sein eigenes Gesicht erstarrte. »Woher wissen Sie das?«

»Ich hatte Granville gebeten, derartigen Verstrickungen vorzubeugen. Er hat mir versichert, dass du mit keiner Dame Umgang hattest, mit Ausnahme einer Witwe auf dem Nachbarbesitz. Aber er war von ihrer Tugendhaftigkeit überzeugt.«

»Zu Recht.« Er sah seinen Händen zu, wie sie den Hut wieder drehten. »Ich hatte noch nie im Leben so große Schwierigkeiten, jemanden zu verführen.«

»Von deinen persönlichen Angewohnheiten mal ganz abgesehen, wirst du gefälligst wenigstens ein bisschen Anstand vorgeben, wenn deine Mutter anwesend ist.« Wie ein donnerndes Urteil von oben kam die Rüge. Jetzt war der Baronet in seinem Element. »Was verlangt sie? Geld? Heirat?«

»Nichts dergleichen. Gar nichts, um ehrlich zu sein.« Jetzt kam das Schlimmste. »Sie ist erst so kurz verwitwet, dass das Kind als das ihres verstorbenen Mannes durchgehen könnte, und mit dem daraus resultierenden Erbe ist sie gut versorgt.«

»Herr im Himmel! Was ist das für eine Frau?« Die Stimme seines Vaters deutete an, dass er bereits darauf gekommen war.

»Eine ehrbare, standhafte Frau, die von ihrem Verlust überwältigt war und einem geübten Abenteurer ins Netz gegangen ist.« Geübt, allerdings. Er hatte die Zeilen, die alle Schuld auf seine Schultern luden, vor dem Spiegel geübt. Jetzt neigte er bußfertig das Haupt und gab sich Mühe, dem Blick seiner Mutter und seiner Schwester auszuweichen.

»Wo ist dann die Verpflichtung?« Sir Frederick lehnte sich in seinem Sessel zurück und legte die Handflächen flach auf den Tisch. »Die Angelegenheit ist gewiss peinlich genug, aber wenn das Kind als das ihres Mannes durchgehen kann, wo sind dann die Schwierigkeiten, von denen du sprichst?«

Auch diesen Teil hatte er geübt. *Es ist meine Pflicht, für das Kind zu sorgen. Ob Sie es zugeben oder nicht – ob sie es zugibt oder nicht – ich habe eine Verantwortung dem Kind gegenüber, und ich werde mich ihr nicht entziehen.*

Er drehte den Hut um, drehte ihn zurück und sah seinem Vater in die Augen. »Die Schwierigkeit ist, dass ich sie liebe. Ich möchte nicht von ihr getrennt sein.« Oh Gott, was sollte das werden? Am anderen Ende des Raums sog jemand scharf die Luft ein. Sophia. Vielleicht sogar Mutter.

»Du wirst nichts dergleichen tun.« Ein Muskel zuckte im Gesicht seines Vaters. »Wenn du auch nur eine Sekunde lang glaubst, ich würde irgendein Verhältnis zu einer Frau dulden, deren moralische Verworfenheit offenbar selbst die deine noch übersteigt –«

»Ich bitte Sie nicht um Erlaubnis, Sir.« Er sprach leise und faltete die Hände über dem Hut. »Und von weiteren Bemerkungen über ihren Charakter möchte ich Ihnen dringend abraten.«

»Willst du mir etwa drohen?« Selbst in seinem Alter sah sein Vater noch aus, als sei er durchaus in der Lage, über den Tisch zu springen und seinen Sohn zu erwürgen.

»Keineswegs. Aber wenn Sie sie als Ihre Tochter kennengelernt haben und sie dementsprechend lieben, werden Sie nicht wollen, dass Ihre Zuneigung durch die Erinnerung an so unziemliche Gefühle, wie Sie sie heute zum Ausdruck bringen könnten, getrübt wird.« Woher kamen diese Worte? Als er dieses Zimmer betreten hatte, hatte er genau gewusst, was er sagen wollte. *Die Pflicht zwingt mich zurück nach Sussex.* Wie war es zu Erklärungen und himmelhohen Ambitionen gekommen?

»Theo.« Endlich musste seine Mutter das Wort ergreifen. »Wie kannst du hoffen, sie zu heiraten, wenn sie vorhat, das Kind als das ihres Mannes auszugeben?«

»Und selbst ohne das Kind könnte sie nicht so bald wieder heiraten.« Sir Frederick stimmte ebenfalls einen milderen Ton an, wie um die fürsorglichen Bedenken seiner Frau zu unterstützen. »Ihr beide würdet in keiner vornehmen Gesellschaft willkommen sein.«

»Linfeld und ich würden euch empfangen.« Sophia warf einen kühnen Blick in seine Richtung, ohne ihre Arbeit zu unterbrechen. »Ich bin sicher, alle deine verheirateten Schwestern würden das tun.«

Sein Herz floss über vor Dankbarkeit, und einen Augenblick lang konnte er nicht sprechen. »Ich werde eure Gastfreundschaft sicherlich eines Tages in Anspruch nehmen.« Er verneigte sich vor seiner Schwester. »Aber ich vermute, dass sie mindestens ein Jahr lang nichts von Heirat wissen wollen wird.« Noch ein Blick in Richtung seines Vaters. »Vielleicht wird Ihnen das Zeit geben, sich mit dem Gedanken anzufreunden, Sir.«

»Mich damit anfreunden?« Der Baronet sprach wieder zu seinem Schreibtisch. »Mit einem unehelichen Enkel, der dann einem anderen Mann zugeschrieben wurde? Mit einer Hochzeit, die aus weiß Gott wie vielen verschiedenen Skandalen hervorgegangen ist?« Er schüttelte den Kopf. »Trotz all der Jahre als Taugenichts hätte ich dir nie zugetraut, so tiefe Schande über diese Familie zu bringen. Ich kann nur sagen, dass es mir leidtut, dass nicht Edwin der Ältere ist und du der Jüngere.«

Als wenn das nicht mindestens seit seinem zwölften Lebensjahr offensichtlich gewesen wäre. Theo nahm seinen Hut und setzte ihn auf. »Ich bedaure, Ihnen Betrübnis bereitet zu haben. Und ich weiß, ich habe in meinem Leben bisher nicht viele Taten vollbracht, wegen denen Sie stolz auf mich sein können.«

»… *derentwegen* ich stolz auf dich sein könnte.«

»Ja. Haargenau.« Er stand auf. »Aber ich fürchte, ich habe meinen Entschluss gefasst. Ich bin ein besserer Mann geworden dank Mrs Russell. Dass Sie das nicht erkennen, macht es nicht weniger wahr. Ich werde Ihre gute Meinung zu schätzen wissen, wenn Sie sie eines Tages zum Ausdruck bringen möchten, doch ich werde keine schlaflosen Nächte damit verbringen, auf diesen Tag zu warten. Meinen Respekt.« Er verbeugte sich.

Mutters und Sophias Gesichter strahlten vor stummer Sympathie, als er sich verabschiedete. Er hatte jemanden auf seiner Seite. Teufel noch mal, auch Sir Frederick würde bekehrt werden, wenn er sie kennenlernte. Das war das Ironische an der ganzen Sache: Hätte er sich auf die Suche nach einer Braut gemacht, die seinem Vater in Charakter und Verstand möglichst zusagte, hätte er keine bessere finden können als die ernste, selbstlose Martha Russell.

Jetzt musste er nur noch sie selbst überzeugen. Und wenn es ein Jahr dauern würde – wenn es zehn Jahre dauern würde oder zwanzig oder den Rest seines irdischen Lebens –, er würde einen Weg finden.

Pencarragh, verflucht sei seine Winzigkeit, kam ihm wie sein Zuhause vor, als er in die Einfahrt fuhr. Er sprang aus der Kutsche, ohne auf das Treppchen zu warten, und sah sich im Haus danach um, ob sich in der Woche seiner Abwesenheit wohl etwas verändert hatte. Nicht viel. Und dennoch sah er die Wände, die Fenster und den Parkettboden mit anderen Augen. Von hier aus würde er seinen unnachgiebigen Überzeugungsfeldzug angehen, und hier würde er feiern, wenn sie endlich eingewilligt haben würde, ihr Leben und das ihres Kindes mit dem seinen zu verbinden.

Granville arbeitete an seinem Schreibtisch in der Bibliothek. Theo hob ein paar Karten und Briefe auf, die für ihn angekommen waren, und sortierte sie, während er dem Verwalter einen vagen Bericht von seinem Aufenthalt in London erstattete.

»Wir hatten schlechte Neuigkeiten, seit Sie abgereist sind«, sagte Granville beiläufig. »Mrs Russells Erwartungen wurden enttäuscht; sie muss Seton Park verlassen. Ich glaube, sie zieht zu einem Bruder oder einer Schwester.«

Die Post fiel zu Boden. Theo blinzelte, sah aber nur tanzende Farben an der Stelle, wo der Verwalter sein sollte. »Sie hat das Kind verloren?«

»Ich habe es erst gestern gehört, von Mr Keene. Der Besitz fällt doch an den jetzigen Mr Russell. Ich will nicht damit zurückhalten, dass es mir verdammt leidtun wird, sie zu verlieren. Aber das wird es hier vermutlich allen.«

Theo stand unbeweglich da; ihm fehlten die Worte. Er hatte gedacht, er wüsste, wie es sich auf dem Grund des Brunnens anfühlte. Gar nichts hatte er gewusst. »Haben Sie sie gesehen?« Ja. Das waren die Worte, die er brauchte. »Kann sie schon Besuch empfangen?« Granville antwortete irgendetwas, doch es hätte ebenso gut Vogelgezwitscher sein können. Selbst wenn sie ans Krankenlager gefesselt wäre, würde er sich zu ihr durchkämpfen. Er bückte sich nach den Briefen, die er hatte fallen lassen, und ließ sie dann doch zurück. Keine Zeit für Nebensächlichkeiten.

Er sagte etwas zu Granville – der Himmel wusste, was, sollte der Verwalter sich ruhig seinen eigenen Reim auf seine Hast machen – und war verschwunden. Stall. Pferd. Die Einfahrt hinab und auf die Straße, auf der sie gegangen waren, als sie ihm die Gründe aufgezählt hatte, aus denen sie keine Lust mit ihm empfinden konnte. Eine Erkenntnis drang durch den Schleier seiner Trauer wie ein fernes Ufer, das im Nebel auftaucht: *Der Grund, aus dem sie mich nicht heiraten wollte, ist weg.* Doch seine einzige Reaktion auf diese Aussicht war stechende Scham darüber, dass er in einem solchen Augenblick so etwas hatte denken können.

Jemand musste ihm am Eingang von Seton Park das Pferd abgenommen haben. Jemand musste ihn eingelassen haben. Doch in seiner verschwommenen Verzweiflung wusste Theo nur noch, dass er sich an irgendeinem Dienstboten vorbeigezwängt hatte und den Salon im selben Moment betrat, in dem er angekündigt wurde. Und da war Martha.

Sie saß auf dem Sofa und wandte ihm das erstaunte Gesicht zu. Andere Leute waren im Raum. Sie waren nicht von Belang. Vier Schritte brachten ihn zum Sofa, wo er sie auf die Füße und in seine Arme riss. »Ich habe gehört, was geschehen ist«, sagte er in ihr Ohr. »Es tut mir so leid, dass ich nicht da war. Es tut mir so leid, dass du es allein durchstehen musstest.«

»Wer zum Henker ist das?«, fragte jemand hinter ihm, doch Mrs Russell sprach gleichzeitig, also drehte er sich nicht um. »Ich weiß nicht, was du meinst.« Sie wand sich in einem halbherzigen Versuch, seiner Umarmung zu entfliehen. Keine Chance. Keine Chance im Himmel oder auf Erden. »Was hast du gehört, und von wem?«

Wie konnte sie im Unklaren darüber sein, wovon er sprach? Er ergriff ihre Oberarme und hielt sie so, dass er ihr in die Augen sehen konnte. »Granville hat mir gesagt, dass du das Kind verloren hast.« Er sprach so leise, wie er konnte.

»Zum Henker mit Ihrem unverschämten Blick! Lassen Sie sie sofort los!«

»Einen Moment, bitte.« Er streckte die Hand aus. »Martha?« Hoffnung klopfte plötzlich an sein Bewusstsein wie ein ungebetener Gast an der Eingangstür. Sie hatte nicht verstanden, was er gemeint hatte. Und sie sah nicht so erschüttert aus, wie sie hätte sollen, klang auch nicht so, und fühlte sich nicht so an.

Mit einem Seitenblick auf die anderen Anwesenden schüttelte

sie den Kopf. »Es ist nicht wahr.« Sie sprach fast ebenso leise. »Das Kind ist noch bei mir.«

Pure Erleichterung zwang ihn in die Knie; er sank auf das Sofa und vergrub den Kopf in den Händen. Dann spürte er, wie sie sich neben ihn setzte.

»Martha, was soll das bedeuten?« Durch seine Finger erspähte er den Besitzer der Stimme: ein Gentleman ungefähr in seinem Alter, mit honigfarbenem Haar und kaffeefarbenen Augen, der sich halb aus seinem Sessel erhoben hatte. Eine Dame mit dunklerem Haar, aber den gleichen Augen, saß im nächsten Sessel und hielt eine Teetasse.

Ja, das hätte er auch sehr gern gewusst. »Warum zum Teufel hat Granville mir dann etwas anderes erzählt?« Er hob das Gesicht und sah sie an. »Er hat gesagt, du würdest Sussex verlassen.« Misstrauen durchfuhr ihn. »Was tun diese Leute hier?«

»Wie können Sie es wagen!« Der junge Mann wollte ganz offensichtlich einen Kampf provozieren. »Wir sind ihre Blutsverwandten, wir haben ein Recht, uns um ihr Wohlergehen zu sorgen! Ich will verdammt sein, wenn Sie so viel von sich behaupten können!«

»Bitte.« Er streckte eine erschöpfte Hand aus. »Lassen Sie mich fünf Minuten mit ihr sprechen. Dann dürfen Sie mich gern draußen für meine verdammte Unverschämtheit verdreschen, wenn Sie wollen.«

»Nick.« Die Dame sprach über ihre Teetasse hinweg; ihre Augen leuchteten interessiert. »Geben wir ihm die fünf Minuten, ja? Ich schätze, sie werden sehr erhellend sein.«

»Du ziehst zu einem von ihnen?« Er beugte sich vor, um allein mit ihr sprechen zu können. »Aber warum, wenn du das Kind gar nicht …«

»Ich habe den Besitz Mrs James Russell und ihren Söhnen überschrieben.« Ihre Worte waren kaum mehr als ein Flüstern.

»Deswegen musste ich allen erzählen …« Sie schürzte die Lippen und wartete, bis er verstand.

Und er verstand. Plötzlich saß er kerzengerade. »Ich habe mich mit diesem Handel einverstanden erklärt unter der Voraussetzung, dass ein Sohn den Besitz erben würde und eine Tochter einen Anteil daran bekäme.« Einen vertraulichen Tonfall brachte er jetzt nicht mehr zustande. »Ganz zu schweigen von einem anerkannten Vater. Wag es ja nicht, mir zu sagen, dass du den Enkel eines Baronets zu einem verarmten Bastard machen willst.«

»Oh Martha!« Die Frau blickte von Mrs Russell zu ihm und dann zu Mrs Russells Bauch. »Was hast du getan?«

»Ich hatte gute Gründe.« Trotzig richtete sie sich auf. »Es war ein vernünftiger Plan. Aber die Umstände haben sich auf unvorhersehbare Weise geändert.«

»Zum Henker mit Ihren fünf Minuten. Von wegen Verdreschen.« Der junge Mann fuhr erneut aus seinem Sessel auf. »Gebt mir ein Paar Pistolen, dann regle ich diese Angelegenheit sofort.«

»Nicholas, setz dich.« Augenblicklich wurde ihm klar, wie sie ihre Geschwister schon als Kind herumkommandiert haben musste, mit ihrem kühlen, sicheren Auftreten, das Wut oder andere ungemäßigte Emotionen nicht ins Wanken brachten. »Oder, wenn du darauf bestehst, dich mit jemandem zu duellieren, dann wirst du mit mir vorliebnehmen müssen. Mr Mirkwood hat nichts Verwerflicheres getan, als dem Geschäftsvorschlag zuzustimmen, den ich ihm gemacht habe. Dein hitzköpfiges, unhöfliches Benehmen lässt unsere Familie in keinem sehr vorteilhaften Licht erscheinen, gerade jetzt, wo ich gehofft hatte, dass er möglicherweise darüber nachdenkt, sich mit ihr zu verbinden.«

»Gütiger Gott.« Theo ließ sich in die Sofaecke zurückfallen und musterte sie. »War das ein Antrag?«

»Der kümmerlichste, den ich je gehört habe.« Die Schwester stellte ihre Tasse ab, und der Bruder sank wieder in seinen Sessel.

»Allerdings! Ich mache dir einen besseren, falls deine Geschwister uns eine Minute allein lassen. Oder vielleicht acht Minuten.« Sein Herz klopfte in seiner Brust wie ein freigelassener Hase. Sie wollte ihn heiraten. Seinem Kind ging es gut, und es würde als sein Kind zur Welt kommen.

»Das werden Sie nicht tun, Sir.« Sie war selbst recht respekteinflößend, diese Schwester. Katharine. Bald würden sie sich beim Vornamen nennen. »Sie ist gerade mal zwei Monate verwitwet. Kein Pfarrer, dem seine Stelle lieb ist, würde sich bereit erklären, Sie zu trauen.«

»Ich kenne einen, der es tun würde.« Sie schenkte ihrem Bruder und ihrer Schwester ihre ungeteilte Aufmerksamkeit, doch als er die Hand hob, ergriff sie sie sofort. »Wir brauchen bloß einen Dispens, und zwar so schnell wie möglich, wegen des Kindes.«

»Denken Sie doch bloß an den Skandal! Sie wären in keiner anständigen Gesellschaft mehr willkommen.«

Ah, das hatte er schon durchgemacht. »Meine Familie umfasst mehrere höchst anständige Haushalte, in denen man uns mit Freuden willkommen heißen wird. Ich komme soeben aus London und habe sie vorbereitet.« Bei diesen Worten drückte sie köstlich seine Hand. »Das wird für den Anfang reichen, und ich werde es mir zur Aufgabe machen, auch Ihre Zustimmung zu gewinnen.«

»In dieser Nachbarschaft werden wir auch willkommen sein.« Sie rückte vor, ernst, und drückte noch immer seine Hand. »Ich habe alles bedacht.« Natürlich hatte sie das. »Alle haben von meiner Enttäuschung gehört, und von meiner veränderten Situation. Alle schätzen Mr Mirkwood. Alle werden glauben, dass er mich geheiratet hat, um mich vor einem jämmerlichen Dasein zu bewahren. Sie werden eine höhere Meinung von ihm haben denn je.« Er hörte, wie ihre Beharrlichkeit mit jeder Silbe zunahm. »Aber selbst wenn nicht, würde ich ihn dennoch heiraten.«

»Die Pflicht verlangt es jetzt.« Er legte seine Finger um ihre. Gemeinsam würden sie allen skeptischen Brüdern und Schwestern der Welt trotzen.

»Ja. Die Pflicht.« Ihr ganzer Körper versteifte sich in süßer, befangener Anstrengung, so als müsse sie die nächsten Worte durch einen Mund voller Steine hervorbringen. »Und mein Herz. Ich liebe ihn.« Ihre Wangen wurden krebsrot. Ein Beobachter hätte gedacht, sie hätte soeben eine entsetzliche Sünde gebeichtet.

Er würde nicht lachen. Aber er grinste wie ein Idiot mit einem Eimer voller Sirup. Er drückte ihr abermals die Hand. Die Empfindung war wichtig. Dass sie sie elegant ausdrückte, dass sie sie überhaupt aussprach, war nicht von Belang. Alles, was ihm blieb, war, ihr in den kommenden Jahren möglichst oft einen Grund zu geben, es ihm zu sagen, und herauszufinden, ob sie mit der Übung besser wurde.

Spät in der Nacht, als er den Dienstbotenaufgang hinauf und durch die drei Flure in ihr Zimmer schlich, wo sie eine Kerze hatte brennen lassen, weil sie gewusst hatte – ohne dass sie es ihm hätte sagen müssen –, dass er kommen würde, übte sie weiter. *Ich liebe dich*, sagte sie, mit Worten und mit Gesten, die einen Mann bis ins Mark befriedigten. Und er antwortete aus tiefster Seele, gehörig und unermüdlich. Denn die Pflicht verlangte nichts Geringeres.

# *A Gentleman Undone*

## Leseprobe

Drei der Kurtisanen waren schön. Sein Blick ruhte natürlich auf der vierten. Alte Angewohnheiten waren schwer abzulegen, trotz allem, was das Leben sich einfallen ließ.

Will hatte einen Ellbogen auf dem Tisch und stützte den Kopf in die Handfläche – eine Geste, die vollstes Vertrauen in sein Spiel ausdrückte und ihm zudem einen Blick an seinem Gegenüber vorbei auf die Damen ermöglichte. Ohne jegliche Hintergedanken natürlich. Er hatte dieses Etablissement in einer ernsten Angelegenheit aufgesucht, die nichts mit Kurtisanen zu tun hatte.

Gucken konnte man ja trotzdem. Mal reckte er verstohlen den Hals, mal kam eine der Damen zufällig in sein Blickfeld, und so setzte er im Laufe des Abends, während sie in wechselnden Kombinationen an ihrem Kartentisch saßen, rund fünf Meter vom großen Tisch der Gentlemen entfernt, Stück für Stück ein recht vollständiges Bild der vier zusammen.

Und obwohl sie ihm alle gefielen – die geschmeidige Verführerin mit dem mahagonifarbenen Haar, die zierliche, beinah gläserne Blonde –, hatte es bisher nur eine von ihnen geschafft, ihn abzulenken.

Er betrachtete sie jetzt. Sie hatte die Lider gesenkt und bewegte die Finger mit äußerster Präzision, als sie ihre Karten auffächerte. Nein, schön war sie nicht. Aber gefällig vielleicht. Oder besser gesagt reizvoll: Bei einem jungen Mann hätte die hakige

Nase vorteilhaft ausgesehen, und auch die energisch gezeichnete Stirn.

Sie betrachtete ihre Hand, ohne die Karten anders anzuordnen, obwohl Whist gespielt wurde und ihre drei Kolleginnen nach Farben sortierten. Dann sah sie ihre Partnerin an. Graublaue, völlig ausdruckslose Augen. Sie hätte die Hand voller Trümpfe haben können, man hätte es nicht sagen können.

»Keine Chance, Blackshear.« Die Worte drangen auf einer Wolke Tabakqualm an sein rechtes Ohr, kaum hörbar im Gemurmel eines guten Dutzends anderer Unterhaltungen. »Die sind alle schon vergeben.« Lord Cathcart schob seine Pfeife im Mund herum, während er seine Karten inspizierte. Eine Dame und eine Zehn waren kurz zu erkennen. Das Glück verschwendete sich wieder einmal an die Reichen.

»Ich hätte sowieso keine Chance«, erwiderte Will ebenso leise und ließ Cathcart eine Ecke seiner eigenen Karte sehen: eine Kreuzsieben zu seiner Piksieben. »Ein jüngster Sohn ohne Vermögen kommt bei ihresgleichen nicht weit.«

»Ach, ich weiß nicht.« Das fein geschnittene Profil des Viscounts drehte sich ein paar Grad in seine Richtung. »Ein jüngster Sohn, der gerade sein Patent verkauft hat, könnte sich durchaus ab und zu nach mehr als der nächsten abenteuerlustigen Witwe umsehen.«

»Witwen sagen mir zu. Man muss sich keine Sorgen über altes oder neues Geld machen oder darüber, ob man gerade eine Dame zu etwas verführt hat, was sie später bereuen wird.« Die Worte schmeckten hohl und falsch auf seiner Zunge, ein schales Überbleibsel des Lebens, das er einst geführt hatte. Er nickte in Richtung der Kurtisanen. »Jedenfalls sind Ihre Paradiesvögel dort ein wenig zu vornehm für mein Blut.«

»Pah! Ich wette, dein Blut sieht das anders. Vor allem was die Kleine mit den markanten Gesichtszügen und dem griechischen

Knoten angeht. Ich bleibe stehen«, fügte er an die Runde gewandt hinzu, als er an der Reihe war.

»Split«, sagte Will und deckte die Siebenen auf. Sein Herz schlug einen unregelmäßigen Rhythmus, der nichts mit markanten Gesichtszügen zu tun hatte. Er kaufte und konzentrierte sich auf seine beiden neuen Karten.

Eine Acht brachte die eine Hand auf fünfzehn. Mit einer dritten Karte würde er mit großer Wahrscheinlichkeit überkaufen, aber ohne standen seine Chancen, den Bankier zu überbieten, schlecht. Die zweite Hand war besser: Mit einem Ass konnte er bei achtzehn stehenbleiben oder vielleicht sogar auf einen Fünfkartentrick gehen, wenn er es als Eins zählte und die nächsten drei Karten günstig ausfielen.

Die Versuchung war groß. Wie standen seine Chancen? Einundzwanzig weniger acht war dreizehn. Wie viele Dreierkombinationen gab es, die weniger als dreizehn Punkte ergaben? Bei 104 Karten im Spiel, acht Assen, acht Zweien *et cetera* und elf anderen Spielern am Tisch, die einige dieser Karten bereits auf der Hand hielten … Verdammt, er hätte in Mathematik besser aufpassen sollen. Und dafür hatte sein Vater ihn nach Cambridge geschickt – Gott hab ihn selig.

»Ich kaufe für beide Hände.« Noch zwanzig Pfund in den Topf. Besser, er kultivierte früh am Abend ein verwegenes Image, solange die Einsätze noch niedrig waren. Besonnen konnte er in ein paar Stunden immer noch spielen, wenn die meisten dieser Männer betrunken – nein, betrunkener – waren und Summen auf den Tisch legten, die sie am nächsten Morgen bereuen würden.

Die neuen Karten wurden ausgeteilt, und er schielte unter die Ecken. Fünf und Drei. Zwanzig und einundzwanzig. Oder zwanzig und elf, und er zwei Karten und zehn Mäuse vom doppelten Gewinn des Fünfkartentricks entfernt.

Mit einer behandschuhten Fingerspitze schnippte er teilnahmslos gegen die Ecke einer Karte. Dachte er ernsthaft darüber nach? Weiterzukaufen, wo er mit einundzwanzig Schluss machen konnte? Es war sein erster Abend hier, er saß noch keine zwei Stunden am Tisch, und da forderte er sein Schicksal bereits auf diese Weise heraus?

Nun, das wäre ja nichts Neues. Mit Schicksalsschlägen kannte er sich recht gut aus, da würde der Verlust von dreißig Pfund kaum ins Gewicht fallen.

»Karte.« Er schob einen Geldschein vor seine zweite Hand.

Ein Herzbube grinste ihn an, als er die Karte aufnahm, und eine Welle der Erleichterung entkrampfte verschiedene Stellen seines Körpers. Kein Fünfkartentrick, aber er würde auch nicht für seine Verwegenheit büßen. Wenn der Geber nicht selbst einundzwanzig Punkte hatte, würde er mit mindestens einer Hand gewinnen. Vielleicht mit beiden.

»Stehen«, sagte er und stützte den Kopf wieder in die Handfläche, als das Spiel zu seiner Linken weiterging. Die Damen bedienten zwei Stiche lang Kreuz, während er zusah; die mit den scharfen Gesichtszügen zog die Karten mit graziöser Effizienz von den verschiedenen Stellen auf ihrer Hand.

Sollte Cathcart ruhig sticheln. Sie nährte die Fantasie eines Mannes, die Kleine. Sollten schöne Frauen ihre Reize ruhig zur Schau stellen wie Wäsche auf einer Leine im Wind, damit alle Welt sie sehen konnte. Eine Frau, die etwas verbarg – die ihre Reize auf dem Leib trug wie Seidenunterwäsche und einen Mann dazu herausforderte, danach zu suchen –, erregte eher sein Interesse.

Auch wenn er es sich nicht leisten konnte, seinen Körper von ihr erregen zu lassen. Er seufzte. »Was ist ein griechischer Knoten?«, fragte er leise. »Wie sie ihre Haare trägt?«

»Du bist ein hoffnungsloser Fall!«, stieß der Viscount zwischen den Zähnen hervor, die Pfeife noch immer im Mund. »Deine Witwen scheinen nicht besonders viel auf sich zu geben. Dass wir uns nicht missverstehen: Die Aphrodite mit der Habichtsnase scheint auch nicht besonders wählerisch zu sein, der Gesellschaft nach zu urteilen, in der sie sich befindet.« Er ruckte das Kinn in Richtung eines Kerls am anderen Ende des Tisches, eines auf nichtssagende Weise gutaussehenden Kerls mit kantigem Kinn, der bereits mit seinen ersten beiden Karten einundzwanzig erreicht hatte und als Nächster geben würde.

Wills Neugier war geweckt. Wie eine Wespe summte sie in seinem Bewusstsein umher, doch er verscheuchte sie. Er war nicht zum Tratschen hergekommen, und wen die Dame sich als Beschützer ausgesucht hatte, ging ihn nichts an. »Habichtsnase, finden Sie wirklich?« Er lehnte sich zurück und streckte die Arme aus. »Das ist aber nicht sehr höflich.«

Zugegeben, es war auch kein Ort, an dem es auf gute Manieren ankam. Flaschen standen auf dem Tisch. Cathcart war nicht der Einzige, der rauchte, obwohl Damen anwesend waren. Oder jedenfalls Frauen. Allerdings war eine richtige Spielhölle vermutlich noch schlimmer. Laut Gillray, dem Artilleristen, konnte man die Verzweiflung ab vier oder fünf Uhr morgens riechen. Übelriechender Schweiß umwogte dann die Verlierer, hatte er gesagt, viel stechender als der Schweiß der gesunden Verausgabung. Und warum auch nicht? Die Angst sollte ja einen ganz eigenen Geruch haben, weshalb also nicht auch die Verzweiflung? Man sollte meinen, im Gefecht würde man das herausfinden, doch bisher hatte sich nie ein Geruch aus der immerwährenden Kakofonie der Ausdünstungen hervorgetan und sich als Angst vorgestellt.

Genug davon. Er schüttelte die Handgelenke aus und streckte sich, während ein korpulenter Kerl aus dem Spiel flog und der Nächste an der Reihe war. Bei den Damen bekam die mit den scharfen Gesichtszügen ihren dritten Stich und notierte ruhig die Punkte auf einem Blatt Papier.

Habichtsnase. Also wirklich. Er verschränkte die Arme hinter dem Kopf. Und doch hatten ihre Nase, ihre ausdruckslosen Augen und ihr Haar von der Farbe eines Zaunkönigs unbestreitbar etwas Vogelhaftes. Kalte kleine Wesen waren sie, die Vögel, trotz ihrer weichen Federn und ihres hübschen Gesangs. Sie pickten einem die Augen aus, wenn man nicht aufpasste. Was man im Krieg so alles sah.

Der Geber beendete das Spiel mit neunzehn und Will war um fünfzig Pfund reicher. Wieder war er einen Schritt weiter. Er strich seinen Gewinn ein und schob seine Karten dem Beschützer der Dame mit der Habichtsnase zu.

Er musste ungefähr in seinem Alter sein, der Mann mit dem kantigen Kinn. So um die fünfundzwanzig. Jetzt, wo er der Geber war, setzte er eine wichtige Miene auf und richtete zuerst seine Krawatte, bevor er sich den Karten zuwandte. Herablassend neigte er den Kopf, um seine Aufmerksamkeit seinem rechten Nachbarn zu schenken, der zufällig gerade über das Mädchen sprach. »Ich muss schon sagen, Roanoke«, flüsterte dieser unüberhörbar, »ich hätte wetten mögen, dass du sie nicht so lange behältst. Sie ist nicht halb so hübsch wie die, die du letzten Sommer ausgeführt hast. Die war sehr gefällig.«

Ein kurzes Zusammenpressen der Lippen war das einzige Anzeichen dafür, dass der mit dem kantigen Kinn gekränkt war. »Die hat mir einen Bastard geschenkt.« Grüne Manschettenknöpfe funkelten im Kerzenschein, als er die Karten zusammenschob. »Das kann mit dieser hier nicht passieren.«

»Das behauptet sie!«, gab der erste Gentleman zurück. Er sprach jetzt lauter, um seinen Scharfsinn allgemein vernehmlich zu machen.

»Es ist unmöglich.« Mit der Geduld eines Kronprinzen, der

den trägen Geist seiner Günstlinge gewohnt ist, äußerte er seinen Widerspruch. »Irgendetwas stimmt nicht mit ihr. Keine Blutung.«

Wie reizend. Und sicherlich lag niemandem am Tisch viel daran, solche Dinge zu erfahren. Will warf dem Viscount einen Blick zu, erntete jedoch nur ein Schulterzucken. Offenbar waren dergleichen Unterhaltungen nicht unüblich.

Und schnell wurde es noch schlimmer. »Gegen so eine hätte ich auch nichts einzuwenden«, meldete sich ein Rabauke in einem flaschengrünen Frack zu Wort. »Eine, die jederzeit zur Verfügung steht und nie Unpässlichkeit vorschieben kann. Wo hast du sie aufgelesen?«

»In Mr Parishs Etablissement.« Roanoke ließ sich Zeit damit, die Ecken aller benutzten Karten zu glätten, bevor er sie mit den Gesichtern nach oben unter den Stapel schob. »Und sie haben sie gut ausgebildet, das könnt ihr mir glauben. Wenn's was gibt, was sie im Bett nicht tun würde, habe ich es noch nicht entdeckt.«

*Mr Parish's*. Selbst ein Mann, der noch nie einen Fuß in ein solches Etablissement gesetzt hatte, wusste das eine oder andere über diesen Ort. Es sprach sich herum. Er hatte Berichte über eine Vorrichtung gehört, die es einem Mann erlaubte, von einer Frau bedient zu werden, während er gleichzeitig von einer zweiten ausgepeitscht wurde. Gerüchte über Frauen, die sich selbst auspeitschen ließen, oder sich irgendeiner anderen verderbten männlichen Fantasie unterwarfen. Wobei hatte wohl der mit dem kantigen Kinn seine Geliebte kennengelernt?

Das ging ihn nichts an. Teufel noch mal, dergleichen Spekulationen über das Privatleben einer Dame standen ihm nun wirklich nicht gut an. Ebenso wenig wie den anderen Männern am Tisch, die Roanoke nun mit unverschämten Fragen löcherten. Tat sie dies? Erlaubte sie ihm das? Der Halunke teilte die Karten aus und antwortete immer einsilbiger, je größer das Interesse der Männer wurde.

Wills Temperament drohte, mit ihm durchzugehen; er verspürte bereits das warnende Prickeln im Rücken. Das konnte sie nicht überhört haben. Sie musste bemerken, wie ein Kopf nach dem nächsten sich umdrehte, um sie neu einzuschätzen. Und doch konnte er keine Veränderung in ihren Zügen, ihrer Haltung oder der Geschwindigkeit ihres Spiels ausmachen. Was musste es sie kosten, sich so zu beherrschen, während sie hörte, wie sie von diesen räudigen Hunden auf ein Objekt der allgemeinen Befriedigung reduziert wurde?

»Hat sie auch einen Namen?« Er hörte, wie sich seine eigene Stimme über die der anderen erhob. Was zum Teufel fiel ihm ein? Wollte er die gesamte Gesellschaft misstrauisch machen? Cathcarts Haltung verriet erhöhte Aufmerksamkeit, doch der Viscount wandte sich nicht um.

Roanoke schon. Seine vornehmen Brauen zogen sich einen Millimeter enger zusammen, dann entspannten sie sich. »Lydia«, sagte er und teilte die nächste Karte aus.

*Lass gut sein, Blackshear.* Doch sein Temperament meldete sich erneut zu Wort, und das warnende Prickeln im Rücken schwoll zu einem handfesten Glissando an, das ihm die Wirbelsäule entlangfuhr. »Ich meinte einen Namen, mit dem es anständig wäre, sie anzusprechen.« Verdammt. Er würde wohl nie lernen, wann er sich einmischen sollte und wann nicht.

»Hast du ihr denn etwas Besonderes zu sagen?« Jetzt besaß er die ungeteilte Aufmerksamkeit des Mannes und die der meisten anderen Anwesenden ebenfalls. Eine Spannung wie vor einem Gewitter lag in der Luft. Wenn er jetzt die richtigen Worte sagte, würde er dem mit dem kantigen Kinn gleich auf zwanzig Schritt gegenüberstehen.

Das wäre doch ein äußerst passendes, lächerliches Ende. Wegen übertriebenen Anstands herausgefordert. Getötet wegen einer Frau, mit der er nicht einmal etwas gehabt hatte.

Die Gespräche an den anderen Tischen traten in den Hintergrund, während er sich die Szene ausmalte. Ein paar Beleidigungen, nicht zu subtil, würden völlig ausreichen. Es würde ein Leichtes sein, den Kerl so weit zu provozieren, dass er auf den Kopf zielte, während Wills eigener Schuss ihn um zehn Fuß verfehlte.

Wie schlimm würde eine solche Eskapade die Familie in Verruf bringen? Andrew würde es natürlich gar nicht gefallen. Doch Andrews Respektabilität könnte vermutlich mehrere Skandale in der Familie überstehen. Kitty und Martha waren beide verheiratet, und zwar nicht zu schlecht. Ihnen konnte er die Zukunft nicht mehr verbauen.

Nick jedoch. Sein zweitältester Bruder hatte politische Ambitionen und war auch jetzt noch sehr auf einen tadellosen Namen angewiesen. Ihm würde er mit seinem verwegenen Unsinn keinen Gefallen tun.

Außerdem musste er noch eine Menge Geld gewinnen. »Ich habe ihr gar nichts zu sagen.« Er artikulierte die Konsonanten überdeutlich und hielt Roanokes Blick stand. Kein Grund, völlig einzuknicken. »Ich bin es nur nicht gewöhnt, dass auf diese Weise von einer Dame gesprochen wird, und dass sie beim Vornamen genannt wird. Ich war wohl zu lange nicht in Gesellschaft. Vielleicht haben sich die Mores geändert.«

»Waren Sie in Spanien?«, mischte sich ein Kerl mit leuchtenden Augen ein, der kaum alt genug schien, um zu so später Stunde überhaupt noch auf zu sein. »Oder sogar in Waterloo?«

Solche Leute traf man in letzter Zeit mit befremdlicher Häufigkeit. Männer, die das bittere Schicksal erlitten hatten, zu Hause bleiben zu müssen – Erben, deren Leben man nicht riskieren konnte; arme Schlucker, die das Geld für ein Patent nicht hatten zusammenkratzen können – und alles darüber hören wollten, was sie verpasst hatten.

»Leutnant bei der Dreißigsten«, nickte Will. »Quatre Bras und Waterloo.« Wenn der Milchbart mehr wissen wollte, würde er es ihm mit einem Enterhaken aus der Nase ziehen müssen.

Glücklicherweise hatte drei Plätze weiter jemand sehr entschiedene Ansichten über Wellington kundzutun, denen ein anderer Kommentare über Blüchers Strategie entgegensetzte, woraufhin die unvermeidliche Flut von Hohnrufen über den Prinzen von Oranien folgte und alle sich wie immer einig darüber waren, dass der achtzehnte Juni des vergangenen Jahres ein großer Tag in der Geschichte Englands gewesen war. Die Stimmung am Tisch schwang um; die Spannung zwischen ihm und Roanoke flackerte wie eine ausgehende Kerze und war verschwunden.

Will atmete tief durch und lehnte sich zurück. Wenigstens konnte er dergleichen Gespräche ertragen. Viele Soldaten konnten das nicht. Manchen wurde bei dem Thema so schwindlig, dass sie den Raum verlassen mussten. Andere gerieten in Wut, wenn das Grauen der Schlacht wie ein glorreicher Sport beschrieben wurde, wie tausend gleichzeitig ablaufende Boxkämpfe, denen eine Strategie hinzugefügt worden war sowie schmucke Uniformen und Waffen, die laut knallten.

»Keine besonders brillante Taktik«, murmelte Cathcart und stieß eine Rauchwolke aus, während er die Pfeife aus dem Mund nahm.

Typisch. Die, die den Krieg nicht verherrlichten, mussten immer wieder betonen, wie knapp der Sieg gewesen war, weil die besten Soldaten sich im fernen Portugal oder Spanien befunden hatten und nur unglückselige Kinder und zweitklassige Offiziere durch Hougoumonts gestolpert waren. Das kannte er schon. Von einem Freund traf es ihn dennoch.

»Ja, eine entsetzliche Verschwendung von Menschenleben.« Er gab sich Mühe, seine Stimme unbeteiligt klingen zu lassen. »Aber auf beiden Seiten, das kann ich Ihnen versichern.«

Der Viscount schüttelte den Kopf. »Dein Schachzug. Nicht besonders originell.« Eine Karte landete vor ihm und er hob eine Ecke an. »Die Ehre einer Kurtisane verteidigen zu wollen. Aber es könnte klappen. Übrigens heißt sie Miss Slaughter, deine unfruchtbare Nymphe.«

Ach so, das Mädchen. Ja, das passte auch besser. Er kannte Cathcart jetzt seit sieben Jahren, und immer hatte der Mann das Leben als großes Spiel angesehen. Warum sollte er jetzt auf einmal eine Meinung zu militärischer Strategie haben? »Ich versichere Ihnen, es war kein Schachzug.« Erleichterung verlieh seinen Worten Nachdruck. Ein Zerwürfnis konnte er nicht gebrauchen; in letzter Zeit hatte er ohnehin schon oft genug das Gefühl, dass seine alten Freunde ihm Fremde geworden waren. Und er stritt tausendmal lieber über eine Frau als über eine Schlacht. »Bin ich denn hier der Einzige, der Schwestern hat? Der die Grundregeln des Anstands beherrscht? Keine Frau verdient es, so etwas über sich mit anhören zu müssen.« Er konnte sich einen verstohlenen Blick nicht verkneifen, doch falls Miss Slaughter irgendetwas von seiner unbeholfenen Galanterie mitbekommen hatte, ließ sie sich nichts anmerken. Geschickt machte sie einen weiteren Strich auf ihrem Papier und lehnte sich mit gestrafften Schultern und erhobenem Kopf zurück. Ihr Blick war schonungslos und unbarmherzig wie der eines Falken. Kein einziges Mal drehte sie sich zu ihm um.

Auch das Glück war ihm diesmal nicht hold. Er verlor mit einer Hand zwanzig und mit der anderen dreißig Pfund an Mr Roanoke, was mehr als ein Drittel seines Gewinns auslöschte. Mochte es ihm eine Lehre sein, sich in solche Bagatellen verstricken zu lassen. Angewidert verließ er den Tisch.

Es war einst ein Wohnhaus gewesen, dieses Gebäude, das nun den Club und seine sittenlosen Mitglieder beherbergte. Einige Wände waren durchbrochen worden, um die nötigen großen Säle und das Speisezimmer zu schaffen, doch die vorherige Verwendung der Räumlichkeiten war an vielen Stellen noch zu erkennen. Ein kleiner Salon hinten im zweiten Stock zum Beispiel, in dem einige Damen saßen, denen der Sinn nicht nach Karten stand. Will wandte sich vom Licht und Geplauder ab und fand auf der Straßenseite derselben Etage eine kleine Bibliothek, die sogar noch mit Büchern bestückt war. Es gab weder Feuer noch Kerzen, doch umso wahrscheinlicher war es, dass er den Raum für sich haben würde.

Ein Bücherregal stand im rechten Winkel zu dem einzigen Fenster, und im Dunkel dahinter konnte er eine Form ausmachen, die sich beim Näherkommen als Sessel entpuppte. Hervorragend. Er ließ sich hineinsinken und schloss die Augen. Durch die geöffnete Tür drangen die Geräusche des Hauses an sein Ohr, entfernt und undeutlich. Stimmen. Gelächter. Leise Musik – eine Geige? – aus dem Ballsaal unter ihm. Bestimmt würde später noch getanzt werden. Eine weitere raffinierte Annehmlichkeit, die das Haus von schäbigen Etablissements wie Smith and Pope's abhob und auf seine vornehmere Gesellschaft hindeutete. Hier konnte ein Gentleman mit Kurtisanen Walzer tanzen, sich einen Rausch antrinken und sich zugunsten seinesgleichen in den Ruin treiben anstatt zugunsten eines namenlosen Besitzers.

*Und wer bist du, sie dafür zu verurteilen?* Er rutschte tiefer in den Sessel und verschränkte die Arme. Manchmal schien es, als sei er gar nicht mehr fähig, sich zu vergnügen, ganz unbeschwert. So, wie man es sollte. So, wie er es früher gekonnt hatte. Seit fast acht Monaten war er nun schon zurück in England, wich Einladungen aus und mied alte Bekannte und Schulfreunde, denen er plötzlich nichts mehr zu sagen hatte. Nur der dickhäutige, fröhliche Cathcart war geblieben, und auch der Viscount hatte es nicht der Freundschaft wegen geschafft, ihn zu überreden, sondern deswegen, weil er einen Abend im Spielclub in Aussicht gestellt hatte, just in dem Moment, in dem Will mehrere Tausend Pfund benötigte.

Etwas Hartes und Kantiges drückte gegen Wills Unterarm. Etwas in seiner Brusttasche, an das er sich gar nicht –

Gütiger Himmel. Die Tabakdose. Diesen Frack hatte er angehabt, als er zum ersten Mal bei Mrs Talbot gewesen war.

Er holte die Dose hervor, stand auf und hielt sie auf der ausgestreckten Hand um das Bücherregal herum ins Mondlicht, das durch das Fenster fiel.

Dass ein Mann von bescheidenem Einkommen einen so hübschen Gegenstand besessen hatte! Ein goldener Verschluss, goldene Scharniere und eine Jagdszene aus Emaille auf dem Deckel. Vermutlich war die Dose einiges wert. Deswegen hatte er sie auch in der Tasche behalten, als er gesehen hatte, wie die Verwandten der Talbots die anderen Kleinigkeiten, die er zurückgegeben hatte, begrapscht hatten. Wenn Mrs Talbot sie wieder los war, würde er die Dose zurückgeben, damit sie sie für das Kind aufbewahren konnte. In Geldnot würde sie nicht sein, also bestand keine Gefahr, dass sie in Versuchung käme, sie zu verkaufen.

Er schloss die Finger über der Dose, dann sah er sie wieder an. Wenn er die Hand bewegte, glitzerte die Emaille im Mondlicht.

Heute Abend grübelte er einfach zu viel. Solange er nicht Herr seiner Gedanken war, würde er miserabel spielen. Abermals verbarg er die Dose in der Hand.

Gerade wollte er sie wieder einstecken, da hörte er Schritte auf dem Korridor. Ohne so recht zu wissen weshalb, sank er wieder in den Schatten des Sessels und zog seine Stiefel aus dem einfallenden Mondlicht. Sonderbar, was der Krieg für unerklärbare Reflexe bei ihm hinterlassen hatte. Es war ja nicht so, als wären die Franzosen dafür bekannt gewesen, sich einzeln an einen Mann heranzuschleichen. Und es war sehr unwahrscheinlich, dass die Schritte eine Bedrohung für ihn darstellten.

Zwei Paar Füße waren es, das eine leichter als das andere, und sie kamen unverkennbar in seine Richtung. Ein Mann und eine Frau. Ja, das hätte er sich denken können. Er hatte sich selbst oft genug zu diesem Zweck bei irgendeiner Zusammenkunft eines dunklen Raums bedient, in seinen unbeschwerten Tagen.

Irgendetwas hielt ihn davon ab, sofort aufzustehen. Vielleicht die Aussicht, erklären zu müssen, was er hier ganz allein in der Dunkelheit getrieben hatte. Oder seine Sturheit, denn schließlich war er zuerst hier gewesen; warum sollte er also ihren verkommenen Absichten weichen? Jedenfalls saß er noch immer im Schatten des Sessels, als zwei Silhouetten sich im Türrahmen abzeichneten und den Raum betraten. Die größere Person wandte sich um, um leise die Tür zu schließen, und kurz, bevor es ganz dunkel wurde, blinkte im letzten Licht aus dem Korridor ein grüner Manschettenknopf auf.

Roanoke mit seiner Geliebten. Oder vielleicht mit einer anderen Frau – das war eigentlich wahrscheinlicher, denn mit seiner Geliebten konnte er sich ja auch zu Hause in Ruhe vergnügen, ohne in dunklen Winkeln herumzuschleichen. Die Tür schnappte ein und Will gab den Gedanken, sich unverzüglich zu empfehlen, auf. Sie sollten lieber erst anfangen, und wenn sie abgelenkt waren, würde er sich davonstehlen. Vielleicht konnte er vorher noch die Identität der Dame in Erfahrung bringen – doch zu welchem Zweck? Falls Miss Slaughter betrogen wurde, ging ihn das nichts an. Wollte er sich etwa beim Essen einen Platz an ihrer Seite ergaunern und vage, düstere Andeutungen darüber machen, was er gesehen hatte?

Die Frage stellte sich nicht. Die beiden gingen direkt auf den Fenstererker zu, und er erkannte sie schon an ihrer Haltung. Aufrecht und irgendwie unnahbar, so als hielte sie sogar die Luft, die sie umgab, auf Distanz. Als sie den Erker betraten, hätte er die Hand ausstrecken und ihre Röcke berühren können – Gott sei Dank, dass ihre Augen sich noch nicht so gut an die Dunkelheit gewöhnt hatten wie seine. Die Gardinenringe schrammten über die Stange und das Mondlicht verschwand fast völlig. Dann Stille, bis auf das leise Rascheln von Stoff. Was auch immer sie als Nächstes vorhatten, verlangte offenbar keine Worte.

Zweifellos gab es Männer, die es genossen hätten, heimlich Zeuge solcher Geschehnisse zu werden. Zu schade, dass er nicht mit einem von ihnen tauschen konnte. Alles, was er gewollte hatte, war eine Viertelstunde Ruhe und Dunkelheit; jetzt musste er sich den müden Kopf darüber zerbrechen, wie er diesen Raum – auch wenn er in jeder Hinsicht den besseren Anspruch auf ihn hatte – am besten ungesehen verlassen konnte.

In dreißig Sekunden würde er es versuchen. Vorher würden sie vielleicht nicht ausreichend abgelenkt sein. Wenn er aber länger wartete, würden sich ihre Augen zu gut an die Dunkelheit gewöhnt haben.

Ein unbestimmtes Murmeln kam zum Rascheln des Stoffs hinzu. Vorsichtig legte er die Hände auf die Armlehnen. Zwanzig Sekunden. Nicht mehr.

Zum Henker mit diesen brünstigen Narren. Zum Henker mit ihr, dass sie es ihrem Prinzen mit dem kantigen Kinn gestattete, sie auf diese Weise zu benutzen, keine vierzig Minuten nachdem er sie auf so schändliche Weise beleidigt hatte. Bedeutete ihr denn ihre Würde gar nichts? Dann würde er sich auch keine Gedanken mehr darüber machen, bloß damit Cathcart ihn damit aufziehen konnte.

Neunzehn, zwanzig. Sie schienen beschäftigt zu sein. Behutsam erhob er sich aus dem Sessel und warf einen verstohlenen Blick hinter dem Regal hervor, nur um sicherzugehen, dass sie ihn nicht bemerken würden.

Im Aufstehen hielt er inne.

Er war auf etwas Schäbiges vorbereitet gewesen, auf einen groben Geschlechtsakt zwischen einem zudringlichen Grobian und einer Dirne, die ihr Metier bei Mr Parish gelernt hatte. Und natürlich *war* es an sich schon schäbig, sich überhaupt in die Bibliothek zurückzuziehen, und der Kerl mit dem kantigen Kinn war schäbig, den Mund an ihrem Hals, die Hände überall auf ihrem Körper.

Doch *sie* … Er wollte verdammt sein, wenn er das richtige Wort dafür fände, sie zu beschreiben. *Schäbig* war jedenfalls weit gefehlt.

Mit erhobenem Kinn und geschlossenen Augen stand sie vor dem Vorhang, und ihre ganze Gestalt bewegte sich voller Lust. Er sah zu, wie sie ihre Arme – nackt, wie er jetzt erkannte – schlangenartig über ihrem Kopf wand, wie eine jener Tänzerinnen, die einen Mann verhexen und dazu bringen konnten, einem anderen Mann den Kopf abzuschlagen. Ihre nackten Finger gruben sich in eine Falte des Vorhangs, und er wusste, wie sich der Samt anfühlen musste – üppig und sinnlich wie das Schnurren einer Katze. Er wusste auch, wie es sich anfühlen würde, der Samt zu sein, der sich von ihr einfangen ließ, ohne zu protestieren.

Er klammerte sich am Bücherregal fest und ließ den Blick an der geschmeidigen Kurve ihres Arms hinabwandern, bis er wieder auf ihrem erhobenen Gesicht ruhte. Hatte er etwas an ihrer Schönheit auszusetzen gehabt? Im Mondlicht, selbst bei so wenig Mondlicht, sah er, wie sie wirklich war. Ihre markanten Züge warfen wilde Schatten; Licht und Dunkelheit tanzten ihr verwegen über Nase, Wangen und Kinn. Ihre Haut war blass wie der Mond selbst, blass und verlockend wie ein Opal am Grunde eines stillen Sees. Der blasse Hals. Die blassen Schultern. Die blassen Brüste, die herrlich geformt waren und beinah aus dem in Unordnung gebrachten Mieder quollen. Doch dort würde er nicht hinschauen. Überhaupt sollte er jetzt endlich gehen.

Ein letzter Blick in ihr Gesicht. Sie neigte den Kopf ganz leicht nach links, dann nach rechts, wie um die Muskeln ihres Genicks zu dehnen; dann ließ sie das Kinn sinken und brachte die verworrene Komposition von Licht und Schatten zur Ruhe. Und dann öffnete sie die Augen und sah ihn direkt an.

Sie sagte nichts. Sie stob nicht davon, zerrte nicht hastig an ihrem Mieder, das ihr Liebhaber hinabgezogen hatte, und bedeckte sich auch nicht mit den Armen. Nur ihre aufgerissenen Augen verrieten, dass sie sich entblößt fühlte.

Und auch das nur für den Bruchteil eines Augenblicks, der allerdings ausreichte, um Will das Gefühl zu geben, ein entsetzlicher Flegel zu sein.

Die Ecke des Bücherregals schmerzte in seiner Hand, doch er konnte sich einfach nicht abwenden, geschweige denn, sich entschuldigend verneigen und aus dem Raum stürzen. Wie versteinert stand er da, während sie die Fassung wiedererlangte und ihr Gesicht einen trotzigen Ausdruck annahm. *Verurteile mich, wenn du es wagst.* Dann verschwand auch dieser Ausdruck, und sie setzte wieder ihre falkenhafte, ausdruckslose Miene auf. Sie sah an ihm vorbei, durch ihn hindurch und dann ganz weg.

Er war es nicht mehr wert, von ihr beachtet zu werden. Ob er zusah oder nicht, hatte jede Bedeutung für sie verloren. Ihre Hände verließen ihren Platz am Vorhang und kamen mit tänzerischer Geschmeidigkeit auf den Oberarmmuskeln des ahnungslosen Roanoke zu liegen, der während des kurzen Dramas an ihrem Hals zugange gewesen war, jetzt aber begann, ihre Röcke zu raffen.

Und endlich ließ Will das Regal los. Das Folgende wollte er nicht sehen. Vermutlich würde er es in seinen Träumen sehen, und das wäre bereits Qual genug.

Ein Anflug von Starrsinn zwang ihn in eine Verneigung. Sie sah ihn nicht an, und weder sie noch ihr kantiger Prinz blickten auf, als er sich mit einiger Verspätung endlich leichtfüßig zur Tür stahl, sie gerade weit genug öffnete, um hindurchschlüpfen zu können, und sie dann geräuschlos hinter sich schloss.

## *Über die Autorin*

Cecilia Grant wusste schon immer, dass ihr Abschluss in Literaturwissenschaft irgendwann noch einmal zu etwas gut sein würde. Nachdem sie gekellnert, Software-Hilfedateien verfasst und in einem Callcenter der Verkehrspolizei gejobbt hat, tut sie nun endlich das, was ihr am meisten liegt: schreiben. Mit ihrem Ehemann und Kollegen, zwei kleinen Leseratten, einem gänzlich nicht-literarischen Hund und einer ebensolchen Katze lebt sie an der Westküste der Vereinigten Staaten.

**Lara Adrian** schreibt als Tina St. John

# Die Rache des Ritters

Roman

England, 12. Jahrhundert: In seiner Kindheit musste Gunnar Rutledge mit ansehen, wie sein Vater und seine Mutter ermordet wurden. Seither kennt er keinen anderen Gedanken, als den Tod seiner Eltern zu rächen und den Schuldigen, Baron Luther d'Bussy, zur Rechenschaft zu ziehen. Um den Baron zu einem Duell zu zwingen, entführt er dessen Tochter, die schöne Raina. Doch Gunnar hätte niemals damit gerechnet, dass er sich in die Tochter seines ärgsten Feindes verlieben könnte ...

**Band 1: Die Rache des Ritters**
400 Seiten, kartoniert mit Klappe
€ 9,99 [D]
ISBN 978-3-8025-8521-0

**Band 2: Der dunkle Ritter**
400 Seiten, kartoniert mit Klappe
€ 9,99 [D]
ISBN 978-3-8025-8522-7

**Band 3: Die Ehre des Ritters**
368 Seiten, kartoniert mit Klappe
€ 9,99 [D]
ISBN 978-3-8025-8523-4

vw.egmont-lyx.de

LYX
EGMONT

**Meredith Duran**

# Die Wahrheit deiner Berührung

Roman

**Nur wer vertrauen kann, findet die Liebe ...**

Die schöne Mina Masters rettete dem englischen Spion Phineas Granville einst das Leben. Nun ist sie eine erfolgreiche Geschäftsfrau in Amerika, die ihre Vergangenheit in England hinter sich gelassen hat. Als sie von den britischen Behörden gefangen genommen wird, um einen Verräter aus dem Versteck zu locken, ist Phineas der Einzige, der ihr helfen kann.

»Absolut fesselnd – ein actionreicher Liebesroman mit prickelnden Dialogen!«
*Romantic Times*

400 Seiten, kartoniert mit Klappe
€ 9,99 [D]
ISBN 978-3-8025-8780-1

ww.egmont-lyx.de

LYX
EGMONT